HEYNE<

DAS BUCH
Ash McKenna erledigt jeden Auftrag: sucht Vermisste, überbringt Drohbotschaften, macht gefährliche Botengänge. Barzahlung nach getaner Arbeit, aber manchmal tut es auch eine Flasche Whiskey. Nicht sein Traumberuf, aber er hält ihn in seinem geliebten East Village bei Laune. Bis ihm eines Tages Chell – die Frau, die er liebt – eine Voicemail mit einem Hilferuf hinterlässt. Eine Nachricht, die er erst abhört, nachdem ihre Leiche gefunden wurde. Ash macht sich feinfühlig wie eine Abrissbirne auf die Jagd nach dem Mörder und verwickelt sich immer mehr in die Machtkämpfe der New Yorker Hipster-Unterwelt. Als ihm klar wird, wer der Mörder ist, trifft er eine weitreichende Entscheidung ...

DER AUTOR
Rob Hart hat als Journalist, als Kommunikationsmanager für Politiker und im öffentlichen Dienst der Stadt New York gearbeitet. Er ist Autor einer Krimiserie und hat zahlreiche Kurzgeschichten veröffentlicht. Rob Hart lebt mit Frau und Tochter auf Staten Island.

Bisher erschien bei Heyne sein Bestseller *Der Store*.

ROB HART

KNOCK-OUT IN NEW YORK

*Aus dem Amerikanischen
von Heike Holtsch*

WILHELM HEYNE VERLAG
MÜNCHEN

Die Originalausgabe erschien unter dem Titel
NEW YORKED
bei Polis Books, Hoboken

Sollte diese Publikation Links auf Webseiten Dritter enthalten,
so übernehmen wir für deren Inhalte keine Haftung, da wir uns
diese nicht zu eigen machen, sondern lediglich auf deren Stand
zum Zeitpunkt der Erstveröffentlichung verweisen.

Verlagsgruppe Random House FSC® N001967

Deutsche Erstausgabe 09/2020
Copyright © 2015 by Rob Hart
Copyright © 2020 der deutschen Ausgabe by
Wilhelm Heyne Verlag, München,
in der Verlagsgruppe Random House GmbH,
Neumarkter Str. 28, 81673 München
Umschlaggestaltung: Hauptmann & Kompanie Werbeagentur, Zürich,
unter Verwendung eines Fotos von © plainpicture/Thomas Marek
Satz: Buch-Werkstatt GmbH, Bad Aibling
Druck und Bindung: GGP Media GmbH, Pößneck
Printed in Germany
ISBN 978-3-453-43985-6

www.heyne.de

*Für meine Großmutter Anna.
Irgendwie glaube ich, sie wäre von diesem Buch nicht begeistert.
Andererseits war* Oz – Hölle hinter Gittern *auf HBO eine
ihrer Lieblingssendungen. Und abgesehen davon, stolz wäre
sie auf jeden Fall. Also, wer weiß? Jedenfalls ist es schade,
dass sie es nicht mehr lesen kann.*

»Die meisten Städte sind Nomen.
New York ist ein Verb.«

John F. Kennedy

EINS

Ein jähes Krachen, und auf einmal bin ich wach.

Sonnenlicht scheint mir auf die Hände. Sieht aus wie verschütteter Whiskey. Eine weiße Wand. Eine zerwühlte blaue Bettdecke. Der Stiefel in meinem Gesicht drückt meinen Kopf auf den Holzboden.

Aber nein. Das muss vom Kater kommen. Dauert eine Weile, bis mir das bewusst wird.

Mein Nikotinspiegel ist im Keller. Ich brauche dringend eine Zigarette und einen Schluck Wasser. Dann weiterschlafen und so tun, als wäre nichts passiert. Und bloß nichts überstürzen.

Ich höre Rauschen und Knacken. Dann eine Stimme: »10-36 Code 2, Zehnte Ecke C.« Autounfall, drei Blocks weiter Richtung Osten, keine Verletzten, Ausrücken nicht nötig.

Ich bin also in meinem Apartment. So weit, so gut.

Irgendwo vibriert mein Handy. Eigentlich vibriert der ganze Fußboden. Es fühlt sich an, als würde mir jemand Nägel in den Kopf schießen. Ich will mich aufsetzen, schaffe es aber erst beim zweiten Versuch. Jede Bewegung schmerzt. Das Handy liegt hinter dem Nachttisch. Muss beim Vibrieren runtergefallen sein. Davon bin ich wohl wach geworden. Ich habe drei Sprachnachrichten.

Erst mal brauche ich frische Luft. Ich vergewissere mich, dass ich meine Hose anhabe, und klettere durch das Fenster auf den Absatz der Feuerleiter. Draußen ist es bitterkalt, und mein Kopf wird ein bisschen klarer. Jedenfalls weiß ich wieder, wo ich bin. Das ist ja schon mal was.

Dem Stand der Sonne und den Menschenmassen auf der First Avenue nach zu urteilen, ist es etwa vier Uhr nachmittags. Und es ist so eiskalt, dass ich am liebsten wieder reinklettern würde, um meinen Hoodie zu holen. Aber mit dem Kater wird mir jede Bewegung zu viel.

In dem rostigen Gitter über der Feuerleiter steckt eine halb volle Wasserflasche. Die ist von mir, da bin ich mir ziemlich sicher. Ich öffne sie und trinke, während ich zuschaue, wie die Stadt ein- und ausatmet. Und ich zerbreche mir den Kopf darüber, was gestern Abend passiert ist.

Ich war in meinem Büro. Seit ein paar Wochen läuft irgendein Irrer hier rum, der es auf Frauen abgesehen hat. Begrapscht sie und haut dann ab. Aber erst, wenn alle Bars und Clubs geschlossen sind und sie allein nach Hause gehen. Und immer in der Nähe vom Tompkins Square Park.

Ich habe schon ein paar Aufpasser organisiert. Frauen, die zu Fuß nach Hause wollen, können anrufen und Begleitung anfordern. Hab auch einen Lockvogel losgeschickt: Ein hübsches Mädchen hat schon ein paarmal zwischen vier und fünf Uhr nachts ein paar Runden um den Park gedreht, mit Rückendeckung von einem Schlägertypen, der nicht lange fackelt. Feige, wie so ein Grapscher nun mal ist, reicht vermutlich ein einziger platzierter Schlag, und dann hat sich das Ganze erledigt.

Aber das ist schon eine Woche her, und seitdem ist nichts mehr passiert. Keine Spur von dem Irren. Ich war ziemlich frustriert, dass ich ihn noch nicht geschnappt habe. Also habe ich getan, was ich in solchen Fällen immer tue: mir eine Flasche Jameson gönnen.

Richtig erinnern kann ich mich nur noch bis zur Hälfte der Flasche. Danach ist alles verschwommen. Die Oberfläche des Tresens verzerrt durch den Boden leerer Gläser. Um mich herum Menschenmassen. Weiß gekachelte Wände von U-Bahn-Stationen. Dann der Holzboden in meinem Schlafzimmer.

Ich habe es immerhin bis in meine Wohnung geschafft.

Als ich mir den Schlaf aus den Augen reiben will, sehe ich, dass auf meiner Handfläche etwas geschrieben steht: *Du hast es versprochen.* Meine Handschrift, aber sonst fällt mir nichts dazu ein.

Wieder vibriert das Handy. Es ist die Mailbox. Ich tippe meine PIN ein, stelle auf Lautsprecher und lehne mich mit dem Kopf gegen die kalte Backsteinwand.

»Hi, ich bin es. Chell.«

Chell. Sie spricht ihren Namen so grob aus, als wäre er ein Schimpfwort.

Vielleicht soll er das ja auch sein.

Dann redet sie weiter. Langsam, kontrolliert. Als ob das, was sie sagt, eigentlich nicht das ist, was sie in Wahrheit sagen will.

»Ich bin ziemlich sauer auf dich. Aber jetzt brauche ich deine Hilfe. Ich hab das Gefühl, dass mich jemand verfolgt. Da ist so ein Typ, der war auch schon … Also, der ist mir unheimlich. Bin an der Vierten, Ecke B. Kannst du kommen und mich einsammeln? Nach allem, was passiert ist, sollten wir sowieso miteinander reden. Ich gehe jetzt zu deinem Apartment. Für den Fall, dass du zu Hause bist oder sonst irgendwo in der Nähe: Ich nehme die First Avenue. Kannst du mir ein Stück entgegenkommen? Bitte!«

Ich höre die zweite Nachricht ab. Erst nichts und dann ein Klicken.

Die dritte Nachricht ist von Bombay. »Wo steckst du, Alter?

Mach den Fernseher an! Oder ruf mich zurück. Es ist wegen Chell. Sie ist tot.«

*

Auf NY1 läuft die Story in Endlosschleife. Von einem Helikopter aus zoomt die Kamera auf einen Schrottplatz im Jamaika-Viertel von Queens. Zwischen alten Autoreifen und Altmetall stehen Schaulustige auf der Brachfläche. Aber der Hubschrauber fliegt zu hoch, als dass man mehr erkennen könnte als die Farbe der Klamotten, die die Leute anhaben. Auf der Straße steht eine Armada von Polizeiwagen und dazwischen ein einzelner Krankenwagen, ohne Blaulicht.

Die Szenerie schrumpft zu einem kleinen Viereck neben einem Moderator, der auf betroffen macht und in getragenem Bariton berichtet, dass Chell auf diesem Schrottplatz gefunden worden sei, zusammengeschnürt mit Packband. Man gehe von einem sexuellen Gewaltdelikt aus, einen Verdächtigen gebe es jedoch noch nicht.

Er nennt sie bei ihrem vollständigen Namen.

Die Kaffeemaschine piept, um anzuzeigen, dass der Kaffee fertig ist. Ich kann mich gar nicht daran erinnern, welchen aufgesetzt zu haben. Ich schenke mir einen Becher ein, stelle ihn in den Kühlschrank, um den Kaffee abkühlen zu lassen, und stemme die Hände gegen die glatte, weiße Oberfläche der Kühlschranktür.

Ich kann nicht mehr denken. Ich brauche eine Zigarette. Ohne eine zu rauchen, kann ich nicht klar denken.

Keine Packung mehr neben der Spüle. Wenn ich noch Zigaretten hätte, würden sie dort liegen. Im Aschenbecher auf der Fensterbank sind ein paar Kippen, abgeraucht bis zum Filter.

Ich könnte zu der Bodega in der Nähe runtergehen, da gibt es alles, was man so braucht. Aber ich kann mir nicht vorstellen, die Tür zu öffnen und in eine Welt zu treten, in der Chell wirklich tot ist.

Keine weiteren Anrufe oder Nachrichten auf meinem Handy, aber was ich abgehört habe, klingt mir noch in den Ohren wie einer dieser grottigen Songs, die man nicht mehr aus dem Kopf kriegt.

Da verqualme ich zwei Packungen am Tag, und es ist nicht eine einzige Kippe da, die ich mir noch mal anzünden könnte.

Keine Zigaretten im Kühlschrank oder unter der Spüle oder im Badezimmerschränkchen. Auch keine Packung, die sich unter den Haufen Klamotten neben dem Bett oder hinter das Sofa verirrt hat. Ich ziehe die Schublade auf, in der meine Socken liegen. Was weiß denn ich, was mir im Vollrausch so einfällt.

Aber nein, außer Socken ist da nur ein dünnes Haargummi. Mit einem einzelnen roten Haar in der Länge, dass es Chell bis zur Schulter reichte.

Ich grabe die Fingernägel in die Handballen, bis ich kaum noch Luft bekomme. Ich lege die Arme um den Oberkörper, als könnte ich damit in mir verschließen, was mich fast zerreißt.

Chell ist tot.

*

Es war irgendwann im August, und es war so heiß, dass man den Teer auf den Straßen riechen konnte.

Wir wollten eine Sonnenbrille für dich kaufen. Was Brillen angeht, hattest du einen Tick. Sie mussten farblich zu deinen Haaren passen, die irgendwo zwischen Feuerwehrauto- und Flammenrot lagen.

Es gab nur zwei Optionen: Canal Street oder St. Mark's Place. Letzteres lag näher, also klapperten wir sämtliche Straßenhändler auf dem kurzen Streifen zwischen der Zweiten und Dritten ab, vorbei an den asiatischen Touristen vor den Karaoke-Bars und den ewig Gestrigen, die noch nicht gehört haben, dass Sid Vicious längst tot ist.

Ich wollte nur noch in den Schatten, aber du in deinem schwarzen Tanktop, den dunklen Shorts und mit so weißer Haut, als hättest du deinen Lebtag nie einen Sonnenstrahl abbekommen, bist an jedem Brillenstand stehen geblieben. Mit deinen langen, schlanken Fingern hast du eine Sonnenbrille nach der anderen aufgesetzt. Und ich habe jedes Mal die Achseln gezuckt. Als ob meine Meinung etwas gezählt hätte.

Gekauft hast du dann eine Brille mit schmalen Gläsern und einem dicken Plastikgestell, mit Strass an den Seiten.

Gefallen hat sie mir nicht, schon deshalb nicht, weil sie deine Augen verdeckt hat. Aber das hätte ich niemals gesagt. Und ich wäre ohnehin nicht dazu gekommen, denn du bist sofort zum nächsten Stand weitergelaufen, hast mir einen der Hüte auf den Kopf gesetzt und gesagt: »Den schenke ich dir zum Geburtstag.«

»Ein Hut ist doch gar nicht mein Stil.«

»Nichts ist dein Stil. Deshalb brauchst du ja auch ein paar Accessoires.«

Du hast mir einen Spiegel vors Gesicht gehalten, und eigentlich stand mir der Hut gar nicht schlecht. Ein Fedora, wie in den alten Gangsterfilmen. Zwanzig Dollar wollte der Straßenhändler dafür haben, aber du hast ihn auf fünfzehn runtergehandelt.

Und dann hast du gesagt: »Herzlichen Glückwunsch!«

Dabei feiere ich meinen Geburtstag überhaupt nicht. Ein weiteres Mal so lange gelebt zu haben, bis die Erde einmal um die Sonne gekreist ist, halte ich nun wirklich nicht für eine nennenswerte Leistung. Wenn jemand, der weiß, wann ich Geburtstag habe, mir einen Drink spendiert, sage ich natürlich nicht nein. Aber ich bin mir ziemlich sicher, dass ich dir nie gesagt hatte, wann mein Geburtstag ist.

Den restlichen Tag sind wir einfach durch die Stadt gelaufen. Nichts Besonderes. Aber jetzt fallen mir Kleinigkeiten wieder ein, und ich sehe sie so deutlich vor mir, dass ich es kaum aushalten kann.

Wir sind an einem Eiswagen stehen geblieben. Eine Kugel Vanilleeis für mich und eine mit Schokoladenstückchen für dich. Damit haben wir uns in den Union Square Park gesetzt und einer Trommelgruppe zugehört. Dann sind wir in den Strand Bookstore gegangen, einerseits wegen der Bücher, aber auch wegen der Klimaanlage. Gegen Abend haben wir alle möglichen Bars und Lounges abgeklappert, in denen Happy Hour war. Als wir genug davon hatten, sind wir zu mir gegangen und aufs Dach geklettert. Wir haben Mandarinen gegessen und die Schalen über die Brüstung geworfen. An die Wand gelehnt, saßen wir da und haben die zwölf Sterne gezählt, die man über der hell erleuchteten Stadt überhaupt sehen konnte. Irgendwann sind wir eingeschlafen und erst am nächsten Vormittag mit Sonnenbrand und total dehydriert wieder aufgewacht.

Wenn ich daran zurückdenke, ist es, als könnte ich deine neongrünen Flipflops auf dem Bürgersteig hören und als hätte ich die Mischung aus Lavendel und Zigarettenrauch in der Nase, die dich immer umweht hat. Ich sehe vor mir, wie du mit vorgeschobener Hüfte dastehst. Höre dein herzhaftes Lachen. Damit bist du überall aufgefallen.

Dabei kann ich mich nicht einmal erinnern, wann ich dich zum letzten Mal gesehen habe.

*

Mein Kaffee ist jetzt zu kalt, aber ich trinke ihn trotzdem. Ich sitze auf dem Sofa und warte darauf, dass NY1 neue Informationen bringt. Aber die Reporter reden nur über das Wetter, die Arbeitsbedingungen von Lehrern und irgendeinen Sexskandal in der Politik. Alle zwanzig Minuten schaltet der Moderator zurück zu dem Schrottplatz in Queens, als wollte er den Zuschauern immer wieder vor Augen führen, wie traurig das Ganze ist.

Wahrscheinlich wird die Berichterstattung noch den ganzen Tag so weitergehen. Chell war hübsch, eine Weiße, und ziemlich aufreizend gekleidet, sodass die Reporter gleich mehrere Fliegen mit einer Klappe schlagen: einerseits rauskehren, wie betroffen sie sind, und ihr in derselben Sendung das Image einer Schlampe verpassen. Genau der richtige Stoff für Primetime und Titelseiten. Wäre sie eine Schwarze gewesen und in Harlem umgebracht worden, wäre sie nicht mehr als eine Randnotiz in den Kurznachrichten.

Ein weiteres Mal nennt der Moderator ihren richtigen Namen – den nicht einmal ich gewusst hätte, wenn ihr nicht irgendwann der Führerschein aus der Handtasche gerutscht wäre. Für mich war sie einfach nur Chell. Und ich war für sie immer Ashley – weil ich den Fehler gemacht hatte, ihr zu erzählen, dass mich sonst alle nur Ash nennen.

Die Berichterstattung wird auf einmal von einem Werbespot unterbrochen.

Ich habe immer noch Mühe, das Ganze zu begreifen. Ich kann kaum einen klaren Gedanken fassen. Und trotzdem schwirrt da etwas in meinem Hinterkopf herum. Ich klettere aus dem Fenster und hole mein Handy. Da es auf der Feuerleiter gelegen hat, ist es eiskalt. Ich höre mir Chells Sprachnachricht noch einmal an, und dann noch ein paarmal, bis mir endlich bewusst wird, was mich daran irritiert.

... so ein Typ, der war auch schon ... Das hat sie gesagt.

Präteritum. Vergangenheit.

Also kannte sie ihn.

Das heißt, ich kann ihn ausfindig machen.

Und das ist gut. Sobald ich ihn habe, werde ich mich nämlich mal in der gebotenen Offenheit mit ihm über die Umstände ihres Todes unterhalten.

Plötzlich vibriert das Handy, und vor Schreck lasse ich es beinah fallen. Meine Mutter. Ich ignoriere den Anruf und texte an Bombay: Wo sind die anderen?

Es dauert kaum eine Sekunde, da kommt schon die Antwort: Wo denn wohl?

Ich ziehe mich aus und gehe duschen. Das Wasser ist so heiß, dass ich mich fast verbrühe. Aber ich bleibe darunter stehen, bis es lauwarm wird. Gleich noch eine Ibuprofen, dann werde ich dem Kater schon beikommen. Vielleicht sollte ich den beschlagenen Spiegel abwischen, um festzustellen, wie ich überhaupt aussehe. Aber das weiß ich auch so. Ich müsste mich rasieren und bräuchte dringend einen Haarschnitt. Aber so übermüdet, wie ich bin, ist mir all das zu anstrengend. Abgesehen davon wüsste ich nicht, wen ich damit beeindrucken sollte.

Während ich mich anziehe, klopft es an der Tür. Ich ziehe den Reißverschluss an der Jeans hoch, und dann warte ich erst mal ab. »Mister McKenna, hier ist die Polizei«, höre ich eine leise, aber autoritäre Stimme.

Ich gehe automatisch in die Hocke, und erst dann fällt mir ein, dass man mich gar nicht sehen kann. Hastig ziehe ich mich weiter an. Und noch hastiger, als ich höre, dass jemand versucht, die Tür aufzuschließen. Der Vermieter vielleicht. Natürlich habe ich das Schloss ausgetauscht, als ich eingezogen bin. Das wird er schon noch merken.

Mit den Cops zu reden ist das Letzte, was ich jetzt gebrauchen kann. Ich habe doch selbst nicht die leiseste Ahnung, wo ich letzte Nacht war. Ich weiß, dass ich Chell niemals etwas angetan hätte, aber das wissen die ja nicht. Und wenn sie mich im Vorfeld ein bisschen durchleuchtet haben, wäre eine Unterhaltung mit denen ganz bestimmt kein Vergnügen.

Gemurmel vor der Tür. Dann summt mein Handy. Nummer unbekannt. Ich ignoriere den Anruf, schalte das Handy aus und stecke es in die Hosentasche.

Die Novemberluft draußen ist kalt, das weiß ich ja schon. Also ziehe ich meinen grauen Marineüberzieher mit dem breiten Kragen an. Der Filzhut, den Chell mir zum Geburtstag geschenkt hat, liegt auf dem Kühlschrank. Ich schlage ihn gegen mein Bein, um den Staub abzuklopfen. Dann schiebe ich meinen Schirm durch eine der Gürtelschlaufen und werfe einen letzten Blick zur Tür.

»Mister McKenna, sind Sie zu Hause? Wir müssen unbedingt mit Ihnen sprechen.«

Ich steige durch das Fenster auf den Absatz der Feuerleiter. Unten auf der Straße ist niemand. Ich ziehe das Fenster runter und klettere aufs Dach.

Die untergehende Sonne färbt die Wolkenstreifen orange, und ich bleibe an die Brüstung gelehnt für einen Moment sitzen, betrachte den endlos weiten Abendhimmel und atme tief durch.

Dann laufe ich bis zum Ende des Blocks. Auf dem Dach des

letzten Gebäudes vergewissere ich mich, dass die Tür zum Treppenhaus weder abgeschlossen noch alarmgesichert ist. Als ich unten auf der Straße bin und geprüft habe, dass die Cops meinen Fluchtplan nicht durchschaut haben, hole ich den iPod aus der Manteltasche, stecke mir die Stöpsel in die Ohren und drehe Iggy Pop voll auf.

Search and Destroy.
Wie passend.

ZWEI

Die Apocalypse Lounge ist so überfüllt, dass die Leute bis raus auf den Bordstein stehen. Voller als sonst. Was allerdings auch nicht schwer ist. Der kleine Laden in Alphabet City liegt ein bisschen abseits von den trendigen East-Village-Bars, sodass man hier normalerweise noch seine Ruhe hat. Der Schuppen besitzt nicht mal eine volle Schanklizenz, deshalb gibt es nichts Härteres als Wein und Bier. Obwohl für mich natürlich immer eine Flasche Jameson unter dem Tresen steht.

Die meisten Leute, die sich hierher verirren, drehen sich direkt wieder um und gehen. Hingeschmierte Graffiti an den Wänden. Zerkratzte, wackelige Tische und Stühle, von irgendwo zusammengesucht. Das Namensschild, bestehend aus einem Stück galvanisiertem Metall, hängt wie eine Guillotine über der Tür und schwingt bei jedem Windstoß hin und her.

Der Name ist gewissermaßen Programm.

Heute sind so viele Leute hier, weil es für Chell eine Gedenkfeier gibt. In Zeiten von Verlust und Verwirrung ist das Apocalypse unser Zufluchtsort, nicht unsere Familien. Wobei viele von uns so tun, als hätten sie gar keine.

Während ich mich bis zur Tür durchdrängle, nimmt keiner Notiz von mir. Dann bleibe ich erst mal stehen. Die schmierigen Schaufensterscheiben sind schon von der feuchten Luft beschlagen. Die Leute stehen Schulter an Schulter mit ihrem Wein- oder Bierglas und übertreffen sich gegenseitig in ihrer Trauer. Jeder kannte Chell natürlich am besten, selbst die, die kaum wussten, wer sie überhaupt war.

Am liebsten würde ich mich unbemerkt in mein Büro schleichen. Aber schon hat mich jemand entdeckt, und es geht ein Raunen durch die Menge. Dann ist es plötzlich fast totenstill. Nur noch ein melancholischer Song von Elliott Smith dröhnt aus den Lautsprechern. Wurde natürlich passend zur Stimmung ausgewählt. Es gibt kaum jemand, der mich nicht anstarrt.

»Na, ihr dämlichen Arschlöcher?«, sage ich in die Runde.

Diejenigen, die es gehört haben, lachen. Dabei sollte es eigentlich kein Witz sein.

Bombay bahnt sich einen Weg durch die Menge und reißt mich so schwungvoll in seine Arme, dass wir fast durch die Tür taumeln. Er klammert sich an mich, als wäre er derjenige, der Trost braucht. Er trägt Khakihosen und ein schwarzes Hemd. Ganz gegen seine sonstige Gewohnheit: Fallschirmspringerhosen und Poloshirts in Neonfarben. Sein Schädel ist frisch rasiert, und er riecht nach Seife und Rotwein. Ohne zu lächeln, lässt er mich wieder los. Sonst sehe ich ihn nur dann nicht grinsen, wenn er gar nicht da ist.

Er will etwas sagen, schluckt aber nur. »Vergiss es!«, sage ich.

Bombay nickt, und ich spüre ein weiteres Paar Arme. Eine kurze, feste Geste, wie ein Handschlag. Lunettes weiß gefärbtes Haar sieht aus, als hätte sie sich gerade erst aus dem Bett gequält. Die Augen hinter der schwarzrandigen Brille sind rot und verquollen. Sie zieht den Kragen ihres Flanellhemds lang und wischt sich damit die Nase ab. Auch ihr fällt nichts ein, was sie sagen könnte.

»Kommt in ein paar Minuten runter in mein Büro«, sage ich zu den beiden.

Bombay und Lunette sehen mich an, als hätte ich sie nicht mehr alle. Vielleicht haben sie erwartet, dass ich am Boden zerstört bin. Aber ich habe einen Job zu erledigen.

Dave, hinter der Bar, hat sein Hemd ausgezogen und arbeitet mit freiem Oberkörper. Als er sich bückt, sieht man jeden Knochen unter der Haut. Er taucht wieder auf und stellt die Flasche Jay vor mir auf den Tresen. Ich greife danach, aber dann kämpfen zwei Seelen in meiner Brust. Letzten Endes schiebe ich die Flasche zu ihm zurück.

»Ich brauche einen klaren Kopf«, sage ich und füge hinzu: »Wenn du gleich einen Moment Zeit hast, kommst du dann mal kurz in mein Büro?« Er nickt. Ohne mich schief anzusehen. So macht man das als guter Barkeeper.

Als ich mich umdrehe, versuchen alle möglichen Leute, mich anzusprechen. Wie ich mit Chells Tod klarkomme, wollen sie wahrscheinlich wissen. Allein das ist schon schlimm, aber noch schlimmer sind die Blicke. Nach dem Motto: Der hat doch schon mal wen unter tragischen Umständen verloren, und jetzt auch noch das!

Aber bevor auch nur einer den Fehler machen kann, mich danach zu fragen, bin ich schon auf dem Weg die Treppe hinunter.

*

Obwohl oben das Leben tobt, ist es im Keller menschenleer. Die beiden Toilettenräume, jeder sowohl für Männer als auch für Frauen, sind nicht besetzt. Ich hänge das Außer-Betrieb-Schild an die rechte Tür und ziehe sie hinter mir zu.

Die nackten Betonwände sind mit Stickern von Bands beklebt, sogar zwischen dem Waschbecken und den frei liegenden Rohren.

Nur das Regal gegenüber der Toilettenschüssel ist nicht beklebt. Das Holz ist zwar ziemlich zerkratzt, aber das Regal ist sauber, und bis auf ein paar Rollen Klopapier und einen Stapel von *Good Housekeeping* liegt nichts darauf.

Ich greife unter das dritte Regalbrett von unten, löse den Metallhaken und schwinge das Regal in den unbeleuchteten Korridor dahinter. Im Dunkeln taste ich nach dem Griff der schweren Stahltür, die zu meinem Büro führt.

Mein Büro – so nenne ich den Raum, obwohl er natürlich nicht mir gehört. Eigentlich hat er keinen besonderen Namen und steht allen zur Verfügung, die in seine Existenz eingeweiht sind. Es ist bloß so, dass ich von dort aus arbeite.

Wenn mehr als acht Leute hier sind, wird es eng. Auf dem Boden zwischen den beiden schwarzen Ledersofas liegt ein brauner Teppich mit Blumenornamenten, und die auberginefarbenen Wände lassen den Raum einerseits größer, andererseits aber auch kleiner erscheinen. Der Aschenbecher aus Mattglas auf dem Sofatisch ist sauber. Ich ziehe ihn zu mir herüber und zünde mir eine Zigarette an. Dann setze ich mich, lege die Beine auf den Tisch und warte auf die anderen.

Bombay, Lunette und Dave kommen zusammen rein und lassen sich mir gegenüber auf das andere Sofa fallen. Keiner will den Anfang machen. Alle lavieren um das Thema herum und warten darauf, dass ich etwas sage. Etwas, was ihnen zeigt, dass ich noch eine menschliche Seite habe.

Ich reibe über die Handfläche, auf der die Worte *Du hast es versprochen* nach dem Duschen verblasst, aber noch lesbar sind, und frage: »Hat jemand von euch mich gestern Abend noch mal gesehen, nachdem ich aus dem Apocalypse weg bin?«

Zur Antwort bekomme ich nur ausdruckslose Blicke.

Also sage ich: »Gut. Dann weiter. Chell ist an der Ecke Vierte und B verschwunden. Jemand muss was mitgekriegt haben. Ich will wissen, wann jeder von euch Chell das letzte Mal gesehen hat. Und ob sie was gesagt hat, was ich erfahren sollte.«

Dave streicht sich über die Schenkel und starrt auf den Boden. »Sie war vorgestern Abend hier. Aber soweit ich mich erinnere, hat sie nichts gesagt, was wichtig sein könnte. Tut mir leid, aber ich muss wieder rauf. Ich will Bess nicht so lange hinter der Theke allein lassen. Keine Ahnung, ob sie das schafft.«

Nachdem Dave gegangen ist, weist Lunette mit dem Kopf auf meinen Hut und sagt mit ihrem russischem Akzent, der sich wie feine Wurzeln durch ihre Worte zieht: »Steht dir gut.«

»Echt? War mir nicht sicher, ob ich ihn überhaupt aufsetzen soll. Ich dachte, wenn ich damit ankomme, lacht ihr mich nur aus.«

»Nicht an einem Tag wie heute.« Sie weicht meinem Blick aus, und als sie sich mir wieder zuwendet, hält sie den Kopf gesenkt. »Ihre Leiche ist noch nicht mal kalt. Willst du dir nicht wenigstens ein paar Minuten Zeit zum Trauern nehmen?«

»Wer auch immer das getan hat, läuft da draußen frei rum. Und wenn er noch wen umbringt, geht das auf mein Konto.«

»Darum kümmern sich doch die Cops«, wirft Bombay ein.

»Denen traue ich das aber nicht zu. Außerdem ist das hier unser Viertel.«

Lunette nickt, nicht zustimmend, sondern um zu signalisieren, dass sie versteht, was ich meine. Dann sagt sie: »Am Sonntag haben Chell und ich ein Katerfrühstück gemacht. Da schien bei ihr alles okay zu sein.«

»Worüber hat sie gesprochen? Gab es jemand, der ihr auf die Nerven ging?«

»Sie hat nichts in der Art erwähnt.«

Während ich meine Zigarettenkippe im Aschenbecher ausdrücke, fragt Bombay: »Was hast du jetzt vor?«

»Weiß ich noch nicht genau. Aber um mir ein paar Anregungen zu holen, habe ich mir schon mal das Alte Testament besorgt.«

»Du willst ihn also umbringen, den Typen, der das getan hat?«

»Wenn ich das Glück habe, ihn vor den Cops in die Finger zu kriegen.«

»Das kannst du doch nicht machen!«

Ich stehe auf, und Bombay zuckt zurück. Ihn zu schlagen, käme mir niemals in den Sinn, aber manchmal bin ich mir nicht sicher, ob das auch *ihm* klar ist. »Wir sind hier in den Staaten«, sage ich. »Da kann ich verflucht noch mal machen, was ich will.«

»Ash, du musst darüber reden«, sagt Lunette. »Können wir bitte einfach nur darüber sprechen?«

Ich sollte nicht alles an ihnen auslassen. Abgesehen von meiner Mutter und Chell sind Bombay und Lunette die einzigen beiden Menschen, die mir was bedeuten. Und sie meinen es gut mit mir. Das weiß ich genau. Aber ich will nicht darüber reden. Über Tote zu sprechen bringt sie nicht zurück.

Das, was ich vorhabe, auch nicht. Aber ich würde mich um einiges besser fühlen.

Deshalb sage ich nur: »Im Moment gibt es nichts zu reden.«

*

Tibo sitzt in der einzigen Nische, die das Apocalypse überhaupt hat, etwas abseits vom Tresen, gegenüber der Treppe. Er wohnt in dem Block Ecke Vierte und B. Deshalb gehe ich direkt zu ihm, als ich aus dem Keller komme. Er hat ein paar Seekarten auf dem Tisch ausgebreitet und sich darübergebeugt, während Mikey auf ihn einredet. Ich bleibe vor dem Tisch stehen, und Mikey hebt den Kopf. Aber Tibo nicht. Das Gesicht von einer Masse an Dreadlocks verdeckt, hält er weiter den Kopf gesenkt.

»Es tut mir so leid, Ash«, sagt Mikey. »Ich kann das mit Chell noch gar nicht glauben. Also wenn du jemand zum Reden brauchst, Mann, ich bin da.«

»Halt einfach die Klappe, Mikey.« Ich klopfe auf den Tisch, und jetzt hebt auch Tibo den Kopf, offenbar erstaunt, dass er sich in einer Kneipe befindet. »Hast du Chell in der letzten Zeit gesehen?«

Er nickt. »Gestern Abend.«

»Komm mit. Besprechung.«

Tibo packt die Seekarten zusammen, und wir bahnen uns einen Weg durch die Menge nach draußen. Wie aus dem Nichts zieht er eine selbst gedrehte Zigarette hervor und steckt sie sich an. Er wartet gar nicht erst, bis ich ihn ausfrage. »Ich war zu Hause und hab am Fenster gesessen, und da hab ich gesehen, wie sie auf der Straße unten vorbeigegangen ist. Spät. An die genaue Uhrzeit kann ich mich nicht mehr erinnern. Ich war halt ein bisschen benebelt.« Mit einem Achselzucken fügt er hinzu: »Aber mit Sicherheit nach Mitternacht. Bin nämlich erst gegen zwölf nach Hause gekommen.«

»War jemand bei ihr?«

»Ein paar Leute.«

»Hast du wen erkannt?«

Tibos Augen bewegen sich auf und ab, als würde er einen Aktenschrank durchforsten. »Die sind mir bekannt vorgekommen. Einer war dabei, den würde ich wiedererkennen. Schon älter. Gut aussehend.« Dann streckt er den Kopf vor. »Warte mal. Da war noch einer. Aber der hatte eine Tüte über dem Kopf.«

»Was soll das heißen, eine Tüte?«

»So einen Beutel. Einen schwarzen Sack.«

»Hast du gesehen, wohin sie gegangen sind?«

»Richtung Osten. Mehr kann ich von meinem Fenster aus nicht sehen.«

»Ist dir sonst noch was an denen aufgefallen? Irgendwas, was dir nicht normal vorgekommen ist?«

Tibo windet sich, als würde es ihm Schmerzen bereiten, sich zu erinnern.

»Chell hatte so ein komisches Kleid an. Sah nach Vintage aus. Wie in den Dreißigerjahren, mit Hut und so.«

Nichts, womit ich sie schon mal gesehen hätte. So wie ich sie kannte, sah sie eher nach Bondage als nach Vintage aus.

»Wenn du willst, kann ich mich umhören«, sagt Tibo. »Um rauszufinden, was das sollte. Aber mal was andres, Mann. Die Cops waren hier und haben nach dir gefragt.«

Plötzlich wird mir jeder Einzelne bewusst, der vor dem Apocalypse steht. Ich scanne mit den Augen die Gesichter, die mir nicht bekannt vorkommen und mir ein wenig zu seriös erscheinen.

»Wann?«

»Vor zehn Minuten. Alle haben auf ahnungslos gemacht. Ein paar Leuten haben sie ihre Karte gegeben. Willst du eine?«

»Scheiße noch mal, nein! Aber danke für die Info.«

Als ich mich umdrehe und gehen will, fragt Tibo: »Hast du zufällig eine Taucherausrüstung?«

Mein Repertoire an schlagfertigen Antworten ist im Moment nicht verfügbar, also sage ich nur: »Warum?«

»Ach egal. Lange Geschichte.«

Dann macht sich Tibo auf den Weg die Straße entlang zu seinem Heimatplaneten.

Chell war also letzte Nacht hier unterwegs. Damit kann ich arbeiten.

*

Die meisten Leute, die mich kennen, bezeichnen mich als Privatdetektiv. Dabei ist das eigentlich nicht korrekt. Um in New York offiziell Privatdetektiv zu werden, braucht man drei Jahre Berufserfahrung. Und ich habe keine Ahnung, wie ich die nachweisen soll. Dann muss man eine staatliche Prüfung ablegen, die ein paar Hundert Dollar kostet. Und die Lizenz muss man auch noch alle zwei Jahre verlängern.

Das würde mehr Geld und Aufwand bedeuten, als ich für irgendetwas aufzubringen bereit wäre. Mal ganz abgesehen davon, dass man sich mit so einer Lizenz an die Spielregeln halten muss, und das entspricht eigentlich nicht meinem Geschäftsmodell.

Ich betrachte mich eher als eine stumpfe Speerspitze. Ich werde mit etwas beauftragt – Leute ausfindig machen, Sachen finden, Dinge transportieren, unangenehm rüberkommen –, dann mache ich das, und wenn es erledigt ist, kassiere ich mein Geld. In manchen Fällen akzeptiere ich als Bezahlung auch Alkohol oder Drogen. So ein Tauschhandel kann nämlich durchaus etwas für sich haben.

Bombay hat mal aus Scherz gesagt, ich solle Werbung machen, aber bislang brauchte ich das gar nicht. Leute, die mit meiner Arbeit zufrieden sind, geben meine Nummer weiter, und dann klingelt irgendwann das Telefon und jemand hat einen Auftrag für mich. Den nehme ich an oder auch nicht.

Es ist nicht mein Traumberuf (als Kind wollte ich Archäologe werden), aber ich kann meine Rechnungen bezahlen, was heißt, dass ich meinen Job wohl ziemlich gut mache.

*

Mein Magen fängt schon an, sich selbst zu verdauen, bis mir endlich auffällt, dass ich den ganzen Tag lang noch nichts gegessen habe. Also kehre ich erst mal in dem Pizzaladen an der Ecke ein, und da sitzt Good Kelly an einem der weißen Plastiktische. Sie stochert in einer Spinatrolle herum und winkt mich zu sich. Ihr neongrüner Mantel und die schwarzen Haare lassen ihre blasse Haut im grellen Licht fast leuchten.

»He«, sagt sie zur Begrüßung, und sofort verdüstert sich ihr Gesicht, weil wir ja traurig sein müssen. »Wie kommst du klar?«

»Ich weiß nicht, was ich darauf sagen soll, ohne wie ein Arschloch zu klingen«, antworte ich.

»Es tut mir so leid. Und ich komme mir wie der letzte Hohlkopf vor, weil ich dich gleich so überfalle. Aber ich wollte dich sowieso anrufen. Du müsstest mir nämlich einen Gefallen tun.« Sie wischt sich den Mund ab und legt die Serviette über den Rest der Spinatrolle. »In ein paar Tagen ziehe ich um, und ich bräuchte jemand, der mir beim Verladen der schweren Sachen hilft.«

»In welches Viertel ziehst du denn?«

»Ganz weg.«

»Aus Soho?«

»Aus New York.«

»Ehrlich jetzt?«

Sie steht auf und schiebt den Stuhl an den Tisch. »Ich würde dir das Ganze gern genauer erklären, aber ich habe eine Verabredung mit Harley und bin schon spät dran. Es wäre schön, wenn du mir helfen könntest. Soll ich dir Bescheid geben, wann genau?«

»Klar helfe ich dir. Aber wohin ziehst du denn jetzt?«

»Austin, Texas.«

»Bist du verrückt geworden?«

»Da kriege ich ein ganzes Haus für die Miete, die man hier hinblättert, wenn man sich nur ein Paar Bowlingschuhe leihen will. Ich erzähle dir alles ganz genau, wenn du vorbeikommst.« Sie legt mir eine Hand auf die Schulter. »Kann ich mich darauf verlassen?«

»Kannst du doch immer. Aber warum in aller Welt willst du nach Texas?«

»Wird allmählich Zeit.«

»Noch eine Sache, bevor du gehst: Hast du mich oder Chell gestern Abend gesehen?«

»Weder dich noch sie«, antwortet Good Kelly stirnrunzelnd.

Sie macht den Eindruck, als wollte sie noch etwas ergänzen, gibt mir dann aber nur einen Kuss auf die Wange. Ihre Lippen fühlen sich warm an, und ein bisschen fettig von der Spinatrolle.

Kelly ist geborene New Yorkerin. In ihren Adern fließt dasselbe wie in meinen: das kalkhaltige Wasser, das einem in den U-Bahn-Stationen von der Decke auf den Kopf tropft. Von daher kann ich kaum glauben, was sie mir da gerade erzählt hat.

Ich brauche dem Typen hinter der gläsernen Auslage gar nicht zu sagen, was ich will. Er gibt mir ein Stück Pizza, und ich schiebe ihm zwei Dollarscheine rüber. Während ich die Pizza auf dem weißen Papptablett balanciere, gehe ich nach draußen und sehe Good Kelly hinterher, bis sie in der Menschenmenge verschwindet. Die hell erleuchteten Straßen sind verstopft, die diversen Geräusche übertönen sogar den Verkehrslärm, und die ganze Stadt ist in Bewegung. Wie will man denn ohne das leben?

*

Die letzte Nummer, die ich von Ginny habe, funktioniert nicht mehr, also mache ich einen Abstecher zum Chanticleer. In dem mit Samtkordeln abgetrennten Raucherbereich steht eine gelangweilte Dragqueen mit Flitter in der blonden Perücke, der im Licht der Straßenlaternen leuchtet. »Ist Ginny da?«, frage ich.

»Wer?«, fragt sie prompt zurück und bläst den Rauch in meine Richtung.

»Schon gut.«

Das müsste reichen. Es wird sich herumsprechen. Und eigentlich ist es mir so ganz recht. Um den Nerv für eine Audienz bei der Queen der Lower East Side aufzubringen, braucht man nämlich eine gewisse Zeit.

Ich laufe erst mal ein bisschen herum und fasse meine bisherigen Ergebnisse zusammen.

Ich gehe von der Annahme aus, dass Chell ihren Mörder kannte. Vermutlich hatte er einen Wagen oder konnte sich zumindest einen besorgen. Ihr Anruf kam um vier Uhr nachts, und laut der Berichterstattung im Fernsehen wurde sie um neun Uhr morgens gefunden. Bleibt ein Zeitraum von fünf Stunden, in dem sie ermordet wurde. Das heißt, es muss hier in der Gegend passiert sein oder im Auto. Wenn es im Auto passiert ist, war es vermutlich ein Van. Ohne Fenster.

Für ihre seltsame Aufmachung und den Mann mit dem Sack über dem Kopf habe ich keine Erklärung parat. Aber das war vor ihrem Anruf. Sobald ich mehr darüber weiß, kann ich auch genauer bestimmen, wer bei ihr war, als sie ermordet wurde.

Ich merke gar nicht, wohin ich gehe, bis ich mich an der Ecke Vierte und B wiederfinde. Von hier aus hat Chell mich angerufen. Ich bleibe eine ganze Weile stehen und rauche eine Zigarette nach der anderen, bis ich Kopfschmerzen bekomme. Dabei gibt es dort nicht viel zu sehen.

Da ist ein koreanischer Imbiss, der häufiger geschlossen als geöffnet hat. Als Chell angerufen hat, war er bestimmt längst dicht. Auf der anderen Straßenseite ist eine Bar, aber die ist viel zu trendig für mich. Niemand steht zum Rauchen auf dem Bürgersteig. Also muss es einen Innenhof geben, was wiederum bedeutet, die Chance, dass jemand etwas gesehen hat, ist äußerst gering. Sonst gibt es nur Wohnblocks und ein Gebäude, das nach einer Schule aussieht.

Viele der Fenster gehen auf die Straße hinaus. Hinter den meisten ist es jetzt dunkel, aber einige sind noch hell erleuchtet. Hinter einem beigefarbenen Rollo sehe ich jemand herumlaufen. Aber es würde ein Jahr und einen Tag dauern, sämtliche Wohnungen abzuklappern.

Jedenfalls ist die Straße um die Zeit völlig verlassen, und man fühlt sich wie am Ende der Welt. Wenn jetzt jemand käme und mich in einen Van zerren wollte, würde es niemand mitbekommen. Nirgendwo ist etwas mit Flatterband abgesperrt. Dabei müssten die Cops hier alles durchkämmt haben. Aber vielleicht auch nicht, weil sie davon ausgehen, dass Chell nicht hier ermordet wurde.

Ich gehe in die Hocke und lasse die Finger über den rauen Asphalt gleiten. Der Bürgersteig fühlt sich kalt an, und obwohl ich weiß, dass das nicht möglich ist, kommt es mir vor, als würde ein

Hauch von Lavendel durch die kalte Novemberluft wehen. Das Stück Pizza liegt mir so schwer im Magen wie Granit. Ich muss mich zusammenreißen, um es bei mir zu behalten.

Vor weniger als vierundzwanzig Stunden war sie genau hier, und dann war sie weg, wie ausgelöscht, bis sie tot in Queens gefunden wurde. Ich kann nur hoffen, dass sie ihrem Mörder in der Zwischenzeit das Leben zur Hölle gemacht hat.

Das kann er schon mal als Vorgeschmack betrachten.

Der Türsteher aus der Bar gegenüber kommt heraus und stellt sich neben die Tür. Ein großer, kräftiger Typ mit einem Nacken vom Umfang meines Oberschenkels und einem Schädel, als hätte ihn jemand mit dem Rasenmäher geschoren. Nach dem Motto: Ich bin viel zu groß und zu stark, als dass ich etwas darauf geben würde.

»He!«, rufe ich ihm zu, während ich die Straße überquere. »Hast du gestern Nacht auch hier an der Tür gestanden?«

Er nimmt keine Notiz von mir, bis ich vor ihm stehe.

»Könntest du so freundlich sein, meine Frage zu beantworten, Hulk?«

Mit einer schnelleren Bewegung, als ich sie einem so massigen Typen zugetraut hätte, nimmt er die Sonnenbrille ab. Die Augen sind blutunterlaufen und die Pupillen groß wie Untertassen. Alles klar: Bodybuilder, Steroide. »Was fällt dir ein, wie redest du mit mir?«, schnauzt er mich an.

»Bin mir nicht sicher, ob das schon ein kompletter Satz war, aber ich will es mal gelten lassen.« Ich nicke mit dem Kopf zur anderen Straßenseite. »Gestern Nacht stand da an der Ecke ein Mädchen. Sie hat mich noch angerufen, und dann wurde sie ermordet. Deshalb muss ich unbedingt wissen, ob du letzte Nacht auch hier den Türsteher gemacht hast, damit ich dich fragen kann, ob du irgendwas gesehen hast.«

»Nein.«

»Dass ich mich aber auch immer so unklar ausdrücken muss. Nein, ich kann dich nicht fragen, oder nein, du hast nichts gesehen?«

»Hab gestern nicht gearbeitet.«

»Lohnt sich die Mühe zu fragen, wer dann?«

»Warum verschwindest du nicht einfach?«

Ich mache einen Schritt auf ihn zu, und er zuckt zurück. Aber nur weil er es nicht gewohnt ist, dass jemand ihn so aggressiv angeht. »Ich weiß, du bist ein harter Typ, aber ich bin einfach nicht schlau genug, dass ich die Sache auf sich beruhen lasse. Einen Namen, mehr will ich nicht. Wenn du dein großes, weiches Herz dafür erwärmen könntest, ihn mir zu nennen, bin ich sofort wieder weg.«

Er reißt die Augen auf und überlegt wahrscheinlich, ob er mich einfach umschubsen soll. Ich stemme die Beine in schulterbreitem Abstand fest auf den Boden. Wenn er auf mich losgeht, gehe ich ihm an den Hals. Der Luftröhre ist es nämlich egal, wie viel man stemmen kann. Aber lieber wäre mir, diesen Weg nicht beschreiten zu müssen. Deshalb stelle ich mit an Euphorie grenzender Begeisterung fest, dass sich die Situation entspannt.

»Steve heißt der Typ«, sagt er, nachdem er sich die Sonnenbrille wieder aufgesetzt hat. »Arbeitet aber erst in ein paar Tagen wieder. Sonntag, glaube ich.«

»Na also, geht doch. Besten Dank.« Ich halte ihm die Hand hin, aber er geht wieder in den Statuenmodus. Was ich als Wink betrachte, jetzt lieber zu verschwinden.

*

Diese Stadt. Sie verlangt einem einiges ab. Sie zerfällt, und immer wieder geben wir alles, um sie zusammenzusetzen.

Verdammt, ich kann kaum noch klar denken. Ich brauche unbedingt Schlaf. Richtigen Schlaf. Nach zu viel Whiskey das Bewusstsein zu verlieren ist nämlich nicht dasselbe.

Ich hole mein Handy aus der Hosentasche, um nach der Uhrzeit zu sehen. Leider habe ich vergessen, den Akku aufzuladen. Deshalb tut sich nichts.

Von weitem höre ich die Sirene eines Feuerwehrautos. Es kommt näher. Als es an mir vorbeifährt, nehme ich den Fedora ab und halte ihn mir vor die Brust. Einer der Feuerwehrmänner sieht es durch das Seitenfenster und hält den Daumen hoch. Ich nicke ihm zu, und erst als das Feuerwehrauto außer Sichtweite ist, setze ich den Hut wieder auf und gehe weiter.

An der Ecke zur Zehnten stecke ich mir eine Zigarette an und wäge meine Optionen ab. Viele habe ich ohnehin nicht. Ich weiß verflucht noch mal nicht, was ich hier überhaupt treibe. Ich habe schon öfter Leute aufgespürt. Aber wenn man einen Namen und ein Foto hat, ist das auch nicht allzu schwer.

Ich muss einen Blick in die Zeitung werfen. So spät, wie es mittlerweile ist, müsste bald die Morgenausgabe der *Post* ausliegen. Die *Post* mag hier in der Stadt einen schlechten Ruf haben, aber was die Berichterstattung über Verbrechen angeht, stellt sie alle anderen in den Schatten.

Aber erst mal muss ich das Handy aufladen.

Sofort denke ich an Chells Apartment. Da liegt mein zweites Ladekabel.

Da sollte ich jetzt vielleicht hingehen.

Die Cops haben es sicher schon durchsucht, und da es kein Tatort ist, ist bestimmt keiner mehr dort.

Einen Becher Kaffee, und ich bin wieder so weit. Vielleicht auch zwei, damit mein Denkapparat anspringt, bevor ich mich auf den Weg nach Brooklyn mache. Noch besser wären ein paar Nasen Koks, dann würde ich den Fall wahrscheinlich im Vorbeigehen lösen und hätte bis zum Morgengrauen noch Zeit, einen Wolkenkratzer zu bauen. Aber ich besinne mich wieder auf das, was ich mir vorgenommen habe: klaren Kopf bewahren.

Als Allererstes muss ich einen Zwischenstopp im Badezimmer einlegen. Ich gehe um die Ecke zu dem Block, wo sich mein Apartment befindet. Vor dem Haus steht ein schwarzer Impala. Limousine, neuestes Modell, getönte Scheiben. Das kann nur eins bedeuten. Ich überlege, ob ich sofort wieder kehrtmachen soll. Aber erstens würde das einen schlechten Eindruck machen, und zweitens muss ich dringend pinkeln. Also ziehe ich die Schultern hoch und hoffe, dass sie nicht wissen, wie ich aussehe.

Aber natürlich stehen sie schon hinter mir, sobald ich den Schlüssel ins Schloss stecke.

Es sind zwei. Ein großer Latino, dünn wie eine Zigarette, und ein kleinerer Typ, der aussieht, als hätte man ihn grob aus einem Sandsteinklotz gehauen. Der größere ist offenbar der Anführer.

»Mister McKenna«, spricht er mich an. Er klappt seine Brieftasche auf und hält sich den Dienstausweis vor die Brust, als wäre der ein Schutzschild. »Ich bin Detective Medina, und das ist Detective Grabowski. Wir haben Sie schon gesucht.«

DREI

»Wollen wir nicht reingehen?«, fragt Medina.

»Nein.«

»Warum nicht?«

»Weil ich Sie nicht kenne.«

Medina stößt einen Seufzer aus. »Wir sind die Guten.«

»Habt ihr das Abner Louima auch erzählt, bevor ihr ihm einen Besenstiel in den Hintern gerammt habt?« Medina scheint genervt und kurz davor zu sein, mir über den Mund zu fahren. Aber dann überlegt er es sich anders und sagt: »Der Idiot, auf dessen Konto das ging, sitzt immer noch seine dreißig Jahre ab. Und Sie können nicht von einem auf alle anderen schließen.«

»Klar kann ich das. Aber was haben wir denn überhaupt zu besprechen?« Ich will sie hinhalten. Vermutlich merken sie das. Dabei wäre es mir lieber, ich könnte ihnen zumindest eine ausweichende Antwort auf die Frage geben, wo ich letzte Nacht war. Leider fällt mir da beim besten Willen nichts ein.

Du hast es versprochen.

Wer hat was versprochen?

Und das sind längst nicht die einzigen Fragen. Wie viel habe ich getrunken? Und was sagt das über mich als Mensch aus?

So wie Medina mit mir redet, könnte man meinen, er wolle sich mit mir anfreunden. Aber dafür steht er zu weit weg, und seine Körperhaltung drückt zu viel Wachsamkeit aus. Schlechter Schauspieler. »Wir wüssten gern, wo Sie gestern Abend waren.«

Frag deine Frau, liegt es mir schon auf der Zunge. Aber stattdessen antworte ich: »Ich war fast den ganzen Abend hier. Vorher nur kurz was trinken.«

»In welchem Club?«

»Vermutlich in den meisten.«

»Könnten Sie etwas genauer werden?«

»Worum geht es hier eigentlich?«

»Sie wissen ganz genau, worum es geht.«

Mit einer gespielten Abwehrgeste hebe ich die Arme. »Um genau zu sein: Ich weiß es nicht. Also warum erzählen Sie es mir nicht einfach?«

Medina klappt ein abgewetztes Notizbuch auf, das nicht größer als seine Handfläche ist. Er liest Chells richtigen Namen ab, als wäre er ihm kurzzeitig entfallen, und dann fragt er: »Sie hat Sie letzte Nacht angerufen?«

»Hat sie.«

»Warum?«

»Das spielt doch wohl keine Rolle mehr.«

Medina holt seine Zigaretten hervor und steckt sich eine an. Er hält mir die Packung hin, aber ich winke ab. »Haben Sie einen Grund für Ihre provokante Haltung?«

Schon die Art, wie er danach fragt, ist die reinste Provokation.

»Vielleicht den, dass ich emotional ziemlich fertig und total erschöpft bin und Sie mich um den Schlaf bringen. Vielleicht, weil Sie hier Ihre Zeit verschwenden, anstatt den Idioten zu schnappen, der sie umgebracht hat. Und vielleicht kann ich Cops im Allgemeinen nicht viel abgewinnen. Außerdem muss ich dringend pinkeln. Vielleicht kommen da also mehrere Gründe zusammen.«

»Sie sind nicht der Einzige, der einen langen Tag hinter sich hat. Von daher können wir es gern kurz machen. Indem Sie uns einfach erzählen, was sie bei ihrem Anruf letzte Nacht gesagt hat.«

Jetzt sagt auch Grabowski mal etwas, in knirschendem Ton, als ob er eine Kippe austreten würde. »Du könntest ein bisschen kooperativer sein, Junge. Dann brauchen wir uns hier nicht länger die Nacht um die Ohren zu schlagen.«

Die haben mich nicht durchleuchtet, sonst wären sie weniger freundlich. Ich setze mich auf den kalten Treppenabsatz und zünde mir eine Zigarette an. Wenn ich mich irgendwie kooperativ zeige, lassen sie mich vielleicht tatsächlich in Ruhe.

»Sie hatte das Gefühl, von jemand verfolgt zu werden. Deshalb hat sie mich angerufen und gefragt, ob ich sie nach Hause bringen kann. Wie Sie sich vermutlich denken können, habe ich die Nachricht nicht rechtzeitig bekommen.«

»Können wir uns die Nachricht anhören?«

»Die ist nicht hilfreich.«

»Das entscheiden wir. Also?«

Ich überlege kurz. Warum eigentlich nicht? Die beiden wirken gar nicht so übel. Aber das denkt man bei allen. Wenn sie die Nachricht hören wollen, können sie sich ruhig noch ein bisschen mehr Mühe geben. Es ist ja nicht so, dass sie nicht selbst drankämen. Dank diesem dämlichen PATRIOT Act.

»Nein«, sage ich also. »Da kommen Sie doch selbst ran.«

»Mit dem entsprechenden Beschluss, ja«, sagt Medina.

»Dann holen Sie ihn sich doch.«

»Wissen Sie was?« Medina schnippt die Zigarettenkippe auf die Straße. »Wir haben schon mit einigen Leuten gesprochen, und die sagen, Sie hätten sie ziemlich gut gekannt. Wenn sie Ihnen tatsächlich so viel bedeutet hat, warum wollen Sie dann nicht, dass wir ihren Mörder finden?«

»Darum geht es nicht.«

Grabowski murmelt so laut, dass wir es hören können: »Scheint Ihnen ja nicht allzu viel auszumachen.«

Ich wende den Kopf, sodass ich Grabowski in die Augen sehen kann. »Jeder geht auf seine eigene Art mit Trauer um. Ich neige dazu, meine Gefühle zu unterdrücken, bis ich irgendwann explodiere.«

Er reagiert nicht darauf. »War letzte Nacht jemand bei Ihnen, der bezeugen kann, dass Sie hier waren?«

»Nicht dass ich wüsste.« Ich hebe die Arme über den Kopf und strecke mich. »Also, warum holt ihr euch nicht einfach den entsprechenden Beschluss? Ein Arschloch zu sein ist zu meinem Glück ja nicht strafbar. Was für mich heißt, dass ich jetzt überhaupt nicht mit euch reden muss.«

»Wenn Sie es nicht waren, haben Sie doch nichts zu befürchten«, sagt Medina.

»Ich habe sowieso nichts zu befürchten.«

»Was hast du eigentlich für ein Problem, Junge?«, fragt Grabowski.

Darauf fällt mir nichts Schlaues ein, also antworte ich nur mit einem Achselzucken. Und dann stehen sie beide da, übermüdet und entnervt. Medina gibt mir seine Karte. Er macht sich nicht mehr die Mühe, noch etwas zu sagen, bevor sie sich umdrehen und gehen.

Mit einem Blick über die Schulter sagt Grabowski: »Wir bleiben in Kontakt.«

Die beiden scheinen zwar in Ordnung zu sein, aber darauf will ich es lieber nicht ankommen lassen. Nicht nach dem letzten Mal, wo ich auch das Richtige tun wollte. Ich warte, bis auch Medina sich noch mal kurz umdreht, damit er sieht, wie ich seine Karte auf den Boden werfe.

*

Warum Chell unbedingt in Brooklyn wohnen wollte, habe ich nie verstanden.

Aber ich habe da so meine Vermutung. Wahrscheinlich war es für sie aus Ohio stammend leichter, dorthin zu ziehen als in ein anderes Viertel. Die Gebäude in Brooklyn sind zwar auch hoch, aber nicht so hoch.

Ihr Apartment war größer als meins, und trotzdem verging kein Tag, an dem sie nicht im East Village war. Mit dem Geld, das sie für U-Bahn und Taxis ausgegeben hat, hätte sie schon fast das Haus neben meinem kaufen können.

Brooklyn mag ganz nett sein, aber wahrscheinlich in erster Linie für Rentner. Selbst wenn noch nicht Sperrstunde ist, kommt man sich da wie in einer Geisterstadt vor. Mir begegnen nur sechs Leute, während ich mit meinem überrösteten Kaffee aus der Bodega am anderen Ende der Straße zu dem Haus gehe, wo Chell gewohnt hat. Und ob der Typ in dem schwarzen Wagen vor dem Gebäude ein Cop ist oder ob er nur auf jemand wartet, ist mir nicht klar.

Auf der Fahrerseite liegen haufenweise Zigarettenkippen am Boden. Der Wagen ist zwar kein Impala, sondern ein Ford Focus, aber das heißt keineswegs, dass es sich nicht um einen Undercovereinsatz handelt. Für mich heißt das jedenfalls, dass es keine gute Idee wäre, jetzt den Ersatzschlüssel unter dem Basilikumtopf hervorzuholen und die Tür aufzuschließen.

Also gehe ich weiter die Straße entlang bis zu einem Apartmenthaus außer Sichtweite. Die Tür ist zu. Ich drücke auf alle Klingeln, kurz darauf höre ich durch die Gegensprechanlage verärgerte Stimmen. Irgendjemand hat wohl keine Lust, sich aufzuregen, und lässt mich einfach rein. Ich laufe die fünf Etagen hinauf bis ganz nach oben, und ich habe Glück. Die Tür zum Dach ist weder abgeschlossen noch alarmgesichert.

Es ist eine klare Nacht, so klar, dass ich sogar alle zwölf Sterne sehen kann.

Ich verdränge den Anflug von Wehmut, der mir den Magen zusammenzieht, und mache mich auf den Weg über die Dächer, wobei ich immer wieder über die kniehohen Mauern am Ende der Häuser klettern muss. Welches das richtige ist, sehe ich an dem Haufen Zigarettenkippen, der grau und vom Regen aufgeweicht in der Ecke liegt.

Die Feuerleiter führt in den Hinterhof. Um keinen Lärm zu machen, hangle ich mich vorsichtig hinunter und hoffe, dass nicht gerade jetzt jemand auf die Idee kommt, aus einem der Fenster zu schauen. Unten angelangt, habe ich eine Wahl, die ich nur ungern treffe. Ich könnte das letzte Stück Leiter ausklappen, aber das wäre wahrscheinlich so laut, dass es die Nachbarn aufweckt.

Oder ich lasse mich fallen und bete.

Es scheint nicht allzu tief zu sein, also suche ich mir einen festen Halt an den Sprossen und lasse mich dann hinunter, bis meine Arme ausgestreckt sind und die Füße in der Luft baumeln. Das rostige Metall schneidet mir in die Hände. Ich lasse los, und kurz darauf schießt mir ein Schmerz vom einen Sprunggelenk durchs ganze Bein. Ich winkle die Knie an und rolle mich zur Seite, um den Druck zu verlagern. Dann stehe ich auf und schüttle die Beine aus.

Nur eine leichte Verstauchung, nichts gebrochen. Bei der harten Landung ist mir der Fedora vom Kopf gefallen. Ich suche den Innenhof ab, bis ich ihn gefunden habe, und setze ihn wieder auf.

Unter der Fußmatte liegt ein weiterer Schlüssel. Chell hat ihn hier deponiert, nachdem sie sich mal ausgesperrt hatte, als sie im Hinterhof eine rauchen wollte. Er passt nach wie vor, und Gott sei Dank muss ich die Tür nicht doch noch eintreten. Die Kette ist nicht vorgelegt, obwohl ich ihr ständig in den Ohren gelegen habe, sie immer einzuhängen. Natürlich muss man besonders clever oder besonders dumm sein, dass man überhaupt unbeschadet übers Dach hier unten in den Hinterhof kommt.

Drum also so ein lächerliches Schlüsselversteck.

Nur dass ich halt eine besondere Mischung aus clever und dumm bin.

Die weißen Jalousien sind runtergezogen, nur zwischen den Lamellen fällt ein wenig Licht herein. Ich bleibe in der Ecke stehen, bis ich mich an die Dunkelheit gewöhnt habe, und stelle dann fest, dass seit meinem letzten Besuch alles so gut wie unverändert ist. Das letzte Mal ist ja auch noch nicht allzu lange her.

Das Apartment ist wie ein Kreuz geschnitten. Der Raum, in dem ich stehe, ist das Schlafzimmer, und dahinter liegt das Wohnzimmer. Küche rechts, Badezimmer links. Ein Teppich, ein Bett, Bücher, Weingläser und Kerzen – viel mehr ist da nicht. Chell hat die Wohnung nie richtig eingerichtet. Sie sieht noch so leer aus wie in der ersten Nacht, die ich hier verbracht habe.

In Sachen spartanischer Einrichtung waren wir uns immer absolut einig. Chell meinte, dadurch fühle sie sich eher zum Ausgehen ermuntert. Bei mir liegen die Gründe allerdings etwas anders. Immerhin habe ich *Fight Club* gelesen.

Ich hole mein zweites Ladekabel aus der Küchenschublade, und während mein Handy auflädt, stelle ich auf Flashlight und leuchte durch Schlafzimmer und Küche. Mit den Fingerspitzen streiche ich über die makellos saubere Arbeitsplatte. Dann fällt mir ein, dass es nicht so leicht zu erklären wäre, wie meine Fingerabdrücke nach Chells Tod hierhergekommen sind. Also wische ich alles, was ich berührt habe, wieder ab.

Im Badezimmer bleibe ich stehen.

Und spüre wieder die Wärme der Kerzen, die sie an dem Abend angezündet hatte, als ich zum ersten Mal hier war.

*

Kennengelernt haben wir uns in einem runtergekommenen Varietétheater auf Coney Island. Wie der Laden hieß, weiß ich nicht mehr. Ich hatte auch überhaupt nicht vor, da reinzugehen. Coney liegt so weit entfernt, dass man sich fragt, warum man da nicht einen Reisepass braucht. Aber es war Sommer, und hinter der Bar stand Adam, was freie Drinks bedeutete. Für mich Anlass genug, mich in die Niederungen von Brooklyn zu begeben.

Also saß ich da mit einem stets gefüllten Glas Whiskey in einer Ecke, während der Laden immer voller wurde, und dachte darüber nach, ob ich mich nicht doch lieber zu Hause aufs Sofa legen sollte. Möglicherweise hätte ich mich auch genau dafür entschieden, aber dann kam dieser hämmernde Sound.

Eine Hardcore-Coverversion des Divinyls-Songs »I Touch Myself«, dreimal durch den Remixer und anschließend durch bluttriefende Boxen gejagt.

Das Licht wurde gedimmt, und du kamst auf die Bühne. Bei deinem Anblick hätte ich am liebsten ein Keuschheitsgelübde abgelegt, um dem gleich wieder abzuschwören.

In einem ledernen Patchwork-Outfit vom Hals an abwärts, in jeder Hand ein Glas mit einer pinkfarbenen Kerze, bist du zu dem Klappstuhl in der Bühnenmitte geschwebt, hast die Kerzen angezündet und auf den Boden gestellt und dann eine Performance hingelegt, die jedes Gespräch verstummen ließ.

Stück für Stück hast du das Leder fortgerissen.

Von deinem Unterarm.

Deinem flachen Bauch.

Mit jedem Stück Leder, das fiel, hast du mehr von dir preisgegeben.

Die schwarzen Tigerstreifen auf deinem rechten Schulterblatt. Die Katze über dem Totenkopf über der Eule an deinem linken Arm. Den DNA-Strang, der sich an deiner Wirbelsäule hinunterzieht. Das Sternbild an einer deiner Hüften. Die barglockenförmige Wölbung unter dem schwarzen Tape über deinen Brustwarzen.

Eigentlich stehe ich eher auf Brünette, die ruhig etwas kurviger sein dürfen. Du hattest die Figur einer Schwimmerin. Eine Handvoll Brust. Lange Beine, schlank wie Giftpfeile. Und rotes Haar, zu einem kinnlangen Bob geschnitten, der sich wie ein Helm um deinen Kopf legte und manchmal dein rechtes Auge verdeckte.

Du warst total jenseits von dem, was ich als meinen Typ bezeichnen würde. Aber ich kann ja auch kaum in eine U-Bahn steigen, ohne mich sofort zu verlieben.

Mit nackten Füßen und nicht mehr an als dem schwarzen Tape und einem schwarzen Tanga hast du eine Augenbinde in Neonpink wie aus der Luft gezaubert, sie dir angelegt und dann mit deiner Performance weitergemacht. Dich rückwärts über den Stuhl fallen lassen und erst kurz vor dem Moment, wo du mit dem Kopf am Boden aufgeschlagen wärst, wieder aufgerichtet. Wenn du den Kopf in den Nacken geworfen hast, hat der ganze Laden jedes Mal den Atem angehalten, bis du wieder unversehrt aufgerichtet warst.

Dann hast du die beiden Kerzen aufgehoben, immer noch mit verbundenen Augen, und hast dir das heiße Wachs auf Brüste und Bauch tropfen lassen. Wie pinkfarbene Bänder lag es auf deiner Haut, genau da, wo alle am liebsten ihre Hände gehabt hätten.

Dann war der Song zu Ende und deine Performance auch. Du hast die Augenbinde abgenommen und geblinzelt, als wärst du erstaunt, dass ein Publikum da war. Und das hat dir zugejubelt.

Aber du bist hinter dem grauen Vorhang verschwunden, als ginge dich der Applaus überhaupt nichts an. Zehn Minuten später warst du an der Bar, in Lederjeans und weißem T-Shirt. Den Blick nach oben auf den Fernseher gerichtet, in dem ohne Ton *Totaler Sperrbezirk* lief, hast du an einem Wodka mit Soda genippt. Hinter dir standen ein paar Typen Schlange. Du hast ein paar Worte mit ihnen gewechselt, und dann sind sie mit bluttropfendem Ego wieder abgezogen.

Ich habe mich durch die Menge gekämpft und zu dir gesagt: »Ich will dich auf einen Drink einladen.«

»Wieso?«

»Weil ich niemand kenne, der nicht auf Freidrinks steht.«

Du hast auf den Fernseher gezeigt und mich gefragt: »Weißt du, wie der Film heißt?«

»Totaler Sperrbezirk.«

»Jetzt kannst du mich auf einen Drink einladen.«

»Das ist dein Maßstab?«

»Das ist mein Maßstab.«

Ich habe Adam zu mir gewinkt und dir noch einen Wodka mit Soda bestellt und für mich noch einen Jay. Du hast wieder hoch zum Fernseher gesehen, und da sind mir die dunkelroten Äderchen in deinem linken Auge aufgefallen, in dem, das nicht von einer roten Haarsträhne verdeckt war. Es sah aus wie eine Verletzung, aber keine schwere. Als hätten sich feine Rauchschwaden über deine Iris gelegt. Irgendwann einmal hast du mir erzählt, das sei eine seltene Art von Muttermal. An jenem Abend habe ich mich jedenfalls bemüht, dich nicht ständig anzustarren.

Als deine Lippen sich um den dünnen, roten Strohhalm in deinem Drink schlossen, habe ich einfach gesagt, was mir in den Sinn kam. Selbst heute hab ich keine Ahnung, ob das besonders einfallsreich war. Jedenfalls hat es funktioniert.

»Die meisten Typen würden jetzt bestimmt so tun, als hätten sich dich nicht vor ein paar Minuten fast nackt gesehen. Aber das würde mir wie Heuchelei vorkommen. Ich habe dich angesprochen, weil ich dich hübsch finde, und jetzt hoffe ich, dass du auch noch intelligent bist.«

Du hast gelächelt. Und mich angesehen wie eine Schlange eine Maus. Genau das war ich in dem Moment auch für dich. Und ich habe nichts unternommen, das geradezurücken.

»Bist du immer so direkt?«, hast du mich gefragt.

»Nein, eigentlich bin ich eher abgestumpft, aber dazu kann ich mich gerade nicht durchringen.«

»Dann werde ich dir wohl das Herz brechen müssen.«

»Tu, was du meinst.«

»Das werde ich, aber nur weil ich das Gefühl habe, dass du das verkraften kannst.«

Du seist gerade erst von Ohio hierhergezogen, hast du mir erzählt, in den Norden von Brooklyn, nach Greenpoint. Also eine Zugereiste, was ich dir schon von weitem angesehen hatte, aber gefallen hast du mir trotzdem. Du seist dir noch nicht sicher, was du mit deinem Leben anfangen solltest, hast du gesagt, und bis du einen Plan hättest, würdest du erst mal alle möglichen schrägen Jobs machen.

Darauf habe ich mein Glas gehoben. »Willkommen im Club.«

Dann hast du mir deinen Namen genannt. Chell.

»Wie Cello ohne o«, hast du gesagt.

Als ich dir verraten habe, dass ich Ashley heiße, hast du gekichert. Woraufhin ich dir erklärt habe, dass das in der Zeit meines

Großvaters, der auch so hieß, noch ein gängiger irischer Name gewesen sei. Bis Ashley Abbott aus *Schatten der Leidenschaft* ihm das schlechte Image verpasst hat. Ich habe gesagt, dass ich von allen nur Ash genannt werde. Und was du daraus gemacht hast, ist ja allgemein bekannt.

Es wurde spät. Wie spät, ist uns erst aufgefallen, als die Stühle hochgestellt wurden. Ohne dass wir darüber hätten sprechen müssen, habe ich dich zur U-Bahn-Station in der Stillwell Avenue gebracht. Coney Island ist ein hartes Pflaster, besonders nachts und ganz besonders im Sommer.

Ich bin mit dir in den Zug in Richtung Norden gestiegen. Du hattest mich zwar nicht darum gebeten, aber irgendwie war klar, dass du es von mir erwartetest. Es war eine laue Sommernacht. Deshalb sind wir zu Fuß durch die Straßen von Brooklyn gelaufen, bis wir irgendwann vor deinem Apartment standen, im Erdgeschoss eines dreistöckigen Stadthauses. Auf den Stufen vor dem Eingang hast du dich umgedreht und mit ausdruckslosem Gesicht gesagt: »Ich werde nicht mit dir schlafen. So was kann ich jetzt nicht gebrauchen.«

»Geht klar«, habe ich geantwortet, während ich hinter dir herging – und hoffte, dass es nicht so ernst gemeint sei.

Dein Apartment war so gut wie leer. Ein Teppich im Wohnzimmer und ein Stapel alter Taschenbücher in der Ecke. Keine Möbel. Ich solle mich auf den Teppich setzen, hast du gesagt. Dann bist du verschwunden, und als du mit zwei Tassen und einer Flasche Weißwein ins Wohnzimmer zurückkamst, hattest du ein hellblaues Mickymaus-T-Shirt und Shorts an.

Wir haben uns noch eine ganze Weile unterhalten. Du hast gern geredet, besonders wenn dir jemand richtig zugehört hat. Als die Flasche halb leer war, hast du dich seufzend zurückgelehnt.

»Wir sind doch beide erwachsen, oder?«, hast du gesagt.

»Glaube schon.«

»Ich muss unbedingt baden. Wenn wir so erwachsen sind, dass es dir nichts ausmacht, mich nackt zu sehen, kannst du bleiben, und wir reden weiter.«

Draußen hatte es zu regnen angefangen. Aber das war nicht der Grund, warum ich bleiben wollte.

Du bist ins Bad gegangen, hast den Wasserhahn aufgedreht, und ich habe immer noch nicht geglaubt, dass du es so meintest, wie du es gesagt hattest.

Als du noch mal kurz aus dem Badezimmer kamst, hast du dir das T-Shirt über den Kopf gezogen. Aber das meiste hatte ich ja ohnehin schon gesehen. Und den Rest hatte ich mir zusammengereimt.

Doch in dem Moment war alles anders. Auf der Bühne hattest du dein Publikum voll im Griff. Hier jedoch, in deinem Apartment mit mir allein, bist du meinem Blick ausgewichen und hast den Kopf gesenkt. Mit durchgedrücktem Kreuz und entsprechend rausgestrecktem Bauch hast du mit deinen knochigen Knien dagestanden, die Füße leicht nach innen gedreht.

Du bist in das Badewasser gestiegen und hast die Duftkerzen angezündet, die auf dem hinteren Wannenrand standen. Lavendel. Das warme Licht an den Wänden und auf deiner Haut wirkte auf mich, als sähe ich zum ersten Mal einen Sonnenaufgang.

Du hast ein Tablettenröhrchen vom Wannenrand genommen und mir in die Hand gedrückt.

»Clonazepam«, hast du gesagt, während ich mich auf die Türschwelle gesetzt und es geöffnet habe. »Gegen Angstzustände. Mit nur zwei davon bist du so benebelt, dass du nicht mehr geradeaus pinkeln kannst.«

Ich hab drei genommen und sie mit einem Schluck Wein runtergespült. Und dann saß ich auf der Türschwelle und habe dir zugehört, während das Zeug mir die Sinne vernebelte und die ersten Sonnenstrahlen den Himmel blau färbten.

*

Jetzt ist die glänzende Oberfläche der Badewanne trocken.

Und wie es aussieht, gib es hier im Apartment nichts, was mir weiterhelfen könnte. Aber ich bringe es einfach nicht fertig, mit leeren Händen wieder zu verschwinden. Also gehe ich noch mal ins Schlafzimmer, setze mich auf die Bettkante und durchforste mein Gedächtnis. Es muss etwas hier sein, was ich übersehen habe. Ich spüre es förmlich im hintersten Winkel meines Wahrnehmungsvermögens. Wie einen Fuß, der in der Luft baumelt und mir einen Tritt verpassen will.

Wir wollten rausgehen. Ich hatte meine Jacke schon an und stand an der Wohnungstür, wo ich alle Taschen abgeklopft habe, um mich zu vergewissern, dass alles vorhanden ist: Handy, Brieftasche und Zigaretten. Chell war noch im Schlafzimmer. Das Gesicht von mir abgewandt, kniete sie auf dem Fußboden und rief mir zu, dass sie noch einen Moment brauche. Dann folgte ein Geräusch. Ein hohl klingendes Klopfen.

In einer Ecke des Schlafzimmers ist eine Lücke zwischen den Bodendielen, so breit, dass man einen Finger hineinstecken kann. Ich ziehe an einer Diele, und darunter ist ein Hohlraum. Darin liegen ein Bündel Scheine, ein Stapel anzüglicher Polaroids, ein halb volles Fläschchen Koks, ein USB-Stick und eine Visitenkarte.

Noir York steht auf der Karte, dazu eine Internetadresse: www.noir-york.com. Sonst nichts. Weder auf der Vorder- noch auf der

Rückseite. Aber die Visitenkarte ist aus gutem Papier. Professionell gemacht.

Das Fläschchen Koks ist von Snow White. Weil es noch nicht leer ist, konnte Chell es angesichts des Tempos, das sie in diesen Dingen vorgelegt hat, also noch nicht lange gehabt haben.

Der USB-Stick ist nicht aus so billigem Kunststoff wie die, die ich bei Bombay schon habe rumliegen sehen. Er ist aus mattem Aluminium, glatt und kalt. Praktisch kugelsicher.

Die Scheine und die Fotos lege ich wieder unter die Bodendiele. Die Visitenkarte, den Stick und das Fläschchen Koks nehme ich mit. Ich verstaue alles tief in meinen Jackentaschen und überlege, auf welchem Weg ich das Apartment wieder verlassen soll.

Auf einmal summt mein Handy auf der Arbeitsplatte in der Küche. Keine Textnachricht, sondern ein Anruf. Von einer Nummer, die ich nicht kenne. Sobald ich die Stimme höre, weiß ich natürlich, wer es ist.

»Darling …« Ginny Tonic lässt die Begrüßung in der Luft hängen, als wäre sie ein Kunstwerk, das erst mal wirken muss. »Wie ich gehört habe, willst du was von mir.«

»Stimmt.«

»Ich habe dir einen Wagen geschickt.«

»Aber ich bin nicht zu Hause.«

»Ich weiß. Der Wagen wartet draußen. Ich muss Termine einhalten, sieh also zu, dass du in die Gänge kommst.«

Klick.

Eine weitere Einladung werde ich von Ginny bestimmt nicht bekommen.

Obwohl die hier schon eher wie ein Befehl klingt.

VIER

Die Mühe, die Feuerleiter wieder raufzuklettern, brauche ich mir wohl nicht mehr zu machen. Also verlasse ich Chells Apartment durch die Eingangstür. Der Ford, der vor dem Haus gestanden hat, ist fort. Stattdessen steht da ein schwarzer Lincoln. Eine Limousine. Sieht aus, als wäre sie gerade erst aus dem Showroom gerollt. An die Wagentür gelehnt steht Samson, Ginnys Fahrer, Schrägstrich Leibwächter, Schrägstrich der Einzige, den ich kenne, bei dem ich mir ziemlich sicher bin, dass er schon mal wen für Geld umgelegt hat.

Ich selbst bin nicht gerade schmächtig. Über eins achtzig, breite Schultern und kräftig genug, dass ich nachts durch üble Gegenden laufen kann, ohne behelligt zu werden. Es gibt nur wenige, denen ich lieber nicht in die Quere kommen möchte. Aber bei Samson gehe ich davon aus, dass er mich sauber in zwei Hälften teilen könnte. Und man beachte: Das sagt jemand mit einem aufgeblasenen Ego.

Der Typ ist einfach monströs. So monströs wie ein Albtraum, den man als Kind schon mal hatte. Ein Arzt würde ihn vermutlich als adipös bezeichnen, aber wenn ich ihn beißen würde, brächen mir die Zähne ab. Der rasierte Schädel glänzt unter der Straßenlaterne und wirft einen Schatten auf das Gesicht, als hätte er gar keins, zumindest als würde es alles Licht aufsaugen.

Ich setze ein breites Grinsen auf, strecke ihm die Hand entgegen und sage: »Na, Bruder, was geht?«

Er wirft einen Blick auf meine Hand, als wäre sie ein Stück faules Fleisch. »Setz dich nach hinten! Und wenn du auch nur daran denkst, dir im Wagen eine Zigarette anzustecken, stampf ich dich in den Boden.«

Irgendwie mag Samson mich nicht. Mir ist nach wie vor nicht klar, warum eigentlich nicht.

»Nach hinten, geht klar«, gebe ich zurück. »Wohin auch sonst? Auf deinen Schoß vielleicht? Obwohl ich da gar nicht so abgeneigt wäre.«

Samson macht einen Schritt auf mich zu. Und gern würde ich jetzt behaupten, ich würde nicht zurückweichen. Wirklich zu gern.

Selbstgefällig zeigt er auf die hintere Wagentür, und ich steige ein. Sobald er hinter dem Steuer sitzt, fährt er die Glasscheibe hoch, und ich bin mit meinen Gedanken allein. Ziemlich gefährliches Pflaster.

Die Fahrt bis zum Club ist unspektakulär. Brooklyn verschwindet in der Dunkelheit, und als wir über die Williamsburg Bridge fahren, flimmern uns die Lichter der Stadt entgegen. Ich fahre das Fenster runter und lasse mir die kalte Luft ins Gesicht wehen, um wach zu bleiben.

*

Manchmal wünsche ich mir, Leute aufzustöbern und unangenehm rüberzukommen würde reichen, um meine Rechnungen bezahlen zu können. Aber manchmal reicht das eben nicht. Und zwar immer dann, wenn ich einen Auftrag von Ginny annehme.

Ginny ist das Oberhaupt eines Reviers. Über die ganze Stadt verteilt gibt es mindestens ein Dutzend davon. Und so dehnbar wie die Bezeichnung ist auch der Tätigkeitsbereich an sich. Grundsätzlich geht es um alles, was Spaß macht und verboten ist. Daran kassiert Ginny einen ordentlichen Anteil mit. Jedenfalls für alles Derartige in ihrem Revier. Und das erstreckt sich in Richtung Norden bis zur Vierzehnten, nach Süden bis zur Delancey, im Westen bis zur Bowery und im Osten bis zum Franklin D. Roosevelt East River Drive.

Meistens sehen die Jobs, die ich für Ginny erledige, so aus, dass ich etwas von A nach B bringe. Etwas, was in eine Aktentasche passt. Was genau, will ich gar nicht wissen. Deshalb frage ich nicht nach. Manchmal stauche ich auch jemand zusammen. Wobei ich mich aber immer vergewissere, dass er es auch verdient hat.

Wenn Ginny nicht wäre, könnte ich meinen Lebensstil wahrscheinlich vergessen und säße stattdessen mit Anzug und Krawatte in einem Großraumbüro, um irgendwelche Superreichen noch reicher zu machen. Auch nicht gerade das, was mir so vorschwebt.

Jedenfalls gibt mir die Arbeit für Ginny die Gelegenheit, das Viertel im Auge zu behalten und einen Beitrag zum Wohlergehen aller zu leisten. Indem ich die Gegend ein bisschen sicherer mache. Das Richtige tue.

In gewissem Sinne funktioniert das sogar. Jedenfalls manchmal.

*

Als Samson vor dem Chanticleer auf den Bordstein fährt, bin ich gerade eingedöst.

Er wartet, bis ich ausgestiegen bin. Dann fährt er mit quietschenden Reifen weiter, ohne sich zu vergewissern, ob ich sicher in den Laden gelange. Aber das geht in Ordnung. Nachdem ich mich an den Leuten im Raucherbereich vorbeigeschoben habe, fragt der Türsteher nämlich gar nicht erst nach meinem Ausweis, sondern winkt mich durch.

Obwohl der Club gleich zumacht, ist er noch total überfüllt. Mit den schwarz gestrichenen Wänden ist es unmöglich auszumachen, wie groß der Laden ist. Männer in Tangas tanzen auf dem Tresen, und auf den Flachbildschirmen, die im Hintergrund an den Wänden hängen, laufen Softpornos, aber nicht mit jungen Mädchen, sondern mit jungen Penisträgern. Dazu läuft Popmusik von irgendeiner europäischen Band.

Ich mag Schwulenbars. Niemand verstellt sich. Die Jungs da sind normalerweise nicht auf Krawall gebürstet. Und die Frauen halten hier nicht nach Typen Ausschau, mit denen sie shoppen gehen können, sondern sind einfach zum Spaß da. Meistens ist auch die Musik besser. Abgesehen von meinem Faible für Johnny Cash, hatte ich auch schon immer eine Schwäche für Madonna.

Ich schiebe mich bis in den hinteren Teil des Clubs durch, und als der Koloss im Anzug gegen die Wand tippt, öffnet sich die Tür in ein Treppenhaus mit Wellblechwänden. Unten ist noch eine Tür, die zu einem weiteren Raum mit Bar führt. Hier sind die Gäste spärlicher bekleidet, und einige starren mich an, als wäre ich ein Eindringling. Das bin ich ja auch. Möglichst lässig manövriere ich mich um den Tresen herum zu der schmalen Tür in der Ecke, und nachdem ich mich seitwärts hindurchgeschoben habe, gehe ich durch einen dunklen Flur und öffne die letzte Tür. Dahinter sieht es wie in den Kulissen zu einem orientalischen Sexgelage aus.

Ich könnte bei all den elfenbeinfarbenen Vorhängen, die von der Decke hängen, nicht mal sagen, ob der Raum groß oder klein ist. Man kommt sich fast wie in einem Labyrinth vor. Auf dem Patchwork aus Orientteppichen liegen hier und da ein paar blutrote Satinkissen. Es riecht nach Räucherstäbchen, Zimt und Gleitmittel.

Ich verheddere mich prompt in einem der Vorhänge, schaffe es aber, mich wieder zu befreien, und gehe dann zu der braunen Wildleder-Chaiselongue, wo Ginny es sich, umgeben von ihren halb nackten Lakaien, bequem gemacht hat. Einer fächelt ihr tatsächlich mit einem riesigen Federwedel Luft zu, als würde das nicht ein komplett albernes Bild abgeben. Und alle starren mich an, als hätten sie gerade noch über mich geredet.

Ginny trägt ein eng anliegendes, goldfarbenes Kleid und auf ihrer blonden Perücke einen komplizierten Kopfschmuck, an dem eine Art glitzerndes Netz hängt, das ihr wie ein Schleier über das Gesicht fällt. Zwischen all dem Firlefanz sticht ihr Adamsapfel wie ein Felsblock hervor. Mit einem ihrer braun lackierten Fingernägel zeigt sie auf das Kissen und das niedrige Tischchen zu ihren Füßen. Dann wedelt sie mit der Hand, und die halb nackten Lakaien verschwinden durch eine Tür irgendwo hinter ihr.

»Sind wir hier in Marrakesch?«, frage ich mit einer ausladenden Handbewegung.

Ginny nickt. »Du hast offenbar ein Auge dafür.«

»Eigentlich nicht. Aber die Orientdeko hattest du letztes Jahr schon mal.«

»Spricht doch nichts dagegen, mal auf Altbewährtes zurückzugreifen.« Seufzend lehnt sich Ginny zurück. »Ach, Ash, Herzchen, das mit Chell tut mir so entsetzlich leid. Du machst bestimmt eine schwere Zeit durch, und es liegt mir absolut fern, unsensibel zu erscheinen. Aber könntest du mir einen Gefallen tun und das grässliche Teil vom Kopf nehmen?«

Ich tippe an die Hutkrempe. Hatte ganz vergessen, dass ich den Fedora noch trage. »Gefällt er dir etwa nicht?«

»Sieht schrecklich aus.«

»Tut er nicht.«

»Wie du willst. Ausschussware, die irgendwie auf deinem Kopf gelandet ist.«

Ich nehme den Hut ab, behalte ihn aber in den Händen. Woraufhin Ginny das Netz vor ihrem Gesicht hochklappt und an der Perücke feststeckt. Sie bietet mir eine Zigarette aus einem juwelenbesetzten Kästchen an, aber ich lehne ab und hocke mich auf das Sitzkissen.

Ginny knipst den Filter einer langen, dünnen Zigarette ab und steckt sie sich in den Mund. »Wie ich gehört habe, hast du nach mir gefragt. Ich habe gleich noch ein Treffen, also komm am besten sofort zur Sache.«

Ich zünde mir eine meiner eigenen Zigaretten an und lege die Visitenkarte auf das Tischchen. »Und wie ich gehört habe, hast du Chell einen neuen Job besorgt. Ich nehme an, das hat etwas hiermit zu tun. Vielleicht kannst du mich ja einweihen.«

Ginny nimmt die Visitenkarte und hält sie gegen das Licht. Dann lässt sie sie auf den Tisch fallen, als gehörte sie ins Altpapier. »Bedaure.«

»Warum?«

»Dazu kann ich dir nichts sagen.«

»Du kannst nicht, oder du willst nicht?«

»In dem Fall trifft sogar beides zu.«

»Jetzt pass mal auf. Ich kann mich noch an Zeiten erinnern, wo dein Name Paul gelautet hat. Ohne mich im Rücken hättest du nicht mal die Highschool überlebt. Das dürfte dir doch klar sein. Oder etwa nicht?«

Sie zieht die Brauen zusammen. »Lass meinen Namen hier aus dem Spiel.«

»Also, ich höre?«

»Da haben wir wohl beide das gleiche Problem, Herzchen. Jeder will an jemand rankommen, aber keiner will die Hosen runterlassen.«

»Und das bei allem, was ich für dich getan habe.«

»Bei allem, was du für mich getan hast, hast du einen Haufen Geld kassiert. Jedenfalls wüsste ich nicht, dass ich dir was schuldig bin.«

Meine Stimme ist kurz davor, ins Flehen abzurutschen. »Jetzt zier dich nicht so, Ginny. Hier geht es um mehr als das.«

Ginny stößt einen Seufzer aus und sackt in sich zusammen. »Ich kann da keine Ausnahme machen. Das muss dir doch klar sein, Ash. Wenn ich dir einen Tipp gebe, kostet das was.«

»Dann nenn mir deinen Preis.«

»Einen Gefallen.«

Das hat mir noch gefehlt. Es hat mir nie etwas ausgemacht, für Ginny zu arbeiten, aber ich habe auch nie in ihrer Schuld gestanden. Und die Leute, bei denen das anders war, haben das später immer bereut.

»Was für einen Gefallen?«

»Das wirst du noch erfahren. Habe ich dein Wort?«

»Ja.«

Nicht mal der Teufel würde Ginny ihre Seele abkaufen. Aber was bleibt mir anderes übrig. Ginny drückt ihre Zigarette aus, und wir besiegeln den Deal mit einem Handschlag. Wobei sie mir fast die Finger zerquetscht. Dann nimmt sie die Visitenkarte wieder in die Hand und studiert sie, als müsste sie eine fremde Schrift entziffern. Sie sieht mir in die Augen und sagt: »LARP.«

»Geht das etwas deutlicher?«

»Live Action Role Playing. Ein Rollenspiel wie Dungeons &

Dragons, aber nicht mit Schwertern und Zauberern, sondern mit Weibern und Typen. Und man spielt nicht auf dem Computer bei Mami im Keller, sondern rennt durch die Stadt und quetscht Leute aus, um an Informationen zu kommen.«

»Und was hatte Chell damit zu schaffen?«

»Die brauchen Schauspieler und Schauspielerinnen, die verschiedene Rollen übernehmen. Die Kunden zahlen gut dafür, dass sie irgendwelche beinharten Fantasien ausleben können. Aber das ist auch schon alles, was ich darüber weiß.«

»Warum die ganze Geheimnistuerei?«

»Spoiler, Herzchen. Die inserieren nicht. Läuft alles über Mundpropaganda.«

»Und wer veranstaltet das Ganze?«

»Persönlich kenne ich den nicht. Ich hatte lediglich eine Telefonnummer, und die habe ich deiner heiß geliebten, dahingeschiedenen Chell gegeben. Unter der Nummer ist allerdings niemand mehr zu erreichen. Ich weiß bloß, dass es ein Anschluss in Brooklyn war.« Mit erhobenem Zeigefinger fügt Ginny hinzu: »Das alles habe ich dir nur unter der Bedingung erzählt, dass du nicht mit der nächsten U-Bahn da hingondelst und die Scheiße aus den Leuten rausprügelst. Ich weiß, dass das nicht deine starke Seite ist, aber bei der Sache musst du dich im Griff behalten. Und selbstverständlich hat unser Gespräch hier nie stattgefunden.«

»Schon gut. Du hast ihr also einen Job besorgt. Und was hat Chell in letzter Zeit sonst so gemacht?«

»Soll das heißen, du weißt das nicht?« Ginny beugt sich vor und stützt das Kinn auf ihre Faust. »Das ist allerdings interessant.«

»Was ist daran so interessant?«

»Ach, Herzchen, jetzt tu nicht so.«

»Du hast Chell also in letzter Zeit noch gesehen.«

Mit zynischem Lächeln lehnt Ginny sich wieder zurück. »Hab ich nicht. Jedenfalls nicht, seit ich ihr den Job besorgt habe. Und das ist schon ein paar Wochen her.«

»Letzte Frage: Hast du *mich* gestern Abend gesehen?«

»Hast du dir für heute ein paar ganz besondere Scherzfragen ausgedacht? Aber ich tue dir mal den Gefallen und spiele mit. Also: Nein, habe ich nicht.«

Ich sehe Ginny prüfend an. Versuche, hinter der Maskerade ihr echtes Gesicht zu erkennen. Aber ich erinnere mich schon gar nicht mehr, wie das aussieht. Wenn ich es nicht besser wüsste, könnte ich kaum glauben, dass wir im selben Alter sind. Aber wenn frau bereit ist, etwas dafür zu tun, kann frau in der New Yorker Unterwelt in rasanter Geschwindigkeit die gläserne Decke durchstoßen. Ich stehe auf und schiebe die Vorhänge beiseite, um zur Tür zu gehen. »Ash!«, sagt Ginny, und ich bleibe stehen.

Der aufgesetzte Tonfall ist wie weggeblasen, und ihre Stimme klingt fast so, wie ich sie von früher her kenne.

»'tschuldige, dass ich dich so direkt frage. Aber so, wie Chell mit dir umgesprungen ist – warum denkst du da, ihr was schuldig zu sein?«

Ich gebe die einzige Antwort, die ich darauf kenne: »Ich habe sie eben geliebt.«

Ginny unterdrückt ein Lachen und versteckt sich wieder hinter ihrer Maskerade. »Also, ihr Heten! Eure Sitten sind aber auch so was von befremdlich für mich.«

Ich möchte etwas entgegnen, aber wahrscheinlich ist es besser, Ginny wie immer das letzte Wort zu lassen.

*

Über die Avenue A mache ich mich auf den Weg in Richtung Norden. Der Bürgersteig ist total mit lärmenden Schwachköpfen überfüllt, die über die Brücke oder durch den Tunnel torkeln. Ein paar rempeln mich an, als wäre ich unsichtbar. Ich hasse es, der einzige Nüchterne zwischen Volltrunkenen zu sein. Einerseits, weil mir dann klar wird, was ich verpasse. Und andererseits, weil mir dann klar wird, was ich verpasse.

Als ich einer weiteren Horde angetrunkener Hipster vor einer Bodega ausweiche, trete ich auf einen Stapel Zeitungen. Die *Post*, noch mit einer Kordel verschnürt. Auf der Titelseite ist ein Foto von Chell, und daneben die Schlagzeile: GEHEIMNISVOLLER GOTHIC-MORD IN GREENPOINT.

Das Foto habe ich vorher noch nie gesehen. Es ist noch jemand drauf, aber halb abgeschnitten. Scheint im Hinterhof vom St. Dymphna's aufgenommen worden zu sein. Chell hat ein Bier in der Hand und lächelt.

Ich winke einen der Kellner aus der Bodega her und bitte ihn, die Kordel durchzuschneiden, damit ich mir eine Zeitung nehmen kann. Ohne das Geld abzuzählen, drücke ich ihm ein paar Münzen in die Hand und schlage dann die Seite zwei auf.

Laut Polizeiangaben wurde gestern in den frühen Morgenstunden eine Gothic-Schönheit von einem gewalttätigen Irren ermordet. Die nackte Leiche, verschnürt mit Packband, wurde in Queens gefunden.

Wie aus verlässlichen Quellen verlautet, wurde das Opfer, eine Varietétänzerin und Schauspielerin mit zahlreichen Piercings und Tattoos, von ihrem Angreifer brutal vergewaltigt und erwürgt. Mehrere Bekannte des Opfers wurden bereits befragt, aber noch hat die Polizei keine heiße Spur.

Die Kneipenszene in Downtown steht angesichts der Tat unter Schock. Das Opfer wohnte zwar in Greenpoint, war aber Stammgast in vielen Lokalen im East Village. Die dortigen Barbetreiber zeigten sich bestürzt über den grausamen Mord an der jungen Frau.

Dann folgt der übliche Blindtext. Halb garer Schwachsinn, damit eine entsprechende Wörterzahl erreicht wird, noch mehr Mist darüber, wie geschockt die Kneipenszene ist. Wenn ich mir ansehe, wie viele noch hier rumirren, kann das wohl kaum sein. Aber was tut man nicht alles, um den Leuten so viel Angst einzujagen, dass sie überhaupt noch Zeitungen kaufen.

Ich reiße die Seite mit Chells Foto heraus, falte sie zusammen und stecke sie hinten in die Hosentasche.

*

Snow White sitzt auf den Stufen zu ihrem Wohnhaus. So wie immer, wenn ich sie besuche.

Das graue Haar hat sie in glänzenden Strähnen zurückgekämmt und im Nacken zusammengebunden. Obwohl es saukalt ist, zeigt sie für eine Frau ihres Alters eine Menge Ausschnitt und Bein.

Sie stößt eine dicke Wolke Newport-Rauch aus und sieht mich lächelnd an. Dann sagt mit ihrem typischen Bronx-Akzent: »Hast 'n paar Kilo abgenommen, Baby. Isst du denn anständig?«

Ich beuge mich zu ihr hinunter und gebe ihr einen Kuss auf die Wange. »Hallo, Zuckerstange.«

Während sie sich zur Seite lehnt und neben sich auf die Treppenstufe tippt, zuckt sie ein bisschen zusammen.

»Was ist?«, frage ich.

»Regenwetter im Anzug.« Sie deutet auf ihren Oberschenkel. »Künstliche Hüfte.«

»Du hast eine künstliche Hüfte?«

»Hab ich dir das nie erzählt? Ich bin früher Oldtimerrennen gefahren.« Sie tätschelt den Oberschenkel. »Alles Metall.«

Snow White hat immer große Geschichten auf Lager. Ob von Oldtimerrennen oder Storys über irgendeinen bekannten Porno, zu dem sie als Vorlage gedient hat. Aber ich bringe es nie fertig, sie zum Erzählen zu animieren, zumal ich mir nicht sicher bin, ob das tatsächlich alles erfunden ist. Also sage ich nur: »Wusste ich tatsächlich nicht.«

»Tja, wenn du mich öfter besuchen würdest, wüsstest du so was längst. Letzte Woche hast du meinen Geburtstag verpasst. Und den Nudelauflauf und die speziellen Kekse, die ich extra gemacht hatte.«

»Ich versuche, sauber zu bleiben.«

»Soll das bedeuten, ich verliere meinen besten Kunden?«

»Keine Sorge! Das heißt ja nicht, dass ich dir nicht weiterhin andere Leute schicke. Also, ich muss dich jetzt um einen Gefallen bitten.«

Dazu sagt sie erst mal nichts.

Drum fahre ich fort. »Ich weiß, dass Chell bei dir gekauft hat, schätzungsweise letzte Woche oder in der Woche davor. Und ich muss dringend wissen, ob sie irgendwas gesagt oder getan hat, was dir komisch vorgekommen ist. Irgendwas.«

»Du weißt doch, Baby, ich spreche nicht über andere Kunden. Klar, du warst mit ihr befreundet, und es tut mir höllisch leid, dass sie tot ist, aber wenn ich mit dir über Geschäfte spreche, dann lieber über deine.«

Sie hält mir ihre Packung Zigaretten hin, aber ich schüttle den

Kopf und taste nach meinen eigenen. Lieber würde ich zermahlene Glasfasern rauchen als Newports. Nachdem ich mir eine Zigarette zwischen die Lippen gesteckt habe, fummle ich in meiner Brieftasche herum, als würde ich nach einem Streichholzheftchen suchen, zähle dabei sechzig Dollar ab und stecke sie zusammengerollt in die kleine Münztasche meiner Jeans.

»Aber nur weil wir uns schon so lange kennen«, sagt sie kopfschüttelnd. »Und wenn du jemand davon erzählst, dreh ich dir den Hahn ab. Oder Schlimmeres.«

»Geht klar.«

So, dass es kein Passant sieht, zieht sie die Scheine aus der Münztasche und sagt: »Chell war hier. Hat ihre Vorräte aufgefüllt. Sie würde wegen irgendeinem Job in Brooklyn festhängen, hat sie gesagt.«

»Was für ein Job?«

»Das hat sie eben nicht verraten. Nur dass sie sich wie Nellie Bly vorkommt. Wie diese Nellie Bly, das hat sie wörtlich gesagt.«

Ich nehme einen langen Zug und schnippe meine Zigarette dann auf den Bordstein. Ich bin müde. So was von müde. Mein Gehirn ist wie ausgefranst. Und hier neben Snow White zu sitzen gibt mir den Rest. Am liebsten würde ich mir mit dem Koks, das ich in Chells Apartment gefunden habe, ein Loch in die Nasenscheidewand ziehen, nur dass es wahrscheinlich gar nicht reichen würde. Ich habe noch genug Geld, dass ich mir ein volles Fläschchen kaufen kann. Damit würde ich die nächsten sechs Stunden überstehen, wenn ich das Zeug sparsam einsetze.

Was ich allerdings nicht tun würde.

Noch während ich das denke, spüre ich wieder die kalten Bodendielen unter meiner Wange.

Die Kontrolle behalten.

»Danke für die Info, meine Süße«, sage ich. »Ich weiß das sehr zu schätzen.«

Eine Weile lang sitzen wir schweigend da, rauchen unsere Zigaretten und sehen den Leuten hinterher, die an uns vorbeigehen. Eine Frau mit einer albernen Gorillamaske und in einer orangefarbenen Kostümierung, die so eng ist, dass sich untenrum alles abzeichnet. Ein Typ mit zwei muskelbepackten Pitbulls, von dem ich mir ziemlich sicher bin, dass er als Cop in *Pulp Fiction* mitgespielt hat. Und drei junge Mormonen, die uns irgendwelche Flugblätter aufschwatzen wollen, bis wir ihnen sagen, dass sie sich verpissen sollen.

Ein Viertel, in dem man sich nachts gern aufhält.

Irgendwann sagt Snow White: »Du trägst den Hut, den sie dir geschenkt hat.«

»Woher weißt du, dass sie ihn mir geschenkt hat?«

»Zum Geburtstag. Das hast du mir selbst mal erzählt.«

»Du hast ein gutes Gedächtnis.«

»Ist in meiner Branche ganz hilfreich. Ist wirklich ein schöner Hut.«

»Danke. Was machen die *niños?*«

Snow White zieht ein Foto aus der Tasche und zeigt mir ein pausbackiges, lachendes Baby mit einer rosa Schleife im flaumigen Haar. »Meine kleine Enkelin.«

»Wie alt ist die jetzt?«

»Drei Monate. Sie heißt Isabelle.«

»Hübsches Ding. Dein drittes, oder?«

»Viertes. Wenn du mich öfter besuchen würdest, wüsstest du auch das.«

»Jedenfalls herzlichen Glückwunsch!« Ich schnippe die Zigarettenkippe auf die Straße. »Ich gehe jetzt schlafen.«

»Und vergiss nicht: Zu keinem ein Wort über das, was ich dir erzählt habe.«

»Kannst du mir etwa in die Augen sehen und behaupten, du würdest mir nicht trauen?«, frage ich grinsend.

»Ich traue keinem«, antwortet Snow White. Dabei lächelt sie nicht.

*

Nellie Bly. Ich habe keinen Schimmer, wer das ist. Da hätte ich wohl in der Schule besser aufpassen sollen. Oder mich auf den neuesten Stand der Technik bringen und mir ein Smartphone anschaffen. Aber ich mag mein Klapphandy. Ich habe schon genug billige Plastikhandys zertrümmert – so ein schickes Smartphone, das fast nur aus Glas besteht, wäre bei mir rausgeschmissenes Geld. Außerdem finde ich es gut, dass das Ding noch entfernt an einen Telefonhörer erinnert. Dafür kann mir der ganze Google-Scheiß gestohlen bleiben. Anstatt auf ein Display zu starren, sitze ich lieber draußen vor meinem Fenster auf der Feuerleiter und schaue auf die Stadt. Und trinke Whiskey. Vielleicht sollte ich mir in irgendeiner Bar einen bestellen.

Ich muss nach Hause. Ich brauche Schlaf.

Mir knurrt der Magen. Etwas zu essen brauche ich also auch. Es ist Stunden her, dass ich das letzte Mal was gegessen habe. Auf dem Weg nach Hause komme ich an einem japanischen Nudelimbiss vorbei. Der hat lange für Leute auf, die zu viel getrunken haben und Hunger kriegen. Da könnte ich mir eine Portion Nudeln mitnehmen.

Ich versuche auszurechnen, wie viel Schlaf ich im Vergleich zu dem abbekommen habe, was ich hätte abbekommen sollen, aber das mit der Rechnerei haut jetzt nicht so recht hin, also laufe ich einfach mit gesenktem Kopf dahin und weiche den mir Entgegentorkelnden aus.

Die Tür zum Nudelladen geht nicht auf. Ich stemme mich dagegen, bis mir auffällt, dass die Lichter aus sind. Ich presse das Gesicht an die Fensterscheibe. Der Laden sieht aus wie ein abgenagter Truthahn nach Thanksgiving. Sogar alles, was eingebaut war, wurde abgeschraubt.

Ich kann mich nicht erinnern, wie der Imbiss hieß, aber der Besitzer hat mich immer erkannt und mir manchmal eine Gratisportion Edamame eingepackt.

Laut dem Schild an der Tür zieht hier demnächst eine Bankfiliale ein.

*

War ja klar. Kaum liege ich im Bett, schwirrt mir dermaßen der Kopf, dass ich nicht einschlafen kann.

Also stehe ich wieder auf und laufe herum, um meine Gedanken zu sortieren. Vielleicht sollte ich mir eine Hose anziehen, aber dafür ist es zu warm. Ich brauche was zum Runterkommen. Ein Downer würde meine Antidrogenpolitik nicht sabotieren. Pillen, die es auf Rezept gibt, schaden doch nicht. Die kriegen selbst kleine Kinder verschrieben.

Ich durchwühle meine Schubladen nach einer Vicodin, einer Klonopin, einer Oxy oder einer Xanax. Mein Vorrat an Pillen muss dringend aufgefüllt werden. Ich kann froh sein, dass ich keine Gäste habe. Das würde sonst ein peinliches Bild abgeben.

Das Fläschchen mit Kokain steht auf dem Küchentresen und lacht mich an. Aber sosehr es mich auch schmerzt, leere ich es in die Spüle. Ich drehe den Hahn auf und sehe zu, wie das milchige Wasser in den Ausguss läuft. Natürlich bereue ich das sofort, weiß aber, das Richtige getan zu haben.

Ich tigere wieder durch den Raum. Und dann habe ich eine Idee. Ich brauche was, worauf ich mich konzentrieren kann.

Die Küche in meinem Apartment ist ungewöhnlich geschnitten. Wie ein Sechseck, das an einer Seite eingedrückt ist. Zwischen dem Wohnbereich und dem Fenster ist ein großes Viereck nackte Wand. Glatt und weiß wie eine Leinwand.

Zunächst mal brauche ich ein bisschen Musik. Ich verbinde meinen iPod mit den Boxen im Wohnzimmer und durchsuche ihn nach Billie Holiday. Ich lasse sie ein paar Zeilen von »Long Gone Blues« singen, aber das kommt im Moment nicht gut. Zu romantisch. Also schwenke ich auf Nina Simone um.

Trotz Musik kann ich das Rauschen aus dem Empfänger hören. »10-31, Südseite Washington Square Park.« Zivilperson braucht Hilfe, Krankenwagen nicht nötig.

Ich schreibe Chells Namen mitten auf die Wand. Und an verschiedene Stellen ringsherum:

- *Ginny*
- *Nellie Bly*
- *Steve der Türsteher*
- *Mann mit Sack über Kopf*
- *anderer Typ bei Chell*

Für den Mörder mache ich ein Fragezeichen und ziehe dann eine Linie zu Chells Namen. Dann liste ich alle Personen oder Orte auf, von denen ich weiß, dass sie dort war:

- *Snow White*
- *Arbeit*
- *Alphabet City*
- *Jamaica*

Und dann weiß ich nicht mehr weiter. Aber trotzdem ist es gut, alles klar vor mir zu sehen. Ich setze mich auf den Küchenstuhl und starre an die Wand. Ich wünschte, die Worte würden in einzelne Buchstaben zerfallen und sich zu etwas Neuem zusammensetzen, was irgendeinen Sinn ergibt. Aber darauf kann ich lange warten.

Vielleicht wäre es hilfreich, wenn ich wenigstens wüsste, wer diese Nellie Bly ist. Ich könnte Bombay anrufen und ihn bitten, mal kurz zu recherchieren, aber der schläft sicher. Schließlich hat er einen Erwachsenenjob.

Sosehr ich auch versuche, mich auf die Namen an der Wand zu konzentrieren, schwenkt mein Blick immer wieder zu dem Fragezeichen.

Wie kann jemand einem Menschen so etwas antun?

Das hat mein Vater mir schon als Kind eingebläut: Männer schlagen keine Frauen. Mehr noch: Du musst dich für andere einsetzen. Die Bösen gewinnen nur, wenn die Guten sie lassen. All das ist für mich so selbstverständlich wie Luft zu holen.

Aber ist das tatsächlich nur eine Frage der richtigen Erziehung? Kinder, die missbraucht werden, missbrauchen später auch andere. Schmerz, Hass und Angst sind ein Teil von ihnen geworden. Aber wenn man verletzt wurde und weiß, wie sich Schmerz anfühlt, warum will man dann, dass andere das Gleiche erleben?

Oder geht das alles viel tiefer? Handelt es sich um die Fehlschaltung einer Nervenzelle, die sich im Lauf des Lebens immer weiter verzweigt und sich wie Krebs ausbreitet?

8,2 Millionen Leute wohnen hier in der Stadt.

Wie viele davon sind in diesem Moment tot?

Oder sterben?

Genau jetzt?

Oder schlimmer noch: Wie viele haben diese Fehlschaltung?

Ich starre auf die Mindmap an der Wand. Die Fragen, die ich mir stelle, sind doch total naiv. Als gäbe es eine vernünftige Antwort darauf. Aber ich denke weiter darüber nach. Wenn ich das nicht tue, erscheint vor meinem inneren Auge nämlich ein Bild, das ich nicht sehen will. Chells Gesicht, von Schmerz verzerrt.

»Ne me quitte pas«, singt Nina Simone mit einer Stimme wie vom Grund des Ozeans. Ich greife nach meinem Handy. Meine Mutter hat mir eine Nachricht geschickt. Ich überlege kurz, aber dann wähle ich Chells Nummer. Ihre Mailbox springt an.

»Tut mir leid, aber Sie haben wohl die falsche Nummer gewählt.«

Piep.

Ich lasse ihre Stimme über die Boxen laufen. Und schließe die Augen.

FÜNF

Ich werde von einem hartnäckigen Klopfen geweckt. Den Kopf vom Kissen zu heben kommt dem Wendemanöver eines Schlachtschiffes gleich. Ein Blick auf mein Handy verrät mir, dass ich immerhin vier Stunden geschlafen habe. Wenn jetzt wieder die beiden Cops vor der Tür stehen, könnte es gut sein, dass ich einem direkt eine reinhaue.

Ich ziehe Jeans und T-Shirt an und öffne die Tür dann einen Spaltbreit. Es ist Aziz. Hinter den dicken Brillengläsern kann man seine Augen kaum erkennen, aber die Mundwinkel hängen ziemlich weit runter.

»Sie haben das Schloss ausgetauscht«, ist das Erste, was er sagt.

»Kann nicht sein«, gebe ich zurück. »Der Schlüssel klemmt manchmal.«

»Die Polizei hat nach Ihnen gefragt.«

»Sind alte Freunde von mir. Hat sich alles schon geklärt.«

Aziz versucht, einen Blick an mir vorbei in das Apartment zu werfen. »Die Mieterin unter Ihnen hat gesagt, bei ihr tropft Wasser von oben runter. Ich muss mir das mal zusammen mit einem Klempner ansehen.«

»Hier tropft nichts. Bei mir ist auch manchmal Wasser im Spülbecken oder in der Toilette, aber das ist doch normal, oder?«

Aziz will sich an mir vorbeischieben, aber ich halte die Tür fest und bleibe stehen. »Wo ist Miss Hudson?«, fragt er.

»Beim Bingo.«

»Die spielt wohl ständig Bingo. Und warum herrscht hier im Apartment so ein Chaos?«

»Sie hat gestern Abend eine kleine Party gegeben.«

»Wenn sie nicht mehr hier wohnt, muss ich mich auch nicht mehr an die Mietpreisbindung halten. Das wissen Sie ja.«

»Das versteht sich von selbst.«

Er gibt den Versuch auf, in die Wohnung zu gelangen, und macht einen Schritt zurück in den Flur. »Sagen Sie ihr, sie soll bei mir im Büro vorbeikommen. Ich brauche ein paar Unterschriften von ihr.«

»Scheuchen Sie sie nicht so rum, Aziz. Sie ist nicht mehr die Jüngste. Und im Moment ist sie nicht so gut zu Fuß.«

»Immerhin geht sie noch zum Bingospielen.«

»Sie können wohl kaum von ihr erwarten, dass sie den ganzen Tag nur hier rumsitzt. So eine tolle Gesellschaft bin ich nun auch wieder nicht.«

Aziz wirft noch einen Blick an mir vorbei, dann schlurft er durch den Flur zurück zur Treppe. »Sagen Sie ihr, sie soll später bei mir vorbeikommen.«

Damit ging der Tag ja gut los.

Wohnungen mit Mietpreisbindung sind wie Ufos. Man hat von ihnen gehört, aber noch nie eine gesehen. Mein Glück war, dass ich jemand kannte, der jemand kannte. Und dass Ersterer, also der, den ich kannte, mir noch einen Gefallen schuldete.

Die Frau, die vor mir hier gewohnt hat, ist längst verstorben. Sie ist wahrscheinlich im Zweiten Weltkrieg hier eingezogen, jedenfalls wurde die Miete seitdem nicht mehr erhöht. Anfang der Vierzigerjahre den Emergency Price Control Act zu unterschreiben ist das einzig Gute, was Franklin D. Roosevelt je für mich persönlich getan hat.

Der Typ, den ich kannte, hat im Krankenhaus gearbeitet, und der Typ, den er kannte, in der Leichenhalle desselben Krankenhauses. Also hatten die beiden so eine Art Geschäft aufgezogen. Wäre der eine mir nicht noch etwas schuldig gewesen, hätten sie mir mit Sicherheit eine Maklercourtage abgeknöpft.

Da die alte Dame nicht zu Hause gestorben ist, hat keiner den Vermieter darüber informiert. Und so konnte ich in einer Nacht- und-Nebel-Aktion einfach einziehen, über die Feuerleiter und dann durchs Fenster. Der Informationsstand des Vermieters beschränkt sich seitdem darauf, dass Miss Hudson nichts anderes tut, als zu schlafen oder Bingo zu spielen, und ich als ihr hausinterner Betreuer fungiere.

Es gibt nur ein Problem. Wenn er herausfindet, dass sie längst tot ist, wird er auf die Mietpreisbindung pfeifen und eine marktübliche Miete verlangen. Die kann ich mir aber nicht leisten. Und obwohl es nicht gerade die feine Art ist, jemand in New York einfach auf die Straße zu setzen, ist das, was ich hier tue, eigentlich auch nicht legal.

Manche Vermieter gehen so weit, dass sie nichts mehr instand setzen, weil sie damit die Mieter rausekeln wollen. Und für den Fall, dass wieder einer der alten Mieter stirbt, stellen sie schon mal eine Flasche Champagner kalt. Aziz hat mich schon eine ganze Weile auf dem Schirm. Keine Ahnung also, wie lange ich hier noch wohnen kann.

Bestimmt haben auch einige Nachbarn längst bemerkt, dass Miss Hudson gar nicht mehr da ist. Aber die haben nichts mit mir am Hut. Ich übrigens auch nichts mit denen. Dabei sollte man doch meinen, so viele Leute auf engem Raum würden automatisch Kontakt zueinander pflegen. Im Gegenteil, man grenzt sich nur umso mehr ab. Außenstehende halten New Yorker oft für unfreundlich, doch das sind wir gar nicht. Es ist nur so, dass man auf derart begrenztem Raum sein Territorium umso mehr verteidigt.

Die Leute über mir scheinen den ganzen Tag lang auf High Heels rumzulaufen. Die Backsteinwände speichern im Winter so viel Wärme, dass es im Sommer brütend heiß ist. Was man auf den ersten Blick für eine Besenkammer halten könnte, ist die Dusche in der Küche. Von den Tapeten mit dem Blumenmuster in Lila, Blau und Pink wird mir jedes Mal schwindelig, wenn ich zu viel verschreibungspflichtige Drogen intus habe. Und die Toilettenspülung funktioniert beim ersten Versuch nie richtig.

Aber es ist mein Apartment. Genau so liebe ich es. Und sobald ich einen Fuß vor die Tür setze, habe ich alles in der Nähe, was ich brauche.

Es klopft schon wieder an der Tür. Diesmal etwas zaghafter. »Was ist denn noch, Aziz?«, rufe ich.

Als ich die Tür öffne, steht da jedoch jemand anderes: eine hübsche junge Frau. Ungefähr mein Alter, lila Sweatshirt, schwarzes Haar zu einem straffen Pferdeschwanz gebunden. Sieht ein wenig derangiert aus, so als wäre sie von irgendwoher angereist.

»Ich soll dich von deiner Mutter fragen, warum du nicht ans Telefon gehst«, sagt sie.

Ich weiß nicht, was die von mir will. Irgendwie kommt sie mir bekannt vor, aber ich bin noch etwas benebelt.

»Also was jetzt, Cousin?«, sagt sie. »Willst du mich hier noch länger stehen lassen?«

»Margo?«

»Korrekt.«

»Ach du Scheiße!«

»Hab dich auch vermisst.«

Sie umarmt mich kurz, und ich lasse sie herein. Als ich den schwarzen Rollkoffer sehe, den sie hinter sich herzieht, fällt mir wieder ein, was ich vor ein paar Wochen mit meiner Mutter am Telefon besprochen habe. Margo wolle von Pennsylvania nach New York kommen und sich ein bisschen umsehen, weil sie sich im nächsten Jahr vielleicht an der NYU einschreiben möchte. Meine Mutter hatte mich gefragt, ob sie ein paar Tage bei mir wohnen könne. Vermutlich hat sie deshalb noch mal versucht, mich anzurufen.

»Ist doch okay, wenn ich ein paar Tage bei dir wohne, oder?«, sagt Margo.

»Klar.«

»Aber du hattest es vergessen, ja?«

»Ja.«

Margo lacht. »Wenn es gerade ungünstig ist, kann ich mir auch ein Hotel suchen oder so.«

»Nein, lass mal. Ist schon okay. Die Hotels hier in der Gegend sind scheißteuer.«

Ich führe sie ins Wohnzimmer, zeige auf das Sofa und setze mich ihr gegenüber.

»Und wie geht es dir so?«, fragt sie.

»Ich lebe noch.« Ich stecke mir eine Zigarette an und halte ihr die Packung hin. Sie nickt und nimmt sich eine. »Du willst nächstes Jahr hier studieren?«

»Hoffentlich. Ich glaube, meine Chancen auf einen Platz an der Tisch School of the Arts stehen gar nicht schlecht.« Sie holt ihr Handy aus der Jackentasche. »Ich texte mal eben meiner Mutter, dass so weit alles okay ist. Solltest du vielleicht auch machen. Deine Mama sagt, dass du dich fast nie meldest.«

Während Margo ihrer Mutter eine Nachricht schickt, schreibe ich eine an meine: Margo ist gut angekommen. War schwer zu erreichen, sorry. Dann schalte ich das Handy aus und ziehe kräftig an der Zigarette. »Schon eine Weile her, dass wir uns das letzte Mal gesehen haben.«

»Bei der Beerdigung. Ist ziemlich lange her.« Sie kramt in ihrer Tasche herum, dann hält sie inne und fügt hinzu: »Schade, dass ich da kaum Gelegenheit hatte, mit dir zu reden. Aber da waren so viele Leute …«

»Ja, waren viele da.«

»Ich hätte anrufen sollen, ich weiß. Oder dich längst schon mal besuchen. Das mit deinem Vater tut mir echt leid.«

»Geht den meisten so.«

Margo senkt den Blick, und ihre Stimme klingt ein wenig brüchig, als sie sagt: »Er war ein Held. Das weißt du doch, oder?«

»Reden wir lieber von etwas anderem.«

»Tut mir leid.«

»Muss es nicht. Alle, die nach New York kommen, wollen über Nine-Eleven reden. Aber was soll man dazu noch sagen? Es ist passiert. Und es ist scheiße, dass es passiert ist. Darüber zu reden bringt ihn auch nicht zurück.«

Damit ist das Thema erst mal erledigt. Margo sieht sich in meinem Apartment um, und ihr Blick fällt auf den französischen Rokokoschrank aus Walnussholz in der Ecke und den irischen grünen Geschirrschrank. Als sie sich mir wieder zuwendet, knackt der Plastikbezug auf dem Sofa.

»Was die Einrichtung angeht, hast du einen eigenwilligen Geschmack«, sagt sie.

»Ich stehe eben auf Antiquitäten. Ich höre ja Musik auch noch auf Vinyl.«

»Nein, mal im Ernst. Bei dir sieht es aus, als würde hier eine alte Dame wohnen.«

»Damit liegst du gar nicht so falsch.«

Ich erzähle ihr, wie ich an das Apartment gekommen bin, und als sie hört, was ich an Miete zahle, macht sie große Augen. »Für eine ganze Wohnung?«

»Genau.«

»Wahnsinn! Studentenbuden kosten ja schon dreitausend im Monat. Da braucht man mindestens einen Mitbewohner.«

»Willkommen in New York!«

»Ist aber trotzdem ein bisschen komisch«, sagt sie und verzieht das Gesicht. »In der Wohnung einer alten Dame zu leben.«

»Der Wohnungsmarkt in New York ist nun mal eine Kampfsportarena. Und gegen alles, was ich sonst manchmal so mache, ist das hier vergleichsweise harmlos.« Ich drücke die Zigarette in dem übervollen Aschenbecher aus. In diesem Moment ertönt aus der Küche der Empfänger: »10-32, Ecke A und Dritte.« Defekter Ölbrenner, nur ein paar Blocks entfernt.

Margo wirft einen Blick zur Küche. »Was war das?«

»Notrufempfänger. Ich gehe jetzt erst mal unter die Dusche. Fühl dich einfach wie zu Hause.«

Das Sofa steht mit der Rückenlehne zur Wand, aber davor befindet sich noch ein Raumteiler, sodass ich auch duschen gehen kann, wenn Leute da sind. Und während ich Margo herumlaufen höre, schaffe ich es, mich so weit frisch zu machen, dass ich mich wieder wie ein Mensch fühle. Ich ziehe mir ein T-Shirt an, das zumindest letztens noch sauber war, und gehe dann zurück ins Wohnzimmer. Margo hat inzwischen den Aschenbecher geleert und sich eine von meinen Zigaretten angesteckt.

Sie sieht mich auffordernd an. »Und jetzt?«

»Das fragst du mich? Du bist doch diejenige, die hier plötzlich vor der Tür steht. Sag mir einfach, wozu du Lust hast.«

»Ich will dich aber nicht von irgendwas abhalten. Und wenn ich störe, kann ich wirklich wieder gehen. Ich finde bestimmt etwas anderes.«

»Nein. Du bleibst hier. Lass uns erst mal was essen. Ich könnte jedenfalls ein paar Eier und Kaffee vertragen.«

»Perfekt. Auf dem Weg hierher habe ich ganz in der Nähe einen Starbucks gesehen.«

»Starbucks?«

»Da gibt es Frühstückssandwiches.«

Hier ist wohl eine ausführlichere Einführung nötig. Also erkläre ich ihr: »Wenn du hier wohnen willst, vergiss Starbucks. Erstens ist der Kaffee grottenschlecht, und zweitens ist es eine Kette. Und Ketten sind einfach Schrott. Wenn es hier nicht genug Alternativen gibt, wo denn wohl dann?«

Margo zieht die Augenbrauen hoch und nickt zaghaft, so als hätte ich sie zurechtgewiesen. Vielleicht habe ich das ja auch.

Sobald wir draußen sind, recke ich mich und atme die kalte Luft tief ein. Während ich mich nach allen Seiten drehe und überlege, wohin wir gehen könnten, sehe ich, wie Margo sich einen Silberring vom Zeigefinger zieht und in ihre Tasche steckt.

»Was soll denn das?«, frage ich.

»Damit ihn mir niemand klaut.«

Das ist der Moment, wo ich in so schallendes Gelächter ausbreche, dass ich mir fast eine Zwerchfellzerrung zuziehe.

Und dann fragt sie mich auch noch, was es denn da zu lachen gibt.

*

Wenn man in New York wohnt, ist das nämlich so: Leute, die von auswärts kommen, sind immer noch auf dem Stand der Seventies, als U-Bahn-Fahren noch bedeutete, dass die Chancen 60 zu 40 standen, dabei abgestochen zu werden.

Im Jahr 1990 hatte die Mordrate dann mit 2.200 Toten ihren Höchststand erreicht. Im letzten Jahr waren es nur noch etwas mehr als fünfhundert. In allen Bereichen schwerwiegender Straftaten verzeichnen wir sinkende Raten, sodass New York mittlerweile als eine der sichersten Großstädte Amerikas gilt. Aus dem Hexenkessel wie in *Ein Mann sieht rot* ist eine weichgespülte Utopie à la *Friends* geworden.

Trotzdem werden wir den schlechten Ruf einfach nicht los.

Und jeder hat eine Erklärung dafür, wie der Wandel vonstattenging: Gentrifizierung, das Wirtschaftswachstum unter Clinton. Ganz sicher hat beides eine Rolle gespielt. Aber der eigentliche Auslöser war Giuliani, der ehemalige Bürgermeister von New York und ein Titan unter allen Arschlöchern. Ein feiger, selbstsüchtiger Wichser, für den Bürgerrechte ein Fremdwort war und der entgegen der landläufigen Meinung nach Nine-Eleven nichts anderes getan hat, als sich möglichst schnell vor den Fernsehkameras zu platzieren.

Eine seiner zahlreichen »Leistungen« bestand darin, jemand zum Commissioner des NYPD zu benennen, der die Broken-Windows-Politik vorantrieb. Dahinter steckt der Gedanke, dass man, wenn man an einem leer stehenden Fabrikgebäude mit zerbrochenen Fenstern vorbeikommt und ein paar Steine rumliegen sieht, dazu verleitet wird, noch mehr Scheiben einzuwerfen. Dass nämlich dort, wo keine zerbrochenen Fenster sind, ein solcher Gedanke gar nicht erst aufkommt.

Übertragen auf die Situation in New York hieß das, verstärkt gegen minderschwere Straftaten vorzugehen, um schwerwiegende Verbrechen zu verhindern. Also verfolgte das NYPD vermehrt

Betrunkene, Schwarzfahrer und Abzocker. Das hatte tatsächlich eine abschreckende Wirkung, teilweise zumindest.

Das Problem war nur, dass das NYPD unter Giuliani zu einer militärisch organisierten Eingreiftruppe wurde, die einen ohne jeglichen Grund drangsalieren konnte, bloß weil es denen so passte. Es mussten ja Verhaftungsquoten erfüllt und CompStat-Formulare ausgefüllt werden, die eigentlich der Verbrechensbekämpfung dienen sollten, dann aber zum Selbstzweck wurden. Na, diesen Monat noch nicht genug Vorladungen zu verzeichnen? Dann wird es aber Zeit, also schnell noch jemand wegen irgendwas hopsnehmen. Schuldig oder nicht, spielt keine Rolle. Hauptsache, die Zahlen stimmen.

Die Verbrechensraten sanken tatsächlich. Und die Touristen kamen scharenweise. Manche Leute kriegten schon ganz feuchte Augen, wenn sie in eine der einstigen No-go-Areas wie Bushwick oder die Lower East Side ziehen konnten. Und Gegenden wie Park Slope oder Tribeca wurden zu Vororten zwischen Wolkenkratzern.

Das New York von heute ist ein Premiumprodukt in hübscher Verpackung, das man den Touristen verkauft. Noch hundert Jahre weiter, und die ganze Stadt wird hinter Glas präsentiert. Wohnen dürfen dann hier nur noch Leute mit einem Gehalt im hohen sechsstelligen Bereich. Alle anderen werden nach Jersey verfrachtet.

All das erkläre ich Margo, und sie hört aufmerksam zu.

Als ich mit meinem Vortrag fertig bin, fragt sie: »Hat Sicherheit denn nicht auch etwas für sich?«

»Ich kenne eine Menge Leute, die sie sofort gegen die schlechten alten Zeiten eintauschen würden.«

»Das ist ziemlich krass.«

»Mag sein. Aber wenn man sein ganzes Leben hier verbracht hat, kann man es irgendwie verstehen.«

*

Wir gehen ganz in der Nähe in eine Trattoria, wo man gute Eier und guten Kaffee bekommt. Dass ich meine Ermittlungen unterbrechen muss, passt mir eigentlich gar nicht, aber wer weiß, vielleicht läuft mein Denkapparat nach einer kleinen Stärkung umso besser. Im Moment fühle ich mich jedenfalls, als hätte ich Watte im Kopf.

Ein gelangweilter Kellner mit Nackentattoo führt uns durch das fast leere Restaurant zu einem Tisch nicht weit vom Fenster. Im hinteren Teil des Lokals entdecke ich Lunette. Obwohl sie in einer dunklen Ecke sitzt, trägt sie eine Sonnenbrille, und sie hat Mühe, nicht mit dem Kopf in ihre Bloody Mary zu sinken. Ich sage dem Kellner, dass wir uns zu ihr setzen. Als ich uns Stühle zurechtrücke, reagiert sie kaum.

Ich klopfe auf den Tisch. »Schlimme Nacht gehabt?«

Sie gibt ein Geräusch von sich, das Zustimmung signalisieren soll, und wirft einen Blick auf Margo. »Wer ist das?«

»Du musst Lunette ihre Direktheit nachsehen«, sage ich zu Margo. »Sie ist zur Hälfte Russin.« Ich werfe einen Blick auf die Speisekarte, obwohl ich längst weiß, was ich bestellen will. »Lunette, das ist meine Cousine Margo.«

Margo streckt den Arm aus, und über den Tisch hinweg schütteln sich die beiden die Hände. Dann trinkt Lunette einen großen Schluck von ihrer Bloody Mary, während der Kellner unsere Bestellung aufnimmt und ich ihm erkläre, was ich haben will: Spiegeleier und Toast, einen großen Becher Kaffee, Eiswürfel und dazu Kartoffelpuffer. Der Kellner lacht, als hätte ich einen Witz gemacht, und geht in Richtung Küche.

»Und?«, fragt Margo Lunette. »Was machst du so?«

»Wie, was ich so mache?«

»Beruflich.«

»Ist das wichtig für dich?«

»Nur um ... über irgendwas zu reden.«

Wieder gibt Lunette ein Geräusch von sich, aber diesmal nichts Zustimmendes. Sie wühlt in ihrer Tasche herum und steckt sich dann irgendeine Pille in den Mund.

Ich packe sie am Handgelenk. »Sei nicht so frech!«

»Ist doch eine von diesen Gents.«

»Und sie ist mit mir verwandt.«

Lunette schüttelt meine Hand ab und schluckt die Pille, ohne nachzuspülen. Dann sagt sie zu Margo: »Entschuldige, Liebes. Aber mit so einem Kater bin ich nicht mehr ich selbst.«

»Kommt mir bekannt vor«, sagt Margo. »Aber was ist denn ein Gent?«

Um zu vermeiden, dass Lunette die abfällige Variante erklärt, sage ich schnell: »Das ist ein Spitzname für Leute, die hierherziehen, aber nicht von hier sind. Gent ist die Abkürzung von Gentrifizierer.«

»Wie?«

Der Kellner bringt den Kaffee und ein Glas mit Eiswürfeln, und nachdem ich drei davon in den Kaffeebecher getan habe, fahre ich mit meiner Erklärung fort. »Wenn irgendwelche gesponserten Kids kein Problem damit haben, drei dicke Scheine für eine Monatsmiete hinzublättern, treibt das die Preise in der ganzen Gegend hoch, und keiner von hier kann sich das noch leisten. Das CBGB und andere Clubs haben wegen solchen Leuten schon dichtgemacht.«

Lunette nickt beipflichtend. »Ätzend!«

Der Kaffee ist abgekühlt, und ich trinke erst mal einen Schluck. »Ich bin mir sicher, dass mein Vermieter es auch schon darauf anlegt, mich loszuwerden. Dann könnte er nämlich das Vier- oder Fünffache an Miete kassieren.«

Margo rührt in ihrem Kaffeebecher herum. »Wo willst du denn wohnen, wenn du da rausmusst?«

»Auf einer Sitzbank in der U-Bahn wahrscheinlich. Dann fahre ich mit der Linie G zwischen Brooklyn und Queens oder auf einer anderen Nebenstrecke immer hin und her.«

»Du könntest doch in einen der äußeren Stadtbezirke ziehen, zurück nach Staten Island vielleicht.«

»Das würde einer Niederlage gleichkommen.«

»Oder nach Brooklyn.«

Lunette schaudert. Und ich muss lachen.

Margo runzelt die Stirn. »Ich dachte, Brooklyn ist cool. Zu Hause kenne ich eine Menge Leute, die von Williamsburg schwärmen, als wäre das ein Shangri-La.«

»Nach Williamsburg geht man, wenn man Angst hat, erwachsen zu werden. Ich würde es nicht mal eine Woche da aushalten.«

»Wenn ich hier studiere, könnten wir doch zusammen wohnen. Wir würden bestimmt was finden.«

Jetzt muss ich lächeln. »Das ist nett von dir, aber den Ärger willst du dir bestimmt nicht aufhalsen.«

Margo wechselt das Thema. »Wie habt ihr beide euch denn kennengelernt?«

Lunette muss beim Gedanken daran grinsen. »In der U-Bahn hat mal jemand seinen Schwanz rausgeholt und vor meinem Gesicht damit rumgewedelt. Da ist Ash eingeschritten und hat ihn ein bisschen zurechtgerückt.«

Margo schürzt die Lippen. »Passiert so was hier öfter?«

»Dass jemand seinen Schwanz rausholt oder dass Ash wen zurechtrückt? Kommt beides öfter vor, als man glauben möchte. Aber keine Sorge. Die Stadt ist sicherer, als es scheint.«

Ich will gerade zu einer Verteidigung ansetzen, aber da kommt auch schon unser Essen. Keine Spiegel-, sondern Rühreier, und etwas versalzen, aber das ist mir jetzt egal. Ich winke den Hilfskellner her, damit er mir noch Kaffee nachschenkt.

In dem Moment sagt Margo: »Ganz so sicher kann es hier aber auch nicht sein, oder? Habt ihr das von der jungen Frau gehört? Die vorgestern Nacht umgebracht wurde? Der Greenpoint-Gothic-Mord, so hieß das in den Zeitungen.«

Lunette wirft mir einen Blick zu. Und ich halte den Kopf über meinen Teller gesenkt. Ich will nicht darüber reden. Aufzustehen und zu gehen wäre allerdings auch nicht die feine Art. Ich bin es so leid, über Tote zu sprechen. Aber wie es aussieht, komme ich nicht darum herum. Also ergebe ich mich achselzuckend in mein Schicksal. »Ich war mit ihr befreundet.«

»O Gott, Ash!«, sagt Margo. »Das tut mir furchtbar leid.«

»Du brauchst dich nicht zu entschuldigen. Du hast sie ja nicht umgebracht.«

»Meine Mutter wollte mich deswegen gar nicht hierherfahren lassen. Sie hat sich sogar standhaft geweigert, mich zum Bahnhof zu bringen.«

»Es ist nicht gefährlich hier«, erkläre ich ihr noch einmal. »Manchmal vielleicht. Man muss eben aufpassen.«

»Chell *hat* aufgepasst«, sagt Lunette.

»Ja, das hat sie. Können wir es vorerst einfach dabei belassen?«

»Nein, können wir nicht«, sagt Lunette.

»Warum nicht?«

»Weil ich dir noch was erzählen muss.«

»Was denn?«

»Etwas über Chell.«

Ich lege Messer und Gabel beiseite und setze mich mit gefalteten Händen aufrecht hin. Dann sage ich, ohne Margo anzusehen: »Ich weiß, das ist jetzt total unhöflich, aber könntest du uns für einen Moment allein lassen?«

Margo nickt. »Dann gehe ich mal raus, eine rauchen.«

Ich warte, bis ich sie draußen vor dem Fenster im Blick habe, dann frage ich Lunette: »Was gibt es?«

»Weil du viel zu aufgebracht bist, dich mit anderen sachlich zu unterhalten, habe ich mich mal ein bisschen umgehört. Und erfahren, dass sie vorgestern, bevor sie umgebracht wurde, zu einem Treffen mit dem Chef dieser Varietétruppe wollte. Die treten heute Abend im Skidmore auf. Und an dem Abend war sie wegen irgendeinem Mysteryjob unterwegs, von dem anscheinend sonst keiner was weiß.«

»Gut. All das war mir neu.«

»Ja, aber da ist noch was. Soll ich dir mal sagen, wo sie morgens war?« Lunette legt eine effektvolle Pause ein. »Beim Brunch mit Ginny.«

Das muss ich erst mal verarbeiten. Dann nicke ich wortlos, stehe auf und verlasse das Restaurant. Margo hat ihre Zigarette fast aufgeraucht. Sie bietet mir eine an, aber ich nehme eine von meinen. »Soll ich lieber gehen?«, fragt sie mich.

»Nein, schon gut. Heute Abend machen wir drei was zusammen. Mir fällt nur nichts ein, was wir bis dahin tun könnten. Ist noch so früh am Tag.«

Margo wirft die Kippe auf die Straße und sagt: »Ich habe nachher an der NYU einen Termin mit einem Tutor vom Fachbereich

Film. Lunette und du, ihr könntet doch mitkommen und mir auf dem Weg schon mal ein bisschen die Gegend zeigen.«

»Klar. Aber geh erst mal wieder rein zu Lunette und frühstücke zu Ende. Ich muss kurz nachdenken.«

Margo betritt das Lokal, und ich laufe mit zitternden Händen ein Stück die Straße entlang.

Ginny hat mich also belogen.

Sie hat behauptet, Chell – wie lange? – seit Wochen nicht mehr gesehen zu haben. Ich sollte ihr die Tür eintreten und ihr gleich eine gerade Rechte verpassen, bevor sich ihre Bodyguards auf mich stürzen. Das wäre in Ordnung, denn genau genommen ist sie ja ein Kerl. Aber die einzige Möglichkeit, die Wahrheit aus ihr rauszukriegen, besteht darin, sie mit Lunettes Information zu konfrontieren.

Ich trete die halb gerauchte Zigarette aus und gehe zurück zu der Trattoria.

Lunette sitzt allein am Tisch. Sie zeigt mit dem Kopf zur Seite. »Auf dem Klo.« Ich setze mich ihr gegenüber. Sie runzelt die Stirn und sagt: »Ich wollte dich damit nicht aufregen.«

»Im Moment kann man mir wohl kaum etwas erzählen, was mich nicht aufregt.«

»Wir gehen also gleich zur NYU?«

»Ja. Du wärst mir echt eine große Hilfe, wenn du mitkommen könntest. Margo soll bei mir wohnen, und das ist auch okay. Wär aber gut, wenn sie noch ein paar Leute kennt, mit denen sie was unternehmen kann. Die sie im Auge behalten. Würdest du das für mich tun?«

»Sie ist süß.« Lunette nimmt sich ein leeres Zuckertütchen und reißt es in zwei Hälften. »Wär sie was für mich?«

»Hab sie nicht danach gefragt.«

»Ach, und noch was, Ash.« Sie legt die Tütchenhälften beiseite und nimmt meine Hand. »Ich weiß, das Ganze ist schlimm für dich. Aber ich hoffe, dass du nicht den Kopf verlierst. Ja? Versprich mir, dass du nicht den Kopf verlierst!«

»Ich habe dich zu gern, als dass ich dir Versprechungen machen würde.«

»Na ja, immerhin wirkst du besonnener als sonst.«

»Ich bleibe abstinent, bis die Sache erledigt ist.«

»Du trinkst nichts?«

»Bin stocknüchtern.«

Auf Lunettes Gesicht zeichnet sich ein solches Maß an Bestürzung ab, dass ich mich unbehaglich fühle. Dann sagt sie: »Ich kann mich nicht erinnern, dich jemals so ernst erlebt zu haben.«

*

Auf der Nordwestseite des Washington Square Park bleiben wir kurz stehen, um den weiteren Ablauf zu besprechen, und Margo sieht noch einmal in ihrem Handy nach, wo genau das Treffen stattfindet. Wie sich herausstellt, ist es in einem Gebäude gleich um die Ecke, weshalb ich vorschlage, dass sie nur mit Lunette hingeht, weil ich noch was erledigen will.

Nachdem sich die beiden auf den Weg gemacht haben, durchquere ich den Park und gehe zu den Schachtischen. Alle sind belegt, bis auf den letzten. Dort sitzt Craig ganz allein und betrachtet die exakt ausgerichteten Figuren auf dem steinernen Spielfeld.

Er hat sich das Haar zu einem lockeren Pferdeschwanz gebunden, nicht mit einem Kamm, sondern mit den Händen. Seine Haut ist schartig, woran man sofort erkennt, dass er auf der Straße lebt und seine Ernährung größtenteils aus alkoholischen

Getränken besteht. Aber seine grauen Augen sind klar, und als ich mich ihm gegenüber setze, fixiert er mich mit einem so scharfen Blick, dass ich sofort den Rücken straffe.

Ich eröffne das Spiel mit denselben Zügen wie immer. Ein paar Bauern, einen Läufer und einen Springer in die Mitte ziehen und einen der Türme als Schutz vor meinem König postieren. Craig versucht, über die Seiten hinter meine Deckung zu kommen. Wenn er einen meiner Bauern kassiert, kann ich ihn sicher eine Weile aufhalten.

Dann schlägt er noch einen. Und dann einen meiner Läufer.

Ich werde unruhig und ziehe meine Figuren weiter in die Mitte. Meinen zweiten Turm positioniere ich auf einem Feld, von dem aus ich mit dem nächsten Zug seine Dame schlagen kann. Dabei habe ich den Läufer, der mir zuvorkommt und meinen Turm schlägt, offenbar übersehen. Es dauert nicht lange, und ich habe nur noch einen Springer und drei Bauern, die meinen König schützen. Craig dagegen hat noch einige Figuren im Spiel.

Die Partie ist längst verloren, aber aus Respekt spiele ich weiter. Nach ein paar weiteren Zügen hat er meinen König in eine Ecke getrieben, eingekesselt von einem Läufer und einem Turm. Ich stoße meinen König um, und zum ersten Mal, seit ich mich zu ihm gesetzt habe, zeigt sich ein Lächeln in seinem Gesicht.

»Chell ist tot, seit vorgestern Nacht«, sage ich, während er die Schachfiguren wieder aufstellt. »Hast du was darüber gehört?«

Er schüttelt den Kopf.

Ich ziehe einen Zwanzigdollarschein aus der Hosentasche und schiebe ihn über den Tisch. »Hör dich um, und sieh zu, ob du was rausfindest, auch über mich. Ich hatte einen Blackout. Wenn mich jemand irgendwo hat rumtorkeln sehen, würde mir auch das schon weiterhelfen.«

Craig wirft einen Blick über die Schulter, um sicherzugehen, dass uns niemand beobachtet. Dann zerknüllt er den Schein und steckt ihn die Seitentasche seiner alten Fliegerjacke.

Craig erzählt nie viel, aber wenn er was sagt, ist er sein Geld allemal wert.

Wir spielen noch zwei Partien, und immer halte ich ein bisschen länger durch, bis er ernst macht und meine Deckung kassiert. Dann habe ich keine Lust mehr, mich noch ein weiteres Mal abziehen zu lassen. Ich bedanke mich für seine Hilfe und gehe im Park zurück zur Nordwestseite, wo ich mir bei Mamoun's ein Schawarma hole und auf die Frauen warte.

*

Ich will an dem Fall arbeiten, aber Margo auch nicht komplett sich selbst überlassen. Von daher bin ich froh, dass Lunette dabei ist. Die beiden plaudern ohne Ende, sodass ich nur ab und zu einen Kommentar einzuwerfen brauche.

Abends gehen wir zum Essen ins Milon, da kann ich Margo direkt in die Vorzüge der preiswerten indischen Küche einweihen. Dann ist es an der Zeit für eine Kneipentour. Margo möchte in die Clubs auf der MacDougal Street, weil ihre Freundinnen ihr erzählt haben, da müsse man unbedingt hin. Ich sage ihr, dass die Läden auf der MacDougal genau das Richtige sind, wenn man sich vollkotzen lassen will oder es darauf anlegt, von irgendeinem Studentenbürschchen etwas in den Drink gemischt zu kriegen und vergewaltigt zu werden.

Stattdessen gehen wir ins Stillwater. Lunette schlurft direkt zur Jukebox und füttert sie mit Faith No More, obwohl wir nicht vorhaben, lange zu bleiben. Sofort stellt mir der Barkeeper ein Glas

Whiskey auf die Theke. Ich schiebe es beiseite und frage ihn, ob er mich oder Chell in der Nacht ihrer Ermordung gesehen hat. Hat er nicht.

Wir bleiben eine Weile, und dann gehen wir auf die andere Straßenseite ins KGB, wo man in dem roten Licht grundsätzlich wie ein Junkie aussieht. Der Barkeeper drückt mir sein Beileid aus, und ich kann ihn gerade noch davon abhalten, mir einen Wodka einzuschenken. Chell war hier Stammgast, also frage ich auch ihn, ob sie an jenem Abend da war. War sie nicht. Der Alkoholgeruch steigt mir in die Nase, und mir ist nach einem Schluck, wenigstens nach einem ganz kleinen. Lunette und Margo sind schon angeheitert, was es nicht gerade leichter macht.

Bald darauf tauchen Bombay und Romer auf und nehmen ein paar Drinks. Sie sind auf dem Sprung ins Coyote Ugly, sagen sie. Ein Laden voll sturzbesoffener Idioten, die den Mädels hinter der Bar sabbernd auf die Brüste starren, ist eigentlich nicht mein Ding, aber es könnte sein, dass Bad Kelly Dienst hat, und wie ich letztens gehört habe, hat sie was mit einem Cop. Und das wiederum könnte hilfreich sein.

Ich stelle Bombay und Romer Margo vor, und dann gehe ich zur Toilette, wo ein Typ, den ich von irgendwoher kenne, gerade in einer der Kabinen verschwindet. Er bietet mir eine Nase Koks an, aber ich winke schweren Herzens ab.

Wir machen uns auf den Weg zum Coyote Ugly. Da ist es so voll, dass die Leute bis draußen stehen, was mich total nervt, aber wir bahnen uns einen Weg durch die Menge. Bad Kelly, mit schwarzem BH und hautengen Jeans, tanzt auf der Theke und schüttet ein paar Typen Tequila direkt aus der Flasche in den Hals. Das rote Haar hängt ihr in verschwitzten Strähnen über die

Augen, während sie ihre Ellbogen und Knie einsetzt, um sich die nach ihr grapschenden Hände vom Leib zu halten.

Lunette macht ein paar Gästen klar, dass sie gefälligst aufstehen sollen, damit sie und Margo sich in eine der Nischen setzen können. Die denken offenbar, dass sie sie anbaggern will, jedenfalls stehen sie nur kurz auf und quetschen sich dann wieder auf die Sitzbank, nachdem Lunette und Margo Platz genommen haben. Spaßig zu sehen, wie ihnen die Kinnlade runterfällt, als sie merken, dass sie da falschen Hoffnungen erlegen sind. Bombay bringt mir ein Glas Jay mit Eis, aber ich lehne ab. Also genehmigt er sich den Whiskey achselzuckend selbst, bevor er sich wieder seinem Bier widmet.

Ich will mit Bad Kelly reden, aber die hat ja Dienst an der Bar, und weil es hier drinnen so laut ist, dass man das eigene Wort nicht versteht, weiß ich nichts mit mir anzufangen. Jemand packt mich an den Schultern und brüllt mir ins Ohr, dass er mich damit beauftragen will, wen ausfindig zu machen. Sein Gesicht ist ganz nah an meinem, während er ein paar Infos runterrasselt. Ich höre nicht hin, und sobald er fertig ist, sage ich ihm, dass ich ausgebucht sei. Ich überlege schon, wie ich hier wegkomme, da winkt Bad Kelly mir zu.

Sie reibt sich mit den Fäusten die Augen, als würde sie weinen, um mir zu signalisieren: Tut mir leid, dass Chell tot ist.

Bei jemand anderes würde mich das auf die Palme bringen, aber Bad Kelly legt eine bemerkenswerte Ignoranz an den Tag, wenn es um gesellschaftliche Konventionen geht. Darin sind wir uns ziemlich ähnlich, und deshalb kann ich es ihr nachsehen. Ich zeige mit einem Finger auf sie und dann zur Tür. Sie hält die Hand mit gespreizten Fingern hoch, also gehe ich nach draußen und warte.

Angesichts der Menschenmassen bekomme ich regelrecht Beklemmungen. Zu viele Besoffene, die sich kaum noch auf den Beinen halten können. Ein paar Frauen sind auch dabei. Ich habe meine Zigarette noch nicht ganz aufgeraucht, da kommt Bad Kelly auch schon in einem Fleecepulli angeschwirrt. Der Größe nach ist der Pulli von einem Mann, wahrscheinlich hat sie ihn sich von einem Gast geliehen. Sie stellt sich zu mir an den Rand des Bordsteins und zieht ihre Zigaretten aus der Hosentasche. Die zerknautschte Packung ist von ihrer durchgeschwitzten Jeans ganz nass. Sie lässt sich von mir Feuer geben und fragt: »Kommst du einigermaßen zurecht, Sweetie?«

»Nicht mal annähernd.«

»Tut mir leid.«

»Muss es nicht.«

»Was brauchst du?«

Ich zünde mir noch eine Zigarette an. »Informationen. Alles, was du mir über Chell erzählen kannst. Was hat sie in letzter Zeit alles so gemacht?«

Ein Typ mit hochgeschlagenem Kragen und umgedrehter Baseballkappe geht auf Bad Kelly zu und kommt ihr eine Handbreit zu nahe. »He, Traumfrau, machst du gerade Pause?«

Sie schlingt ihren Arm um meinen und schmiegt sich an mich. Ihr Körper fühlt sich warm und zart an. »Hab einen Freund.«

»Zisch ab!«, füge ich hinzu.

Der Typ macht einen Schritt auf mich zu, aber als ich ihm eindringlich in die Augen sehe, weicht er zurück.

»Danke«, sagt Kelly, kaum dass der Typ außer Hörweite ist.

»Ist mein Job. Also jederzeit wieder gern.«

»In der letzten Zeit habe ich sie gar nicht gesehen. Sie hatte irgendwas in Brooklyn zu tun, für Ginny.«

»Welche Art von Irgendwas?«

»Hat sie mir nicht verraten. Das heißt, ich habe sie nicht danach gefragt. Sie hat was von Scheißhipstern gesagt.«

»Okay. Und übrigens: Bist du eigentlich noch mit dem einen Cop zusammen?«

»Wir sind nicht zusammen. Wir vögeln nur.«

»Kannst du mir einen Gefallen tun? Wenn ja, hast du eine Menge bei mir gut.«

Ihre Antwort klingt gedehnt. »Kommt darauf an.«

»Bei einem Mord, der so viel Aufsehen erregt, hält die Polizei immer ein paar Informationen zurück, um geisteskranke Trittbrettfahrer aus dem Kreis der wirklich Verdächtigen auszusortieren. Könntest du dich da mal umhören?«

»Wie soll ich das denn anstellen?«

»Dir fällt schon was ein.«

»So dicke bin ich mit dem Typen aber nicht mehr.«

»Und?«

»Du erwartest tatsächlich, dass ich mich von dem flachlegen lasse, damit du an Insiderinfos rankommst?«

»Erstens ist es nicht das, was ich von dir erwarte. Und zweitens würde ich dich nicht darum bitten, wenn es nicht wichtig wäre.«

Bad Kelly wendet den Kopf ab und verschränkt die Arme. »Ich bin keine Hure, Ash.«

»Das habe ich nicht behauptet. Ich sage ja auch nicht, dass du dich von ihm flachlegen lassen sollst. Siehst du den denn sonst gar nicht mehr?«

Sie lässt ihre Zigarette fallen. »Du bist ein Arschloch.«

»Kelly! Wie oft hast du mich schon um Hilfe gebeten, wenn bei dir eine Beziehungen den Bach runterging und ich die Sache klarstellen sollte? Und ich war immer zur Stelle.«

Sie schüttelt nur den Kopf und sieht mich immer noch nicht an. »Du bist ein echtes Arschloch!«

»Ich schulde dir was.«

»Allerdings. Das tust du.« Sie geht zurück in den überfüllten Laden.

Für einen flüchtigen Moment komme ich mir mies vor. Für einen sehr flüchtigen.

Mittlerweile stehen auch Margo und Lunette draußen vor der Tür, um eine zu rauchen. Sie unterhalten sich so lebhaft, dass ich mich gar nicht einmischen will. Beim Reingehen will ein Typ bei mir eine Zigarette schnorren. Woraufhin ich ihm sage, dass eine Packung elf Dollar koste und er sich gefälligst selbst welche kaufen solle, wenn er sie so dringend brauche. Bombay hat sich schon das nächste Bier bestellt, und als er mich sieht, legt er zwei Finger vor den Mund.

Gute Idee. Ich sollte unbedingt mehr rauchen.

Als wir uns nach draußen gekämpft haben, sind Margo und Lunette nicht mehr da. Bombay steckt sich eine an und gibt mir Feuer. Dann hole ich die Visitenkarte und den USB-Stick aus der Hosentasche.

»Was brauchst du?«, fragt er.

»Alles und jedes. Was immer du für mich hast.«

Er nickt und steckt den Stick in die Hosentasche.

»Und noch was«, füge ich hinzu. »Ich brauche Informationen über eine Nellie Bly. Alles, was du findest.«

»Die Journalistin?«

»Du kennst die?«

»Klar. Eine Journalistin aus dem 19. Jahrhundert. Sie war mal undercover in einer Nervenklinik und hat Misshandlungen an den Patienten aufgedeckt. Damit wurde sie bekannt.«

»Woher weißt du das?«

»Im Gegensatz zu dir lese ich Bücher.«

»Danke, du Arsch! Find so viel wie möglich raus. Ich spring dann morgen mal bei dir vorbei.«

Ich gehe wieder rein. Margo und Lunette sitzen an ihrem Tisch.

Lunette wirft einen Blick auf ihre Armbanduhr und sagt: »Du solltest dich jetzt auf den Weg zum Skidmore machen. Diese Varietévorstellung fängt gleich an.«

»Danke für die Info, Kleines. Kümmerst du dich so lange um Margo?«

Lunette verzieht den Mund zu einem sehr betrunkenen und sehr zweideutigen Lächeln. »Aber nur zu gern. Und wie!«

»Lass den Scheiß!« Ich drehe mich zu Margo um und gebe ihr meinen Wohnungsschlüssel. »Geh noch ein bisschen mit Lunette auf die Rolle. Wenn du müde bist, bringt sie dich zu mir nach Hause. Leg dich einfach ins Bett. Ich schlafe dann auf der Couch.«

Margo ist auch schon betrunken, und wie es scheint, ist sie diesen Zustand nicht gewohnt. »Wir amüsieren uns hier prächtig!«

»Dann mal weiter so. Wir sehen uns später.«

Sie ruft mir noch was hinterher, aber bei dem Lärm verstehe ich kein Wort.

*

Vor dem Skidmore stehen die Leute Schlange. Aber es gibt einen Nebeneingang, und da ist niemand bis auf den Türsteher, der auf einem Barhocker sitzt. Ich kenne ihn vom Sehen und er mich auch. Also frage ich ihn: »Sind die Mädels schon da?«

Er rutscht auf dem Barhocker hin und her. »Warum?«

»Ich will mit Cinnamon West sprechen.«

»Tut mir leid, Mann, aber du musst dich trotzdem hinten anstellen.«

Ich überlege kurz, ob ich ihm einen Schein zustecken soll, aber dafür fühlt sich meine Brieftasche zu leicht an. Ich kann nicht ständig für Informationen bezahlen. Also nicke ich nur, bedanke mich für die Auskunft und stelle mich dann in die Schlange am Vordereingang. Zunächst geht es kein Stück vorwärts. Ich stecke mir eine Zigarette an, und einer von den Teenies vor mir fängt an zu meckern und wedelt sich demonstrativ mit der Hand vor dem Gesicht rum. Dabei zieht der Rauch überhaupt nicht in ihre Richtung. »Willkommen in New York!«, rufe ich ihr zu.

Plötzlich bewegt sich die Schlange doch vorwärts, und ich erreiche den Eingang, wo eine hübsche Türsteherin zehn Dollar Eintritt von mir verlangt. Ich gebe sie ihr, und damit ist meine Brieftasche endgültig leer.

Der Laden ist nüchtern eingerichtet. Eine lange Bar entlang der Wand, gegenüber eine Bühne und dazwischen Tische und Stühle, die so klein aussehen, als wären wir hier im Kindergarten. Viel Holz und warmes Licht, was eine Retroatmosphäre schafft. Im hinteren Bereich befindet sich noch eine improvisierte Bühne aus Holzpaletten und Spanplatten.

Da die Vorstellung noch nicht angefangen hat, schiebe ich mich nach hinten durch bis zu dem Vorhang. In dem Moment steckt Cinnamon den Kopf heraus. Wahrscheinlich hält sie nach jemand anderes Ausschau, jedenfalls verdreht sie die Augen, als sie mich sieht. Ich winke ihr zu, und sie zeigt immerhin auf eine Tür hinter dem Vorhang.

Sie führt zu einem Lagerraum. Weiße Wände und Regale voller Putzmittel. Da huscht Cinnamon dann auch herein. Sie hält sich ihren Bademantel zu, und ihr Afro wirkt total übertrieben. Eine Perücke? Ich traue mich nicht, sie danach zu fragen.

Sie mustert mich, als hätte ich einen Witz erzählt und die Pointe vergessen. »Was ist?«

»Freut mich auch, dich zu sehen.«

»Ash, das ist jetzt kein gutes Timing.«

»Dann will ich dich gar nicht lange aufhalten. Ich weiß, dass Chell einen Tag vor ihrem Tod ein Treffen mit dem Ensemble hatte. Jetzt will ich nur noch wissen, ob sie irgendwas gesagt oder getan hat, was mir einen Hinweis auf ihren Mörder geben könnte.«

»Ich habe sie an dem Tag noch gesehen, ja, aber ich weiß nicht, worauf du hinauswillst.«

»Auf alles. Alles, was dir einfällt, was dir ungewöhnlich vorgekommen ist.«

»Dann bist du jetzt also Privatdetektiv.«

»Ich bin ein Freund, der es kaum erwarten kann, demjenigen, der sie ermordet hat, die Kehle durchzuschneiden. Am besten, bevor er noch wen umbringt.«

Cinnamon schüttelt den Kopf. »Du weißt doch, dass Chell schon länger nicht mehr mit uns auftritt. Das Treffen war rein privater Art.«

»So weit, so gut. Ich will ja auch nur wissen, ob sie irgendwas gesagt hat.«

Cinnamon nickt zögerlich. »Ja, könnte sein, vielleicht. Aber das hast du nicht von mir, okay?«

»Geht klar.«

»Sie hat bei was Seltsamem mitgemacht. Bei so einer Art Spiel. Da musste sie irgendwie schauspielern.«

»Ist mir schon bekannt.«

»Es gibt da eine Kollegin, die ist auch Tänzerin. Die hatte sich ebenfalls auf die Rolle beworben, hat sie aber nicht bekommen. Und sie war ziemlich sauer deswegen. Hat so was gesagt wie, Chell hätte den Job nur gekriegt, weil sie die richtigen Leute kennt. Irgendwas in der Art.«

»Wie heißt die Kollegin?«

»Ihr Bühnenname ist Fanny Fatale. Den richtigen weiß ich nicht.«

»Könnte eins von den anderen Mädchen ihn kennen?«

»Aber ich kann dich nicht hinter die Bühne lassen.«

»Ist okay. Ich warte hier.«

Cinnamons Gesichtsausdruck wird so scharf wie eine Klinge. »Eigentlich dürfte ich gar nicht mit dir reden.«

»Warum das denn nicht?«

»Das weißt du selber.«

»Ganz eindeutig nicht.«

»Weil du die Frau viel zu sehr geliebt hast und ihr das zu schaffen gemacht hat.«

»Was soll das denn heißen?«

Cinnamon dreht sich zur Tür. »Wir haben jetzt unseren Auftritt.«

»Cinnamon, lass mich nicht im Regen stehen.« Sie schweigt. »Weißt du was?«, rufe ich ihr hinterher. »Du solltest dich nicht über irgendwelchen Scheiß auslassen, von dem du keine Ahnung hast.«

Als ich hinter dem Vorhang hervorkomme, starren mich alle an. Ich zeige ihnen den Mittelfinger und gehe.

*

Erinnerst du dich noch an den Abend, wo wir an der Brooklyn Bridge waren?

Du hast dich immer darüber beschwert, dass ich nicht mit dir dort hingehen wolle, wo die Touristen seien. Dabei hattest du dir vorgenommen, dir alle Attraktionen anzusehen, als du hierhergezogen bist. Die Freiheitsstatue, Ellis Island, das Empire State Building. Du konntest gar nicht verstehen, dass ich da noch nie gewesen bin. Einheimische machen den ganzen Tourimist eben nicht, habe ich dir daraufhin erklärt.

Aber du hast nicht lockergelassen, bis ich mich dann irgendwann habe breitschlagen lassen, mit dir über die Brooklyn Bridge zu gehen. Dafür hätte ich wenigstens eine Erklärung parat gehabt, falls mich jemand erwischt. Für andere Tourihotspots nicht. Und außerdem war es auf der East Side. Trotzdem habe ich mich in einer Entfernung von nur zehn Blocks vom Trade Center unbehaglich gefühlt.

Du hast dich mit der Brücke zufriedengegeben. Nachdem ich dir den Vorschlag gemacht hatte, warst du sogar ganz besessen davon. Innerhalb von ein paar Tagen hattest du sämtliche geschichtlichen Daten und Fakten drauf. Ohne dich hätte ich niemals erfahren, dass sie die älteste Hängebrücke in den Vereinigten Staaten ist oder dass sie für Selbstmörder ungeeignet ist, weil sie nicht hoch genug über dem Wasser hängt.

Damals war es mitten im Sommer. Es war warm, aber nicht zu heiß. Und es war noch ziemlich früh, weil wir fanden, wenn am Horizont die Sonne untergeht und in den Bürogebäuden die Lichter angehen, wäre das wohl die beste Zeit.

Wir haben uns eine Parkbank auf der Manhattan-Seite ausgesucht und zwanzig Minuten lang dort rumgelungert und gewartet, bis das Pärchen vor uns aufsteht. Dann haben wir uns auf die Bank gestürzt und nur knapp das Rennen gegen eine europäische Familie gewonnen. Bevor die sich dazusetzen konnten, haben wir uns breitgemacht und die Bank vollständig in Beschlag genommen.

Wir saßen da und haben auf die funkelnden Lichter der Stadt geschaut, und du hast den Kopf an meine Schulter gelegt. Du hattest ein Sommerkleid an, ohne BH, und dazu Kampfstiefel. Wir haben uns einen Flachmann mit Whiskey geteilt. Dann hast du dich seufzend zurückgelehnt, und das klang irgendwie traurig. Deshalb habe ich dich gefragt, was los sei.

Und du hast geantwortet: »Ich kann nur ein paar Sterne sehen. Ungefähr zwölf.«

»Lichtverschmutzung.«

»Wie schade.«

»Ist doch nicht schlimm.«

»Hast du überhaupt schon mal einen sternenklaren Himmel gesehen?«

»Als Kind. Beim Zelten mit meinem Vater auf dem Bear Mountain.«

»Und wie fandest du das?«

»Ziemlich großartig. Aber das hier finde ich auch ziemlich großartig.«

»Fahren wir mal auf den Bear Mountain?«

»Dafür müssen wir uns von irgendwem ein Auto leihen.«

»Geht das bald?«

»Ist alles in Ordnung bei dir?«

»Nur ein bisschen Heimweh.«

»Du hast Heimweh?«

»Ein bisschen.«

Wir saßen fast die ganze Nacht lang da. Und die ganze Zeit

über habe ich versucht, den Mut aufzubringen, dich etwas zu fragen. Nach der ersten Nacht in deinem Apartment bin ich davon ausgegangen, es würde mehr daraus werden, aber da hatte ich mich wohl geirrt. Alles blieb platonisch. Aber ich wollte dich nicht verschrecken, weshalb ich dich nie zu etwas gedrängt hätte.

Ich habe mich oft gefragt, ob ich dich nicht einfach küssen soll – habe es aber nie getan, damit ich keinen falschen Eindruck erwecke. So groß und kräftig ich bin, war ich schon immer vorsichtig mit Annäherungsversuchen, damit sie nicht falsch aufgefasst werden.

Als ich genug Whiskey getrunken hatte, um meinen Mut zusammenzunehmen, und den Eindruck hatte, dass du auch ganz locker warst, habe ich gesagt: »Darf ich dich küssen?«

Du hast erst nichts geantwortet. Ich wollte dir nicht ins Gesicht sehen, und als ich es dann doch getan habe, konnte ich an dem Zug um deinen Mund ablesen, dass ich dich lieber nicht hätte fragen sollen.

Deine Antwort lautete schließlich: »Ashley, du bist ein guter Mensch und ein guter Freund. Lass uns das nicht kaputt machen, okay?«

»Ich weiß, ich dachte nur ...«

»Ich will den Teufelskreis durchbrechen. Ich will dich nicht auch verletzen.«

»Davor habe ich keine Angst.«

Du hast mich angesehen, mit dem besonderen Muttermal in einem deiner Augen. Dann hast du mich in die Arme genommen. Und ich habe daran gedacht, mich von der Brücke zu stürzen. Nicht weil ich sterben wollte, sondern um der Scham zu entfliehen, die sich wie ein in meinem Hals stochernder Finger angefühlt hat.

»Unsere Beziehung ist doch so, wie sie ist, perfekt«, hast du gesagt. »Es gibt auch niemand anderes, mit dem ich zusammen sein möchte. Können wir es nicht einfach dabei belassen?«

»Klar. Vergiss meine Frage einfach.«

Auf den Bear Mountain sind wir nie gefahren.

*

Ich texte an Lunette, um zu fragen, wo sie und Margo sind, und postwendend kommt die Antwort: Sie bleibt heute Nacht bei mir. Melde mich morgen.

Aha.

Vielleicht sollte ich noch mal im Chanticleer vorbeischauen. Aber im Grunde bringt das nichts, ich bin ja immer noch dabei, die einzelnen Puzzleteile zusammenzusetzen. Eine Nacht durchschlafen und in Ruhe über alles nachdenken wäre auch nicht schlecht, und da ich von sonstigen Verpflichtungen vorerst befreit bin, mache ich mich auf den Weg nach Hause. Meinen Schlüssel hat Margo, aber im Flur zu meinem Apartment habe ich einen Ersatzschlüssel gebunkert.

Als ich um die Ecke zu dem Gebäude biege, kommt es mir so vor, wie wenn ich aus den Augenwinkeln eine Bewegung wahrgenommen hätte. Vermutlich nur eine Katze. Ich taste nach meinen Zigaretten, und in dem Moment höre ich hinter mir Schritte.

Sie sind zu zweit, beide in engen Jeans und Smokingjacke. Sie tragen beide eine Sturmhaube und dazu eine große Buddy-Holly-Brille, deren Bügel sie durch die Augenlöcher geschoben haben. Sie sind gleich groß. Einer ist schlank, der andere untersetzt.

Der Schlanke zieht ein Messer.

SECHS

Ich weise mit dem Kopf auf das Messer und sage: »Was willst du denn damit?«

Die beiden bleiben stehen und werfen sich einen Blick zu. Dann wenden sie sich wieder mir zu.

Der Schlanke fragt: »Wo ist er?«

»Wo ist wer?«

Sie starren mich an, als wollten sie mich jeden Moment niederstechen. Ich kann nicht fassen, dass uns niemand sieht. Aber so spät ist die Straße menschenleer.

Mit einem Achselzucken frage ich: »Seid ihr noch neu in dem Geschäft? Wen oder was sucht ihr dämlichen Anfänger überhaupt?«

Der Schlanke macht einen Schritt auf mich zu und reißt das Messer hoch. »Den UFB-Stick.«

»Den USB-Stick, meinst du wohl.«

Er zögert. »Ich sage immer UFB-Stick.«

»Wisst ihr was? Mir reißt gleich der Geduldsfaden.« Ich ziehe den Taschenschirm aus meinem Gürtel und drücke auf den Knopf an der Seite. Ohne sich aufzuspannen, fährt er zu voller Länge aus.

Der Schlanke kommt noch näher und fragt: »Was willst du damit?«

Muss ein ziemlich komischer Anblick sein, wie ich mit dem Schirm dastehe, als hätte ich ein Schwert in der Hand. Noch komischer wäre es, wenn es ein richtiger Schirm wäre und keine mit Kevlar verstärkte Stahlstange.

Deshalb vergeht dem Schlanken auch sofort das Lachen, als ich ihm damit das Messer aus der Hand schlage und ihm sämtliche Finger breche.

Offenbar ist der Schreck größer als der Schmerz, und ich nutze die Gelegenheit und ramme ihm meine Faust in den Magen. Er krümmt sich, und ich bin kurz davor, ihn mit einem Schlag auf den Rücken komplett auszuschalten, aber da sehe ich, wie der andere das Messer ergreift, das auf den Stufen vor dem Eingang gelandet ist. Er fuchtelt wild damit herum, als hätte er selbst mehr Angst davor als ich.

Ich weiche seitlich aus, aber da der Schlanke gerade von allein zu Boden geht, fällt er mir genau vor die Füße. Um nicht das Gleichgewicht zu verlieren, reiße ich einen Arm hoch, und augenblicklich explodiert unter meiner Haut ein greller Schmerz.

Ich halte mir den Unterarm und rolle mich über die Motorhaube eines der parkenden Autos neben mir ab in Richtung Straße, um eine Barriere zwischen mir und den Angreifern zu haben. Doch als ich wieder fest auf beiden Beinen stehe, verschwinden die beiden schon hinter der nächsten Straßenecke.

Nach wie vor ist sonst weit und breit kein Mensch zu sehen.

Ich atme in der kalten Luft ein paarmal tief durch, um meinen Adrenalinspiegel zu senken. Es dauert einen Moment, und dann spüre ich den Schmerz wieder.

*

Als Bombay die Tür öffnet, fällt sein Blick sofort auf den dunkel glänzenden Ärmel meiner eigentlich schiefergrauen Jacke. »Da hast du aber Glück, dass ich morgen freihabe«, sagt er kopfschüttelnd und lässt mich rein.

Sein Apartment ist im gleichen Zustand wie immer: übersät mit leeren Pizzakartons, Chipstüten, leeren Cola-Light-Flaschen und mehr Laptops, als ich mit einem Blick erfassen kann. Da, wo keine Regale voller Graphic Novels stehen, sind die Wände mit Comicpostern tapeziert.

Während ich auf den Tisch neben der Küchennische zugehe, sagt er: »Du bist ein wandelnder Widerspruch.«

»Weil?«

»Weil du der brillanteste Dummkopf bist, den ich kenne.«

»Betonung auf Dummkopf, wenn ich dich richtig verstehe.«

»Freut mich, dass du Spaß an der Unterhaltung hast.«

»An irgendwas muss man sich ja freuen, wenn es sonst nichts gibt.«

Bombay holt den Verbandskasten und legt dann ein Handtuch unter meinen Arm. Es ist das zweite Mal, dass ich mit einer Schnittwunde zu ihm komme, die er nähen muss. Das letzte Mal hatte allerdings nichts mit meinem Job zu tun. Das hatte ich einer Frau zu verdanken, die dachte, ich würde mit ihrer Freundin anbändeln. Sie hatte irgendwelche Pillen in ihren Riesling gemixt und mir mit dem Stiel des zerbrochenen Weinglases die Haut aufgeschlitzt. Dass ich Krankenhäuser nicht mag und Bombay grundsätzlich immer mit allem rechnet, ist eine ideale Kombination.

Als Erstes reinigt er die Wunde mit billigem Wodka aus einer Plastikflasche, was sich anfühlt, als würden sich lange Fingernägeln in mein rohes Fleisch krallen. Als das Blut abgewaschen ist, kommt ein vielleicht acht Zentimeter langer Schnitt an der Außenseite meines Unterarms zum Vorschein, genau zwischen

Ellbogen und Handgelenk. Der Schnitt ist tief, aber so schlimm, wie er aussieht, ist es wahrscheinlich nicht.

Bombay stellt ein Schnapsglas auf den Tisch, schüttet es randvoll mit Wodka und legt eine weiße Pille daneben. »Die Oxy kannst du mit dem Wodka runterkippen.«

»Kein Alkohol und erst mal auch keine Drogen. Jedenfalls nicht im Moment.«

»Du willst also wirklich auf nüchtern machen?«

»Vorerst ja.«

»Hätte nicht gedacht, dass ich das jemals erlebe.«

»Du kannst mich mal.«

»Es wird gleich wehtun.«

»Das Risiko gehe ich ein.«

Bombay wühlt in dem Verbandskasten herum, bis er die Rolle mit dickem lila Garn gefunden hat.

»Nun mach schon«, sage ich. »Mann!«

»Wenn ich den Schlitz zunähen soll, kannst du davon ausgehen, dass wenigstens ich ein bisschen Spaß dabei haben will.« Er zeigt mit dem Kopf auf den Wodka. »Letzte Chance.«

Ich nehme das Glas in die Hand und überlege einen Augenblick lang. Aber ich muss wieder an die harten Bodendielen denken, und deshalb schiebe ich es zu Bombay über den Tisch. »Nein.«

»Sicher, dass du nicht doch lieber ins Krankenhaus willst?«

»Was, wenn die das an die Cops weiterleiten? Das ganze Theater würde mir gerade noch fehlen.«

Bombay nickt. »Ich kann echt nicht glauben, dass du nüchtern bist.« Er kippt den Wodka runter, aber die Pille lässt er liegen.

»Ich bin eben voller Überraschungen.«

*

In Wahrheit gibt es niemand, der mich besser kennt als Bombay. Und es gibt niemand, der ihn besser kennt als ich. Zum Beispiel seinen Namen. Er heißt natürlich nicht Bombay. Sein richtiger Name lautet Acaryatanaya, aber selbst die ihn schon lange kennen, wissen das nicht.

Bombay ist kein strenggläubiger Muslim, aber er ist mit der Religion aufgewachsen, und manchmal kriegt er solche Anwandlungen, wie kein Schweinefleisch zu essen. Das dauert nie lange, reicht aber, dass er sich ein paar blöde Sprüche anhören muss.

Wir kennen uns seit der Highschool. Als Muslim hatte man es in Amerika nie leicht, aber in den Jahren nach Nine-Eleven war es besonders gefährlich. Auch wenn es immer heißt, in New York seien die Leute toleranter, sind sie das häufig gar nicht. Am zweiten Schultag bekam ich mit, wie ein paar Jungen ihn als Terroristen beschimpften und in einen Spind sperren wollten.

Davon konnte ich sie dann abhalten. Ich mochte es nämlich schon damals nicht, wenn jemand schikaniert wird. Vor allem für etwas, wofür er gar nichts kann. Wie zum Beispiel ich für meinen Namen, der auch ein Mädchenname ist.

Jedenfalls wurde die Sache ziemlich blutig. Man hat mich für eine Woche vom Unterricht ausgeschlossen, und ab dem Tag meiner Rückkehr waren Bombay und ich unzertrennlich.

Als ich sagte, dass ich Ashley heiße, aber alle mich nur Ash nennen, wollte er auch einen Spitznamen. Ich fragte ihn, woher er komme, und die Antwort war Bombay. Genau genommen heißt es ja Mumbai, aber das hätte nicht so gut geklungen.

Wir ergänzen uns prima. Er geht Probleme an, indem er sie durchdenkt, anstatt gleich draufzuhauen. Damit ist er also ziemlich genau das Gegenteil von mir.

*

Bombay hält meinen Arm fest, so gut es geht, ohne alles mit Blut zu verschmieren. Dann macht er den ersten Stich. Wie ein glühender Strahl fährt mir der Schmerz durch Mark und Bein. Aber ich beiße die Zähne zusammen und bemühe mich, an Cupcakes und Sonnenschein zu denken.

Seine Finger sind so blutverschmiert, dass sie von der Nadel abrutschen und es einen Moment dauert, bis er sie wieder richtig greifen kann. »Wie bist du überhaupt an die Wunde gekommen?«

»Durch zwei Typen, die hinter mir her waren.«

»Und was wollten die von dir?«

»Was weiß denn ich.«

Bombay beeilt sich, aber trotzdem fühlt es sich unangenehm an, wie sich der Faden durch die Haut schlängelt. Als Bombay die Hälfte geschafft hat, spüre ich den Schmerz nur noch dumpf.

»Du kannst sie nicht zurückholen, Mann.«

»Das habe ich auch nie behauptet.«

»Warum dann das Ganze?«

»Weil es dabei um noch mehr geht.«

Er hat die Nadel beim nächsten Stich schon halb durch meine Haut geschoben, da hält er inne. »Und das wäre?«

»Was, wenn er es noch mal tut?«

»Und was hast du vor, wenn du ihn vor den Cops in die Finger kriegst?«

Er zieht den Faden für den letzten Stich durch meine Haut und verknotet die beiden Enden. Ich schütte noch etwas Wodka über die Wunde, und eigentlich sieht sie recht ordentlich aus.

Während Bombay mir eine Mullbinde anlegt, erkläre ich: »Als Mann muss man sich eben an gewisse Regeln halten.«

»So wie du heute.«

»Du weißt schon, was ich meine.«

Bombay klebt die Mullbinde mit Pflaster fest, dann lehnt er sich zurück. »Hast du wirklich vor, ihn umzubringen?«

»Warum verlangst du von mir, dass ich es ausspreche?«

»Wenn du ihn zu Brei schlägst, okay. Das hätte er verdient. Wenn du willst, helfe ich dir sogar dabei. Aber du kannst doch nicht einfach jemand umbringen. Selbst wenn du einen noch so guten Grund dafür hast, heißt das noch längst nicht, dass du es auch tun musst.«

»Ich weiß nicht, was du jetzt von mir hören willst«, gebe ich zurück und prüfe, ob der Verband fest sitzt.

»Was *ich* von dir hören will, ist doch gar nicht der Punkt. Also tu jetzt nicht so, als würde es hier um mich gehen. Du kannst nicht einfach jemand umlegen, Mann. Das macht das Ganze doch nicht ungeschehen.«

»Darum geht es mir auch nicht. Aber irgendjemand muss ihn doch aufhalten.«

»Mir ist klar, wir sehr dir das alles zu schaffen macht. Aber bitte tu mir den Gefallen, und frag dich, warum du das in Wahrheit tust.«

»Wie meinst du das?«

»Du weißt, wie ich das meine.«

Unwillkürlich balle ich eine Faust und bin kurz davor, sie ihm ins Gesicht zu schlagen. Weil ich die Hände in den Schoß gelegt habe, kann er sie unter der Tischplatte nicht sehen, aber er sieht meinen Blick, und das reicht. Sofort rutscht er mit seinem Stuhl ein Stück zurück.

Erst mal tief ein- und ausatmen. Dann erkläre ich ihm: »Unabhängig davon, was zwischen Chell und mir war oder nicht, leben wir hier. Wir sind hier zu Hause. Deshalb kann ich so was nicht durchgehen lassen.«

Bombay genehmigt sich wieder einen Wodka. Anschließend gießt er sich noch einen ein und sagt mit dem Glas in der Hand: »Dann sieh doch zu, dass du sämtliche Vergewaltiger und Mörder dingfest machst. Und wenn es das ist, was dich antreibt, warum wirst du nicht selbst Cop?«

»Weil Cops staatlich anerkannte Nervensägen sind. Sobald sie ihre Marke und eine Knarre haben, geht es ihnen gar nicht mehr nur noch darum, wie sie die Stadt sicherer machen können, sondern in erster Linie darum, welche Privilegien sie in ihrem Job genießen. Dabei haben wir doch nur uns. Es gibt die Guten und die Bösen, und die Guten müssen füreinander einstehen.«

»Hältst du dich auf einmal für Spider-Man, oder was? Wer Superkräfte hat, trägt auch Verantwortung? Hast du dir schon mal selbst zugehört?«

»Mein Gehör funktioniert noch ausgesprochen gut.«

Bombay bringt das blutverschmierte Handtuch und den Wodka in die Küchennische. »Ich sage dir das alles nur, weil du mein bester Freund bist. Das weißt du doch, oder?«

»Und dabei kannst du mir nicht mal ins Gesicht sehen, du Weichei?«

Darauf antwortet er nicht.

Mein Gewissen rät mir, zu ihm zu gehen und ihm mit einer Umarmung dafür zu danken, dass er tatsächlich mein bester Freund ist. Doch anstatt auf mein Gewissen zu hören, sage ich: »Konntest du mit dem Zeug, das ich dir gegeben habe, was anfangen?«

Er kommt mit einem frischen Handtuch zu mir, und nachdem er sich die Hände abgetrocknet hat, stellt er einen Laptop auf den Tisch und gibt die URL, die auf der Visitenkarte steht, in den Browser ein.

Es öffnet sich eine Seite mit schwarzem Hintergrund und einem Schriftzug in großen, weißen Buchstaben: NOIR YORK. Darunter steht: *New York ist eine der hellsten Städte der Welt, aber wenn man genauer hinsieht, entdeckt man die dunkle Schattenseite, die unter der Oberfläche lauert.*

Das ist alles. Keine Buttons, keine Links.

»Und jetzt sieh genau hin«, sagt Bombay. Er tippt auf ein paar Tasten und öffnet damit ein kleines, weißes Fenster mit einem Wirrwarr aus Zeichen und Buchstaben. Er nimmt einen Notizblock und notiert eine Telefonnummer.

»Wie hast du das gemacht?«, frage ich ihn.

»Ich habe den Quellcode der Website aufgerufen.«

»Kannst du mit mir vielleicht wie mit einem reden, der kein Nerd ist?«

»Der Quellcode ist das, woraus die Seite besteht. Die Programmiersprache. Manchmal verstecken die Leute da Informationen. Auf der Website wird angedeutet, man soll *unter der Oberfläche* genauer hinsehen. Ist recht clever, wenn auch nicht so einmalig.«

»Und was steht da?«

»Nur die Telefonnummer.«

»Woher weißt du, dass das eine Telefonnummer ist?«

»Weil sie aus zehn Ziffern besteht und die Vorwahl sechs-vier-sechs hat.«

»Du bist ein echter Nerd.«

Er schüttelt den Kopf. »Und du kriegst es einfach nicht hin, anständig danke zu sagen.«

»Wo du recht hast, hast du recht.«

Er gibt mir den Zettel mit der Telefonnummer, und ich stecke ihn zusammengefaltet in die Hosentasche. »Kannst du mir sonst noch was über die Website sagen?«

Er tippt eine Weile auf seiner Tastatur herum und ruft eine weitere Website auf. »Es gibt da so eine Art Who is Who, wo man rausfinden kann, wem eine bestimmte URL gehört. Wenn man eine Domain kauft, hat man aber die Option, die Information zu blocken. Und bei der Website ist sie geblockt.«

»Kannst du das irgendwie umgehen?«

»Wahrscheinlich. Aber das könnte ein paar Tage dauern. Versprichst du mir, dass du niemand umlegst, wenn ich das mache?«

»Um dir Versprechungen zu machen, liebe ich dich zu sehr.«

Für einen Moment starrt er mich nur an. Dann sagt er mit hängenden Schultern: »Ich kriege das schon irgendwie hin.«

Als Nächstes holt er den USB-Stick hervor, steckt ihn aber nicht in den Laptop, sondern hält ihn mir hin.

»Weißt du, was das ist?«

Dass man mich dafür fast abgestochen hat, will ich ihm jetzt lieber nicht erzählen. »Woher sollte ich?«

»Das ist ein Steel-Drive.«

»Heißt?«

»So was benutzt man beim Militär. Man könnte mit einem Panzer drüberfahren, ohne dass er kaputtgeht. Die Verschlüsselung lässt sich nicht knacken. Aber wenn man zehnmal das falsche Passwort eingibt, zerstört er sich selbst.«

»Echt jetzt?«

»Und ob. Das Ding geht natürlich nicht hoch wie eine Bombe, aber der Chip im Inneren verglüht.«

»Kannst du den Chip nicht rausholen?«

»Alter, falls man es tatsächlich schafft, das Teil aufzukriegen, ist um den Chip herum noch eine Schicht Epoxid. Ich bin zwar ziemlich gut in solchen Sachen, aber selbst ein Superhacker könnte da nichts machen. Wo hast du das Ding überhaupt her?«

»Aus Chells Apartment.«

»Du hast es mitgehen lassen?«

»Sie braucht es ja wohl nicht mehr. Hast du eine Ahnung, wie sie drangekommen sein könnte?«

»Die Dinger kann man ganz normal kaufen. Kosten um die hundert Dollar. Ich will mir auch so ein Teil zulegen. Ist ziemlich cool.«

»Und was kann Chell damit gewollt haben?«

Bombay zuckt die Achseln.

Komisch. Unzerstörbare militärische Hardware. Und ich wollte den Stick erst gar nicht mitnehmen. Jetzt bin ich froh, es doch getan zu haben. Bombay steckt ihn in den Slot an der Laptopseite, und auf dem Bildschirm erscheint die Log-in-Maske.

»Schon eine Idee?«, sage ich.

»Mehrere.« Bombay tippt etwas ein und drückt die Enter-Taste. Das Bild wackelt, und in einer Ecke erscheint die Ziffer 6.

»Hä?«, sagt Bombay.

»Was ist?«

»Da hat schon jemand versucht reinzukommen. Vor meinem gab es schon drei Fehlversuche.«

Er tippt noch zweimal etwas ein, aber beides ist falsch. In der Bildschirmecke nun eine 4. »Die drei häufigsten Passwörter sind *Passwort, Sex* und das eigene Geburtsdatum«, sagt Bombay. Er zieht den Steel-Drive heraus und gibt ihn mir. »Vier Versuche hast du noch, dann kannst du nichts mehr damit anfangen.«

»Schön, und ich dachte schon, ich stehe unter Druck.«

Bombay klappt den Laptop zu und macht sich eine Flasche Cola Light auf. »Du siehst aus, als könntest du ein bisschen Schlaf vertragen.«

»Das ist vermutlich korrekt.«

»Wenn du willst, kannst du dich hier hinhauen.«

»Ich brauche noch frische Luft.« Ich stehe auf und gehe zur Tür. Dann drehe ich mich noch mal um. »Aber danke, Mann.«

»Jederzeit. Aber nicht noch mal bluttriefend. Ich weiß nicht, ob dir das bewusst ist, aber irgendwann reicht es jedem.«

»Das kriege ich in letzter Zeit oft zu hören.«

*

Vor dem Geldautomaten überlege ich, ob ich meinen Kontostand abfragen soll, aber dann tue ich es lieber doch nicht, sondern hole mir nur zwanzig Dollar, die der Automat gottlob auch ausspuckt. Genug für eine Packung Zigaretten und einen Müsliriegel.

Was ich Bombay nicht gesagt habe und was ich ihm auch nicht sagen kann, weil ich es lieber nicht laut aussprechen möchte, ist, dass ich selbst nicht genau weiß, was ich mit Chells Mörder mache, wenn ich ihn in die Finger kriege. Ich weiß nur eins: Es wird lange dauern und blutig werden, und es wird damit enden, dass er tot ist.

Schon der Gedanke daran ... Chell schreiend. Hilflos. Um sich schlagend. Es schmerzt mich so sehr, dass es eine Weile dauert, bis ich bemerke, dass ich mir gerade die Haut versenge, weil ich genau die Hand zur Faust balle, in der ich die brennende Zigarette halte. Ich lasse sie fallen und klopfe mir die Tabakkrümel von der Hose. An meinem Daumen ist eine kleine Brandwunde.

Tief ein- und ausatmen.

*

Die Tür zu meinem Apartment wurde aufgebrochen. Das sehe ich an den Holzsplittern um das Schloss herum. Ich sinke genervt in mich zusammen. Das ist doch komplett verrückt!

Ein einziges Chaos. Alles wurde durchwühlt. Die Schubladen sind herausgezogen. Meine Kleidung ist überall verstreut. Die Kissen wurden aufgeschlitzt. Geschirr liegt zerbrochen auf dem Boden.

Panisch suche ich nach dem Empfänger. Normalerweise steht er auf dem Tischchen neben dem Küchendurchgang. Er liegt ausgestöpselt auf dem Boden. Ich stecke das Kabel in die Steckdose und höre sofort eine ruhige, übermüdete Stimme. »10-27, 221 Fifth Street.« Brand in einer Verbrennungsanlage, fünf Blocks entfernt.

Es ist ein kleines Wunder, dass der Empfänger überhaupt noch funktioniert.

Ich checke das Apartment. Scheint nichts zu fehlen. Nicht dass ich etwas besäße, was sich zu stehlen lohnte. Das Einzige, was einen ideellen Wert für mich hat, ist der Empfänger. Den Fernseher haben sie mir auch kaputt geschlagen, allerdings sehe ich ohnehin so gut wie nie fern.

Wahrscheinlich waren es die beiden Arschgeigen, die mir den Steel-Drive abknöpfen wollten. Die müssen mir also aufgelauert haben, nachdem sie hier fertig waren.

Und wenn sie hier waren, heißt das auch, dass sie die Wand mit meiner Mord-Mindmap gesehen haben. Dass sie jetzt über meine Informationen verfügen, macht mich ein bisschen hektisch. Ich sehe mir noch mal alles, was ich gesammelt habe, unter dem Aspekt an, ob etwas dabei ist, was mir Sorge bereiten sollte. Aber mir fällt nichts auf, also lasse ich mich auf das Sofa sinken und hole den Steel-Drive aus der Hosentasche. Einen Peilsender kann er nicht haben, sonst hätten sie ihn ja in Bombays Wohnung aufgespürt.

Aber jemand weiß, dass jetzt ich den Stick habe.

Die Tür. Ich muss die Tür sichern. Wenn Aziz vorbeischaut und sieht, dass sie offen ist, kommt er rein und kündigt mir sofort.

Mein Handy summt. Eine Nachricht von Dave: Grapscher hat wieder zugeschlagen.

Ich werfe das Handy an die unverputzte Backsteinwand, wo es zerschellt. Dann rolle ich mich auf dem Sofa zusammen und will nur noch schlafen. Wenn jemand reinkommt und mich umlegen will, scheiß drauf, soll er doch.

SIEBEN

Der Typ in dem Telefonladen will mir erst mal ein Smartphone aufschwatzen. Da ich seit zwei Jahren die Option auf ein neues Telefon nicht in Anspruch genommen habe, steht mir aber ein einfaches Handy gratis zu. Das will ich, und genau das sage ich ihm.

Er ist nicht begeistert und will mir einreden, zumindest eine Versicherung dafür abzuschließen und eine Schutzhülle zu kaufen. Woraufhin ich ihn mit dem Begriff Arschloch tituliere und sage, er solle mir endlich das Handy geben. Das macht er dann auch, aber mit einer Miene, als hätte ich die Pest.

Kaum bin ich aus dem Laden raus, kommt auch schon eine Textnachricht: **Apocalypse**. Ich habe keine Ahnung, von wem die Nachricht ist. Wie denn auch. Ich muss ja erst mal ein neues Adressbuch anlegen. Aber ich wollte sowieso dorthin, also mache ich mich umgehend auf den Weg. Und wenn es eine Falle ist, erfahre ich wenigstens, wer es auf mich abgesehen hat.

Ist es aber nicht. Margo und Lunette sitzen an der Bar und trinken Sekt mit O-Saft. Dave ist allein hinter der Theke, und weil der Laden sonst leer ist, lässt er Bachs Cello-Suiten über die Boxen laufen. Dabei spielt er auf einem imaginären Cello mit.

Ich setze mich und bestelle eine Flasche Wasser. Dave schiebt sie mir über den Tresen, und als ich sie mir nehme, rutscht mein Jackenärmel hoch, und man sieht den Verband, den ich nach dem Aufwachen erneuert habe.

Lunette packt mich an der Schulter. »Was ist passiert?«

»Zwei Leute haben mich letzte Nacht überfallen. Na ja, zwei Leute *wollten* mich letzte Nacht überfallen. Aber sie haben mir nichts abgeknöpft.«

Mit offenem Mund starren die Frauen mich an. Und Dave fragt: »Hast du denen nicht deinen Schirm gezeigt?«

»Doch.« Zu den beiden Frauen sage ich: »Ist alles okay. Die zwei sind schlechter dran als ich. Sagt mal, könnt ihr mir eure Telefonnummern noch mal geben?«

Ich hole das neue Handy aus der Tasche, und die beiden rattern ihre Nummern runter. Dann fragt Margo: »Hast du nicht gesagt, dass dir nichts gestohlen wurde?«

»Wurde es auch nicht. Mein altes Handy ist kaputtgegangen.«

»Wie denn das?«

»Ich war sauer.«

Die Frauen bedenken mich mit vorwurfsvollen Blicken. Ich trinke erst mal einen Schluck Wasser. Lunette geht zur Toilette. Und Dave fragt mich, ob ich den Laden für einen Moment im Auge behalten könne, weil er sich Zigaretten holen wolle.

Ich gehe hinter die Theke, nehme mir den iPod, der mit den Boxen verbunden ist, und schalte auf Cock Sparrer um. Für zwei Musikrichtungen ist Dave nämlich immer gut: Klassik und britischen Punk.

»Tut das weh, da an deinem Arm?«, fragt Margo mich.

»Geht so. Und wie war es bei dir?«

»Was meinst du?«

»Mit Lunette.«

Margo zögert kurz. »Du sagst es aber nicht meiner Mutter, ja?«

»Geht mich doch nichts an, mit wem du rummachst.«

»Danke. Ich weiß nämlich nicht, wie die das aufnehmen würde. Sie ist ein bisschen ... konservativ.«

»Hatte ich auch so in Erinnerung. Aber trotzdem, ich wusste gar nicht, dass du auch von der anderen Fraktion bist.«

Margo kneift die Augen zusammen. »Willst du mich etwa verarschen?«

»Wieso?«

Sie schüttelt den Kopf und nimmt einen Schluck aus ihrem Glas. »Wegen gestern Nacht, hast du da die Cops gerufen?«

»Wozu denn? Weil zwei Typen mir die Brieftasche klauen wollten, es aber nicht geschafft haben? Dafür werde ich meine Zeit nicht damit verplempern, Formulare auszufüllen und Verbrecherfotos anzusehen.«

»Du gehst bemerkenswert lässig damit um.«

»Ist ja nicht das erste Mal, dass so was passiert.«

Lunette kommt von der Toilette zurück und setzt sich wieder auf ihren Barhocker. Demonstrativ zeigt sie auf ihr leeres Glas. Ich suche hinter der Bar nach Orangensaft und der Sektflasche. »Wir machen gleich einen Spaziergang durch den Central Park«, sagt sie.

»Zum Times Square möchte ich auch gern«, wirft Margo ein.

Lunette schüttelt den Kopf. »Scheiße, bloß das nicht.«

»Lieber würde ich mich erschießen, als zum Times Square zu gehen«, pflichte ich ihr bei. Margo wirft mir einen Blick zu, woraufhin ich ihr erkläre: »Aus demselben Grund, warum ich niemals nach Disney Land fahren würde.«

»Wenn man auf Disney steht, muss man doch noch lange kein schlechter Mensch sein. Willst du mit auf unsere Erkundungstour?«

Bei Bombay vorbeischauen.

Meine Wohnungstür reparieren.

Mich um den Grapscherfall kümmern.

Chells Mörder finden.

»Mein Tag ist heute ziemlich vollgepackt«, sage ich. »Kommt ihr auch ohne mich zurecht?«

Margo nickt. Sie scheint nicht sauer zu sein. Das ist schon mal gut. Nun ist sie an der Reihe, zur Toilette zu gehen, und sofort beugt sich Lunette zu mir rüber und will sich mit mir abklatschen.

»Ich hab deine Cousine flachgelegt, Alter!«

»Du kannst mich mal! Soll ich dich dafür etwa noch beglückwünschen?«

»Jetzt stell dich nicht so an.« Sie rückt ein Stück zu mir und hält mir die Hand dicht vors Gesicht. Ich verdrehe die Augen und klatsche ab. Zufrieden widmet sie sich wieder ihrem Getränk.

Da steckt Dave den Kopf durch die Tür. Er hat eine Zigarette in der Hand und sagt: »Reden?«

Ich bitte Lunette, kurz ein Auge auf den Laden zu haben und Margo auszurichten, dass ich erst mal weg bin. Dann gehe ich raus zu Dave. Er gibt mir einen aus einem Notizblock herausgerissenen, zusammengefalteten Zettel.

»Die Koordinaten von dem Grapscherüberfall letzte Nacht«, sagt er. »Und noch ein Extra. Einer von unseren Jungs hat gehört, dass in letzter Zeit verstärkt Leute überfallen und Handtaschen geklaut werden. Er hat genauer nachgehakt und rausgefunden, dass es ziemlich viele solcher Vorfälle gab, alle in den letzten zwei Wochen. Keine Ahnung, könnte natürlich auch Zufall sein, dass so was im Moment öfter vorkommt.«

Ich falte das Stück Papier auseinander. Ein Dutzend Überfälle sind aufgelistet, alle mit Datum, Zeit und Ort und mit Informationen über die Täter. Viermal ist die Rede von Sturmhauben und zweimal von großen Brillen. Klingt nach meinen speziellen Freunden von letzter Nacht.

Ist aber irgendwie Quatsch. Hier handelt es sich um zufällige

Überfälle an verschiedenen Orten im East Village. Die beiden von gestern Nacht hatten es dagegen speziell auf mich abgesehen.

Noch mehr Mist, bei dem ich erst mal durchblicken muss.

»Vielen Dank«, sage ich. »Aber sag mal, können wir heute Nacht nicht ein paar mehr Jungs losschicken? Ich will das Arschloch endlich schnappen.«

»Meinst du, der ist es?«

»Ob es der ist, der Chell getötet hat? Nein, dafür sind die Übergriffe nicht aggressiv genug. Um jemand so was wie Chell anzutun, muss man ein echtes Monster sein.«

»Gut, ich schicke ein paar mehr Jungs los. Bist du heute Abend hier?«

»Ich versuch's, aber versprechen kann ich nichts.«

*

Geschlagene zwei Minuten hämmere ich an Bombays Tür, bis er endlich aufmacht. Er wirkt total übernächtigt und trägt ein Tanktop mit karierten Schlafanzughosen. Als er mich sieht, will er die Tür sofort wieder zumachen, aber ich stelle einen Fuß dazwischen. Er lässt er mich rein und geht in die Kochnische.

»Hast du was für mich?«, frage ich.

Er kommt wieder ins Wohnzimmer. Aus der Kochnische hinter ihm höre ich das Zischen der Kaffeemaschine. Bombay setzt sich mir gegenüber an den Tisch und schiebt mir ein Blatt Papier zu. »Ich war gestern noch ziemlich lange auf. Konnte einfach nicht widerstehen. Es war nicht ganz leicht, aber ich habe jetzt den Namen von dem Typen. Joel Cairo. Weißt du, wer das ist?« Er wartet auf eine Antwort, und weil keine kommt, sagt er: »Eine Figur aus *Der Malteser Falke*.«

»Dann hat sich der Betreiber der Website also unter einem falschen Namen registriert?«

»Ja. Aber ...« Bombay tippt mit dem Finger auf das Blatt Papier. »Von irgendeinem Konto muss die Gebühr dafür abgebucht werden. Und kann sein, kann aber auch nicht sein, dass ich darüber gestolpert bin. Sollte ich also rein hypothetisch darauf gestoßen sein, gäbe es dazu natürlich auch eine Adresse. Nehmen wir mal an, es wäre so, würden die Rechnungen für die Website an die Adresse hier geschickt. Sie gehört zu einer Bar namens Slaughterhouse Six in Brunswick.«

»Willst du mich mit dem ganzen Unsinn verarschen?«

»Moment.« Er geht wieder in die Kochnische und kommt dann mit zwei dampfenden Kaffeebechern zurück. Einen stellt er vor mir auf den Tisch, und ich wärme mir erst mal die Hände daran. »Da ist noch was«, sagt Bombay. »Aber das wird dir nicht gefallen.«

»Weil ich ohnehin schon eine Scheißlaune habe.«

Er zögert einen Moment lang. »Als du gestern Abend gegangen bist, war ich noch schnell in der Bodega. Da ist mir Tommy über den Weg gelaufen. Und Tommy hatte kurz zuvor Quinn getroffen.« Bombay unterbricht sich und trinkt einen Schluck Kaffee. »Tommy hat gesagt, dass Quinn wegen Chell total am Boden zerstört war.«

»Wen wundert's.«

»Quinn hat Tommy erzählt, dass er Chell an dem Abend, bevor sie ermordet wurde, gefragt hat, ob sie ihn heiraten will.«

»Was?«

»Und sie hat wohl ja gesagt.«

*

Was hast du nur an Quinn gefunden, Chell?

Er sieht ganz gut aus, aber auf die Art wie die Typen im Versandhauskatalog. Nichtssagend. Er hat ein dickes Bankkonto von seinem tollen Wall-Street-Job, aber so eine Goldgräberin warst du doch gar nicht. Er ist auch ganz nett, allerdings nicht besonders helle. Ich weiß echt nicht, was man an dem finden kann.

Aber ich weiß noch, wie es an dem Abend, wo ich euch das erste Mal zusammen gesehen habe, für mich war. Wir waren in meinem Büro, unten im Apocalypse. Es waren ziemlich viele von uns da. Lunette und Bombay, eine der beiden Kellys und noch ein paar Leute mehr. Wir haben eine große Flasche Wein rumgehen lassen, und auf dem Tisch lag ein kleiner Haufen Koks. Wir haben auf den Sofas abgehangen und über Musik oder Politik oder sonst irgendwas Belangloses geredet.

Du hast auf dem Sofa gegenüber gesessen. Es war ein paar Monate, nachdem wir über die Brooklyn Bridge gegangen sind. Und ich die tektonischen Platten unserer Beziehung verschoben habe. Es ist nicht so, dass wir uns seitdem aus dem Weg gegangen wären, aber wir haben uns nicht mehr so oft gesehen. Zwischen uns war irgendwie ein Vakuum. Aber ich hatte immer eine brennende Kerze im Fenster stehen, falls du vorbeikommen würdest.

Quinn kam rein, begrüßte jeden Einzelnen von uns und setzte sich auf die Sofalehne neben dich. Du hast die Beine übereinandergeschlagen, dich ihm zugewandt, und dann habt ihr euch sofort unterhalten, als würdet ihr euch schon ewig kennen. Für mich war es, als würde mir jemand etwas Kaltes, Scharfes zwischen die Rippen stoßen.

Lunette hat mir einen zusammengerollten Zwanziger vor die Nase gehalten, aber sie musste mir einen Schubs geben, weil ich nichts anderes mehr gesehen habe als Quinns Hand auf deinem Arm, während du über einen Witz von ihm gelacht hast.

Kurz darauf hat er dir etwas ins Ohr geflüstert. Du hast gelächelt und genickt. Dann hat er sich verabschiedet und ist gegangen. Zwei Minuten später hast du auf die Uhr geschaut und bist, ohne etwas zu sagen, aufgestanden und auch gegangen.

Ich bin dir bis zu den Toiletten gefolgt und habe noch gesehen, wie du das Bücherregal zurückgeschoben hast. Du hast mich angesehen, als hättest du damit gerechnet, dass ich etwas sage. Als wüsstest du schon, was kommen würde.

»Quinn ist es also.«

»Er ist nur ein Freund.«

»Seit wann kennst du ihn denn?«

»Seit ein paar Wochen. Durch Bombay.«

»Okay.«

»Bist du sauer?«

»Ich dachte, du wärst an der Art von Beziehung nicht interessiert.«

Der Toilettenraum ist ziemlich klein, und wir standen so nah beieinander, dass dein Geruch mich umwehte. Zigaretten und Lavendel. Du hast den Blick abgewandt, dir den Riemen deiner Handtasche auf der Schulter zurechtgerückt und gesagt: »Was ist?«

»Quinn ist ein Freund von mir.«

»Ich weiß.«

»Das wäre komisch. Verstehst du, was ich meine?«

»Was willst du mir damit sagen?«

»Versprich mir, dass nicht mehr draus wird.«

Du hast mich völlig entgeistert angesehen. »Ich soll dir das versprechen?«

»Es wäre einfach komisch.«

Du hast genickt, kaum merklich, als würde dir der Zusammenhang erst allmählich bewusst. Dann hast du mich stehen lassen. Ich habe die Tür abgeschlossen und mich auf den Toilettenrand gesetzt. Ich habe an die Wand gestarrt, auf die Collage aus Band-Stickern. Ich hätte kotzen können. Als Lunette irgendwann aus meinem Büro kam und mich dort sitzen sah, dachte sie zuerst, ich würde die Toilette benutzen, und ist sofort wieder abgeschwirrt. Da bin ich noch etwas länger sitzen geblieben.

Als ich an dem Abend aus dem Apocalypse kam, bin ich die fünf Meilen bis zu Quinns Apartment zu Fuß getorkelt. Ich habe auf der anderen Straßenseite gestanden und musste mich zusammenreißen, dass ich nicht an seine Tür hämmere und nachsehe, ob du da bist.

Quinn und ich, wir sind in derselben Straße aufgewachsen. Er hat sich von der Schickimickiszene auf der Upper West Side beeindrucken lassen. Mein Sirenengesang war dagegen der Sound aus den Punk-Clubs auf der Lower East Side.

Manche Freundschaften vergehen, weil es einfach besser so ist.

Zu dem Zeitpunkt, wo sich die Wege von uns dreien gekreuzt haben, hatten Quinn und ich absolut nichts mehr gemeinsam. Nichts, bis auf dich.

*

Der Portier in Quinns Haus ist viel zu vertrauensselig. Mein Name sagt ihm erst mal nichts, aber er kennt mich noch vom Sehen, als ich mal zu einer von Quinns Partys hier war. Und als ich ihm Quinns Nachnamen nenne, schlägt er sich vor die Stirn und nickt. Ich plaudere noch eine Weile mit ihm, bis er den Eindruck hat, dass ich in freundschaftlicher Absicht hier bin, und dann lässt er mich passieren. Wofür ich nur konstatieren kann, dass er keinen besonders guten Job macht. Ich jedenfalls hätte mich nicht so einfach durchgewinkt.

Mitten in der Lobby steht ein Springbrunnen, dessen Geplätscher die dezente Fahrstuhlmusik aus den unsichtbaren Boxen übertönt. Die Luft ist frisch und kühl, als käme sie direkt vom Ozean angeweht. Es gibt auch einen Wachmann, aber über den brauche ich mir nicht groß Gedanken zu machen. Da ich problemlos an dem Portier vorbeigekommen bin, scheine ich ja halbwegs seriös zu wirken.

Oben vor Quinns Apartment klopfe ich an die Tür, aber es macht niemand auf. Ich würde ihn anrufen, habe aber leider seine Nummer nicht. Und Bombay kann ich nicht danach fragen, weil der dann denkt, ich will Quinn umbringen. Ich sehe unter der Fußmatte nach, und da liegt ein Ersatzschlüssel. Wieder mal ein Beispiel für schlechtes Schlüsselmanagement. Aber ich weiß noch, dass Quinn gern mal alles Mögliche verliert, wenn er zu viel getrunken hat. Von daher ist ein Schlüssel unter der Matte gar nicht so dumm. Und in einem Gebäude wie dem hier hat man mit Diebstahl vermutlich keine Probleme.

In dem Apartment hat sich nichts verändert, seit ich vor einer Weile zu Quinns Geburtstagsparty hier war und nach zehn Minuten wieder gegangen bin, ohne mich zu verabschieden.

Alles ist makellos und strahlend weiß. Futuristisches Ambiente, in dem ich mir wie an einem Science-Fiction-Filmset vorkomme. Hinter den bodentiefen Fenstern zieht sich unten ein Streifen Central Park entlang. Zwei Stufen führen nach unten in den Wohnbereich mit dem schwarzen Hartholzfußboden. In einer Ecke befindet sich sogar ein Kamin, aber mehr zur Show als zum Heizen.

Ich habe das Gefühl, alles zu ruinieren, was ich anfasse, und das weckt in mir das Bedürfnis, erst recht alles anzufassen. Schließlich lasse ich mich auf das makellose Sofa fallen, lege die Beine hoch und warte. Auf dem Glastisch liegt eine Fernbedienung, und ich tippe darauf rum, bis ein Flachbildschirm von der Decke herunterfährt und die dämliche Hütte noch absurder erscheinen lässt als ohnehin schon. Es läuft nichts, was sich lohnen würde anzuschauen. Nachdem ich mich durch ein paar Hundert Programme gezappt habe, von denen die meisten nur Dauerwerbesendungen und Nachrichten in Endlosschleife bringen, mache ich den Fernseher wieder aus, verschränke die Arme hinter dem Kopf und konzentriere mich auf meine Atmung.

Irgendwann reißt mich das Schließgeräusch an der Wohnungstür aus dem Halbschlaf.

Quinn kommt rein und durchquert das Apartment. Obwohl es noch gar nicht lange her ist, dass ich ihn gesehen habe, fällt mir erst jetzt auf, dass sein Haaransatz zurückgeht. Das einzige Anzeichen dafür, dass er älter wird. Die Krawatte hängt lose über dem gestärkten weißen Hemd, und er sieht aus, als hätte er ein paar Nächte durchgemacht. Erst vor der Schlafzimmertür merkt er, dass ich auf dem Sofa sitze, und sofort macht er auf übertrieben überrascht.

»Ash!«, ruft er und lässt seine Aktentasche auf den Boden fallen. »Wie bist du hier reingekommen?«

»Ich bin eben ziemlich schlau.«

Er lehnt sich an die Wand, als würde er sonst umfallen. »Gib mir eine Sekunde, Mann. Ich bin seit heute Morgen nicht von der Arbeit weggekommen.«

»Es ist doch erst drei Uhr.«

»Aber es ist Samstag.«

»Ach so. Na dann.«

Zehn Minuten später kommt er in Basketballshorts und einem Hoodie mit einem Tanktop darunter zurück in den Wohnbereich. Sein dunkles Haar ist frisch zu einer Stachelfrisur gegelt, und er riecht wie eine Pariser Nutte. Er setzt sich auf den Sessel mir gegenüber, beugt sich vor und stützt die Ellbogen auf die Knie. Ich rühre mich nicht und bleibe mit hochgelegten Beinen auf dem Sofa sitzen. Er gibt mir nicht die Hand und ich ihm auch nicht. Das schafft schon mal keine gute Atmosphäre.

»Und?«, sagt er. »Welchem Umstand verdanke ich die Ehre, dass du hier eingebrochen bist?«

»Ich bin nicht eingebrochen.«

»Lass die Spielchen. Warum bist du hier?«

»Du weißt, warum.«

Er wendet den Blick ab. »Chell.«

»Merkwürdig, dass du heute bei der Arbeit warst. Sie ist erst seit zwei Tagen tot, und wenn man bedenkt, dass ihr vor den Altar treten wolltet, hätte ich damit gerechnet, dass dir das ein bisschen mehr zu schaffen macht.«

Er lässt den Kopf sinken. »Du hast es also gehört.«

»Habe ich.«

Er reibt sich mit den Händen übers Gesicht. Um sich die Tränen abzuwischen oder welche zu produzieren, kann ich nicht sagen. »Erstens würde ich, so wie die Dinge bei der Arbeit momentan stehen, meinen Job verlieren, wenn ich mir freinehmen würde. Schließlich kann sich nicht jeder die Arbeitszeit so einfach einteilen.«

»Und zweitens musst du deinen Lebensstandard finanzieren. Aber wenn sie deine Verlobte war, würde man dir doch sicher mal freigeben.«

Quinn murmelt etwas vor sich hin, und ich bitte ihn, es zu wiederholen.

»Sie hat nicht ja gesagt.« Kaum hat er den Satz ausgesprochen, springt er auf und geht zur Küche. »Bier?«, fragt er mit einem Blick über die Schulter.

Ich lehne ab. Er kommt mit einer Flasche Heineken zurück, und jetzt bin ich sogar froh, dass ich nicht wollte. Was daran Bier sein soll, werde ich niemals verstehen.

Quinn setzt sich wieder auf den Sessel, diesmal etwas aufrechter. Er trinkt einen Schluck, und dann sagt er, ohne mich anzusehen: »Ich habe Tommy getroffen und ihm einfach erzählt, dass sie zugestimmt hat. Wahrscheinlich hast du es von ihm gehört. Ich hätte das nicht sagen sollen.«

»Du hättest sie gar nicht fragen sollen.«

»Sind wir immer noch auf dem Level? Ich habe sie geliebt, Ash. Tut mir leid, aber so ist es nun mal.«

»Aber du wusstest, was sie mir bedeutet. Und du hast dich über alles hinweggesetzt, indem du versucht hast, sie mir abspenstig zu machen.«

»Wenn sie noch leben würde, wäre sie empört, dich so reden zu hören.«

»Noch empörter wäre sie, wenn sie wüsste, dass du hier auf gebrochener Witwer machst.«

Quinn nimmt einen kräftigen Schluck, wie man es tut, wenn man nicht weiß, was man sagen soll. Dann stellt er die fast leere Flasche auf den Tisch und hält sie noch einen Moment lang fest, bevor er den Blick wieder auf mich richtet. »Gut. Und jetzt zu dir. Was willst du?«

»Wissen, wo du in der Mordnacht warst.«

Er nimmt die Flasche wieder in die Hand, hält dann aber inne

129

und knallt sie so fest auf den Tisch, dass das Bier herausspritzt. »Wenn du deshalb gekommen bist, kannst du dich gleich wieder verpissen!«

»Sonst was?«

»Sonst rufe ich die Polizei.«

»Sieht dir ähnlich. Nicht Manns genug, für dich selbst einzustehen. Na los, ruf sie doch. Frag nach Detective Medina. Der freut sich bestimmt, von mir zu hören.«

»Hau ab!«

»Sie hat gemerkt, dass sie verfolgt wird. Und? Hat sie dich angerufen?«

»Wann?«

»In der Nacht, in der sie ermordet wurde. Hat sie dich da angerufen?«

Quinn schweigt für einen Augenblick. »Nein.«

»Sie hat *mich* angerufen. Du wärst nämlich gar nicht in der Lage gewesen, sie zu beschützen. Und das hat sie gewusst.«

»Du wohnst doch auch viel näher.«

»Red dir das ruhig ein.«

»Zwei Nächte bevor sie gestorben ist, hat sie noch in meinem Bett gelegen. Mach dir das bitte klar.«

Meine Hände zittern so sehr, dass ich es kaum schaffe, sie ruhig zu halten.

Er sieht es und sagt: »Du gehst jetzt lieber. Für eine solche Unterhaltung ist keiner von uns in der richtigen Verfassung.«

Ich setze mich aufrecht hin. »Wie hat sie ihr Nein begründet?«

»Chell ist tot, Ash. Können wir es also nicht einfach dabei belassen?«

Ich stehe auf und er auch. Wir starren uns an und stehen jetzt Auge in Auge so dicht voreinander, dass ich bei jedem Atemzug das Beben seiner Nasenflügel sehen kann. Es ist, als ob jeder von uns beim anderen nach etwas sucht, was noch vertraut ist. Nur dass wir nichts finden.

»Ja, sie ist tot«, sage ich. »Aber trotzdem bist du ein Arschloch.«

Wutschnaubend bleibt er in seinem schicken Apartment zurück, während ich durch die Tür gehe und meine Beine den Weg durch das unbekannte Terrain finden, vorbei an Leuten, die reinrassige Hunde ausführen, in ihre Smartphones schreien und mich mit misstrauischen Blicken ansehen, als wollte ich sie ausrauben. Aber das habe ich mir wohl selbst zuzuschreiben, weil ich keine sauberen Klamotten angezogen habe.

Ich ziehe in Erwägung, mit der U-Bahn zu fahren, beschließe dann aber, eine Runde über die First Avenue zu drehen. Ich schalte auf Autopilot, schiebe mich an Horden von Menschen vorbei und renne an den Kreuzungen im Laufschritt über die Querstraßen, um zu sehen, ob ich schneller als die Taxis bin. Ich versuche an alles Mögliche zu denken, nur nicht an Chell und Quinn zusammen. Was mir überaus schwerfällt. Immer wieder schiebt sich das Bild vor mein inneres Auge, wie wenn es mich fertigmachen will.

Je mehr ich mich dem Times Square nähere, desto häufiger versperren mir Touristen den Weg, weil sie nur im Bummelschritt unterwegs sind oder sogar mitten auf dem Bürgersteig stehen bleiben, um ihren Stadtplan zu studieren oder Fotos zu machen. Allmählich bereue ich, dass ich zu Fuß gegangen bin.

Das Schlimmste ist, dass ich das Bedürfnis kriege, Leute anzuschreien und zuzuschlagen.

Ich zittere. Ich schiebe mich in einen Eingang, stecke mir eine Zigarette an und schließe die Augen.

Tief ein- und ausatmen.

Ich glaube nicht, dass Quinn Chell umgebracht hat. Sicher war er aufgewühlt, dass sie seinen Antrag abgelehnt hat. Das wäre jedem so gegangen. Aber er hat kein Auto, also hätte er sich erst eins besorgen müssen. Und dafür hatte er nach ihrem Nein nicht genug Zeit. Jedenfalls kann ich mir das nicht vorstellen. Außerdem braucht Quinn sowieso erst mal drei Drinks, bevor er bei einer Auseinandersetzung Position bezieht.

Er ist kein Mörder. Auch wenn ich es gern so hätte, damit ich ihn zusammenschlagen könnte.

Ich ziehe den Zettel von Bombay aus der Hosentasche, den mit der Telefonnummer, die zu der Website gehört. Ich sehe ihn mir noch mal an, aber eigentlich nur, um meine Hände mit etwas zu beschäftigen, was nichts mit Zuschlagen zu tun hat. Vielleicht sollte ich mich erst mal um mein Apartment kümmern. Ich konnte die Tür so weit schließen, dass man die Einbruchsspuren nicht sieht, aber richtig ins Schloss gefallen ist sie nicht.

Wenn ich Miss Hudson gewissermaßen dazu bringen könnte, bei Aziz vorbeizuschauen, würde er mich vielleicht endlich in Ruhe lassen.

*

Snow White hört aufmerksam zu und zieht an ihrer Newport, während ich ihr die Situation mit meinem Vermieter darlege. Sie soll sich bloß als Miss Hudson ausgeben und ein paar Papiere unterschreiben. Ich selbst kannte meine Vorgängerin gar nicht, aber ich gehe mal davon aus, dass Aziz auch nicht mehr weiß, wie sie aussah, weil es ihn bestimmt nicht interessiert hat.

»Wie viel?«, will Snow White wissen.

»Was soll das heißen, wie viel? Kannst du mir nicht einfach mal einen Gefallen tun?«

»Pass mal auf, Schätzchen, dafür geht Zeit drauf, in der ich nicht bei der Arbeit bin. Das hier ist nämlich mein Büro. Und du willst, dass ich mich von hier weg bewege und einen Teil von meinem Umsatz einbüße. Dafür musst du mir eine Entschädigung zahlen. So sind halt mal die Regeln der freien Marktwirtschaft.«

Das ist einer der Gründe, warum man seinen Drogendealer niemals als Freund betrachten sollte.

Ich versuche, aus dem Geldautomaten in der Bodega auf der anderen Straßenseite hundert Dollar zu ziehen – was zu meinem großen Erstaunen klappt –, und gebe Snow White die fünf Zwanziger. Sie gibt mir großzügigerweise zwei zurück. Dann schreibe ich ihr die wichtigen Details auf: wohin sie gehen muss und mit welchem Namen sie unterschreiben soll. Am besten wäre es, wenn sie sich einen Schal umbindet und eine Sonnenbrille aufsetzt und dann erzählt, sie wolle den Winter in Florida verbringen und erst im Sommer wiederkommen, weil ihr die Kälte hier so zusetze. Das würde mir Zeit verschaffen.

Snow White stellt keine weiteren Fragen und schiebt den Zettel in ihren BH, wobei sie der ganzen Straße einen kurzen Blick auf eine ihrer Brustwarzen gewährt.

*

Bei Tageslicht wirkt das Chanticleer ziemlich trostlos. Viel ruhiger. Bis auf den Barkeeper ist niemand da, und der hebt kaum den Kopf, als ich an ihm vorbeigehe.

Die Dekoration in Ginnys privatem Bereich ist komplett abmontiert. Ginny steht barfuß mitten in dem leeren Raum, und zwar in einem pinkfarbenen Hosenanzug, mit brünetter Pferdeschwanzperücke und einer Schildpattsonnenbrille in der Hand.

Eine junge Dragqueen mit blonder Perücke, weißer Bluse und engem schwarzen Rock läuft auch barfuß herum und hält Stoffproben in verschiedenen Grüntönen vor die nackte Backsteinwand.

Ginny hebt den Zeigefinger, als sie mich sieht. »Dann doch lieber lila, Schätzchen. Aber nicht in Richtung Pflaume, sondern eher in Richtung Bluterguss. Und lass dir ruhig Zeit. Mami hat noch einen Termin.«

Die Tussi verschwindet, und Ginny wendet sich mir zu. Kopfschüttelnd, als wäre ich ein Kleinkind und hätte ins Bett gemacht. Ich nehme den Hut ab, hänge ihn an einen der Nägel, die noch in der Wand stecken, und streiche mir durchs Haar. Es ist warm hier, also ziehe ich die Jacke aus und hänge sie neben den Hut.

»Wie ich sehe, warst du mal wieder fleißig«, sagt Ginny und zeigt auf meinen Verband.

»Hab jemand Neues kennengelernt. Aber vielleicht warte ich noch drei Tage, bis ich anrufe. Ich will ja nicht aufdringlich sein.«

»Du hast wohl heute deinen schlagfertigen Tag.«

»Liegt am Schlafentzug und am Blutverlust.«

Ginny holt zwei Klappstühle aus der Ecke und gibt mir einen. Wir setzen uns in den Lichtkegel der nackten Glühbirne, die an einem zerfransten Kabel von der Decke hängt.

Dann beugt Ginny sich vor und macht auf interessiert. Ob sie weiß, warum ich hier bin, kann ich nicht beurteilen. Aber wenn sie Spielchen spielen will, dann bitte. Ich lehne mich zurück und will sie den Anfang machen lassen. Damit sie diejenige ist, die sich unbehaglich fühlt.

Leider steigt sie nicht darauf ein.

Sie lehnt sich ebenfalls zurück, raucht weiter ihre Zigarette und wirft ab und zu einen Blick auf ihre Fingernägel.

Ich gebe auf. »Ginny?«

»Ja, Herzchen?«

»Warum hast du mich angelogen?«

Sie reißt die Augen auf und legt mit gespreizten Fingern eine Hand an die Brust. »Was sollte ich für einen Grund haben, dich anzulügen?«

»Einen sehr guten vielleicht. Als ich dich gefragt habe, ob du Chell in letzter Zeit gesehen hast, hast du vergessen zu erwähnen, dass du am Tag ihrer Ermordung mit ihr zum Brunch warst.«

Zum ersten Mal seit ich Ginny Tonic kenne, verliert sie für den Bruchteil einer Sekunde die Fassung.

»Tja«, sagt sie gedehnt. »Das erschien mir nicht wichtig.«

»Ich halte es aber für verdammt wichtig, dass sie diese Hipster in Brooklyn ausspionieren sollte.«

Ginny kneift die Augen zusammen und atmet langsam durch die Nase aus. »Woher weißt du das?«

»Dass du mich immer wieder engagierst, hat ja einen Grund. Damit ich so was rausfinde.«

Ginny stößt einen Seufzer aus. »Ich bin beeindruckt.«

»Ich nicht. Ich hätte dir nämlich mehr zugetraut.«

Schweigend sitzen wir eine Weile da. Ich starre Ginny an. Und Ginny starrt an die Wand.

Irgendwann sagt sie kaum hörbar: »Es wird Krieg geben.«

»Spar dir die dämliche Melodramatik.«

Ruckartig wendet sie mir den Kopf zu. Dann steht sie auf und zündet sich eine Zigarette an. »Du weißt, wie das in den Bezirken läuft, oder? Du kennst die Hierarchie?«

»Ich weiß genug.«

»Gut.« Dann sprudelt es fast aus ihr heraus. »Die mächtigsten Bezirke waren immer in Manhattan, die äußeren Stadtteile waren eher unbedeutend. Aber plötzlich erscheint Brooklyn auf dem Radar. Als wäre es auf einmal wichtig oder so. Die Bezirke da gewinnen an Macht. Und wir glauben, dass sie nach Manhattan drängen.«

»Revierkämpfe also?«

Ginny setzt sich wieder und beruhigt sich etwas. »Die Bezirke sind nummeriert. Manhattan ist in mehrere aufgeteilt. Deshalb bin ich dabei, Koalitionen zu schmieden.« Nach kurzem Schweigen fügt sie hinzu: »Chell sollte währenddessen in den inneren Kreis von dem Typen vordringen, der Bushwick und Williamsburg unter Kontrolle hat.«

»Wie heißt der?«

»Alle nennen ihn nur den Hipster-King.«

»Das ist ja scheißoriginell. Und was genau sollte Chell für dich tun?«

»Einfach da abhängen, die Ohren aufhalten und mich wissen lassen, was sie so hört.«

»Du hast sie also einfach da hingeschickt, ohne Rückendeckung?«

»Das sind doch nur ein paar Hipster-Gören. Das Schlimmste, was die mit ihr machen konnten, war, ihren Musikgeschmack zu kritisieren.«

Ich rücke mit meinem Stuhl näher an Ginny heran. »Was hast du dann überhaupt von denen zu befürchten?«

Ginnys Blick wird eisig. »Es geht um die Anzahl der Stadtbezirke. Und die haben mehr.«

Sie steht auf und läuft hin und her, ohne weiter etwas zu sagen.

»Hast du irgendeine Ahnung, wo dieser Hipster-King sich rumtreibt?«, frage ich sie.

»In einer Bar in Bushwick. Heißt Slaughterhouse Six.«

Na, das passt ja. »Dann hatte der King also mit dem Spiel zu tun, für das Chell gearbeitet hat?«

Ginny lächelt schweigend. Sie scheint beeindruckt zu sein, auch wenn sie das nicht unbedingt gern durchblicken lässt. »Ziemlich gut. Sehr gut sogar. Damit liegst du absolut richtig. Da hast du den Grund, warum ich dich immer wieder engagiere.«

In dem Moment summt mein Handy. Dass ich hier unten überhaupt Empfang habe, hätte ich nicht gedacht. Eine Textnachricht von einer unterdrückten Nummer: Hat nicht funktioniert.

»Ich muss los«, sage ich.

»Vergiss nicht, was ich dir gesagt habe, Ash«, gibt Ginny mir noch mit auf den Weg. »Halt den Ball flach.«

»Das habe ich doch gewissermaßen erfunden.«

Doch damit kann ich Ginny nicht erheitern.

ACHT

Snow White drückt mir einen zerknüllten Zwanziger in die Hand. »Zur Entschädigung, teilweise. Wusstest du nicht, dass die alte Dame eine Schwarze war?«

Ich hatte Miss Hudson ja nie zu Gesicht bekommen. Und als ich ihr Apartment übernommen habe, gab es da nur alte, verstaubte Möbel, aber keine Fotos.

Anscheinend bin ich doch nicht so schlau, wie ich dachte.

Das war's dann wohl mit meinem Gastspiel Ecke Zehnte und First. Aziz hat Snow White nämlich noch die Info mit auf den Weg gegeben, innerhalb der nächsten zehn Minuten werde er das Apartment inserieren. Zehn Minuten danach war es dann wahrscheinlich auch schon weg.

Kann also gut sein, dass ich meine paar Habseligkeiten gleich auf dem Bürgersteig wiederfinde. Mir fehlen die Worte, und auch Snow White macht den Eindruck, als hätte sie einen Kloß im Hals. Wir stehen da, treten von einem Bein aufs andere und vermeiden es, uns ansehen. Stattdessen schauen wir in alle möglichen Richtungen, als wäre irgendwo eine Lösung in Sicht.

»Das heißt hoffentlich nicht, dass ich jetzt meinen besten Kunden los bin«, sagt Snow White nach einer Weile.

»Nun mach mal halblang, so viel habe ich ja nun auch nicht gekauft.«

»Aber du bist der Einzige, der sich auch mal nach meinen Enkeln erkundigt.«

Für einen kurzen Augenblick erlebe ich sie so, wie sie wirklich ist: eine alte Dame, von der niemand Notiz nehmen würde, wenn sie nicht die Drogenabteilung im Viertel unter sich hätte. Ich stelle mir gerade vor, wie es wohl in ihrer Wohnung aussieht. Vermutlich Orientteppiche auf dem Boden und überall Katzenfotos. Was natürlich im Widerspruch dazu steht, wie sie mal mit einem konkurrierenden Dealer kurzen Prozess gemacht hat.

Aus ihrem Blick scheint echtes Bedauern zu sprechen. Aber sie ist nun mal meine Drogenlieferantin, weshalb ich nicht recht weiß, was ich davon halten soll.

So läuft das hier eben. Immer wieder verlieren wir etwas, was uns vertraut ist, an den Meistbietenden, der dann unseren Platz einnimmt.

Ich drücke Snow White einen Kuss auf die Wange und gehe.

*

Ich bleibe lange vor dem Gebäude stehen, rauche eine nach der anderen und starre hinauf.

Alte, verblichene Backsteine. Fenster mit schwarzen Stahlrahmen. Hinter den meisten schäbige Vorhänge. Das Haus sieht aus wie Millionen andere auch. Ob von den anderen Bewohnern überhaupt jemand auffallen wird, dass ich weg bin?

Vermutlich nicht.

Ich schleppe mich die Treppe hoch und will mir gar nicht vorstellen, was mich da oben erwartet. Die Tür steht einen Spaltbreit offen. Damit hatte ich schon gerechnet. Von drinnen höre ich Geraschel und Gepolter.

Also will Aziz mich sofort raussetzen. Dabei könnte er mir ruhig noch eine Woche Zeit geben oder zumindest ein paar Tage.

Wenn ich für die erste Zeit bei Bombay oder Lunette unterkommen will, muss ich doch wenigstens vorher fragen können, statt gleich mit meiner Reisetasche vor der Tür zu stehen.

»Jetzt bleib mal locker, Mann!«, rufe ich und stoße die Tür ein Stück weiter auf.

Der Typ, der sich erschrocken zu mir umdreht, ist nicht Aziz.

Er ist klein und drahtig, und sein Gesicht ist halb von einer ausgeleierten grauen Hoodiekapuze verdeckt. Bevor ich vollständig kapiere, was hier los ist, duckt er sich unter meinem Arm durch und stößt mich gleichzeitig gegen die Wand. Dann gibt er Fersengeld.

Ich brauche noch eine Sekunde, bis ich schalte und mich in Bewegung setze.

Er läuft hoch zum Dach. Auf dem Weg ist er vermutlich auch reingekommen. Er ist wendig und hat einen Vorsprung, aber ich kann den Abstand verkürzen. Als ich auf dem oberen Treppenabsatz bin, höre ich das Krachen der Metalltür, und dann sehe ich auch schon, wie sie hin- und herschwingt.

Die Luft ist kalt, und auf dem Dach ist es viel heller als im Treppenhaus. Meine Augen brauchen eine Sekunde, sich auf das Sonnenlicht einzustellen. Er läuft über die Dächer in Richtung Second Avenue.

Zwischen den Dächern gibt es keine Höhenunterschiede. Keine Absätze oder Vertiefungen, auch keine Balkonstühle oder etwas anderes, worüber er stolpern könnte. Ich glaube, ich weiß, wohin er will: zu der Feuerleiter am anderen Ende des Blocks.

Als ich dort ankomme, ist er schon zwei Etagen unter mir. Aufgeschreckt von dem Gepolter auf den Metallstufen, sehen ein paar Bewohner aus dem Fenster. Einige schreien etwas hinter uns her, aber ich verstehe kein Wort.

Unten rennt er an dem Häuserblock entlang, zurück in Richtung First Avenue, aber ich bleibe an ihm dran. Eine Gruppe Touristen blockiert den Bürgersteig. Er springt auf die Motorhaube eines Taxis am Straßenrand und läuft über die parkenden Autos dahinter weiter.

Als ich auch auf das Taxi springe, sehe ich, dass er die Richtung ändert und über die Motorhaube eines in der Schlange stehenden Wagens auf die Straße gelangt. Ich mache es ebenso, woraufhin der Fahrer auf die Hupe drückt und mir den Mittelfinger zeigt.

Klein und drahtig wie er ist, ist der Typ auf Kondition getrimmt. Im Gegensatz zu mir. Meine Lunge fühlt sich inzwischen wie zerknülltes Zeitungspapier an. Mein Gehirn verlangt nach Sauerstoff. Und der Knöchel, den ich mir beim Sprung von der Feuerleiter bei Chell verrenkt habe, protestiert auch schon.

Der drahtige Typ biegt in die First Avenue ab. Und da wimmelt es nur so von Leuten, die überhaupt nicht mitkriegen, dass sie bei einer Verfolgungsjagd im Weg stehen.

Mit fairen Mitteln werde ich es nicht schaffen, ihn einzuholen, aber dann habe ich eine Idee. Als er sich nach mir umsieht, um zu prüfen, ob ich noch hinter ihm bin, laufe ich in einem Bogen bis zum Rand des Bürgersteigs. Er sieht das und nutzt die Gelegenheit, in die nächste Seitenstraße abzubiegen, um seinen Vorsprung auszuweiten.

Wahrscheinlich hält er sich jetzt für wahnsinnig schlau. Aber er weiß noch nicht, dass er nach der nächsten Kreuzung in einen Straßenmarkt gerät. Da werde ich ihn mir schnappen.

Und ihm die beschissenen Beine brechen.

Als ich an der Kreuzung ankomme, ist er allerdings längst weg.

Ich reiße die Arme hoch, damit meine Lunge sich wieder ausdehnen kann, und atme so tief ein und aus, wie es geht. Der Straßenmarkt ist noch im Gange, die übliche Ansammlung von Ständen, die wie aus dem Nichts auftauchen und wo man Socken, Gürtel und Maisfladen kaufen kann. Die müsste er passiert haben, um in der Menschenmenge zu verschwinden, was aber nicht sein kann. Ich war direkt hinter ihm.

Vor dem eingerüsteten Gebäude neben mir sitzt ein junger Obdachloser, schon halb verkrustet vor lauter Dreck. Er hat ein Schild vor sich aufgestellt: WILL NACH HAUSE. BRAUCHE HILFE. Ich kenne ihn. Er will nämlich schon seit zwei Jahren nach Hause.

Er sagt nichts, sondern zeigt nur nach oben. Ich richte den Blick auf das Gerüst, und obwohl es wehtut, halte ich den Atem an und lausche auf das Gepolter über mir.

Keine Chance, ihn hier noch zu schnappen. Er wird durch irgendein Fenster in eins der leeren Apartments einsteigen, und dann hat er einen ganzen Häuserblock, um sich einen Ausgang zu suchen.

Ich werfe dem Obdachlosen ein paar Münzen in seinen Becher. Dann mache ich mich auf den Nachhauseweg, langsam und mit tiefen Atemzügen, um die Seitenstiche loszuwerden.

*

Der war nicht hier, um mich auszurauben. Diebe haben es nämlich in der Regel auf Wertsachen abgesehen. Die Tatsache, dass mein iPod noch auf der Küchentheke liegt, spricht also dagegen.

Ich will mein Handy aus der Jackentasche holen, um nachzusehen, wie spät es ist. Doch stattdessen habe ich den USB-Stick in der Hand. Diesen mysteriösen Steel-Drive, der sich selbst zerstört. Den ich in Chells Apartment gefunden habe. Wenn der Typ nach etwas gesucht hat, dann vermutlich danach. Wie ich ja nun weiß, war Chell offenbar so was wie eine Spionin.

Da ich keinen Computer habe, kann ich mich gar nicht damit abmühen, potenzielle Passwörter auszuprobieren, bis das Ding nach dem was weiß ich wievielten Versuch nicht mehr zu gebrauchen ist.

Wie ist Chell an den Stick gekommen? Warum brechen deswegen so viele Leute bei mir ein? Warum finde ich mich plötzlich mitten in einem Revierkampf wieder, der mir wie aus einem der Filme aus den Achtzigern vorkommt, die immer nur mitten in der Nacht spielen?

Ich kann keinen klaren Gedanken fassen. Ich kann mich nicht konzentrieren. Und ich kann nicht hier rumhocken. Hier ist nicht genug Platz zum Nachdenken. Vielleicht sollte ich nach Brooklyn fahren. Vielleicht finde ich da etwas, was mich weiterbringt.

*

Ecke Bedford und Grand steige ich aus der Linie L aus, und das Erste, was ich sehe, ist ein Videoladen, wo man Filme auf VHS-Kassetten ausleihen kann. Ich wusste ja, dass der Ausflug eine Herausforderung wird.

Ich bin ein bisschen erschöpft, also gehe ich in einen dieser hippen Coffeeshops. Hinter der Theke steht ein Teeniegirl mit Nasenpiercing und wildem lila Haar, das unter einer Strickmütze hervorschaut. Sie ist hübsch, und für die hiesige Umgebung wirkt sie viel zu unbedarft. Ihre Augen sind klar, strahlend. Wie frisch gefallener Schnee, auf dem bald herumgetrampelt wird.

Ich bestelle einen großen schwarzen Kaffee, und sie fragt mich, ob ich einen Wunsch bezüglich der Region habe, aus der die

Bohnen kommen. Woraufhin ich ihr sage, dass ich mich da gern überraschen lasse.

Auf der Bank vor dem Laden liegt eine Ausgabe der *Post*, und mir fällt ein, dass ich heute noch gar keinen Blick hineingeworfen habe. Auf der Titelseite ist wieder ein Foto von Chell. Eins, das draußen aufgenommen wurde, irgendwann nachts. Sie trägt ein weißes Top und einen schwarzen Bowler, und eins ihrer Augen ist schwarz geschminkt. Das war letztes Jahr an Halloween, wo sie als einer der Typen aus *Uhrwerk Orange* gegangen ist.

Dem Artikel ist nichts Neues zu entnehmen, aber eine Passage in der Mitte interessiert mich dann doch.

Wie ein Sprecher der Polizei gegenüber der Post kundtat, hinterließ der Täter DNA-Spuren, die gegenwärtig untersucht werden. Aufgrund der brutalen Vorgehensweise geht man davon aus, dass es sich um einen Serientäter handelt, der möglicherweise schon einmal straffällig wurde und registriert ist.

Weiterhin ließ die Polizei verlauten, dass der Freund des Opfers bereits vernommen wurde. Verhaftet wurde zum gegenwärtigen Zeitpunkt aber noch niemand.

Die Betreiber der Kneipen im East Village bekommen die Nachwirkungen des Verbrechens mittlerweile deutlich zu spüren und verzeichnen nach eigenen Angaben drastische Einbußen infolge des Greenpoint-Gothic-Mords.

DNA. Eine gute und schlechte Nachricht zugleich. Gut, weil sie einen Hinweis auf den Täter liefern könnte. Und schlecht, weil die Cops ihn dadurch vielleicht schnappen, bevor ich ihn in die Finger kriege. Dann lasse ich mich am besten auch verhaften und lege ihn im Knast um. So mein Plan B, der mich allerdings wenig begeistert.

Was mich im Moment viel mehr beschäftigt, ist die Frage, wen die *Post* und die Polizei als Chells Freund betrachten: mich oder Quinn. Dass sie mich verhört haben, weiß ich ja selbst, aber nicht, ob ihn auch.

Jedenfalls hinterlässt der Artikel bei mir einen bitteren Nachgeschmack. Den ich mit einem Schluck Kaffee runterspüle. Und der wiederum ist überraschend gut.

Allmählich wird es Zeit, mich auf die Suche nach dieser Bar zu machen. Und da ich mich in der Gegend nicht auskenne, gehe ich in die Richtung, wo ich sie vermute. Auf dem Weg komme ich an einem Pick-up vorbei, von dem aus ein junges Pärchen Vintage-Klamotten verkauft. Die beiden sehen selbst aus, als kämen sie aus dem Zirkus. An der nächsten Ecke ist ein Möbelladen mit einem Wirrwarr an Holzstühlen im Fenster, die nicht gerade stabil aussehen, aber Preisschilder mit dreistelligen Summen tragen. Dann erreiche ich einen Taco-Wagen, der mit weißen Teenies bemannt ist, und komme an so vielen Kaffeebars vorbei, dass man meinen könnte, ganz Lateinamerika werde von der Straße hier am Laufen gehalten.

Die Fenster des Immobilienmaklers an der nächsten Ecke sind gepflastert mit Flyern von Lofts mit Fußböden aus aufgearbeitetem Holz, Küchen aus Edelstahl und Preisen, die aus so vielen Ziffern bestehen, dass ich sie mit einem Blick gar nicht erfassen kann.

Bislang fiel es mir immer schwer zu erklären, warum ich diesem Hipster-Lifestyle nichts abgewinnen kann. Aber wenn ich hier so entlanggehe, glaube ich, es liegt daran, dass sie Bohemekultur als Premiumprodukt verkaufen. All die Plattenläden, Biomärkte,

Restaurants mit drei Gerichten auf der Karte, diese Bars, deren Einrichtung aus Treibholz besteht, sind doch total unecht. Nostalgische Propaganda. In der Gegend hier ist es nicht viel anders als am Times Square: unauthentisch authentisch. Nur am anderen Ende der Scala. Was aber niemand zu bemerken scheint, ist, dass es nicht möglich ist, etwas zurückzuholen, bloß weil man es geliebt hat.

Als ich diese Stimmung mit dem letzten Schluck Kaffee runterspülen will, bekomme ich auch noch den Satz der gemahlenen Bohnen in den Mund.

*

Dass der Laden Slaughterhouse Six heißt, müsste mich eigentlich beeindrucken. Ich bin nämlich ein Fan von Kurt Vonnegut.

Und wenn ich nicht wüsste, dass es eine Bar ist, hätte ich den Schuppen beim ersten Blick durch die großen Fensterscheiben für eine zugemüllte Garage gehalten. Auch als ich die Tür öffne, kann ich in der schummerigen Beleuchtung außer gestapelten Möbeln nichts erkennen. Zusammengeschobene Stühle, auf denen Tische aufgetürmt sind, nicht zum Sitzen, sondern nur zur Schau. Dazwischen niedrige Couchtische und Sofas, auf denen ein paar Leute rumhängen. Bei meinem Eintreten drehen sie sich zu mir um, und da sie mich nicht kennen, senken sie den Kopf sofort wieder über ihre Bücher und Laptops oder starren weiter Löcher in die Luft.

Aus einem Sammelsurium von Boxen, die auf Bücherstapeln oder leeren Kisten stehen, schallt Musik. Die Wände sind überladen mit Schildern, Weihnachtslichterketten, rausgerissenen Seiten aus irgendwelchen Zeitschriften und Computerausdrucken mit abstrakten Motiven.

Wenn man nur ganz flüchtig hinsieht, könnte man vielleicht denken, im Apocalypse sähe es auch nicht viel anders aus, aber wir haben immerhin ein Konzept.

Hinter einer umfunktionierten Schmuckvitrine steht der Barkeeper, mit weißem T-Shirt, Weste und sage und schreibe vier Halstüchern. Als ich auf ihn zugehe, mustert er mich mit einer Mischung aus Misstrauen und Selbstgefälligkeit. Ich sage ihm, dass ich den Hipster-King suche, und muss selbst schaudern, während ich den Namen ausspreche.

Er zuckt die Achseln. »Nie gehört.«

Ich beuge mich zu ihm und lege ihm eine Hand auf die Schulter. Als er versucht, sich wegzuducken, drücke ich ein bisschen fester zu. »Du sagst mir jetzt einfach, wo er ist.«

Sein Blick huscht in Richtung irgendeiner Art Durchgang, dann wieder zu mir. »Hab keine Ahnung, von wem du redest.«

»Danke«, sage ich nur.

Er will protestieren, aber ich höre nicht hin, sondern gehe einfach an ihm vorbei. Ich schiebe mich durch einen engen Gang mit unebenem Boden, bis ich zu einer Art Hinterhof komme, umzäunt mit verrosteten Blechteilen und voller Holzreste und alter Autoreifen. Vier Typen stehen um einen fünften herum, und es ist kaum zu übersehen, wer hier der King ist.

Er sitzt in einem gepolsterten Sessel, der auf Zementblöcken steht. Hochgezwirbelter Schnurrbart, so breit wie eine Lenkstange. Am Kragen seines speckigen gelben T-Shirts mit verwaschener, abblätternder roter Schrift hängt eine zusammengeklappte Fake-Pilotenbrille mit falschem Goldrand. Und seine schwarzen Jeans sind so eng, dass man ihn als Nichtjuden erkennt.

Auf dem Kopf hat er eine schief sitzende Pappkrone von

Burger King. Ich kann kaum fassen, dass es so jemand tatsächlich gibt.

Mit einem Grinsen, das aussieht, als hätte er einen Riss im Gesicht, nickt er mir zu und fragt, ohne dass er sich dabei erkennbar bewegt: »Was geht?«

»Eigentlich bin ich ja nicht auf den Mund gefallen«, sage ich. »Aber wenn ich dich so sehe, fällt selbst mir nichts mehr ein.«

»Wie meinst du das?«

»Hab keine Ahnung, was ich machen soll.«

»Womit?«

»Mit dir. Und dem ganzen Schrott um dich herum. Du bist echt das Lächerlichste, was ich in meinem Leben je gesehen habe. Und dabei komme ich aus dem East Village.«

Die Typen um ihn herum gehen in Habtachtstellung. Zwei kommen auf mich zu und nehmen mich in die Zange. Normalerweise würde mich so was nervös machen, aber so unterernährt, wie die aussehen, bleibe ich ganz ruhig. Was natürlich Selbstüberschätzung meinerseits sein könnte. Deshalb taste ich vorsichtshalber nach meinem Schirm.

Der King zwirbelt an seinem Schnäuzer rum. Nicht bewusst, ist nur ein Tick. Trotzdem wirkt es wie eine Herausforderung, und ich muss mich beherrschen, keine Miene zu verziehen. Sonst zeigt er keinerlei Regung und sieht mich an, als wäre ich sein Hofnarr.

Nach einer Weile fragt er: »Wer bist du eigentlich?«

»Ich heiße Ash.«

»Ash?«

»Kurzform von Ashley.«

Unterdrücktes Gelächter. »Das ist doch ein Mädchenname«, sagt der King.

»Ist mir noch gar nicht aufgefallen. Und du? Hipster-King? Ich dachte immer, Hipster sind so wahnsinnig individuell.«

Er verdreht die Augen. »Ist doch ironisch gemeint.«

Genug der Höflichkeiten. Ich ziehe das Foto von Chell hervor, das aus der *Post*. Es ist zerknittert, weil ich es die ganze Zeit hinten in der Hosentasche mit mir rumtrage. Ich falte es vorsichtig auseinander, damit das Papier nicht reißt, und halte es ihm dann vor die Nase. »Kennst du die?«

Er starrt mich an und seufzt so heftig, dass er auf seinem Sessel um ein paar Zentimeter zusammenschrumpft.

»Also ja«, sage ich. »Dann erzähl mir doch einfach alles, was du über sie weißt.«

»Ich weiß, dass sie tot ist.«

»Das ist schon mal ein Anfang.«

»Was soll ich denn noch sagen?«

»Ich will denjenigen finden, der sie umgebracht hat. Damit ich *ihn* umbringen kann. Von daher höre ich mir gern alles an, was dir einfällt.« Könnte auch sein, dass der, den ich suche, hier rumsteht. Also wollen wir mal sehen.

Der King schürzt die Lippen. »Mehr weiß ich aber nicht.«

»Tja, dann habe ich eine andere Frage für dich. Welche Qualifikationen muss man eigentlich nachweisen, um zum König der Hipster ernannt zu werden? Den dicksten Investmentfond?«

»Mal ganz ehrlich? Ja, genau.«

»Sollte nur ein Witz sein.«

»Mir gehört die Bar hier. Und noch ein paar Häuser in der Straße.«

»Schön für dich. Was ist mit Joel Cairo? Ist der auch hier?«

Aus den Augenwinkeln sehe ich eine Bewegung. Einer von den

vier Typen schleicht sich aus dem Hinterhof. Ich drehe mich um, und die anderen drei blockieren mir den Weg.

Heute hat mich schon jemand alt aussehen lassen. Und das passiert mir nicht noch mal. Ich hole aus der Hüfte Schwung und stoße einen der Typen mit meinem vollen Gewicht so weit weg, wie ich kann. Er kracht in einen Stapel alter Autoreifen.

Daraufhin stürzen sich die anderen auf mich.

Es geht alles ganz schnell. Zwei halten mir die Arme hinter dem Rücken fest. Sie packen so kräftig zu, dass ich mich nicht rauswinden kann. Und so habe ich keine Chance, an den Schirm ranzukommen. Ich beuge mich nach vorn, um ihren Griff zu lockern, damit ich mich zur Seite drehen kann, aber das funktioniert nicht.

Vor mir steht der King. Er ist kräftiger, als ich gedacht hätte. Und größer. Er macht den Eindruck, ordentlich austeilen zu können. »Ich hatte da so eine Vermutung, dass sie für jemand in Manhattan arbeitet«, sagt er. »Sieht ganz so aus, wie wenn das hinkommt. Und jetzt sag mir, wo der Stick ist.«

»Fick dich ins Knie.«

Er verpasst mir einen Schlag in die Magengrube, und ich spüre, wie sich meine Lunge zusammenzieht. Der King wedelt mit der Hand, als hätte er sich selbst wehgetan, grinst aber wie ein Teenager, dem zum ersten Mal einer abgegangen ist. Dann baut er sich vor mir auf, als ginge es um einen Sieg nach Punkten.

Die beiden anderen halten mich weiter so fest, dass ich mich nicht losreißen kann. Einer trägt Sicherheitsschuhe mit Stahlkappen, der andere abgelatschte Sneakers. Also nehme ich mir Letzteren vor und trete ihm voll auf die Zehen.

Er schreit auf und lockert den Griff, sodass ich den rechten Arm losreißen kann. Ich mache eine halbe Drehung, werfe mich gegen den Typen, der meinen linken Arm festhält, und schiebe ihn gegen den Metallzaun. Der andere steht mittlerweile hinter mir. Ich verpasse ihm einen Ellbogencheck ins Auge. Dabei treffe ich ihn genau mit dem Musikantenknochen, und sofort durchzuckt das elektrische Kribbeln meinen Arm.

Ich drehe mich wieder zum King um. Und plötzlich steht da der vierte Mann, der sich anfangs davonschleichen wollte, und macht Anstalten, ihn abzuschirmen. Als ich ihm meinen Stiefel in die Magengrube ramme, klappt er jedoch wie ein Taschenmesser zusammen.

Die sich nicht mehr auf dem Boden wälzen, sind längst abgehauen. Also heißt es jetzt ich gegen den Chef. Und der sieht aus, als hätte er so ganz ohne Rückendeckung nun doch die Hosen voll. Ich lege ihm die Hände um den Hals und ziehe ihn so nah an mich ran, dass ich riechen kann, was er zu Mittag vom Thai gegessen hat.

»Wir beide werden uns jetzt mal in Ruhe unterhalten«, sage ich. »Erzähl mir als Erstes, warum der dämliche Stick für dich so wichtig ist.«

Bevor er mir antworten kann, ertönt aus der Bar ein Schrei. Auf einmal sind Polizeisirenen zu hören und kurz darauf hastige Schritte zwischen all dem Schrott, der in dem Laden rumsteht.

»Was bist du nur für eine Flachpfeife!«, sage ich zum King.

Ich verpasse ihm eine gerade Rechte, so hart ich kann. Er geht sofort zu Boden, und während ich über den Zaun springe, tut es mir nur ein bisschen leid, dass ich so fest zugeschlagen habe. In erster Linie ärgert es mich, dass ich auf so viel körperlichen Einsatz an einem einzigen Tag eigentlich gar nicht vorbereitet war.

NEUN

Ich schnippe die Zigarettenkippe in die Ecke, wo sie auf dem geölten Holzfußboden einen Brandfleck hinterlässt.

Erpressen kann ich Aziz ja wohl schlecht, dass er mich weiter hier wohnen lässt. Erstens weiß ich nicht, ob er überhaupt irgendwelche Leichen im Keller hat, und zweitens, wenn ja, hätte ich keine Ahnung, welche. Mir einen Anwalt zu nehmen würde auch nichts bringen, denn einen gesetzlichen Anspruch auf das Apartment habe ich ja nicht. Außerdem könnte ich mir einen Anwalt gar nicht leisten. Ebenso wenig wie die Miete, die Aziz von jetzt an verlangen wird.

Es war unvermeidlich, dass der Tag einmal kommen würde. Also Asche auf mein Haupt, dass ich nicht längst über einen Plan B nachgedacht habe.

Ich gehe eine Runde durch das Apartment. Und weil das nicht lange dauert, gehe ich in umgekehrter Richtung wieder zurück. Viel mitzunehmen gibt es nicht. Die meisten Möbel waren schon da, als ich eingezogen bin, und der Rest ist von irgendwo zusammengesucht. Nichts dabei, was sich nicht ersetzen ließe.

Die Sachen, die ich behalten will, packe ich auf dem Küchentresen in eine Reisetasche. Es ist nicht viel. In erster Linie Kleidung. Und ein paar Bücher. An der Wand ist mit einer Heftzwecke ein Foto von meinem Dad und mir befestigt. Wir stehen vor dem Yankee-Stadion. Es ist kein besonders tolles Foto. Nicht nah genug rangezoomt, deshalb kann man die beiden kleinen, dunklen Figuren vor der Stadionmauer kaum erkennen. Ich nehme das Foto von der Wand und lege es auf die Bücher. Dann sammle ich noch ein paar Kleinigkeiten ein: Postkarten, Zettel mit wichtigen Notizen, das Ladekabel für mein Handy.

Margos Reisetasche ist nicht mehr da. Demnach hat sie sie schon abgeholt. Ich hoffe, dass das mit Lunette gut geht und sie noch eine Weile bei ihr wohnen kann.

Der Empfänger auf dem kleinen Tischchen rauscht leise vor sich hin. Dann wird das statische Rauschen von einer Stimme unterbrochen. »10-28, Astor Place.« Rauchentwicklung in der U-Bahn.

Ich reiße das Kabel aus der Steckdose, und im Apartment ist es wieder vollkommen still. Ich nehme ein T-Shirt aus der Reisetasche, wickle es um den Empfänger und stecke das Bündel dann zwischen meine Kleidung.

Das war's. Ich habe meinen ganzen Besitz auf den Inhalt einer Reisetasche reduziert.

*

Du hast mein Apartment immer gemocht. Die Backsteinwände speichern die Wärme wie ein Ofen, und wir haben so manchen Winterabend hier verbracht. Total verschwitzt haben wir dann hier rumgehangen, mit ein paar Nasen Koks, Zigaretten, Whiskey und David Bowie.

An solchen Abenden war der Rest der Welt außen vor. Es gab nur uns.

Eines Abend standen wir mal am Fenster, haben den Rauch durch das Fliegengitter geblasen und zugesehen, wie draußen der Schnee auf die Straßen fällt. Einen halben Meter hoch solle er werden, hieß es in der Wettervorhersage. In den Schulen war für den nächsten Tag schon der Unterricht abgesagt worden. Draußen war es vollkommen still und alles weiß.

»Lass uns runtergehen, bevor der Schnee newyorkt ist«, hast du gesagt.

»Newyorkt?«

»Matschig und dreckig.«

»Den Ausdruck habe ich noch nie gehört.«

»Irgendwann ist immer das erste Mal.«

Wir haben uns Jacken übergeworfen und sind nach draußen gegangen. Die Hauptstrecken haben wir links liegen lassen und sind nur durch ruhige Seitenstraßen gelaufen. Der Schnee unter den Straßenlaternen hat geglitzert, als wäre der Himmel voller Sterne.

Wir haben uns mit Schneebällen beworfen und sind zwischendurch in die Bars eingekehrt, die noch geöffnet hatten, und haben ein paar Whiskeys gekippt. Im Tompkins Square Park wollten wir einen Schneemann bauen, der uns aber nicht gut gelungen ist. Dann haben wir uns an der Fourth Street irgendwo hingesetzt, die makellos weiße Schneedecke bewundert und abgewartet, wann das erste Auto um die Ecke geschlittert kommt.

Erst als es uns zu kalt wurde, sind wir wieder hoch in mein Apartment gegangen. Und da war es so warm, dass wir uns sofort die Klamotten vom Leib gerissen haben. Du hast auf dem Sofa geschlafen. Und am nächsten Morgen war der Schnee grau und matschig.

*

Ich schicke eine Textnachricht an Bombay: ZWANGSGERÄUMT. Kann ich zu dir?

Er textet zurück: WTF?

Lange Geschichte.

Okay. Mädels schon hier.

Von der Mord-Mindmap an der Küchenwand mache ich mit meinem neuen Handy noch schnell ein Foto, und daneben kritzle ich eine Nachricht an Azis: Melde mich, wenn ich Referenzen brauche, du blöder Wichser.

Ein letzter Blick. Ich mache mir nicht die Mühe, die Tür zuzumachen.

Ein Teil von mir bleibt hier.

*

Bombay, Lunette und Margo sitzen mit ein paar Dosen Bier vor einem alten Schwarz-Weiß-Film. Irgendein B-Movie, in dem Riesenkrabben über die dunklen Berge im Hintergrund auf einen zukommen. Bombay drückt die Pausentaste, und alle drehen sich zu mir um.

»Nicht gerade deine Woche, oder?«, sagt Lunette, während ich nach einem Platz suche, wo ich meine Reisetasche abstellen kann.

»Nicht unbedingt«, sage ich. »Warum seid ihr überhaupt hier? Ich dachte, ihr würdet um die Häuser ziehen.«

»Heute zieht keiner um die Häuser«, sagt Bombay.

»Wie meinst du das?«

»Wir waren vorhin mal kurz unterwegs, aber es war überall total leer.«

»Echt?«

Woraufhin Lunette einwirft: »Leute, erhebt euch! Kämpft gegen den Untergang des gesellschaftlichen Lebens!«

Ich stelle die Reisetasche neben Margo auf dem Boden ab, lege meinen Schirm darauf und setze mich daneben. Sie nimmt den Schirm und bewegt ihn wie eine Hantel hin und her.

»Ganz schön schwer.«

»Nicht so windanfällig wie Cocktailschirmchen, die immer gleich umklappen«, sage ich achselzuckend.

»Nicht windanfällig, soso«, sagt Bombay spöttisch. »Deshalb hast du den also.«

»Was ist denn jetzt mit deiner Wohnung?«, fragt Margo. »Als ich meine Sachen geholt habe, hat es da ausgesehen, wie wenn eine Bombe eingeschlagen hätte.«

»Hatte Besuch, und das Ganze ist ein bisschen aus dem Ruder gelaufen.«

»Könntet ihr jetzt mal den Mund halten?«, sagt Lunette. »Wir sehen uns gerade ein bedeutendes cineastisches Werk an.« Sie nimmt Bombay die Fernbedienung aus der Hand und drückt wieder auf Play.

Ich werfe Margo einen Blick zu. »Gehen wir rauf?«

Und sie antwortet: »Der Film nervt sowieso.«

»Ihr nervt«, sagt Lunette.

»Spul noch mal ein Stück zurück«, sagt Bombay.

Ich gehe mit Margo raus. Auf dem Dach ist es kalt, aber ich bin zu müde, als dass ich noch mal runterlaufe und meine Jacke hole. Also suche ich nach einer windgeschützten Ecke und lasse mich auf den Rücken fallen, sodass ich nur noch den Himmel sehe. Margo setzt sich neben mich. »Tut mir leid, das mit deinem Apartment.«

»War nur eine Frage der Zeit. Und dir muss es nicht leidtun. Du bist zu Besuch, und ich bin jetzt obdachlos. Ich bin derjenige, dem es leidtun müsste.«

»Geht schon in Ordnung«, sagt Margo. »Lunette meint, dass

ich bei ihr wohnen kann.« Sie hält zögerlich inne. »Wie geht es dir momentan eigentlich?«

»Na super – du interessiert dich dafür, wie es mir geht, dabei kann ich mich gerade gar nicht um dich kümmern. Also erzähl mir lieber, was du in der Zwischenzeit gemacht hast.«

Sie überlegt einen Moment lang. »Hab viel mit Lunette unternommen. Wir sind ein bisschen rumgelaufen, haben Secondhandläden abgeklappert und solche Sachen. Und zwischendurch haben wir immer wieder Kaffee getrunken. Hier gibt es echt guten Kaffee.« Sie muss lachen. »Aber es ist komisch. Ganz anders, als ich es mir vorgestellt habe.«

»Wie hast du es dir denn vorgestellt?«

»Wenn ich dir das erzähle, lachst du mich bestimmt aus.«

»Warum sollte ich?«

»Lunette hat auch gelacht.«

»Die ist Russin und hat einen ganz anderen Humor.«

»Es ist eben so, dass die Vorstellung, die ich vorher von New York hatte, auf dem beruhte, was ich in *Sex and the City* gesehen habe«, sagt Margo so zögerlich, als würde sie eine peinliche Marotte eingestehen.

»Ah, ja.«

»Wie?«

»Hab nur ein paar Folgen gesehen. Aber bis auf die Bürgersteige ist mir nichts bekannt vorgekommen. Immer nur schicke neue Galerien und irgendwelche trendigen Bars. Hast du es dir jetzt anders überlegt? Oder willst du immer noch hierherziehen?«

»Glaube schon.«

»Und was ist so schlimm an Pennsylvania?«

Darauf muss Margo lachen. »Ich kann dir ja mal erzählen, wie da ein Samstagabend so aussieht. Meine Freundinnen und ich brezeln uns auf, als wären wir in der Großstadt. Aber dann gehen wir nur Billard spielen oder zum Bowling. Und überall treffen wir Leute, die wir noch von der Highschool kennen. Alle wollen was trinken, aber dann müssen wir uns erst mal einigen, wer fährt, weil alles so weit weg ist, dass es zu Fuß nicht zu schaffen ist, und so spät keine öffentlichen Verkehrsmittel mehr fahren. Und spät heißt, dass alles um Mitternacht zumacht. Also endet es damit, dass wir bei irgendwem zu Hause im Keller hocken. Da gibt es dann kein anderes Gesprächsthema als irgendwelche alten Highschoolgeschichten. Kannst du mir verraten, was ich da noch soll?«

»Die Ruhe ist doch bestimmt ganz nett. Und die Weite. So was hat man hier nicht.«

»An den Lärm hier werde ich mich schon gewöhnen.«

Schweigend rauchen wir noch ein paar Zigaretten. Ich habe das Gefühl, dass Margo mich etwas fragen will, sich aber nicht traut. Wenn es etwas ist, was sie sich nicht zu fragen traut, will ich allerdings auch gar nicht, dass sie das tut. Vielleicht sollten wir wieder reingehen. Allmählich wird es mir hier oben zu kalt, und ich könnte einen kleinen Imbiss gebrauchen. Aber dann gibt Margo sich einen Ruck. »Lunette hat mir das mit Chell erzählt. Also, grob umrissen. Sie meint, dass du es nicht unbedingt leicht mit ihr hattest.«

»Jeder verwirklicht sich halt auf andere Art.«

»Warum meinst du, all das tun zu müssen, was du jetzt machst?«

»Irgendjemand muss es eben tun.«

»Aber was ist, wenn du dich dabei selbst in Gefahr bringst?«

Eigentlich müsste ich ihr jetzt sagen, dass mich das einen feuchten Dreck interessiert, aber sie würde das bestimmt falsch verstehen. Vielleicht auch nicht. Wie auch immer, es würde viel zu dramatisch klingen. Also sage ich nur: »Ich kann ganz gut auf mich aufpassen.«

»Lunette glaubt, dass es mit deinem Vater zu tun hat.«

»Inwiefern?«

»Weil die Leute, die ihn auf dem Gewissen haben, tot sind, und du jemand anderes brauchst, an dem du dich austoben kannst.«

»Interessante These.«

»Meine Mutter telefoniert nach wie vor oft mit deiner, weißt du. Sie hat erzählt, dass du die Aufnahmeprüfung bei der Feuerwehr machen wolltest. Um so wie dein Dad Feuerwehrmann zu werden. Wie ist das denn gelaufen?«

»Alles prima, bis dann der Drogentest kam.«

Margo sagt nichts darauf. Das habe ich auch nicht erwartet. Ich weiß ja selbst nicht mal, was ich davon halten soll. Die Erinnerung hat mir so oft in die Rippen getreten, dass ich das schon gar nicht mehr spüre.

Margo schlingt die Arme unter ihrem Pulli um den Oberkörper. »Ziemlich kalt hier.«

»Ja, geh ruhig wieder runter. Ich komme gleich nach.«

Sie nickt und verschwindet. Und ich starre noch lange auf die Stadt, auf die Gebäude, die in den dunklen Himmel ragen. Von hier aus kann ich nur die Wohnblocks sehen, die sich bis zum West Side Highway erstrecken. Mir ist zum Heulen zumute, aber ich weiß gar nicht mehr, wie das geht. Ich versuche mich auf das zu konzentrieren, worauf ich mich konzentrieren muss, und das leitet meine Gedanken auf dunkle Pfade.

Und immer wieder komme ich zu einem Punkt zurück.

Du hast es versprochen.

Wer hat was versprochen?

Es war nicht mein erster Blackout nach einem Besäufnis. Aber zum ersten Mal holt mich ein Blackout so ein, dass ich vor der Herausforderung stehe dahinterzukommen, was in der Zeit passiert ist.

Eine Frage habe ich mir noch nicht gestellt, weil ich nicht weiß, ob ich die Antwort überhaupt erfahren will. Habe ich Chell an dem Abend, als sie starb, noch gesehen?

Ich habe keine Antwort darauf.

Mein Handy summt. Eine Textnachricht: Kannst du mir morgen beim Umzug helfen?

Die Nachricht ist von Good Kelly. Ich antworte: Klar.

Super! Morgen Nachmittag?

Klar.

Immerhin kann ich vorher ausschlafen.

In dem Moment fällt mir auf, dass ich eine Nachricht verpasst habe. Sie lautet: St. Dymphna's.

Mal schauen, von wem die ist.

*

Die heilige Dymphna war die Schutzpatronin der Geisteskranken. Und St. Dymphna's ist unsere Ausweichmöglichkeit, ein auf britisch gemachter Pub mit gesetzterem Publikum und entspannter Atmosphäre. Da gibt es auch einen Innenhof, überdacht und beheizt, also ideal für kalte Winterabende.

Am Eingang steht ein Typ und fragt jeden, der reinwill, nach dem Ausweis. Eine Ausweiskontrolle hat es hier noch nie gegeben, aber als ich drinnen bin, weiß ich, warum. Es ist nämlich brechend voll. Tommy kommt hinter dem Tresen kaum noch mit Jägermeister und Amstel Light für die Horden von Studenten nach. Als er mich sieht, schreit er über die Menge hinweg: »Trinkst du wieder?«

»Wenn ja, bist du der Erste, der es erfährt!«, rufe ich zurück und schiebe einen Typen mit Truckermütze zur Seite. »Wo kommen denn all die Leute her?«

»Keine Ahnung!«, brüllt Tommy zurück, während er eine Schwesternschaft abfertigt, die Rum mit Zitronenlimo bestellt hat. »Kommt immer wieder mal vor. Jemand entdeckt eine Bar, in der es nicht so voll ist, und plötzlich rennen alle da hin.«

»Immerhin gut fürs Geschäft.«

»Normalbetrieb wäre mir lieber als diese Massen von idiotischen Teenies, die nicht mal Trinkgeld geben.«

Der Typ neben mir sagt irgendwas dazu, um sich bei Tommy einzuschleimen. Tommy ignoriert ihn. Ich kämpfe mich bis nach hinten durch.

Bad Kelly sitzt allein an einem Tisch in der Ecke. Im Innenhof ist es so voll wie vorn und kein einziger Stuhl mehr frei. Während ich mich weiter vorschiebe, steht gerade jemand auf, um reinzugehen. Ich nehme mir den Stuhl und ziehe ihn an Kellys Tisch. Als mir jemand zuschreit, der Stuhl sei besetzt, zeige ich ihm den Mittelfinger.

Kelly hebt den Kopf und bedenkt mich mit einem kritischen Blick. Ich setze mich, stecke mir eine Zigarette an und warte darauf, dass sie etwas sagt.

Weil nichts kommt, sage ich: »Und?«

»Du hast echt Glück, dass ich dich mag.«

»Wenn es so eine große Sache für dich war, warum hast du es dann überhaupt gemacht?«

»Weil Chell meine Freundin war. Ich hab's für sie getan.«

»Was hast du rausgefunden?«

Bad Kelly trinkt einen Schluck Weißwein, und nachdem sie das Glas wieder abgestellt hat, dreht sie es zwischen den Fingern am Stiel hin und her. »Es wurden zwei verschiedene DNA-Spuren sichergestellt.«

»Von zwei Typen?«

»Eine von einem Mann, die andere von einer Frau. Aber beide Spuren konnten noch niemand zugeordnet werden. Ein Freund von dem Cop bearbeitet den Fall. Die Information kommt also aus erster Hand.«

Ich lehne mich zurück und wünschte, vor mir stünde jetzt ein Drink. Eigenartig, zwei DNA-Spuren. Aber noch eigenartiger ist, dass mir sofort eine Frau einfällt, die es auf Chell abgesehen hatte. Fanny Fatale. Inwieweit mich das nun weiterbringt, weiß ich jedoch selbst nicht. In der Varietészene kenne ich nämlich niemand außer Cinnamon West, und die wird mir bestimmt nicht helfen.

Bad Kelly wedelt mit der Hand vor mir herum. »Wäre nett von dir, wenn du wenigstens mal danke sagen würdest.«

»Danke. Ich schulde dir was. Sogar zweifach.«

»Allerdings.«

Wie ich annehme, ist das erst mal alles. Also stehe ich auf und will mich verabschieden, doch in dem Moment kommt die Kellnerin und lässt ein zusammengefaltetes Stück Papier vor mir auf den Tisch fallen. Ich öffne es. Ein Blankobon, hastig beschrieben. Tommys Handschrift. *Hipster-Ärsche fragen nach dir.*

Durch die geöffnete Tür entdecke ich drinnen zwei Typen in engen Jeans, mit Tweedjacketts und Karoschals, die sie sich so oft um den Hals gewickelt haben, dass sie eine Meile lang sein müssen. Der eine ist kräftig und hat einen dichten, zerzausten Bart. Der andere ist schlank und trägt eine alte Ray-Ban mit normalen Brillengläsern.

Der Schlanke hat eine Hand in Gips.

Meine beiden Freunde von gestern Abend.

Ich greife in meine Gürtelschlaufen, aber der Schirm ist nicht da. Klar, der liegt in Bombays Apartment auf meiner Reisetasche. Für einen Augenblick ziehe ich in Betracht, den Stuhl als Waffe zu benutzen. Aber wenn die beiden gestern auch nur etwas gelernt haben, sind sie heute schwerer als mit einem Taschenmesser bewaffnet.

Und dann sollte ich ihnen lieber aus dem Weg gehen. Ich gebe Bad Kelly einen Kuss auf die Stirn. »Um einen Gefallen muss ich dich noch bitten. Du hast mich hier nicht gesehen.«

»Wenn's weiter nichts ist.«

Ich springe auf ein leeres Bierfass, und von da aus schwinge ich mich über den Holzzaun des Innenhofs. Es scheint überhaupt niemand aufzufallen. Ich nehme mir vor, auf dem Bein mit dem heilen Sprunggelenk aufzukommen, aber ich schaffe es, auch das zu vermasseln, und lande genau auf dem anderen Fuß.

Der benachbarte Innenhof ist nur ein leeres Betonviereck hinter einem Mietshaus, wo ein paar Holzteile rumliegen. Ziemlich dunkel, und da keiner aus dem Fenster schaut, bin ich hier fürs Erste in Sicherheit.

Ich hocke mich neben den Zaun und spitze die Ohren. Bad Kelly sitzt direkt auf der anderen Seite. Vielleicht fragen die beiden sie ja nach mir, aber bei all dem Stimmengewirr und Gelächter kann ich kein Wort verstehen.

Nachdem ich mir eine Viertelstunde lang das Ohr platt gedrückt habe, gebe ich auf. Ich ziehe mich an dem Zaun hoch und klettere wieder zurück. Bad Kelly ist schon weg.

*

Während ich vor Bombays Haus noch eine rauche und überlege, ob ich raufgehen oder noch in Sachen Grapscher eine Runde drehen soll, packen mich plötzlich von hinten ein paar kräftige Arme. Ich werde hochgehoben und in etwas reinbugsiert, was nur der Kofferraum eines Wagens sein kann, weil mein Kopf gegen Gummi und Metall stößt, und dann ist es stockdunkel.

Der aufheulende Motor ist die Bestätigung.

Die meisten würden in solch einer Situation in Panik geraten, aber für mich ist das nur die Fortsetzung von all dem Spaß, den ich innerhalb der letzten Tage hatte. Also füge ich mich in mein Schicksal. Bevor der Kofferraum nicht wieder geöffnet wird, hat es ohnehin keinen Sinn, sich zu echauffieren. So gut es auf derart engem Raum geht, strecke ich mich aus. Der Wagen fährt nicht schnell, und ich bin kurz vorm Eindösen. Ob es an meiner Müdigkeit liegt oder an dem Kohlenmonoxid, könnte ich nicht sagen. Jedenfalls ist es eine Gelegenheit, sich ein bisschen auszuruhen.

Es dauert nicht lange, bis der Kofferraum wieder aufgeht. Wer da auf mich runtersieht, kann ich nicht erkennen. Ich will dahin greifen, wo ich seine Kehle vermute, aber eine große Pranke packt meine Hand und zerquetscht sie fast.

Mühelos werde ich von dem Koloss aus dem Kofferraum gehoben, und dann sehe ich auch, von wem: dem besten Kumpel, den ich auf der ganzen Welt habe.

»Hallo, Samson, wie läuft's denn so?«, frage ich ihn.

Er dreht mich um, schubst mich gegen den Wagen und tastet mich von oben bis unten ab. Ich überlege kurz, ob ich ihn überrumpeln und abhauen soll, aber so gefährlich nah, wie seine Hand meiner empfindlichsten Stelle kommt, wäre das wahrscheinlich keine gute Idee. Nachdem er mich durchgecheckt hat, wendet er sich ab und geht, was in seiner Sprache heißt, dass ich ihm folgen soll.

Ich habe keine Ahnung, wo wir eigentlich sind, der Umgebung nach vermutlich irgendwo auf der West Side. In einer anonymen Straße zwischen leeren Fabrikgebäuden. Ich kann weder das Empire State Building sehen noch Woolworth, Chrysler oder eins der anderen markanten Gebäude, an denen ich mich orientieren könnte.

Samson geht durch eine enge Seitenstraße zwischen zwei Lagerhäusern, und während ich ihm folge, lasse ich die letzten Tage noch einmal unter dem Aspekt Revue passieren, ob Ginny oder er irgendeinen Grund haben, mich umzulegen. So viel Scheiße kann ich doch gar nicht gebaut haben, da bin ich mir ziemlich sicher. Klar, ich hatte versprochen, niemand zusammenzuschlagen, und davon bin ich ein bisschen abgewichen. Aber es gab Zeiten, da habe ich mir Schlimmeres geleistet.

Wir gehen durch eine Metalltür und betreten einen Raum, der so dunkel ist, dass ich absolut nichts sehe. Aber ich höre Schritte und dann Ginnys Stimme: »Danke, Samson. Warte bitte kurz draußen.«

Etwas fällt auf den Boden. Schritte, die sich entfernen. Um mich herum immer noch absolute Dunkelheit. Ich halte den Atem an, bleibe ruhig und höre erst mal nichts.

Dann das Klicken eines Schalters.

Plötzlich das schwache Licht einer Stehlampe, die mir bis zur Schulter reicht. Sie ist antik, hat einen hübschen Lampenschirm mit Perlenschnüren und spendet gerade so viel Helligkeit, dass ich zwei rote Ledersessel und ein kleines Tischchen auf einem flauschigen, blauen Teppich sehen kann. Ein Wohnzimmer inmitten einer riesigen, leeren Halle.

Aber darüber wundere ich mich nicht weiter.

Ginny steht direkt vor mir, in einem abgetragenen, engen grauen T-Shirt, bei dem an der rechten Schulter der Saum aufreißt. Dazu trägt sie zerschlissene schwarze Jeans mit Löchern an den Knien. Ihr Schädel ist rasiert, aber man sieht genug von den Stoppeln, dass man erkennen kann, wie sich die Schläfen schon lichten. Das einzige Anzeichen dafür, wer sie jetzt ist und wie ich sie nun schon seit Jahren kenne, ist eine dezent aufgetragene Schicht Rosa auf ihren dünnen, blutleeren Lippen.

Ich weiß, dass es viele Leute gibt, die selbst dann ein Problem damit haben, weibliche Pronomen im Zusammenhang mit ihr zu verwenden, wenn sie in voller Aufmachung ist. Aber für mich ist sie nur noch Ginny, als jemand anderes kann ich sie mir gar nicht mehr vorstellen.

»Ich sehe schrecklich aus«, sagt sie mit einem erschöpften Lächeln, als läge die Last des ganzen Planeten auf ihren Schultern.

Sie weist auf die beiden Sessel. Wir setzen uns, und sie zündet sich kraftlos eine Zigarette an. Die Pose, die sie sonst immer einnimmt, ist völlig dahin. Den Nacken auf die Rückenlehne gelegt, sitzt sie breitbeinig in dem Sessel und zieht an ihrer Zigarette.

Dann fragt sie mich: »Wie war die Fahrt?«

»Toll.« Ich stecke mir auch eine Zigarette an. »Samson hat den schönsten Kofferraum, in dem ich jemals chauffiert wurde.«

»Er hat dich im Kofferraum hierhergebracht?«

»Etwas anderes stand wohl nicht zur Wahl.«

»Tut mir leid. Ich hatte ihm gesagt, dass du manchmal zu irrationalen Handlungen tendierst und vielleicht nicht so einfach mitkommen willst. Das hat er offenbar ein bisschen freizügig ausgelegt.«

»Allerdings.« Ich beuge mich vor, damit meine Zigarettenasche nicht auf den Teppich fällt. Dann rücke ich mir den Fedora zurecht und frage: »Heute keine kritischen Bemerkungen über meinen Hut?«

»Dafür bin ich viel zu erledigt. Konnte mich nicht mal aufraffen, mich für unser Treffen zurechtzumachen. Aber du kanntest mich ja gottlob schon, bevor Ginny das Licht der Welt erblickt hat. Deshalb darfst du mich so sehen.« Sie hebt die Hand, in der sie nicht die Zigarette hält, und wedelt mir damit vor dem Gesicht herum. »Sonst kriegt mich nämlich keiner mehr so zu sehen.«

»Dann sollte ich mich jetzt also geehrt fühlen?«

»Sei nicht albern.« Sie greift nach der Flasche Wein und den beiden Gläsern, die neben ihrem Sessel stehen, und schenkt sich ein Glas ein. Den Blick auf mich gerichtet, fragt sie: »Immer noch abstinent?«

»Nach wie vor.«

Sie nickt und stellt das zweite Glas wieder auf den Boden. Dann lehnt sie sich mit ihrem Glas auf den Knien wieder zurück. »Ein paar Leute sind wegen dir ganz schön angepisst.«

»Tja, jeder verfügt nun mal über ein bestimmtes Talent. Meins besteht eben darin, andere sich so fühlen zu lassen. Warum sollte ich es brachliegen lassen?«

»Könntest du dir vielleicht für einen Moment die dummen Sprüche verkneifen?« Ginny bläst den Rauch in die Luft. »Ich habe einen Anruf bekommen. Anscheinend hast du dir bei deiner Stippvisite in Brooklyn den King nicht gerade zum Freund gemacht. Es ist sogar ein Kopfgeld auf dich ausgesetzt.«

»Ich habe den Leuten da doch nur ein paar auf die Ohren gegeben.«

»In Zeiten, die ohnehin nicht die ruhigsten sind. Das ist wirklich kein Spaß. Du hast die volle Tragweite wohl noch gar nicht erfasst. Dein Auftritt kann monatelange Planung und Verhandlungen zum Scheitern bringen. Ich bin nämlich noch nicht bereit für das, was jetzt passieren wird.«

»Was wird denn jetzt passieren?«

Ginny schweigt einen Moment lang, aber diesmal nicht, um mich hinzuhalten. »Es könnte sein, dass ich eine Menge Geld, Macht und Einfluss verliere.«

»Das möchte ich jetzt wirklich verstehen. Noch gelingt mir das nämlich nicht. Es gibt Revierkämpfe. So viel habe ich schon kapiert. Weil ein paar dämliche, beknackte Hipster dich ... Ja, was? Weil sie dich absetzen wollen?«

»Genau.«

»Aber warum? Wenn ich das richtig sehe, geht es dabei um Geld. Aber mal ehrlich, das Ganze klingt doch nach einem hausgemachten Problem und irgendwie lächerlich.«

Ginny sieht an mir vorbei, als würde sie nach etwas suchen. »New York ist nicht einfach nur eine Stadt. Es ist ein Konzept. Und der bedeutendste Teil dieses Konzepts ist die Verklärung des guten alten New Yorks. Diese ... Kindsköpfe sind der Ansicht, New York hätte seine Authentizität eingebüßt. Die haben bestimmte Vorstellungen davon, wie alles sein sollte, und diese Vorstellungen weichen davon ab, wie es tatsächlich ist.«

»Dann ist es also eigentlich kein Revierkampf, sondern ein ideologischer.«

Ginny muss lachen. »Bei Kämpfen geht es immer um Ideologie. Um Ideologie und um Geld. Die wollen mein Revier aus zwei Gründen. Der erste lautet, dass sie dann in meinen Geschäftszweig einsteigen können. Und der zweite, dass sie sich das auf die Fahnen schreiben können. Die wollen doch nicht nur einfach die

Kontrolle. Was die wollen, ist das Prestige, die beste Gegend in Manhattan zu beherrschen.«

»Ich weiß ja, dass Gentrifizierung in unserer Stadt ein Problem ist, aber das klingt nun doch ein bisschen extrem.«

»Wenn du es so nennen willst, Herzchen, dann bleiben wir der Einfachheit halber bei den Begrifflichkeiten. Extreme Gentrifizierung.«

»Aber von hier aus bis zum Battery Park hast du doch überall deine Leute postiert, oder?«

»Ich habe nicht ganz so viele Leute, wie du denkst. Deshalb liegt mir ja so viel an einem Deal mit den anderen Oberhäuptern in Manhattan. Aber jeder will irgendwas. Und auf unserer Seite werden die Leute immer weniger, weil die ganze Stadt bald leer gefegt ist. Immer mehr Leute, die von hier kommen, machen sich davon. Dafür werden die Gents von Tag zu Tag mehr.«

»Und was heißt das?«, frage ich.

»Das heißt, die Hipster warten nur darauf, dass ich sie provoziere und das Ganze eskalieren lasse, und breiten sich in der Zeit immer weiter aus. Jetzt sind sie der Ansicht, ich hätte sie provoziert.«

Verflucht! »Alles, was jetzt passiert, geht also auf mein Konto. Wirklich, Ginny ...«

Aber sie winkt ab. »Es wäre ohnehin so weit gekommen. Ich hätte nur gern ein bisschen mehr Zeit bis dahin gehabt. Aber man bekommt eben nicht immer das, was man will. Das Entscheidende ist, dass nun was passiert. Deshalb werfe ich mich gleich in Schale und treffe mich mit dem Oberhaupt von Harlem. Ich glaube, der ist an einer Kooperation interessiert.«

»Du meinst, du kriegst ihn an Bord?«

»Das hoffe ich. Und ehrlich gesagt würde ich mehr davon profitieren als er. Immer mehr beknackte weiße Kids ziehen nach

Harlem, weil die Mieten da noch niedrig sind. Deshalb ist sein Revier ohnehin schon in Gefahr. Aber was glaubst du, wohin die am Ende alle wollen? Ins East Village natürlich. An die Lower East Side. Das sind die ursprünglichen Viertel für junge Leute in New York. Das sind die Viertel, wohin es die alle wirklich zieht. In mein Revier.«

Ich lehne mich in dem Sessel zurück und strecke die Beine aus. So hochgradig albern, wie ich zunächst dachte, ist das Ganze gar nicht. »Was verlangst du in dem Zusammenhang von mir?«

»Dass du dich bereithältst. Du hast gesagt, dass du mir einen Gefallen schuldest. Wegen der Information über Chell. Ich wollte dir nur mitteilen, dass ich den Gefallen bald einfordern werde.«

»Worin besteht er?«

»Das erfährst du zu gegebener Zeit.«

Eine Weile lang sitzen wir noch schweigend da. Ist nett, Ginny so gegenüberzusitzen. Man vergisst beinah, dass wir uns in einer Art Theaterkulisse befinden.

Irgendwann sagt sie: »Ich werde alles tun, dich zu schützen.«

»Wieso?«

»Weil du mein Freund bist.«

»Freund ... Das ist ein hehrer Begriff.«

Meine Worte scheinen sie zu schmerzen. »Ja, für mich ist es das.«

Ich stehe auf. Ich werde zur Stelle sein, wenn Ginny mich braucht, aber jetzt muss ich mich erst mal um andere Dinge kümmern. Um Dinge, die mit dem Thema hier nichts zu tun haben.

»Etwas solltest du noch wissen, bevor du gehst«, sagt Ginny. »Ich habe mal ein bisschen bei der Polizei herumgestochert. Durch ein paar Leute, die ich da kenne. Im Zusammenhang mit den Ermittlungen in Chells Mordfall ist dein Name gefallen.«

»Inwiefern?«

»Sie wissen nicht viel. Deshalb haben sie sich mit deiner Vergangenheit beschäftigt. Und dann sozusagen eine politische Entscheidung getroffen.«

»Politisch?«

»Dein Vater. Dank seinem Heldenstatus lassen sie dich in Ruhe, solange sie nichts Konkretes vorweisen können. Hast du ein Alibi? Irgendwas, womit du die Sache aus der Welt schaffen kannst?«

Ich werfe einen Blick auf meine Handfläche.

Du hast es versprochen.

Wer hat was versprochen?

»Ich kümmere mich darum«, sage ich. »An die Arbeit also. Ruf mich an, wenn du mich brauchst.«

Ginny steht ebenfalls auf. Sie lächelt das Lächeln, das sie unter ihren Perücken aufsetzt, und dann kehrt auch der beschwingte Tonfall zurück. »Jawohl, Herzchen. Auf zur Verteidigung unserer Stadt gegen die Horden derer, die sie erobern wollen.«

*

Die Frauen sind längst weg, und Bombay liegt schon im Bett. Ich hole den Empfänger aus meiner Reisetasche, stecke das Kabel in die Steckdose neben dem Sofa und drehe ihn so leise, dass ich gerade noch etwas verstehen kann.

»10-35 Code 2, Ecke Greene und Vierte West.« Fehlalarm, ausgelöst durch Bauarbeiten.

Ich bleibe einen Moment lang im Dunkeln sitzen, bis mir einfällt, dass ich dringend unter die Dusche müsste.

Das Bad ist direkt neben Bombays Schlafzimmer, weshalb ich

das Wasser nicht voll aufdrehe, um ihn nicht zu wecken. Der Verband klebt so fest, dass ich ihn mit einem Ruck vom Arm abreißen muss. Das tut höllisch weh, aber die Wunde geht nicht wieder auf.

Ich stelle mich unter das heiße Wasser und lasse es den Dreck abspülen. Dann überprüfe ich noch mal die Wunde. Sieht nicht so aus, dass sie sich entzündet hätte.

Der Knöchel dagegen fühlt sich weniger gut an. Da ich zweimal darauf gelandet bin, ist er geschwollen. Ich kann zwar mein Gewicht darauf verlagern, aber dann kommt es mir vor, als hätte ich ein Holzbein. Obendrein habe ich eine Prellung am Bauch, wo der King mich getroffen hat, und eine Beule am Kopf, weil Samson mich so unsanft in den Kofferraum gestopft hat.

Angenehm. Ich genieße das heiße Wasser, lehne mich mit dem Kopf gegen die Fliesen und denke über das nach, was Bad Kelly mir erzählt hat.

Zwei verschiedene DNA-Spuren. Eine davon weiblich. Vielleicht hatte der Mörder vorher schon eine andere Frau vergewaltigt? Oder er hatte eine Komplizin. Was ziemlich hart wäre, aber nicht auszuschließen.

Ich weiß, dass Chell sich von jemand bedroht gefühlt hat. Und ich weiß, dass mindestens zwei Leute sauer auf sie waren: Fanny Fatale und der Hipster-King. Einer von den beiden könnte einen Partner gehabt haben. Vielleicht haben sogar die beiden zusammengearbeitet.

Das Wasser ist nur noch lauwarm. Ich drehe den Hahn zu und trockne mich ab. Dann erneuere ich den Verband. Und im Badezimmerschrank finde ich sogar eine Bandage für meinen Knöchel.

Das Duschen hat gutgetan und hat meine Müdigkeit vertrieben. Also mache ich es mir mit einem der Laptops auf dem Sofa bequem und scrolle mich durch den Immobilienmarkt. Nachdem ich ein paar Dutzend Angebote gelesen habe, komme ich zu folgender Erkenntnis:

Ein Apartment, das in etwa so groß ist wie jenes, in dem ich gewohnt habe, kostet dreitausend pro Monat.

Eine Einzimmerwohnung ist auch nicht unter zweitausend zu haben.

Es gibt eine Menge Gesuche nach Mitbewohnern, mit denen man sich die Miete teilen will. Aber bei den meisten gibt es nur ein Schlafzimmer. Manche wollen sogar Wandschränke untervermieten.

Uptown sind die Mieten noch teurer. In den südlichen Bezirken sind sie etwas niedriger. Das Preiswerteste, was ich finden kann, ist in Chinatown, aber da kenne ich mich fast gar nicht aus. Außerdem sind die Häuser ein Albtraum. Ich hätte Kakerlaken und Ratten als Mitbewohner. Und selbst da verlangen sie noch tausendfünfhundert im Monat.

In den Randbezirken sind die Mieten noch ein Stück günstiger. Williamsburg ist natürlich jenseits von Gut und Böse. Da zahlt man für ein Loft viertausend im Monat. Aber in Bushwick oder Bed Stuy bekommt man schon was für acht- oder neunhundert. Lächerlich ist allerdings, dass in den Angeboten steht, die Wohnungen lägen in Park Slope oder Williamsburg.

Da fällt mir Good Kelly wieder ein. Ich klicke probehalber auf Texas und scrolle mich durch die Angebote in Austin. Dort finde ich sofort ein einstöckiges Haus mit Terrasse und zwei Schlafzimmern. Die Küche ist so groß, dass man etwas Aufwendigeres als Toast zubereiten kann, und es gibt sogar eine Einfahrt. All das für achthundert im Monat.

Wenn ich nach Texas zöge, würde ich mir einen Hund zulegen.

Ich wollte schon immer einen Hund haben, und ein paarmal bin ich sogar in Versuchung geraten. Aber Leute, die Hunde in kleinen Apartments halten, sind Arschlöcher. Hunde brauchen Platz und müssen draußen rumlaufen können. Hunde brauchen einen Garten oder eine Terrasse.

Eine Terrasse wäre eigentlich schön. Abends draußen zu sitzen, sich den Himmel anzusehen, ohne Massen von Leuten um einen herum. Ob man in Austin wohl die Sterne sehen kann?

Fragt sich natürlich, was ich in einer so ruhigen Umgebung überhaupt anstellen würde.

In New York zu wohnen heißt ja, dass es nie richtig still ist. Es ist so, als würde ständig im Raum nebenan der Fernseher laufen. Man weiß, dass er an ist, weil man das statische Summen hört. Wenn man in einer solchen Stadt wohnt, hat man das Summen immer um sich, es hört niemals auf.

Wie mag es sein, wenn die Welt um einen herum still wird, das Summen aufhört und einem nichts anderes übrig bleibt, als in sich hineinzuhorchen?

Ich gebe es auf, darüber nachzudenken, und ziehe den USB-Stick aus der Hosentasche meiner Jeans, die vor dem Sofa liegt. Ich stecke ihn in den Laptopslot, und auf dem Bildschirm erscheint die Passwortabfrage. Ich versuche es mit Kent, der Stadt in Ohio, wo Chell zur Welt kam. Funktioniert nicht.

Was war ihr wichtig? So wichtig, dass sie es als Sperre für den Stick nehmen würde?

Als Kind hatte sie einen imaginären Freund. Das hat sie mir mal erzählt. Einen Clown in einem gelb-roten Kostüm. Giggles. Ich probiere es damit, aber auch das funktioniert nicht.

Es muss doch etwas Wichtiges geben. Etwas wirklich Wichtiges. Etwas von Bedeutung.

Ohne lange zu überlegen, tippe ich *Ashley* ein und habe den Finger schon auf der Eingabetaste.

Es wäre nicht das erste Mal, dass sie bei mir Schutz suchte.

War ich ihr für so etwas wichtig genug?

Ich ziehe den Stick wieder raus und werfe ihn auf den Sofatisch. Dann klappe ich den Laptop zu und rutsche tiefer in die Kissen.

Aus dem Empfänger neben mir kommt ein Krächzen: »10-32, Anrufer meldet Angriff auf eine Frau, südöstliche Ecke vom Tompkins Square Park. Unterstützung schicken?« Das ist gleich unten an der Ecke. Noch bevor die Antwort kommt, bin ich in meine Jeans gesprungen und raus aus der Tür.

*

Als ich am Tompkins Square Park ankomme, sind die Cops schon da und sprechen mit einer jungen Frau in einem beigefarbenen Mantel, die zitternd die Arme um den Oberkörper schlingt. Wegen der Kälte oder dem Schock, wer weiß? Sie hat keine Handtasche, also ist ihr die vermutlich gestohlen worden. Ich stecke mir eine Zigarette an, senke den Kopf über mein Handy und laufe hin und her, als würde ich auf jemand warten. Dabei pirsche ich mich so nah an die Cops und die Frau heran, dass ich die Beschreibung des Tathergangs mitbekomme: zwei Männer mit Sturmhauben und großen Brillen.

Einer hatte die Hand in Gips.

Ich komme mir vor wie in einer Endlosschleife, deren Ende ich nicht absehen kann.

Die Cops bringen die junge Frau zu dem Streifenwagen, um sie mit aufs Revier zu nehmen und den Papierkram zu erledigen. Als sie die Türen schließen, werfen sie sich Blicke zu, und einer sagt: »Schon das zweite Mal heute Abend. Und das vierte diese Woche. Ist doch verflucht noch mal nicht zu glauben!«

Ein älterer Typ mit einer Französischen Bulldogge bleibt stehen und fragt mich, was passiert sei. Ich erzähle ihm, dass ein junges Mädchen überfallen wurde. Er bittet mich um eine Zigarette, und da ich an seinem Akzent höre, dass er von hier ist, gebe ich ihm eine.

Er klingt wie jemand, der ziemlich einsam ist, als er zu mir sagt: »Wenn Sie mich fragen, wird in unserer Stadt zu viel Wert auf Sicherheit gelegt. Früher musste man sich erst mal durchbeißen, wenn man hier wohnen wollte. Jetzt kommen die Leute einfach hier an und kriegen alles auf dem Silbertablett serviert. Trotzdem tut es mir leid für das junge Mädchen.« Er schüttelt den Kopf. »Mir waren die alten Zeiten lieber.« Ohne meine Antwort abzuwarten, zieht er an der Leine und geht mit seinem Hund weiter.

*

Schlafen kann ich jetzt ohnehin noch nicht, obwohl ich es dringend müsste. Ich bin viel zu aufgedreht. Es ärgert mich, dass ich den Überfall verpasst habe. Also schaue ich noch im Apocalypse vorbei. Dave erzählt mir, dass die Patrouille schon unterwegs sei, auch wenn es dafür noch ein bisschen früh zu sein scheint. Deshalb gehe ich wieder zurück zum Tompkins Square Park, wo Katrina in hochhackigen Schuhen herumläuft und mit dem Handy telefoniert. Heute ist Todd ihr Bodyguard, ein netter Typ aus dem West Village mit einem üblen rechten Haken. Nachdem ich mich vergewissert habe, dass er da ist, schleiche ich wie ein Geist durch die Bäume wieder zurück, ohne dass die beiden mich sehen.

Auf den Bürgersteigen sind noch eine Menge Leute unterwegs. Ich lasse mich erst mal nach Süden treiben, mit hochgezogenen Schultern und so fest zusammengebissen Zähnen, dass sie knirschen. Was sind das für dämliche Arschlöcher, die die Leute in meinem Viertel terrorisieren?

Ich laufe einfach weiter, die Houston Street entlang zur Delancey, über die Williamsburg Bridge und durch die finsteren Straßen unterhalb der Brücke mit den dunklen Ecken. Drogen sind im Moment nichts für mich, und Alkohol auch nicht. Da bleibt mir nichts anderes übrig, als rumzulaufen.

Ich muss an den Mann denken, dem die alten Zeiten lieber waren. Die alten Zeiten mit ihrer Echtheit, die aber mit einer konstanten Bedrohung durch Gewalt einherging. Ich bin mir gar nicht sicher, ob wir diese Zeiten tatsächlich schon hinter uns haben. Es ist ja nicht so, dass die Bösen nicht mehr da wären, sie sind lediglich cleverer als früher. Sie warten ab und überlegen sich ganz genau, was sie tun. Und das macht sie umso gefährlicher in einer Stadt, in der sie unsichtbar bleiben und im Verborgenen agieren können, solange sie nicht zu viel Aufmerksamkeit auf sich ziehen.

ZEHN

Im Regen riecht es auf den Straßen nach Urin. Das ist immer so in den ersten zehn Minuten, nachdem es zu regnen angefangen hat, weil der Gestank dann erst mal ausdünstet.

Während ich an der Curry Row auf der First Avenue entlanggehe, kommt mir eine Idee. Ich mache einen Abstecher in den Gewürzladen unter dem Milon, dem bengalischen Restaurant in der ersten Etage, und frage den gelangweilten Verkäufer, ob er etwas da hat, was nach Lavendel riecht. Er zeigt auf ein verschnörkeltes Holzregal hinten im Laden, und dort finde ich eine Auswahl aromatisierter Öle.

Ich suche mir das passende Fläschchen aus, und als ich den Korken abziehe und den Duft einatme, habe ich sofort das Gefühl, Chell stehe neben mir. Fühlt sich gut an.

An der nächsten Bodega nehme ich mir die neue Ausgabe der *Post* mit. Patriotischer Schwachsinn über einen der zahlreichen Kriege hat die Greenpoint-Gothic-Mordsaga auf ein kleines Kästchen in der unteren Ecke von Seite eins reduziert und den Rest des Artikels auf Seite vier verdrängt. Eigentlich gibt es auch nichts Neues. Also kann man wohl davon ausgehen, dass die Leser allmählich das Interesse daran verlieren.

Was mich dann doch aufscheucht, ist der Kommentar in der Spalte daneben.

Nachdem noch mal in den glühendsten Farben geschildert wird, durch welch hohes Maß an Brutalität Chell zu Tode kam, geht es in einer Art und Weise weiter, die mich die Seite in der Faust zusammenknüllen lässt.

Was mich angesichts dieses Verbrechens nach wie vor umtreibt, und zwar noch mehr als die eingangs beschriebene Brutalität, sind die Fotos dieser einst jungen, hübschen Frau, deren Körper wie eine bemalte Leinwand wirkt. Die Frage, die ich mir dabei stelle und die wir alle uns stellen sollten, lautet: Inwieweit ist es hilfreich, das auch noch in den Medien zu zeigen?

Wir bekommen Fotos zu sehen, auf denen sie tief dekolletiert mit Push-up-BH abgebildet ist, in Lederjeans, die so eng sind, dass der Mörder sie herausschneiden musste, und in hochhackigen Schuhen, die besser zum Hustler Club passen würden.

»Feministinnen« werden mir nun vehement vorwerfen, ich wolle auf subtile Art dem Opfer die Schuld zuweisen. Ich hingegen möchte es als vorbeugendes Anprangern verstanden wissen.

Wir können unsere Töchter doch nicht glauben machen, eine solche Aufmachung sei angemessen! Die Frauen, die eine solche Ansicht vertreten, sind doch diejenigen, die den eigentlichen Schaden anrichten – indem sie ihren Töchtern einreden, es wäre normal, so herumzulaufen.

Ich werfe die zusammengeknüllte Seite über die Schulter und habe das Bedürfnis, mit der Faust gegen die Backsteinwand neben mir zu schlagen. Ich nehme alles zurück, was ich vorher gesagt habe, und korrigiere mich. Die *Post* ist doch eine Scheißzeitung!

Ich laufe weiter, und nach ein paar Blocks stehe ich vor dem Haus, aus dem Good Kelly auszieht. Der Miettransporter steht schon davor. Tibo sitzt bei geöffneter Hecktür auf der Ladefläche und raucht. Er trägt einen Piratenhut und eine Augenklappe.

Ich setze mich neben ihn und frage: »Bist du unter die Freibeuter gegangen?«

»Ich bin doch immer noch auf der Suche nach dem Silber.«

»Das war ... nicht die Antwort, die ich erwartet hätte. Wobei ich eigentlich gar nicht weiß, was ich erwartet habe.«

Tibo nimmt den Hut ab und fährt sich in dem sinnlosen Versuch durch die Dreadlocks, sie am Kopf zu bändigen. »Ich verrate dir jetzt mal ein Geheimnis, Ash. Aber du darfst es auf keinen Fall weitersagen.« Er zerrt eine zusammengefaltete Seekarte aus der Hosentasche und streicht sie auf den Knien glatt. Die Küste von Staten Island und Brooklyn erkenne ich wieder, die Verrazano Bridge dazwischen auch. Sieht aus wie die Karte, die er letztens im Apocalypse auf dem Tisch ausgebreitet hatte.

»1903 ist da ein Lastschiff gesunken«, erklärt Tibo mir. »Es hatte siebentausend Silberbarren geladen, aber nur ungefähr sechstausend wurden geborgen. Das heißt, der Rest liegt noch da unten. Heute hat das Zeug einen Wert von fünfundzwanzig Millionen.«

»Das ist doch mal eine Hausnummer.«

»Die Bauingenieure der Army haben die Fahrrinne irgendwann ausgebaggert und Teile weggesprengt, damit größere Schiffe da durchfahren können.« Er zieht eine kleinere Karte hervor. »Aber jetzt sieh dir mal den Flussplan hier an. Da gibt es starke Strömungen, und die fließen genau hierhin.« Nun legt er die größere Karte wieder nach oben und zeigt auf einen Punkt, der etwa eine Viertelmeile östlich der Stelle liegt, wo das Schiff gesunken ist. »Hier ist ein kleiner Graben, und ich glaube, genau da wurden die Barren hingespült.«

Tibo glaubt auch, dass die Welt in fünf Jahren untergeht. Mindestens alle zwei Monate kommt er mit einer neuen Idee um die Ecke, wie er so viel Geld zusammenkriegt, dass er eine nachhaltige Kommune gründen kann, wo er und ein paar Auserwählte den Weltuntergang aussitzen können. Und wenn ich genug Alkohol intus habe, kommt mir das Ganze gar nicht so crazy vor. Deshalb sage ich ihm vorsichtshalber auch jetzt: »Na, dann mal viel Glück!«

»Ich brauche nur ein Boot.«

»Da kann ich dir leider nicht weiterhelfen.« Ich will mir eine Zigarette anzünden, aber dann halte ich inne. »Oder vielleicht doch. Frag doch mal Kuffner. Sein Vater hat eins.«

»Wusste ich gar nicht.«

»Na umso besser, dass du davon angefangen hast. Kannst mich ja beteiligen, wenn du das Silber tatsächlich findest.«

»Abgemacht.« Er schüttelt mir die Hand und faltet dann die Karten wieder zusammen.

»Wo ist Kelly denn?«, frage ich ihn.

»Noch irgendwas erledigen. Ich soll hier warten und den Transporter im Auge behalten. Dave und Todd sind oben und räumen das ganze Zeug schon mal zusammen.«

»Auch gut. Dann helfe ich dir erst mal dabei, den Transporter im Auge zu behalten.«

Der Regen wird stärker, und wir ziehen die Beine auf die Ladefläche hoch.

»Wie geht es dir eigentlich so?«, fragt Tibo.

»Könnte besser sein.«

»Es fällt mir irgendwie immer noch schwer, das Ganze zu kapieren.«

»Wie einer jemand so was antun kann?«

Tibo stutzt für einen Augenblick. »Ach, du redest von Chell.

Ich dachte, wir sprechen über Kelly. Aber klar, die Sache mit Chell ist echt ätzend. Hast du schon eine Spur?«

»Tappe noch völlig im Dunkeln.«

»Kann ich dich mal was fragen?«

»Nur zu.«

Tibo zieht eine Augenbraue hoch, diejenige, die nicht von der Augenklappe verdeckt ist. »Hast du dich darauf eingestellt, die Konsequenzen zu tragen?«

Ich schnippe die Zigarettenkippe auf die Straße und stecke mir eine neue in den Mund, aber ohne sie anzuzünden. »Ich halte mich nur an das, was mein Vater mir beigebracht hat. Er hat mich nämlich dahingehend erzogen, dass man verflucht noch mal keine Frau schlägt und dass man für andere Leute einsteht.«

Tibo nickt. »Vielleicht stand der Typ, der das gemacht hat, nicht unter so gutem Einfluss.«

»Soll man seine Tat etwa damit entschuldigen? Böse ist böse. Falsch ist falsch. Da gibt es keine Grauzone.«

Tibo sieht sich nach allen Seiten um und zieht dann eine kleine Glaspfeife in psychedelischen Farben und ein Knäuel Gras aus der Hosentasche. Er hält mir beides hin, aber ich schüttle den Kopf. Gras kommt bei mir nicht so gut. Als ich das letzte Mal stoned war, habe ich einen Stuhl nach jemand geworfen, und wenn ich es richtig sehe, ist das genau nicht der Effekt, den das Zeug haben sollte.

Tibo nimmt einen langen Zug, hält die Luft an und klopft sich viermal auf die Knie, ehe er den Rauch wieder ausstößt. Dann sagt er mit kratziger Stimme: »Wir waren Tiere, bevor wir uns Sozialverhalten angeeignet haben. Und wir sind immer noch Tiere, nur klügere als vorher. Mehr kann man von der Evolution nicht erwarten. Das Tier in uns wird uns immer erhalten bleiben.« Es folgt der obligatorische Hustenanfall.

»Bist du um diese Zeit schon so breit, oder was?«

»Damit will ich doch nicht behaupten, dass du ein schlechter Mensch bist! Aber ein Gedanke ist nur die Saat von etwas, und die muss nicht unbedingt aufgehen, man kann das auch unterbinden. Der entscheidende Punkt ist, dass wir alle diese Urinstinkte und Triebe in uns tragen. Und da kommt dann die Erziehung ins Spiel. Durch die wir lernen können, unsere Triebe zu unterdrücken. Und wichtiger noch, bessere Menschen zu werden. Wodurch unterscheiden wir uns denn von Tieren? Dadurch, dass wir uns eine bessere Welt vorstellen können.«

»Also total breit. Total breit lautet die Antwort auf meine Frage.«

»Hör einfach mal auf, mich anzumachen! Ich will dir nicht irgendwelche dämlichen Weisheiten aufdrücken, ich sage nur, dass du dich eher selbst fertigmachen wirst, als die Antworten zu finden, die du suchst. Manche Leute kommen eben nie über die Triebe hinaus.«

»Willst du damit sagen, dass der Typ keine Wahl hatte? Dass er nur jemand anbaggern wollte und sich nicht im Griff hatte?«

»Das ist zu stark vereinfacht«, sagt Tibo. »Erstens geht es bei einer Vergewaltigung nicht um Sex. Es geht um Macht – und um Wut. Um Ärger. Und dass er keine Wahl hatte, habe ich nicht gesagt. Das ist ein ganz anderes Thema.«

»Wenn mein Vater mir nicht beigebracht hätte, mich richtig zu verhalten, dann wäre ich also genauso geworden wie der Typ?«

Tibo schüttelt den Kopf. »Wieder zu stark vereinfacht. Du brauchst dir hier keine Argumente für eine Diskussion zurechtzulegen. Darum geht es nicht. Es geht darum, dass du mal nachdenkst.« Er tippt mir mit dem Finger an die Stirn. »Nachdenken!

Nicht wie eine Abrissbirne aufführen und alles kurz und klein schlagen. Sondern einfach mal nachdenken.«

Er nimmt noch einen Zug aus der Pfeife. Und dann sitzen wir da und starren in den Regen, auf die Fluten, die den Müll in die Rinnsteine spülen und den Dreck von den Straßen waschen, bis sie wieder sauber sind. Ich strecke den Arm aus und lasse die Tropfen zwischen meinen gespreizten Fingern durchfallen.

Dann erscheint auch Good Kelly, und wir hauen für ein paar Stunden richtig rein und schleppen Kartons die Treppen herunter. Todd und ich nehmen die schweren, während Dave und Tibo in dem Transporter alles zurechtrücken und stapeln. Das dauert seine Zeit, und als ich zum vierten Mal die Treppen hinauflaufe, zieht sich mir die Brust zusammen, und es fühlt sich an, als hätte ich Watte in der Lunge. Da überlege ich dann doch, ob ich nicht etwas weniger rauchen sollte.

Als der Transporter beladen ist, fragt Kelly, ob jemand von uns Pizza will. Eine richtig gute, bevor sie fährt. Die anderen haben keine Zeit mehr, aber ich hebe sofort die Hand. Kelly zieht los, und ich klettere auf die Ladefläche und hocke mich dorthin, wo noch Platz ist. Zehn Minuten später kommt sie mit einer riesigen Pizza zurück.

»Schaffen wir beide die überhaupt?«, frage ich.

»Klar. So was werde ich so bald nicht wieder bekommen.«

Also machen wir uns darüber her. Als ich mit dem zweiten Stück zur Hälfte fertig bin, sehe ich Kelly an und frage: »Dann also Texas? Aber was willst du da überhaupt?«

»Du solltest nicht schlecht über Austin urteilen, ohne selbst da gewesen zu sein. Du würdest gar nicht glauben, dass es in Texas liegt.«

»Wann ist da Sperrstunde?«

»Nachts um halb zwei, soweit ich weiß.«

»Die sind doch irre.«

Kelly nimmt sich ihr drittes Stück. »Bis vier Uhr morgens trinken zu können ist ja wohl kein Grund hierzubleiben. In der Stadt hier ist doch sowieso alles sauteuer geworden. Und überall nur Gedrängel und Lärm. Die ganze Stadt wird immer mehr zur Spielwiese für reiche Yuppiekids. Elf Dollar für eine Packung Zigaretten! Letztens musste ich für einen Jack on the Rocks zwölf Dollar hinlegen. Fehlt nur noch, dass sie eine Vergnügungssteuer einführen. Dann kommt irgendeiner in Uniform, weil du einfach nur Spaß hast, und knöpft dir mal eben fünf Dollar ab. Da könnten wir gleich in den Iran übersiedeln.«

»So schlimm ist es nun auch wieder nicht.«

»Wird es aber.«

»Was meinst du denn, wie du in Texas zurechtkommst?«

»Ziemlich gut wahrscheinlich. Die Lebenshaltungskosten sind niedriger. Eine vernünftige Miete zu zahlen ist für mich kein Problem. Und ich kann mich gut mit dem Gedanken anfreunden, in einer Stadt zu leben, wo es normal ist, am Nachmittag ganz lässig ein paar Margaritas zu trinken.«

»Das kannst du hier doch auch. Und du kriegst hier eine richtig gute Pizza, so wie die hier. Oder Bagels. All das gibt es da unten bestimmt nicht. Das wird dir doch furchtbar fehlen, oder?«

»Dann habe ich eben etwas, worauf ich mich freuen kann, wenn ich nach Hause komme.« Kelly nimmt sich das vierte Stück. »Aber im Moment ... Hier in der Stadt geht doch gerade alles den Bach runter.«

»Bis wieder einer kommt und sie in die Luft jagen will.«

»Ein Grund mehr abzuhauen.«

»Bist du dir bei der Sache wirklich sicher?«

»Bei dir klingt das, als würde ich nach Sibirien ziehen. Ich ziehe da runter, um mal was Neues auszuprobieren. Wenn es mir nicht gefällt, komme ich zurück.«

»Dann wünsche ich dir auf jeden Fall viel Glück.«

»Kommst du mich mal besuchen?«

»Wenn du die Reisekosten übernimmst.«

Kelly sieht mich fragend an. »Brauchst du Geld?«

»War nur ein Scherz. Natürlich komme ich dich besuchen. Countrymusic ist doch gar nicht so schlecht.«

Kelly bietet mir das letzte Stück an, aber ich lasse es ihr. Wie gesagt, gibt es so was da unten ja nicht. Als sie aufgegessen hat, helfe ich ihr, die Hecktür zu schießen, und prüfe, ob sie richtig zu ist. Dann nehme ich Kelly in den Arm und verabschiede mich. Sie klettert auf den Fahrersitz, startet den Motor und fädelt sich in den Verkehr ein. Und ich stehe da und sehe dem Transporter hinterher, bis er am Ende der Straße verschwindet.

*

Auf dem Weg zurück mache ich einen Schlenker durch den Washington Square Park, wo ich Craig allein vor einem der Schachbretttische vorfinde. Wir spielen zwei Partien, bei denen er mich so richtig abfertigt, aber ich bin ohnehin nicht bei der Sache.

Als ich meinen König zum zweiten Mal umstoße, frage ich: »Irgendwas Neues?«

Ohne den Kopf zu heben stellt er die Figuren wieder auf. »Höre mich noch um.«

Ich schiebe ihm einen Zwanziger über den Tisch und klopfe ihm auf die Schulter. Dann laufe ich quer durch die Stadt in Richtung Alphabet City, um noch mal bei der Bar an der Kreuzung vorbeizuschauen, wo Chell verschwand. Sie hat noch geschlossen. Ich klopfe an die Tür. Kann ja sein, dass wegen irgendwelchen Vorbereitungen schon jemand da ist. Aber es tut sich nichts.

Nächster Halt ist das Apocalypse. In Sachen Grapscher nichts Neues. Aber ich treffe auf ein paar bekannte Gesichter und lasse mir deren Telefonnummern geben, um das Adressbuch im neuen Handy zu vervollständigen.

Eigentlich müsste ich mich auf die Suche nach Fanny Fatale machen, aber mir ist klar, dass ich aus Cinnamon West nicht viel rauskriegen werde. Ich könnte in einen der Läden gehen, wo die Varietéleute normalerweise rumhängen, und die ausfragen, aber das hätte den Anschein, als würde ich ihr nachstellen.

Ecke 85 E und Vierte bleibe ich vor den Stufen des KGB stehen und drehe mich unschlüssig in alle Richtungen.

Allmählich kriege ich wieder Hunger, und neue Zigaretten brauche ich auch. Also gehe ich erst mal zum nächstbesten Geldautomaten. Diesmal frage ich auch meinen Kontostand ab. Dann starre ich einen Moment lang in der Hoffnung auf den Bildschirm, dass ich mich verlesen habe. Aber nein. 60,24 Dollar lautet der Betrag, in gelben Zahlen vor blauem Hintergrund. Ich hebe vierzig Dollar ab und nehme mir fest vor, mich um einen Job zu kümmern, der wieder ein bisschen Geld in die Kasse spült.

*

Bombay sitzt auf dem Sofa und spielt Videogames, als ich die Tür aufschließe. Ich setze mich neben ihn und sehe mir eine Weile an, wie er auf einem absurden Schlachtfeld irgendwelche Aliens in die Luft jagt, die wie eine Kreuzung aus Eidechsen und Gorillas aussehen.

Als er einem der Monster eine Granate unter den Panzer steckt, sage ich: »Da bin ich wohl nicht der Einzige, der zu Gewalt tendiert.«

Er beachtet mich überhaupt nicht, sondern schaltet den Raketenwerfer ein und schießt einen Angreifer ab, der sich seiner offenen Flanke nähern wollte. Erst dann kommt seine Antwort. »Falsche Schlussfolgerung. Im Gegensatz zu dir richte ich keinen echten Schaden an.«

»Doch. Und zwar in deinem Sexleben.«

»Du bist nicht halb so witzig, wie du denkst.«

»Aber klar bin ich das.«

Plötzlich wird Bombays Space-Infanterist von einem grellen, grünen Lichtstrahl getroffen. Als er sich umdreht, steht ein Alien in gepanzerter Rüstung hinter ihm. Der Kampf dauert nicht lange. Bombay legt den Controller in den Schoß und reibt sich über die Augen. »Ich habe was für dich. Und auch das wird dir nicht gefallen.«

»Wie könnte es auch anders sein.«

»Ich hab ihn gefunden. Diesen Cairo. Sein richtiger Name ist Rick Paulsen.«

»Und was soll mir daran nicht gefallen?«

»Etwas, was ich noch über ihn herausgefunden habe. Vor zwei Jahren wurde er in Boston wegen sexueller Nötigung angeklagt.«

Auf einmal scheint es in dem Raum eiskalt zu sein. Ich füge die Puzzleteilchen zusammen.

Rick Paulsen ist der Initiator von Noir York, und von da gibt es offenbar eine Verbindung zum Hipster-King und seinen Schergen aus dem Slaughterhouse Six. Chell hat für Noir York gearbeitet und die Leute dabei ausspioniert. Vielleicht haben sie das gemerkt und sie umgebracht, weil sie irgendetwas zu verbergen haben, etwas, was unter Umständen mit diesem Spiel zu tun hat.

Vielleicht ist der USB-Stick deshalb so wichtig. Könnte sein, dass er Paulsen gehört oder dem Hipster-King. Und die Hipster-Arschgeigen haben sich an meine Fersen geheftet, weil sie ihn zurückholen sollen.

Bleibt aber immer noch die Frage, woher sie überhaupt wissen, dass ich das Ding habe.

Vielleicht wollte Paulsen Chell anbaggern. Vielleicht war er derjenige, von dem sie sich verfolgt fühlte. Als ich in Brooklyn im Hinterhof vom Slaughterhouse Six seinen Namen genannt habe, hat er sich ja auch direkt vom Acker gemacht. Sexuelle Nötigung ist nicht nur ein Ausrutscher, den man sich mal leisten kann. Es ist ein schwarzer Fleck auf der Seele, der ewig an einem kleben bleibt. Davon kann man sich nicht reinwaschen, ganz gleich wie hoch die Strafe ist.

»Gibt es Einzelheiten zu der sexuellen Nötigung?«, frage ich Bombay.

»Die Klage wurde fallen gelassen, also ist nichts weiter dokumentiert. Kann sein, dass da nichts dran ist.«

»Oder doch.«

»Pass mal auf«, sagt Bombay. »Eigentlich wollte ich dir das gar nicht erzählen. Ich will nämlich nicht, dass du sofort losrennst und den Typen wegen etwas umlegst, was er vielleicht überhaupt nicht getan hat.«

»Ich würde ihn nicht umlegen, ohne noch mal nachzufragen.«

Bombay wirft den Controller auf den Tisch. »Kannst du nicht einfach mit deiner schrägen Tour aufhören? Was muss ich denn noch tun, damit du das endlich kapierst, Mann?«

»Chell war auch eine Freundin von dir. Und deshalb kannst du jetzt nicht so tun, als wäre alles okay.«

»Ja, sie war auch eine Freundin von mir. Aber jetzt ist sie tot. Einfach weg. Und wenn das so weitergeht, bist du auch bald weg, weil du entweder auch tot bist oder im Knast sitzt.«

»Seit wann bist du denn so ein penetranter Pazifist?«

»Ich war noch nie für Gewalt. Oder hast du das jemals bei mir erlebt? Hast du jemals erlebt, dass ich so was befürwortet hätte? Mein ganzes verfluchtes Leben lang wird Scheiße über mir ausgekippt, weil ich Muslim bin. Sobald ich einen Fuß vor die Tür setze, werde ich von irgendwelchen Arschlöchern schief angesehen, weil sie denken, dass ich vielleicht ein Terrorist bin. Das Leben ist hart. Aber verflucht noch mal, damit komme ich zurecht – und zwar ohne Gewalt.«

Ich stehe auf und durchquere den Raum. Plötzlich fühle ich mich unglaublich erschöpft. Die Art von Gespräch will ich jetzt einfach nicht führen. Bombay kommt hinter mir her und presst mich mit festem Griff an die Wand. Das kommt für uns beide derart unerwartet, dass wir stumm so verharren.

Irgendwann sagt er: »So wirst du deinen Frieden damit nicht machen können.«

»Sag mir nicht, was ich tun soll und was nicht. Davon hast du doch keine Ahnung.«

»Was würde dein Vater wollen?«

Ich befreie mich aus Bombays Griff. »Weiß ich nicht. Aber wir können ihn ja mal fragen. Ach nein, das geht ja nicht. Er ist ja tot, weil er sein Leben riskiert hat, um das Richtige zu tun und andere Menschen zu beschützen.«

»Was er getan hat, war etwas ganz anderes als das, was du jetzt machst.«

»Das weiß ich selbst.« Ich hebe meinen Schirm auf und stecke ihn durch die Gürtelschlaufen. »Vielen Dank für die Belehrungen, aber ich muss jetzt erst mal wieder an die frische Luft.«

»Ash«, sagt Bombay nur. Mehr nicht. Mit hängenden Schultern steht er mitten im Raum. Als ich mich zur Tür umdrehe, höre ich, dass er etwas flüstert.

»Was?«, frage ich mit einem Blick über die Schulter.

Ich bekomme keine Antwort, also gehe ich rauf aufs Dach.

*

Es hat zu regnen aufgehört, und die Skyline zeichnet sich schimmernd unter der aufreißenden Wolkendecke ab. Ich hole das Handy aus der Hosentasche und rufe meine Mutter an.

Sie meldet sich in einem Ton, als würde sie mit schlechten Neuigkeiten rechnen. »Ashley?«

»He, Ma.«

»Ach, mein Schatz! Ich habe schon ein paarmal versucht, dich anzurufen.«

»Ich weiß. Tut mir leid. Hab viel zu tun.«

»Ich habe mit Margo gesprochen. Sie meint, du siehst müde aus.«

»Mehr hat sie nicht gesagt?«

»Gibt es denn noch was, was sie hätte erzählen sollen?«

»Glaube nicht. Hab in letzter Zeit nicht gut geschlafen.«

Ein paar Sekunden Schweigen. Dann fragt sie: »Du denkst wahrscheinlich viel an ihn, oder?«

»Tue ich nicht.«

»Ich habe dir schon ein paarmal gesagt, dass man nicht ewig rumsitzen und um ihn weinen kann.«

»Weinst du etwa nicht mehr um ihn?«

Kurzes Schweigen. »Das habe ich nicht gesagt.« Räuspern. »Wie gefällt es Margo denn?«

»Prima. Sie amüsiert sich, glaube ich.«

»Das ist schön. Tante Ruth war schon in heller Aufruhr, als sie das von dem Mädchen in der Zeitung gelesen hat. Das junge Mädchen, das ermordet wurde, meine ich.«

Schweigen meinerseits. Dann: »Margo braucht keine Angst zu haben.«

»Was ist los mit dir, mein Schatz?«

»Nichts. Bin nur müde. Tut mir leid. Tut mir auch leid, dass ich dich nicht eher zurückgerufen habe. Ich bin ein schlechter Sohn.«

»Nein, du bist kein schlechter Sohn.«

»Aber ich wünschte, ich wäre ein besserer.«

»Hör auf damit. Komm lieber mal zum Essen vorbei. Mit Margo. Ich habe sie schon seit Ewigkeiten nicht mehr gesehen. Und mit Bombay. Du weißt doch, du kannst jederzeit deine Freunde mitbringen. Es ist so still hier. Wäre schön, mal wieder ein paar Leute um mich zu haben.«

»Mache ich, Ma.«

»Versprochen?«

»Versprochen.«

»Und – Ashley? Wenn ich das nächste Mal anrufe, dann geh an das dämliche Handy.«

»Hab dich auch lieb, Ma.«

Aufgelegt. Ich klappe das Handy zu und behalte es noch eine Weile in der Hand.

*

Meinen Vater zu lieben hieß auch, den Empfänger zu lieben, sagt meine Mutter immer zu allen Freunden und Bekannten. Der Empfänger stand nämlich neben dem Bett auf dem Nachttisch, und mein Vater hat ihn niemals ausgeschaltet.

Unter dem Nachttisch befand sich eine dicke Kabeltrommel mit einem orangefarbenen Verlängerungskabel. Die rollte mein Vater manchmal quer durch das ganze Haus aus. Dann saß er im Dunkeln in der Küche, das Ohr am Lautsprecher, und vollzog in Gedanken die Zahlencodes nach.

Wenn ich nachts wach wurde und mir ein Glas Wasser holen wollte, lächelte er mich an und sagte: »Kannst du auch nicht schlafen? Dann sind wir schon zu zweit.«

Ich durfte mich neben ihn setzen, selbst wenn ich am nächsten Tag Schule hatte, und er erklärte mir, was die Codes bedeuteten. Wenn ein Notruf in der Nähe einging, machte er sich sofort auf den Weg, um zu sehen, ob er helfen konnte.

Den ganzen Tag lang lauschte er auf den Empfänger, sodass man hätte meinen können, dass er Stille nicht ertragen konnte.

Aber so war es nicht.

Viele Feuerwehrleute hier in der Stadt haben einen solchen Empfänger im Schlafzimmer, in der Küche oder im Keller. Und alle lauschen ständig darauf. Sie warten auf den einen Moment. Den Moment, von dem man gar nicht weiß, dass man darauf wartet, bis er eintritt.

Eine halbe Stunde nachdem der zweite Turm getroffen wurde, setzte das New York City Fire Department einen Notruf an alle verfügbaren Rettungskräfte ab. An alle Feuerwehrleute in New York City, ungeachtet dessen, wo sie sich aufhielten und was sie machten. Sie mussten sofort alles stehen und liegen lassen und zum Dienst erscheinen.

So etwas hatte es vorher nur ein einziges Mal gegeben, wegen dem Schneesturm am zweiten Weihnachtstag 1947.

Aber diesmal war es kein Schneesturm.

Der Notruf spielte auch gar keine große Rolle. Die meisten Feuerwehrleute waren ohnehin schon auf dem Weg, nachdem der erste Turm von einem Flugzeug getroffen worden war. Da brauchten sie keine eigene Aufforderung, zu einer Sonderschicht zu erscheinen.

Ich lag im Bett und schlief, als es passierte. War krank aus der Schule nach Hause geschickt worden. Ich weiß nicht, ob mein Vater noch in mein Zimmer kam, bevor er sich auf den Weg machte. Wahrscheinlich dachte er, ich hätte den Schlaf zum Auskurieren nötig. Und er konnte ja nicht wissen, was ihn erwartete. Ich habe meine Mutter nie danach gefragt, wie es an jenem Morgen damals war. Aber ich konnte mir einiges zusammenreimen.

Sie wollte gerade Kaffee machen. Das weiß ich genau. Als sie mich geweckt und vor den Fernseher gezerrt hat, nachdem der erste Turm getroffen worden war, lag auf dem Küchentresen und auf dem Fußboden nämlich Kaffeepulver verstreut. Die Kaffeemaschine war halb mit Wasser gefüllt, und es roch nach verbranntem Toast. Daran erinnere ich mich ganz genau.

Auf dem Küchentisch lag die *Post* von jenem Tag. Der Sportteil war aufgeschlagen.

Die letzten Worte, die Dad zu meiner Mutter sagte, waren: »Morgens bist du immer besonders hübsch. Bis später zum Abendessen.« Auch das weiß ich genau. Weil meine Mutter die Worte manchmal mit bebender und brüchiger Stimme leise vor sich hin flüsterte, wenn sie im Dunkeln vor dem Küchentresen stand.

Ich weiß auch, dass er zwanzig Minuten später in dem Feuerwehrauto saß, das mit einer Doppelschicht von Feuerwehrleuten an Bord nach Downtown Manhattan fuhr.

Seine Leiche wurde nie gefunden. Wie sein Lieutenant sagte, lasse das vermuten, dass er sich bis in die oberen Etagen hochgekämpft habe, um die Leute zu evakuieren, die dort in der Falle saßen.

So war mein Vater.

Und so werde ich ihn in Erinnerung behalten.

*

Die Visitenkarte von Noir York habe ich noch in der Hosentasche. Den Zettel mit der Telefonnummer, die Bombay in den Quellcodes der Website gefunden hat, auch. Ich wische mir die Tränen aus den Augen und tippe die Nummer in mein Handy.

Es meldet sich eine Frau. »Ist das eine sichere Leitung?«

»Was sonst?«, antworte ich.

»Wie viele Personen?«

»Eine.«

»Name?«

Vermutlich wissen die Hipster, wie ich heiße, also improvisiere ich in der Hoffnung, dass sie kein Fan von den Smiths ist. »Johnny. Johnny Marr.«

»Adresse?«

Beinah nenne ich ihr meine alte Adresse, aber dann gebe ich ihr doch lieber die von Bombay. Vom anderen Ende der Leitung höre ich das Kratzen eines Kugelschreibers auf Papier.

Dann wieder die Stimme der Frau. »Fünfhundert Dollar in bar. Sie erhalten zeitnah Ihre Instruktionen.«

»Geht das etwas genauer?«

Klick.

Das ist es also. Ich weiß, dass es das ist.

Joel Cairo alias Rick Paulsen oder wie auch immer der Typ heißt. Auf ihn werde ich am Ende der Kette von Noir York stoßen. Er ist der Butzemann, der einen Schatten auf das ganze Viertel wirft, auf mein Leben. Er ist es. Er muss es sein. Nur so ergibt das Ganze einen Sinn.

Und ich werde ihn aufhalten. Nicht mit meinem Schirm. Sondern mit bloßen Händen.

Aber dafür muss ich erst mal fünf Scheine auftreiben.

Wenn ich den Weg wirklich gehen will, sollte ich mir vielleicht auch einen ausgefeilteren Ermittlungsstil zulegen. Da aufzulaufen und den Typ in Angst und Schrecken zu versetzen wäre das Schlimmste, was ich jetzt tun könnte. Weil dann die Gefahr bestünde, dass er sich in Luft auflöst. Also werde ich erst mal nach seinen Regeln spielen. Vielleicht komme ich ja an ihn ran, ohne ein weiteres Schlachtfeld zu hinterlassen.

Mein Handy summt.

Es ist an der Zeit, den Gefallen einzufordern. Komm in den Club.

ELF

Leider ist mit Club nicht das Chanticleer gemeint. Obwohl ich mich mit Ginny viel lieber da treffen würde. Der Club ist eine schwarze Tür neben einer Bar. Die Tür sieht aus, als gäbe es in der Stadt keine unauffälligere, und wenn man nicht weiß, was dahinter abgeht, übersieht man sie einfach.

Eigentlich habe ich kein Problem damit. Aber wenn man nicht auf Typen in Ledermontur steht, fühlt man sich bei dem, was man so mitkriegt, wenn die unter sich sind, schon ein bisschen unbehaglich.

Ich klopfe zweimal. Die Tür öffnet sich einen Spaltbreit, und ich schiebe mich in eine Art Vorraum, der mit einem schwarzen Vorhang abgeteilt ist.

In dem roten Licht davor sitzt an einem Kartenspieltisch ein älterer Mann, der wie ein Buchhalter aussieht, mit einer Metallkassette vor den gefalteten Händen. Ich fische einen Zehner aus der Hosentasche und gebe ihn ihm. Er nickt, legt den Schein in die Kassette und gibt mir einen Casinochip, ein Kondom, ein Papiertuch und ein kleines Päckchen mit Gleitmittel. Was ich gar nicht haben will. Aber ich will auch nicht unhöflich sein, also verstaue ich das ganze Zeug in meinen Jackentaschen. Bei der ganzen Transaktion hat er nicht ein einziges Mal den Kopf gehoben.

Hinter dem schwarzen Vorhang sind rings um den Raum noch mehr Vorhänge, hinter denen sich wiederum Nischen verbergen.

Hier und da stehen Glasschüsseln mit Kondomen und Gleitmittel, und überall ist rotes Licht. Die meisten Leute sitzen da, unterhalten sich und lassen sich nicht stören. Die meisten. Ein paar drehen sich bei meinem Eintreten zu mir um. Aber sie sehen sofort, dass ich keiner der Ihren bin, und widmen sich wieder dem, was sie gerade tun.

Auf einem Barhocker in der Mitte hockt ein junger Typ, so gut aussehend, dass er als Model durchgehen könnte, und nur mit einem Bademantel bekleidet. Er hat die Augen auf nichts Bestimmtes gerichtet, also gehört er vermutlich zum Personal und nicht zu den Gästen.

Ich gehe zu ihm und sage: »Ich will zu Ginny.«

Sein Blick schweift kurz zu einer Tür, die teilweise von einem roten Vorhang verdeckt ist. »Kenne ich nicht.«

»Wetten, dass doch?«

Ich mache mir nicht die Mühe anzuklopfen. Vielleicht hätte ich das lieber doch tun sollen.

Ginny steht in der Mitte des Raums. An den steinernen Wänden brennen Kerzen, und es sieht aus wie in einem Verließ. Sie trägt einen Lederanzug, der ihr bis knapp über die Knie geht, dazu hohe Lederstiefel und eine schwarze Perücke mit langen Haaren und Ponyfrisur.

Als ich die Tür hinter mir schließe, wirft sie einen Blick über die Schulter, beugt sich ein Stück vor und nestelt an irgendwas in ihrem Schritt herum. Auf dem Betonboden vor ihr ist eine Plastikplane ausgebreitet, und darauf liegt ein gut aussehender Mann in einem grauen Anzug. Der Anzug sieht aus, als hätte jemand eine Flasche Wasser darauf ausgeschüttet, aber aus dem Geruch lässt sich schließen, dass da etwas ganz anderes vonstatten ging.

»Himmel noch mal, Ash!«, fährt Ginny mich an.

Der Typ auf dem Boden hebt den Kopf und sagt: »Also, ich habe kein Problem damit.«

»Soll ich wieder gehen?«, frage ich Ginny.

»Wir sind doch alle erwachsen«, gibt sie zurück. »Aber nächstes Mal klopfst du an.« Da das geklärt ist, fügt sie mit einem Lächeln hinzu: »Du hast meine Nachricht also bekommen. Ach, und …« Sie zeigt auf meinen Kopf. »Nimm das Ding ab.«

Ich nehme den Hut ab und behalte ihn in den Händen. Der Mann auf dem Boden bleibt einfach liegen, und das irritiert mich. Als Ginny das bemerkt, wedelt sie mit der Hand, worauf der Mann aufsteht. »Das ist mein Anwalt, Ash.«

Der Typ streicht sich den nassen Anzug glatt. Er kommt mir vage bekannt vor. Als er mir lächelnd die Hand reicht, sehe ich, dass sie nass ist, und sage: »Lieber nicht.«

Er nickt und senkt den Kopf wie ein Hund, der auf eine Anweisung wartet.

»Also, das ist die peinlichste Situation, die ich je erlebt habe«, sage ich. »Wie wäre es, wenn wir schnell zur Sache kommen würden?«

Ginny schnippt mit den Fingern, woraufhin der Anwalt in eine der Ecken geht, um die Aktentasche zu holen, die dort an der Wand lehnt.

»Lassen Sie sie einfach da stehen!«, rufe ich und kann ihn damit gerade noch davon abhalten, sie anzufassen.

Daraufhin geht er zu Ginny zurück, die ihm auf die Schulter klopft und sagt: »Warte lieber draußen.«

Er nickt wieder und verschwindet durch die Tür, die nach hinten führt.

»Also echt, Ginny, was war denn das?«, sage ich, nachdem der Anwalt die Tür hinter sich geschlossen hat.

»Tut mir leid, Herzchen.« Sie zuckt die Achseln. »War nicht so geplant, aber ich konnte ja nicht ahnen, dass du so schnell hier bist. Und wenn du angeklopft hättest, hätte ich unser Treffen in einen anderen Raum verlegt. Er ist einer der besten Anwälte in der Stadt, und wir haben da so ein ... Arrangement.«

»Das darin besteht, von dir angepisst zu werden?«

»Urophilie heißt das im Fachjargon.«

»Warum hast du mich gerufen?«

Ginny zeigt mit dem Kopf auf die Aktentasche. »Wegen dem Gefallen, den du mir schuldest – du sollst jemand die Tasche da bringen.«

»Das ist alles?«

»Das ist alles, Herzchen. Visitenkarte mit Adresse liegt obendrauf. Du gibst sie einem Mann namens Rex. So schnell und geräuschlos wie möglich. Dich sehen zu lassen reicht aus. Man muss dich dabei nicht hören. Und keine Namen!«

»Klingt ganz einfach.«

»Nichts ist jemals einfach. Bei den Latinos schon mal gar nicht. Die sind ziemlich reizbar.«

»Ist das nicht ein bisschen rassistisch?«

Ginny stößt einen Seufzer aus. »Mein ganzes Leben lang wurde ich getreten, weil ich bin, wer ich bin. Selbst in einer liberalen Hochburg wie New York schlagen mir oft Vorurteile entgegen, und ich werde lächerlich gemacht. Ich habe eine Menge aufgestauten Ärger in mir, dem ich hin und wieder mal Luft machen muss.« Und dann fügt sie mit einem Lächeln hinzu: »Aber du weißt ja selbst, wie das mit aufgestautem Ärger ist, oder?«

»Kann sein.« Ich durchquere den Raum und nehme die Aktentasche. »Hör mal, ich weiß, dass ich damit etwas abarbeite, was ich dir schulde, aber könntest du mir vorübergehend fünf Scheine leihen? Ich brauche sie für etwas echt Wichtiges. Und ich zahle sie dir schnellstens zurück.«

»Ich habe nichts Bares bei mir. Komm einfach noch mal vorbei, wenn du den Auftrag erledigt hast.«

Ich werfe einen Blick auf die Adresse. Sie ist in Hell's Kitchen. Oder in Clinton, wie die Yuppies neuerdings sagen, bezogen auf den nach einem Gouverneur und nicht nach dem ehemaligen Präsidenten benannten Park. »Warum ich?«, frage ich Ginny. »Gibt es sonst niemand, der das für dich erledigen kann?«

»Samson ist anderweitig beschäftigt, und du bist der einzige Mensch, den ich kenne, den es nicht interessiert, was in der Aktentasche ist, und der sie nicht öffnen wird. Na ja, vielleicht sollte ich es trotzdem ausdrücklich erwähnen: Bitte nicht öffnen.« Nach kurzem Schweigen fügt Ginny hinzu: »Und noch was.«

»Was denn?«

»Wie ich gehört habe, soll es heute Abend regnen. Gut, dass du immer deinen Schirm bei dir hast.«

»Der Himmel ist nahezu wolkenlos, Gin.«

»Oh, ich weiß. Aber besser, man hat ihn bei sich, auch wenn man ihn dann doch nicht braucht.«

*

Am Eingang zur U-Bahn steht ein Klapptisch mit ein paar Cops, die Kontrollen durchführen und mich prompt rausfischen. »Würden Sie bitte die Aktentasche öffnen?«, fragt mich ein schlaksiger junger Officer mit rotblondem Haar.

»Wie geht es Ihrer Frau?«

Sofort nimmt er Haltung an. »Wie bitte?«

»Tut mir leid, falls ich Sie verwirrt habe, aber ich dachte, wir spielen hier das Spiel ohne Grenzen, wo jeder die Grenzen des anderen übertritt.«

»Die Aktentasche, Sir.«

»Das können Sie vergessen.«

Er verschränkt die Arme, und seine Kollegen bauen sich hinter ihm auf, als wollten sie auf dem Schulhof jemand einschüchtern. »Dann können Sie nicht mit der U-Bahn fahren.«

»Dann eben nicht. Gibt genug andere Wege.«

Ich drehe mich auf dem Absatz um und bin weg, bevor die noch auf die Idee kommen, mich zu filzen. Ich schätze, die müssen ab und zu mal einen Weißen rauspicken, damit ihnen keiner vorwerfen kann, sie würden ein rassistisches Profiling betreiben.

Ich weiß noch, dass Snow White mal einen Preisaufschlag auf das Produkt, das sie vertreibt, nehmen musste, weil ihre Kuriere nicht mit der U-Bahn fahren konnten. So ist das nun einmal mit den Zeiten. Sie ändern sich.

*

Ecke 43. und Sechste bleibt das Taxi im Verkehr stecken. Es wäre natürlich besser gewesen, schon weiter südlich die Stadt zu durchqueren, als noch die Chance durchzukommen bestand. Einen laufenden Taxameter kann ich mir nicht leisten, also sage ich dem Fahrer, dass er mich hier absetzen soll, und drücke ihm den Rest Geld in die Hand, den ich noch bei mir habe. Jetzt bin ich also erst mal pleite. Ich kann nur hoffen, dass Ginny ihr Versprechen hält.

Nachdem ich ausgestiegen bin, gehe ich in Richtung Westen, und je mehr ich mich dem Times Square nähere, desto deutlicher kribbelt mir das Neonlicht wie ein Insektenschwarm auf der Haut.

Auf der Seventh Avenue ist es dann so hell, dass ich – wenn ich es nicht besser wüsste – schwören könnte, es sei noch früh am Tag. Die flimmernden Riesenbildschirme und gigantischen Werbetafeln saugen den dunklen Himmel geradezu aus und hinterlassen ein farbloses Vakuum.

Die Straße zu überqueren ist kein Problem, weil der Verkehr längst zum Erliegen gekommen ist, aber mit jedem weiteren Schritt werden die Menschenmassen dichter und die Luft feuchter. Und plötzlich bin ich mittendrin und werde von der Menge geschluckt. Alle möglichen Sprachen schlagen mir entgegen, zahllose Menschen mit Bauchtaschen rennen planlos herum und wissen überhaupt nicht, wohin sie eigentlich wollen. Ständig stehen mir irgendwelche Leute im Weg, und ich muss mich an ihnen vorbeischieben oder um sie herumtänzeln, als wäre ich in einem absurden Ballett. Über einen Mann, der mitten auf dem Bürgersteig stehen bleibt und sich bückt, um sich den Schuh zuzubinden, gerate ich beinah ins Straucheln.

Es ist wie in den Filmen, wo die Leute von einer Horde Zombies verfolgt und überrannt werden. Jetzt weiß ich ganz genau, wie die sich fühlen. Und dann der ganze Lärm. Überall Lärm. Lautes Gehupe und hektisches Geschrei, und aus den Restaurantketten dröhnen einem auch noch irgendwelche Hits aus den Top 40 entgegen. Alles eine unfassbare Kakofonie. Ich knie mich mitten auf dem Bürgersteig neben einem Pflanzenkübel hin, stecke mir die Stöpsel in die Ohren und stelle die Dictators auf volle Lautstärke, um das Ganze zumindest teilweise auszublenden.

Schon früher war hier einer der Hauptumschlagplätze für Crack oder Handjobs. Drogen oder käuflichen Sex gibt es immer noch, aber jetzt kommen die Beteiligten größtenteils aus Zentralamerika.

Auf der Westseite der Seventh Avenue rollt der Verkehr etwas besser, aber da ich keine Lust habe, an der Ampel stehen zu bleiben, dränge ich mich vor und laufe um Taxis und Busse herum, bis ich auf der anderen Straßenseite bin. Dort manövriere ich mich zielstrebig in Richtung der weniger belebten Seitenstraßen. Und als ich endlich dort angelangt bin, hole ich erst mal tief Luft.

Abseits vom Times Square ist es auf der 43. etwas ruhiger. Ich komme an Vorstadtkids vorbei, die sich zum ersten Mal in die große Stadt gewagt haben, und an Touristen, die vor den Theatern Schlange stehen und ängstlich ihre Kinder an der Hand halten. Und an den Schwarzmarktverkäufern, die mir zerknitterte Tickets für Broadway-Musicals andrehen wollen, die auf Disney-Filmen basieren.

Ab und zu begegnen mir andere Einheimische, die genauso verloren und entsetzt wirken wie ich und die ich mit dem gleichen wissenden Kopfnicken grüße wie sie mich.

Das Gebäude, zu dem ich gehen soll, liegt fast am Wasser. Der Kontrast zwischen Hell's Kitchen und dem Square ist verblüffend. Es ist hier so leise, dass ich unten auf der Straße den laufenden Fernseher aus einer Wohnung im zweiten Stockwerk hören kann.

Die Adresse zu finden ist kein Problem. Es handelt sich um eins dieser unspektakulären Backsteingebäude, die man wahrscheinlich übersehen würde, wenn man nicht gerade danach sucht. Neben einer Metalltür sind eine Reihe Klingelknöpfe angebracht, aber alle unbeschriftet, sodass ich erst mal wie der Ochse vorm Berg dastehe, bis mir die Überwachungskamera über dem Eingang auffällt. Ich halte die Aktentasche hoch und sage: »Lieferservice.«

Umgehend ertönt der Summer. Im Treppenhaus riecht es nach scharfen Putzmitteln und anderen Chemikalien, die ich nicht einordnen kann. Aus einer der Wohnungen kommt ein übergewichtiger Latino. Er trägt Designerjeans, Sneakers und ein weißes T-Shirt. Das T-Shirt ist so lang, dass es ziemlich lächerlich aussieht, aber sein Gesichtsausdruck verrät, dass es hier nichts zu lachen gibt. Er bedeutet mir, ihm zu folgen, und automatisch taste ich nach dem Schirm in den Gürtelschlaufen.

Vielleicht ist ja tatsächlich Regen angesagt, und ich hätte das vorher noch mal selbst prüfen sollen. Beim Anblick der Überwachungskameras im Treppenhaus sinkt mein Mut ein Stück tiefer. Als wir im ersten Stock ankommen, ist mir das Herz vollends in die Hose gerutscht.

Der Übergewichtige bringt mich zu einer Tür, die in ein weiteres Treppenhaus führt. Dort dreht er mich um und schubst mich an die Wand. Er tastet mich von oben bis unten ab und kontrolliert sogar meine Taschen. Keine Chance, dass mein Schirm die Kontrolle passiert. Sobald er merkt, wie schwer der ist, kriege ich ein Problem.

Also spiele ich die einzige Karte aus, die ich auf die Schnelle ziehen kann, und sage: »Willst du mich nicht erst mal zum Essen ausführen, bevor ich dir die volle Leibesvisite gewähre, Schätzchen?«

»Schwuchtel«, sagt er.

»Immer schön nett bleiben. Kann ich jetzt zu Rex?«

»T. Rex?«

»Wie?«

»Wie Tyrannosaurus. Wie: Der lässt von einer Tunte wie dir nichts mehr übrig.«

»Geht's noch? Bin ich hier jetzt etwa die Schwuchtel?«

Er öffnet die Tür zu einem Apartment, und dabei ist nicht zu übersehen, wie angewidert er ist. Vielleicht sollte ich ihm noch einen blöden Spruch reindrücken, bloß um ihn ein bisschen zu ärgern. Ungeachtet meines Hangs zu fatalen Fehlentscheidungen lasse ich das dann doch lieber bleiben.

Direkt hinter der Tür liegt ein kleiner Raum. In der Mitte steht ein Mahagonischreibtisch, rings herum sind nur kahle Wände. In der hinteren Wand ist noch eine Tür.

Und es gibt keine Überwachungskamera.

Hinter dem Schreibtisch sitzt ein geschniegelter Typ. Einer von der Sorte, die Stunden damit verbringen, sich die Augenbrauen zu zupfen. Unter seinem linken Auge sind drei Tränen eintätowiert, was bedeutet, dass er drei Leute umgebracht hat oder will, dass man das glaubt.

»Du hast was für mich«, sagt er. Das hört sich nicht wie eine Frage an, und er richtet den Blick dabei nicht auf mich, sondern auf die Aktentasche. Sein Ton hat etwas Herablassendes an sich.

Solche Typen jagen mir eine höllische Angst ein, weil sie zu denen gehören, die der Ansicht sind, bei Scarface' Tod sei es um Ehre gegangen und nicht um Buße.

Der homophobe Übergewichtige hat den Raum nicht verlassen. Er steht hinter mir. Zwischen mir und dem Schreibtisch sind noch zwei Typen. Beide im gleichen blauen Jeansoutfit, und sie stehen so reglos da, dass man nicht merkt, ob sie überhaupt atmen. Ich komme mir vor, als würde ich von zwei Ritterrüstungen flankiert, die nur zur Deko da sind.

Mein neuer Freund nimmt mir die Aktentasche aus der Hand und bringt sie seinem Boss.

»Tja, Jungs, war nett euch kennenzulernen, aber ich muss dann mal wieder«, sage ich und hebe lässig die Hand. »Bevor ihr fragt, nein danke, ich will nichts zu trinken. Bis demnächst also.«

»Erst wird gezählt«, sagt T. Rex.

Irgendwie behagt mir das nicht. Normalerweise bin ich bei solchen Gelegenheiten immer längst fort, wenn das Geschenk ausgepackt wird, und bekomme gar nicht mit, was es ist.

Jetzt öffnet T. Rex die Aktentasche, und die beiden Jeansjacken gehen in Habtachtstellung, als würden sie sich für etwas bereit machen. Sofort präge ich mir genau ein, wer wo steht. Wenn das hier den Bach runtergeht, muss ich schnell sein. Der Homophobe sah mir nicht danach aus, als wäre er bewaffnet, aber es kann gut sein, dass die beiden Jeanstypen geholstert sind. Das heißt, die muss ich zuerst ausschalten.

Wenn T. Rex allerdings auch eine Waffe trägt, könnte es knapp werden.

Aber vielleicht steigere ich mich auch in etwas hinein. Ginny mag sein, wie sie will, aber sie ist immerhin eine Freundin. Ich kann mir nicht vorstellen, dass sie mich in vier offene Messer laufen lässt.

»*Mamahuevo!* Was für eine Scheiße ist das denn?«

Oder doch?

T. Rex kippt den Inhalt der Aktentasche auf den Tisch. Und heraus fallen bündelweise mit Gummibändern zusammengehaltene bunte Monopoly-Geldscheine.

Noch bevor das Spielgeld die Schreibtischplatte berührt, habe ich den Schirm in der Hand. Ich schwinge ihn in Richtung des Typen, der mir am nächsten steht, fahre den Schirm aus und breche ihm damit den Unterkiefer. Dann nutze ich den Schwung und verpasse dem auf der anderen Seite einen Ellbogencheck gegen die Kehle. Noch bevor die beiden am Boden liegen, ist der Homophobe bei mir, reißt mich hoch und schleudert mich gegen die Wand. Die ist aus billigem Rigips, sodass sich meine Umrisse wie ein Schnee-Engel daran abzeichnen. Und dann lande ich auf dem Hintern.

Der Schirm rutscht über den Boden, und bevor ich wieder auf den Beinen bin, hält der Homophobe ihn in der Hand. Mittlerweile hat er kapiert, warum ich ihn bei mir habe. T. Rex sitzt währenddessen mit verschränkten Armen an seinem Schreibtisch und sieht sich das Spektakel an.

Der Homophobe holt wie mit einem Baseballschläger aus. Ich mache einen Satz zurück, aber trotzdem trifft der Schirm mich am Arm. Zum Glück nicht fest genug, ihn mir zu brechen.

Der Homophobe ist schneller und wendiger, als er aussieht, aber wachsam ist er nicht. Er achtet nämlich nicht auf seine Deckung, nachdem er mit dem Schirm ausgeholt hat, und das gibt mir die Gelegenheit, ihm meine Faust in die Niere zu rammen. Er biegt sich vor Schmerz und streckt sich mir dabei so entgegen, dass ich nur meine verschränkten Hände hochreißen und sie auf seinen Brustkorb krachen lassen muss, und schon liegt er am Boden und rührt sich nicht mehr.

T. Rex hat sich aus seinem Schreibtischsessel erhoben, aber ich bin bei ihm, während er noch seine Waffe zieht. Es ist eine kleinkalibrige Pistole mit sechs Schuss, genug, in einem kleinen Raum wie dem hier viel Schaden anzurichten. Ich hole mit dem Schirm aus und treffe den Kerl an der Schläfe. Er klappt sofort zusammen, wobei er allerdings noch einen Schuss abfeuert, der mich am Oberschenkel streift.

Das Adrenalin schießt so durch mich hindurch, dass ich keinen Schmerz spüre. Es fühlt sich nur heiß und eng an, so als würde mir jemand mit festem Griff das Bein abdrücken. Die Pistole ist T. Rex aus der Hand gefallen, und mit meinem unverletzten Arm verpasse ich ihm noch einen Schlag, der ihm endgültig die Lichter ausbläst.

Mir rauscht das Blut in den Ohren. Und es tropft aus der Wunde an meinem Bein. Auf dem Schreibtisch liegt ein Stück Papier. Darauf steht dick und fett in verschnörkelter Schönschrift: *Mit freundlichen Grüßen vom Hipster-King.*

T. Rex liegt stöhnend vor mir. Ich trete ihm ein paarmal in die Rippen, weniger weil er mich umlegen wollte, als vielmehr wegen dem dämlichen Namen. Bevor ich gehe, überprüfe ich noch seine Taschen und nehme ihm die Brieftasche ab. Darin sind ein paar große Scheine mit hohen Zahlen. Ich stecke die Brieftasche ein, nehme den Schirm und mache, dass ich wegkomme.

*

Wie stark ich blute, weiß ich nicht, weil ich das auf der schwarzen Jeans nicht erkennen kann. Jedenfalls fühlt sich alles um die Wunde herum warm an und ist geschwollen. Sobald ich das Gewicht auf mein verletztes Bein verlagere, schießt mir ein stechender Schmerz durch den Oberschenkel. Ich halte nach einem Taxi Ausschau, aber in dieser Entfernung zum Times Square finde ich natürlich so schnell keins.

Als ich die belebteren Straßen erreiche, entdecke ich einen fliegenden Händler, der Miniatur-Freiheitsstatuen, I-love-NY-T-Shirts und bunte Halstücher verkauft. Ich schnappe mir ein schwarzes Halstuch und drücke ihm einen Schein aus der Brieftasche von T. Rex in die Hand, ohne darauf zu achten, was für einer das ist. Dann humple ich in einen dunklen Eingang und binde mir mit dem Halstuch den Oberschenkel ab. Scheiße, Mann! Jetzt spüre ich den Schmerz wirklich.

Kaum habe ich das erledigt, hinke ich weiter in Richtung Osten. Dabei wage ich es nicht, einen Blick über die Schulter zu werfen und hinter mir auf das laute Klicken von mit Metallkappen versehenen Absätzen zu lauschen. Oder auf sonst was, was darauf hindeutet, dass ich mir gleich noch eine Kugel einfange, eine, die gezielter abgefeuert wird.

Je näher ich den grellen Neonlichtern der Stadt komme, desto mehr wird der mitternächtliche Himmel zu einem diffusen weißen Nebel, der die Dunkelheit in meinem Rücken nur noch verstärkt.

Immer schön auf das weiße Licht zugehen. Was ein Witz, das Ganze.

Auf einmal biegt ein freies Taxi um die Ecke. Ich winke es heran, und als der Fahrer auf der anderen Straßenseite rechts ranfährt, humple ich eilig hinüber und will sofort hinten einsteigen. Die Tür ist jedoch verriegelt. Der Fahrer lässt das Seitenfenster runter und fragt mich, wohin ich will. Damit er ablehnen kann, wenn es nicht die Richtung ist, in die er will.

Ich beuge mich zu ihm hinunter und setze mein Gesicht auf, das besagt: Komm du mir jetzt nicht auch noch blöd. Das kapiert er sofort und entriegelt die Türen. Ich steige ein und strecke mich auf der Ledersitzbank aus, wobei ich darauf achte, sie nicht mit dem blutenden Oberschenkel zu berühren. Nicht wegen dem Schmerz, aber was weiß denn ich, was heute Abend auf der Sitzbank schon alles abgegangen ist.

Der Taxifahrer fragt mich nicht, wohin ich will, sondern sieht mich im Rückspiegel nur fragend an, während die hupende Schlange hinter ihm immer länger wird. Als er einen kurzen Blick darauf richtet, wirken seine blutunterlaufenen Augen äußerst müde.

Nach Hause geht nicht. Ich habe ja kein Zuhause mehr. Bombay wird mich so nicht reinlassen. Jedenfalls nicht, ohne mir einen weiteren Vortrag zu halten, der dann wieder im Streit endet. Ginny könnte mich zu einem Arzt schleusen, der den Mund hält. Aber wer weiß, ob sie mich nicht doch zu den Latinos geschickt hat, damit die mich abknallen. Also fällt mir nur noch ein Ort ein, wo ich unterkommen kann.

»Brooklyn«, sage ich zu dem Fahrer. »Greenpoint. Erst mal über die Driggs Avenue, von da aus weiß ich den Weg.«

Er fährt los. Im Rückspiegel kann ich nur seine Augen sehen, aber allein daran erkenne ich, dass ihm die Tour kein Lächeln ins Gesicht zaubert. Um die Uhrzeit ist es nämlich unwahrscheinlich, dass er eine Fahrt zurück nach Manhattan bekommt. Ich würde ihm gern sagen, dass ich eine blutende Wunde habe, damit er ein bisschen nachsichtiger mit mir ist, aber dann würde er mich wahrscheinlich sofort raussetzen.

Das Taxi riecht nach Lufterfrischer, nach irgendwas, was es in der Natur gar nicht gibt. *Frische Brise* oder *Gebirgsfrische* oder was weiß ich. Der Boden sieht aus, als hätte gerade erst jemand Staub gesaugt. Die Risse in der Ledersitzbank sind mit Isolierband geklebt. Aus dem Radio kommt leise spanische Musik. Best-Case-Szenario, was Taxis angeht.

Der Bildschirm an der Trennscheibe leuchtet auf, und der Wetterbericht wird eingeblendet. In den nächsten drei Tagen immer wieder Regenschauer. Danach erscheint eine hübsche Brünette, die an einem Redaktionstisch sitzt und über die deutlich sinkende Verbrechensrate in der Stadt spricht. Ihre Stimme klingt angenehm beruhigend.

Dann läuft eine Serie, die in der Upper West Side gedreht wird und in der es um irgendwelche Yuppiekids geht, die wie in einer Expertenrunde rumsitzen. Ich tippe auf den Touchscreen und schalte die Sendung aus. Der Bildschirmschoner beleuchtet meine blutigen Fingerabdrücke. Ich wische sie mit dem Jackenärmel ab.

Dann ziehe ich das Handy aus der Hosentasche, tippe mich bis zu Ginnys Nummer durch und schicke ihr eine Textnachricht: **Lebe noch, Arschloch.**

Das Taxi bleibt vor einer roten Ampel stehen. Ich klappe das Handy zu und halte es mir an die Brust. Denke an Sonnenschein und Cupcakes. Nicht an das Stück Fleisch, das mir aus dem Bein geschossen wurde, und den weißen Feuerball aus Schmerz, der da jetzt stattdessen ist. Ich ziehe die Brieftasche von T. Rex hervor und zähle das Geld. Fast dreitausend. Na, das ist doch schon mal ein Silberstreif.

Als das Taxi weiterfährt und abbiegt, klatscht etwas gegen das Fenster. Ich drehe den Kopf zur Seite und sehe, wie ein dicker Regentropfen an der Scheibe herunterläuft und eine schmutzige Spur hinterlässt.

Dann noch einer und noch einer, bis prasselnder Regen die Sicht durch die Scheibe verschwimmen lässt. Der Fahrer bremst den Wagen ab. Um uns herum Gehupe. Mein Handy summt. Ich klappe es auf und lese Ginnys Antwort: **Ich sagte doch, du sollst deinen Schirm mitnehmen.**

ZWÖLF

Diesmal sitzt keiner in einem Wagen vor Chells Haus. Es ist einfach nur eine ruhige Straße in Brooklyn. Das Einzige, was man hört, ist das Windrauschen in den Bäumen am Straßenrand.

Der Schlüssel ist noch da, wo ich ihn wieder versteckt habe, in der Blumentopferde. Die Pflanze ist trotz Regen braun und scheint vertrocknet zu sein. Beim Reiben an einem der Blätter zerbröselt es sofort zwischen den Fingern.

Aber endlich läuft mal etwas wie geplant. Der Schlüssel passt noch. Mittlerweile spüre ich den Schmerz in vollem Ausmaß. Mein Bein brennt höllisch. Deshalb sehe ich zu, dass ich reinkomme, und schließe so leise wie möglich hinter mir die Tür. Dann lehne ich mich an die Wand und lausche. Immer noch alles ruhig.

Die Rollos sind heruntergezogen. Das Apartment ist bis auf ein paar Kartons, die in einer Ecke gestapelt sind, leer. Dann sind Chells Sachen also schon zusammengepackt, oder wie? Wo sollen die eigentlich hin? Vermutlich auf den Müll. Dass jemand aus ihrer Familie kommt und sie abholt, kann ich mir jedenfalls nicht vorstellen.

Ich gehe in die Küche und breite alles auf dem Tresen aus, was ich von den Zwischenstopps der Taxifahrt aus der Bodega und dem Liquor Store mitgebracht habe.

Antiseptika. Mullbinden und chirurgisches Klebeband. Chlorbleiche. Nähzeug, nur für alle Fälle.

Und eine Flasche Jay.

Das Wasser in der Wannendusche wird sofort heiß. Ich ziehe meine Klamotten aus, steige in die Wanne und stelle die Handbrause in der passenden Höhe fest. Das Wasser, das an meinem Bein hinunterläuft, färbt sich rosa und sammelt sich in einem Strudel um den Abfluss.

Die Wunde befindet sich an der Außenseite des Oberschenkels. Sie klafft ein Stück auf, aber nicht so tief, wie ich befürchtet habe. Ich bin mir nicht mal sicher, ob sie überhaupt genäht werden muss. Sieht eher aus wie ein tiefer Kratzer. Glück gehabt! Ich kippe die antiseptische Flüssigkeit darauf, und es brennt so sehr, dass ich sämtliche Muskeln anspanne.

Etwas habe ich dann aber doch nicht vorausgesehen. Da schon alles zusammengepackt oder gar bereits abtransportiert wurde, sind natürlich auch keine Handtücher mehr da. Unter dem Waschbecken liegt immerhin eine Rolle Küchentücher, also nehme ich die zum Trockentupfen, bevor ich mir den Verband anlege. Den wickle ich zunächst lose um das Bein und mache einen Knoten. Dann halte ich den Atem an, während ich ihn festziehe. Es ist, als würde ich von einem Truck verarztet, und ich stoße einen so lauten Schrei aus, dass hoffentlich niemand die Polizei ruft.

Anschließend erneuere ich den Verband am Arm. Und dann schraube ich die Flasche Jay auf. Sofort steigt mir der holzige Whiskeygeruch in die Nase. Ich starre eine Weile auf die Flasche, aber diesmal ohne inneren Konflikt, weil ich von vornherein wusste, dass es so kommen würde. Also nehme ich erst mal einen kräftigen Schluck.

Augenblicklich steigt mir der Alkohol in den Kopf. Und das tut richtig gut.

Ich nehme auf den besonderen Anlass gleich noch einen Schluck. Es ist ja das erste Mal, dass ich angeschossen wurde. Einen Schuss auf den Schuss.

Dann ziehe ich mich an und hocke mich in eine Ecke, die Arme um die Knie gelegt, die Flasche zwischen den Füßen. Abwechselnd trinke ich einen Schluck und ziehe an meiner Zigarette. Die Alchemie von Whiskey und Tabak ist das Beste, was ich in der Hinsicht seit Jahren erlebt habe, und ich halte daran fest, bis ich Angst kriege, dass das Gefühl umschlägt.

Ich richte den Blick auf das leere Apartment und versuche, mir die Einrichtung ins Gedächtnis zu rufen. Den Teppich in der Wohnzimmermitte, ein hellbeigefarbenes Rechteck mit dunkelbraunen Kanten, so schwer, dass man darüber laufen konnte, ohne dass er verrutscht.

Die vielen Kissen, die immer auf dem Boden lagen. Chell saß am liebsten auf dem Boden. Ganz im Gegensatz zu mir, auch wenn ich immer versucht habe, alles gut zu finden, was sie gut fand.

Die Kissen waren eine so wilde Mischung, dass nicht ein einziges zum anderen passte. Eins mit Punkten, eins mit Paisleymuster, eins ganz ohne Muster und ein normales Kopfkissen. Selbst mir als Mann war klar, dass Chell nicht das geringste Gefühl für Farbabstimmung hat.

Hier wohnte sie. Das war ihr Apartment. Abseits von allem, als wäre es ein geheimer Ort. Klein, aber dennoch genau richtig.

Und jetzt ist sie fort. Die Stadt hat sie sich geholt. Diese gottverdammte Stadt. In der niemand diskriminiert wird. Sondern verschluckt und nicht wieder ausgespuckt.

Bevor mir bewusst wird, dass ich betrunken bin, ist die Flasche halb leer. Aber daran, dass ich aus der Übung bin und mir der Alkohol schneller zu Kopf steigt als sonst, bin ich ja selbst schuld. Weil ich mir vorgemacht habe, ich wäre jemand, der ich gar nicht bin.

Plötzlich höre ich an der Wohnungstür ein Geräusch. Als ob jemand einen Schlüssel ins Schloss steckt. Ich sehe, wie sich der Türknauf hin- und herdreht. Obwohl ich weiß, dass das unmöglich ist, hofft der benebelte Teil von mir darauf, dass Chell das Apartment betritt. Darauf, dass sie kopfschüttelnd vor mir steht, sich hinkniet, mich in die Arme nimmt und mir sagt, dass ich mehr bin als die Summe meiner Fehler.

Die Tür geht auf, und ein junges Pärchen kommt rein. Er mit dichtem, akkurat gestutztem Vollbart und in einem karierten Holzfällerhemd. Sie mit einem Rock über den Jeans und lila Lederjacke. Sie lachen beschwingt, aber das vergeht ihnen, sobald sie mich in der Ecke sitzen sehen. Wir starren uns an.

Dann fragt der Typ mich: »Was hast du in unserer Wohnung verloren?«

»Eure Wohnung!«, erwidere ich und stehe auf. »Eure Wohnung? Chells Leiche ist noch nicht mal kalt.«

Der Typ packt mich am Arm. »He, Mann, hast du was eingesteckt?«

Ich lege ihm die flache Hand an die Stirn und drücke ihn auf den Boden. Die Frau weicht an die Wand zurück und holt ihr Handy aus der Tasche. Und ich sehe zu, dass ich wegkomme, bevor die Cops auflaufen.

*

Du hast nie über mich geurteilt, Chell. Aber du hast auch nie akzeptiert, wie ich wirklich bin.

Ich erinnere mich noch an den Abend, wo im Apocalypse die komische Aufführung stattfand. Es wurde eine Folge von *California High School* nachgespielt, die, in der Jessie Spano zu viele Koffeinpillen schluckt. Ein paar Kids, die wie die Darsteller in der Sitcom angezogen waren, haben das nachgespielt, als wäre es ein Shakespeare-Stück.

Als die Vorführung zu Ende war, saßen wir noch mit ihnen zusammen und haben was getrunken. Das war in einer der Phasen, wo bei uns beiden eigentlich Funkstille herrschte. Ich hatte in der Zeit was mit einer anderen Frau, und du hattest mit so einem Typen angebändelt. Keine Ahnung, was mit Quinn war, jedenfalls sind wir irgendwie getrennte Wege gegangen. Wobei es allerdings unvermeidlich war, dass die sich ab und zu kreuzten.

Ich mochte den Typen nicht. Er hat stundenlang darüber gelabert, was er unter guten Filmen und Büchern verstand, und alle, die es wagten, ihm zu widersprechen, waren für ihn sofort gestorben. Als hätte niemand das Recht, anderer Meinung zu sein. Dabei war er bloß irgendjemand von irgendwoher, jemand, der so aufgeblasen war, dass es schon auf den Boden triefte. Du hast dir nicht mal die Mühe gemacht, ihn mir vorzustellen.

An dem Abend hattest du ein schwarzes Kleid und gelbe Schuhe an. Und du hattest dir die Haare hochgesteckt, als kämst du gerade von einer Promiparty. Ich tat mein Bestes, dich zu ignorieren, was natürlich danebenging. Gerade als ich angenehm benebelt war, habe ich nämlich etwas aus den Augenwinkeln gesehen.

Er hat dir einfach eine runtergehauen.

Du hast das ungerührt weggesteckt, hast nicht mal mit der Wimper gezuckt, und nichts gesagt. Ihn nur so scharf angesehen, dass er einen Schritt zurückgewichen ist.

Dabei hat er mich angerempelt. Ich habe ihn an den Haaren

gepackt und nach draußen geschleift, ihn zu Boden geschleudert und ihm gesagt, er soll wieder aufstehen. Und wenn er sich mit jemand prügeln will, dann mit einem, der so kräftig ist wie er. Vor lauter Angst hat er die Augen so weit aufgerissen, dass sie ihm fast aus dem Kopf gefallen sind.

Eigentlich wollte ich ihm den ersten Schlag überlassen. Es hätte sowieso kein Weg daran vorbeigeführt, dass ich ihn krankenhausreif schlage. Aber er hat zu lange gezögert. Also habe ich ausgeholt. Und dann bist du dazwischengegangen. Ohne ein Wort zu sagen. Du hast mich nur genauso scharf angesehen wie vorher ihn. Ich wollte mich an dir vorbeischieben, aber du hast die Arme um mich gelegt, und ich bin sofort weich geworden, weil ich nicht riskieren wollte, dass du etwas abbekommst. Der Typ ist aufgestanden und einfach abgehauen.

Dann hast du mich gefragt: »Was sollte das denn werden?«

»Er hat dich geschlagen.«

»Ja. Mich. Ich bin ein großes Mädchen, Ashley. Ich brauche niemand, der meine Kämpfe ausficht.«

»Das hat doch damit nichts zu tun. Männer haben Frauen nicht zu schlagen. So lautet die Regel.«

»Welche Regel?«

»Ist doch egal. Es ist einfach eine Regel, und ich werde nicht zusehen, wie dich jemand schlägt und dann so tut, als wäre nichts gewesen.«

»Dann bist du also Richter und Geschworene in einem?«

»Darum geht es doch gar nicht, Chell.«

»Willst du mir hier eine Moralpredigt halten? Oder hast du nur jemand gebraucht, den du verprügeln kannst?«

»Wenn du dir von irgendwelchen Typen Ohrfeigen abholen willst, ist das natürlich dein gutes Recht.«

»Manchmal glaube ich, das käme dir sogar ganz gelegen. Du behandelst mich nämlich ständig so, als wäre ich ein hilfloses kleines Mädchen, das unter die Räder kommt, wenn es nicht unter deinem Schutz steht. Aber so machst du es ja mit jedem.«

Ich wollte etwas erwidern, aber dazu hast du mir keine Gelegenheiten mehr gelassen. Du hast dich einfach auf dem Absatz umgedreht und bist gegangen. Ich habe da gestanden und dir hinterhergesehen, bis du um die nächste Ecke verschwandst und ich merkte, dass mich alle anstarrten. Da habe ich so getan, als würde ich hinter dir herlaufen, bin aber nicht wie du in Richtung Westen abgebogen, sondern nach Norden, zu mir nach Hause.

Danach haben wir eine ganze Zeit lang nicht mehr miteinander gesprochen.

*

Erst als ich in der U-Bahn sitze und gegen die Müdigkeit ankämpfe, damit ich die Station, wo ich aussteigen muss, nicht verpasse, geht mir wieder die Frage durch den Kopf, die ich Ginny stellen muss: Hat sie wirklich in Kauf genommen, dass ich umgelegt werde?

Dass es Ärger geben würde, war ihr klar. Deshalb hat sie mich auf den Schirm hingewiesen. Ginny kennt mich. Sie weiß: Wenn es sein muss, boxe ich mir den Weg frei. Vielleicht hat sie deshalb ausgerechnet mich zu den Latinos geschickt. Um denen auf ihre Art eine Botschaft zu übermitteln, eine Botschaft an T. Rex. Über den Namen komme ich immer noch nicht weg. Wie kommen solche Leute nur immer auf so dämliche Namen?

Sie wollte es aussehen lassen, als hätte der Hipster-King das arrangiert. Ich verstehe allerdings nicht, warum sie mich dann nicht eingeweiht hat.

Es sei denn, sie wollte mich opfern. In dem Wissen, dass ich dabei noch ein paar Leute mitnehme. Weil es Akteure gibt, die wertvoller für sie sind als ich. Mit Samson würde sie ihre Einmannarmee verlieren. Ich dagegen bin ihr nur ab und zu nützlich. Da ist die Kosten-Nutzen-Analyse ziemlich eindeutig.

Ich kann mir jetzt keine weiteren Gedanken darüber machen. Mir brummt schon der Kopf. Ich beuge mich vor und stütze ihn mit geschlossenen Augen auf die Hände. Dann werfe ich einen Blick auf meine Handfläche. Die Schrift ist abgewaschen, aber ich sehe sie noch vor mir.

Du hast es versprochen.

Wer hat was versprochen?

Ich sehe Chells Gesicht vor mir. Schmerzverzerrt.

»He«, höre ich jemand sagen.

Ich hebe den Kopf. Mir gegenüber sitzt ein Obdachloser mit bräunlich grauem Haar, das in sauberem Zustand vermutlich weiß wäre. Sein Gesicht ist zerfurcht und schmutzig. Erst jetzt wird mir bewusst, woher der Geruch nach gärendem Müll kommt, über den ich mich schon gewundert habe und vor dem die anderen Fahrgäste in den hinteren Teil geflüchtet sind.

»He«, sagt der Oberdachlose noch mal. »Kann ich einen Schluck haben?« Er zeigt auf die Flasche Jay zwischen meinen Knien.

Eigentlich dürfte ich hier gar nicht mit einer geöffneten Flasche sitzen. Ich habe Glück, dass mir deswegen noch keiner vom Wachpersonal Stress gemacht hat. Es ist sowieso nur noch ein kleiner Schluck übrig. Den genehmige ich mir und werfe die Flasche dann in den hinteren Teil des Abteils, wo sie zerschellt, was wiederum die Leute aufschreckt, die da sitzen.

Dann antworte ich laut und deutlich: »Nein.«

»Arschloch«, brummt der Obdachlose.

»Wie war das? Kannst du das wiederholen?«

»Arschloch«, wiederholt er eine Oktave höher.

»Sag das doch noch mal! Dann komme ich nämlich zu dir und breche dir die Kiefer.«

Vom anderen Ende höre ich jemand flüstern: »Sollten wir vielleicht die Notbremse ziehen?«

Ich schließe die Augen. »Finger weg von der Notbremse, sonst bleiben wir zwischen zwei Stationen stehen, und dann sitzt ihr erst mal mit uns beiden fest. Mal im Ernst: Was ist eigentlich mit den Leuten in dieser dämlichen Stadt los?«

Die anderen Fahrgäste bleiben stumm. Und es ist ein Glück für sie, oder auch für mich, dass ich an der nächsten Station aussteigen muss.

*

Ich trinke also wieder. Herzlichen Glückwunsch! Da kann ich ja nur hoffen, dass ich jetzt irgendeinem der Schwachköpfe in die Arme laufe, die mich umlegen wollen. Als Bonus sozusagen. Und dann wollen wir mal sehen, wie das ausgeht.

Ich mache einen Zwischenstopp im Apocalypse. Der Laden ist brechend voll. Es sind noch mehr Leute da als bei der Gedenkfeier für Chell, mehr, als ich hier je gesehen habe. Ich kämpfe mich an den Massen von Collegekids vorbei bis zum Tresen. Es ist genauso schlimm wie letztens im St. Dymphna's.

Dave hebt den Kopf und macht ein ratloses Gesicht. »Keine Ahnung, wo die alle herkommen, Mann.«

»Scheiß drauf. Gib mir einen Whiskey.«

»Schön zu sehen, dass du wieder unter den Lebenden bist.« Er schenkt mir ein großes Glas ein und sieht mich dann prüfend an. »Ash, was ist los?«

In Chells Badezimmer hing ein Spiegel, und den habe ich aus gutem Grund ignoriert. »Du müsstest mal die anderen vier Typen sehen. Die werden garantiert jeden Moment auf der Intensivstation wach.«

Dave kommentiert das nur mit einem Kopfschütteln. Dann sagt er: »Deine Cousine ist hier. Hängt unten mit ein paar Leuten ab.«

»Danke für die Info.« Ich ziehe ein paar Scheine aus der Brieftasche von T. Rex. Die nächsten Drinks gehen erst mal auf ihn. »Versorg mich mit Jay, bis die weg sind.«

Dave reicht mir eine Flasche über den Tresen.

»Zum Wohl!«, sage ich und nehme einen Schluck, bevor ich nach unten gehe.

Margo steht mit ein paar Leuten, die ich noch nie gesehen habe, in einer Ecke. Alle trinken PBR-Hipster-Dosenbier. Als sie mich sieht, winkt sie mich zu sich, nimmt meine Hand und verkündet: »Leute, das ist mein Cousin Ash.« Nicht ganz ohne Stolz fügt sie hinzu: »Er wohnt gleich um die Ecke.« Nett von ihr, das zu erwähnen, auch wenn das nicht mehr der Wahrheit entspricht.

Sie stellt mir jeden Einzelnen mit Namen vor, aber ich mache mir nicht die Mühe, sie mir zu merken. Die Leute starren mich an wie Katzen, die vor einer leeren Wand hocken.

Margo dreht sich ein Stück von ihnen weg und fragt: »Ist bei dir alles einigermaßen okay? Du siehst ziemlich fertig aus.«

»Lange Geschichte. Was sind das für Leute?«

»Die sind aus dem Studiengang, den ich an der NYU belegen will. Sie haben nach etwas Neuem gesucht, wo sie mal abhängen können, und da habe ich den Laden hier vorgeschlagen. Wird sich bestimmt bald rumsprechen.«

»Du kannst von Glück sagen, dass du mit mir verwandt bist.«

»Wieso?«

»Ach, nichts.«

Von Wand zu Wand herrscht nur Gedrängel, was mich total nervt. Ich nehme noch einen Schluck aus der Flasche und höre zu, was Margos neue Freunde sich so zu erzählen haben. Ein Typ in Röhrenjeans und schwarzem Hemd und – man glaubt es kaum – mit Nackenspoiler scheint der Wortführer zu sein. Und offenbar denkt er, dass er hier Hof halten kann. Womit die Unterhaltung angefangen hat, weiß ich nicht, aber es gefällt mir nicht, in welche Richtung sie geht.

»Wisst ihr was, Leute?«, höre ich den Typen sagen. »Viele dachten, Nine-Eleven wäre für diese Stadt ein transformatives Momentum gewesen, aber in Wahrheit war es der Auslöser eines ökonomisches Erdbebens, das sich nachhaltig auf die Armutsschwelle ausgewirkt hat. Die wurde mehrfach nach oben oder unten korrigiert, sodass keiner von uns weiß, zu welcher Schicht er selbst gehört. Oder könntet ihr das noch so auf Anhieb sagen?«

Die anderen hängen gebannt an seinen Lippen. Als hätte er die Weisheit mit Löffeln gefressen. Als würde man nur deshalb in die Kneipe gehen, um sich belehren zu lassen.

Der erste Indikator dafür, dass jemand nicht aus New York stammt: Diskussionsbedarf über Nine-Eleven.

Ich dränge mich ein Stück in den illustren Kreis von Spinnern hinein und frage: »Wie war noch mal dein Name?«

»Schreibt sich Ian, aber ausgesprochen wird er Eye-Anne.«

»Von wo kommst du?«

»Michigan.«

»Und wie lange wohnst du schon hier?«

»Seit etwa einem Jahr.«

»Dann wäre es vielleicht besser, wenn du nicht so tun würdest, als wüsstest du, wovon du redest.«

»Was ist dein Problem?«

»Du.«

Ohne den Blick abzuwenden, nehme ich einen Schluck aus der Flasche. Margo legt mir die Hand auf die Schulter, aber ich schüttle sie ab. Dann fragt mich das Arschloch: »Und woher kommst *du*?«

»Staten Island.«

»Das zählt nicht.«

»Immerhin steht auf meiner Geburtsurkunde New York City. Und Arschlöcher wie dich sollten sie lieber gar nicht durch die Gesichtskontrolle lassen. Ihr kommt hier an und macht uns mit eurem Kinderkram alles kaputt.« Ich drehe mich zu Margo. »Ich bin dann mal weg. Deine neuen Freunde sind Schwachköpfe.«

Margo läuft hinter mir her, und als ich schon an der Treppe bin, hält sie mich fest. »Was sollte das eben?«

»Nichts.«

»Ist ja auch egal. Ash, ich wollte dich noch was fragen. Kann ich heute bei dir und Bombay übernachten? Lunette hat mir gerade eine Textnachricht geschickt. Sie will sich mit einer Freundin treffen, die gerade in der Stadt ist.«

»Welcher Freundin?«

»Jacqui. Keine Ahnung, wer das ist.« Sie wedelt mit der Hand und senkt den Kopf. »Ich kann auch auf dem Boden schlafen.«

»Ich schlafe heute Nacht sowieso nicht da. Leg dich bei Bombay aufs Sofa. Das geht schon in Ordnung.«

Sie nickt, macht dabei aber ein besorgtes Gesicht. »Wenn ich dich jetzt frage, wie es dir geht, machst du mir sowieso nur was vor. Du siehst nicht gut aus. Und du klingst nicht gut. Was ist eigentlich los?«

»Nichts Besonderes.« Ich gebe ihr ein paar Scheine von T. Rex. »Wenn es spät wird, nimm dir ein Taxi zu Bombay. Und pass auf, wenn du reingehst. Die Haustür schließt nicht richtig. Also achte darauf, dass sich niemand hinter dir reinschleicht.«

Sie schiebt meine Hand weg. »Ich brauche kein Geld. Und ich werde auf mich aufpassen, Ash. Kannst du denn da, wo du jetzt hinwillst, auch wirklich übernachten?«

»Hoffentlich.«

»Dann mach das auch, und sieh zu, dass du endlich ein bisschen Schlaf kriegst.«

Ich gebe Margo einen Kuss auf die Stirn und gehe nach oben, um Dave die halb leere Flasche zurückzubringen. Als ich sie auf den Tresen stelle, winkt er mich zu sich, und ich beuge mich zu ihm rüber, weil ich sonst kein Wort verstehe.

»Hör mal«, sagt er. »Einigen Leuten habe ich es schon gesagt, und ich will nicht, dass du es um ein paar Ecken herum erfährst. Wir machen den Laden in einer Woche dicht.«

Ich schlage mit der Faust so fest auf den Tresen, dass das Plexiglas einen Riss bekommt. Dave macht einen Satz zurück. »Scheiße noch mal«, sage ich. »Warum das denn?«

Er hebt abwehrend die Hände, als würde er damit rechnen, dass ich mich über die Theke hinweg auf ihn stürze. »Ich kann nichts dafür. Die Mieter von oben haben sich jetzt massiv über den Lärm und den Rauch beschwert. Ist ja nicht das erste Mal. Sie behaupten, sie könnten die Fenster nicht mehr aufmachen. Deshalb ist Schluss.«

»So ist das nun mal, wenn man über einer Kneipe wohnt. Was wollen die denn überhaupt? Sollen die doch woanders hinziehen.«

»Ist leider nicht zu ändern. Der Eigentümer hat auch einen anderen Interessenten für den Laden. Einen, der mehr zahlt. Er hat genug von dem ganzen Ärger.«

»Und wer ist der Interessent?«

»Starbucks.«

»Fuck!« Ich packe die Whiskeyflasche und schleudere sie an den Spiegel hinter der Theke. Sie zerbricht ebenso wie der Spiegel. Dave duckt sich vor den Glasscherben und hält sich die Hände vor die Augen. Alle verstummen und drehen sich zu uns um. Totale Stille, bis auf den ruhigen Song von den Notwist, der aus den Boxen schallt.

Mit aufgerissenen Augen sieht Dave mich an. »Alter ...«

Ich werfe ein paar Scheine von T. Rex auf den Tresen. »Da. Lass es davon reparieren.«

Draußen stecke ich mir erst mal eine Zigarette an, während irgendwelche Teenies rein- und rauslaufen, als wäre das hier ein Spielplatz und nicht der einzige Ort, den es in der Stadt noch gibt, den ich als Zuhause bezeichnen kann. Wieder etwas, was mir genommen wird. Der Gedanke, dass es diesen Ort bald nicht mehr gibt, reißt mir ein Loch in die Seele.

Mir schießen Spinnereien wie Benefizkonzerte oder Fundraising-Kampagnen durch den Kopf, um so viel Geld zusammenzukriegen, dass man das ganze Haus kaufen kann. Dann könnte man den Mietern von oben sagen, sie sollen sich verpissen und nach Nebraska ziehen. Da hätten sie dann ihre Ruhe, und wir könnten unseren Zufluchtsort behalten, alles so lassen, wie es ist, ohne den ganzen beschissenen Veränderungszwang. Und dann würden wir nur noch Leute reinlassen, die nachweisen können, dass sie aus New York sind.

Aber das kann ich mir aus dem Kopf schlagen. Jetzt muss ich sowieso erst mal zu Lunette. Was Margo nicht weiß, ist nämlich, dass es sich bei Jacqui nicht um einen Menschen handelt.

*

Nachdem ich dreimal bei Lunette geklingelt habe, befürchte ich schon, dass sie zusammengebrochen ist. Und ich bin heute nicht scharf darauf, die Feuerleiter hochzuklettern. Mein Bein fühlt sich nämlich an, als würde jemand mit dem Hammer darauf rumschlagen. Aber dann höre ich endlich das Knacken der Gegensprechanlage und Lunettes Stimme. »Ja?« Klingt weiter weg als drei Etagen.
»Ich bin's. Ash.«

Der Türöffner summt, und schon bin ich auf dem Weg die Treppe rauf, wobei ich mich auf das Geländer stützen muss. Die Tür zu Lunettes Apartment steht einen Spaltbreit offen.

Drinnen ist es stickig, als hätte sie seit Tagen nicht gelüftet. Dabei ist es noch keine vierundzwanzig Stunden her, dass wir uns gesehen haben. Aber Lunette ist gut darin, ihr Leben mit Lichtgeschwindigkeit zu einem Trümmerhaufen zu machen.

Sie liegt in eine Decke eingewickelt auf dem Sofa, und das ungeachtet der Tatsache, dass es ziemlich heiß ist. Auf dem Couchtisch befindet sich ein wildes Durcheinander aus Orangensaftflaschen und Schälchen, die mit etwas verkrustet sind, von dem ich nur hoffen kann, dass es sich um Essensreste handelt.

Dazwischen liegen eine benutzte Nadel, ein Löffel und ein Haufen Wattebäusche neben dem leeren Balloon, in dem das Heroin war. Codename Jacqui.

Ich sammle die Utensilien ein, stecke sie in eine leere Plastiktüte und bringe alles in die Küche. Lunette versucht nicht, mich davon abzuhalten. Keine Ahnung, wie sie es überhaupt geschafft hat, vom Sofa aufzustehen und auf den Türöffner zu drücken.

Ich nehme mir einen Stuhl und setze mich vor das Sofa. Erst denke ich, sie ist eingeschlafen, aber dann sagt sie: »Ich bin krank.« In einem Singsang, der wie aus einer Zwischenwelt klingt. Sie starrt an die Decke und macht dabei die Augen immer wieder auf und zu.

»Du bist nicht krank.« Ich gehe noch mal in die Küche, hole zwei Gläser Wasser und stelle eins auf den Couchtisch. Meins stürze ich sofort hinunter, aber sie rührt ihres nicht an. »Also, was ist passiert?«

»Wegen Margo ... Ich weiß nicht mehr. Wir hatten wegen irgendwas Streit.«

»Und das ist deine Art, wie du Meinungsverschiedenheiten regelst?«

Ihr Gesichtsausdruck wirkt resigniert, und sie hat Tränen in den Augen.

»Ich habe mich bei so was eben nicht unter Kontrolle.«

Mir fällt einiges ein, was ich dazu sagen könnte, über Selbstbeherrschung oder darüber, dass man, wenn es schlecht läuft, nicht gleich den Hang zur Selbstzerstörung ausleben sollte. Aber das kann ich jetzt nicht bringen, ohne mir selbst den Spiegel vorzuhalten. Also nehme ich unter der Decke Lunettes Hand und halte sie fest.

»Du weißt, wie gern ich dich habe«, sage ich.

»Ja. Und ich dich auch.«

»Und du weißt auch, wie sehr es uns alle schmerzt, dich so zu sehen.«

»Tut mir leid.«

»Bei mir brauchst du dich nicht zu entschuldigen. Das verdiene ich gar nicht.«

Ich stecke mir eine Zigarette an, ziehe einmal kräftig und halte sie Lunette an die Lippen. Sie nimmt einen halbherzigen Zug und hustet.

»Danke«, sagt sie trotzdem.

Dann driftet sie wieder ab, und als ich das Gefühl habe, dass sie schläft, hole ich ein paar Decken und Kissen aus dem Schrank und staple sie vor dem Sofa. Ich ziehe mein T-Shirt und Schuhe und Socken aus, dann lösche ich das Licht. In der Dunkelheit werfen die Scheinwerfer der vorbeifahrenden Autos helle Streifen an die Decke.

Als ich es mir auf dem improvisierten Nachtlager bequem mache, sagt Lunette: »Ich habe dich angelogen, Ash.«

»Wobei hast du mich angelogen?«

»Ich habe Chell in der Nacht noch gesehen. Und dich auch.«

Ich setze mich wieder auf, und dabei verlagere ich das Gewicht zu sehr auf das verwundete Bein. Ich beiße mir auf die Lippen, um nicht aufzuschreien. Tief ein- und ausatmen. »Was hast du gesehen?«

»Chell kam aus der U-Bahn. Und sie schien ziemlich aufgebracht zu sein. Dann habe ich dich auf der Straße gesehen. Du warst so betrunken, dass du kaum noch gerade gehen konntest. Du hast irgendwelche Leute angerempelt und sie angeschrien.«

»Warum hast du mir das nicht sofort erzählt?«

»Weil du Chell nicht umgebracht hast. Ich weiß, dass du das nicht warst. Aber ich hatte Angst.«

»Wovor?«

Lunette antwortet nicht. Ich lasse mir ihre Worte durch den

Kopf gehen. Vielleicht sollte ich sie fragen, wo genau ich war und wo genau sie Chell gesehen hat. Aber Lunette ist wieder weit weg, und ich bezweifle, dass sie mir eine zusammenhängende Antwort geben würde.

Ich versuche, mir den Abend und die Nacht wieder ins Gedächtnis zu rufen. Aber das Einzige, was ich vor mir sehe, ist Chells schmerzverzerrtes Gesicht.

Nein. Es ist nur das Heroin. Lunette kann mich nicht gesehen haben.

Gerade als ich fast schon eingeschlafen bin, sagt Lunette: »Können wir mal in ein Museum gehen?«

»Warum?«

»Weil wir sonst immer nur durch Bars und Clubs ziehen. Aber es gibt noch so viel anderes, was wir machen könnten. Etwas Kulturelles halt. Ich will mal etwas anderes tun. Etwas ganz anderes.«

»Das machen wir.«

»Ash?«

»Ja.«

»Chell fehlt mir. Ich will nicht, dass du mir auch fehlst.«

Dann fängt sie an zu schnarchen. Bevor ich wieder wegdrifte, geht mir immer derselbe Gedanke durch den Kopf. Was wäre, wenn ich einfach verschwinden würde?

Ich könnte einfach aufstehen und weggehen. Margo und Bombay und Lunette brauchen mich nicht. Meine Mutter braucht mich nicht. Niemand braucht mich. Ich könnte in eine Hütte im Wald ziehen. Bäume fällen und mir die Sterne am Himmel ansehen. Da schlafen, wo es nachts ganz still ist. Im Wald würde mich niemand umbringen wollen. Bis auf die Bären vielleicht. Aber mit Bären werde ich fertig.

Das Problem besteht nur darin: Die Stadt ist alles, was mir

vertraut ist. Ich bin noch nie woanders gewesen. Das wollte ich auch nie. Ich habe New York immer geliebt, mit allem, was dazu gehörte. Alles, was man sich nur vorstellen kann, ist hier, immer verfügbar.

Aber wann kommt der Zeitpunkt, wo einem das nicht mehr reicht?

Denn mal ehrlich, sonst nervt hier doch alles.

Ist das egoistisch gedacht?

Mein Handy summt. Bombay.

Zettel unter Tür durchgeschoben: Blue Moon Diner, 9.00.

DREIZEHN

Mir graut vor dem nächsten Morgen, doch irgendwann gebe ich den Versuch auf, noch mal einzuschlafen, und gehe unter die Dusche. Ich versuche mich reinzuwaschen, aber Scham und Erschöpfung haften wie ein Ölfilm an meiner Haut.

Nachdem ich mich angezogen und die Verbände erneuert habe, werfe ich einen Blick auf mein Handy. Und das regt mich schon wieder auf: nur noch eine Viertelstunde bis zu der Verabredung im Blue Moon. Lunette liegt noch genauso da wie in der Nacht. Aber sie atmet, von daher gehe ich davon aus, dass sie zurechtkommt.

Die Treppen sind das Schlimmste. Jedes Mal wenn ich mit dem verletzten Bein auftrete, spüre ich ein irres Pochen. Aber unten angekommen kann ich das Bein ausstrecken, und der Schmerz verblasst zu einem Kribbeln.

Heute hat Chell es nicht mal mehr auf die Titelseite der *Post* geschafft. In dem Artikel ein paar Seiten weiter steht auch nicht viel, nur dass die Cops den Mörder noch nicht haben, aber dass sie diversen Spuren nachgehen. Was im Klartext bedeutet, dass sie rein gar nichts haben.

*

Im Blue Moon ist es voll, aber unter den Gästen gibt es nur eine einzige junge Frau, die allein an einem Tisch sitzt. Mit cremefarbenen Handschuhen und gerade geschnittenem, schulterlangem Haar sieht sie aus, als wäre sie mit fünfzig Jahren Verspätung auf einer extravaganten Party erschienen. Ihr gesamtes Outfit ist Ton in Ton. Sie hält einen Becher in beiden Händen und lässt den Blick durch das Lokal schweifen, so wie man es macht, wenn man versucht, jemand zu erkennen, den man noch nie gesehen hat.

Ich setze mich auf die Sitzbank ihr gegenüber und winke die Kellnerin an den Tisch.

»Kann ich Ihnen irgendwie helfen?«, fragt das Retrogirl.

»Sagen Sie es mir. Mein Name ist Johnny. Ich habe hier eine Verabredung.«

Sie setzt zu einer Bemerkung über mein Gesicht an, unterbricht sich dann aber und sagt: »Wie ich gehört habe, sind Sie Privatdetektiv.«

Was zufällig sogar der Wahrheit entspricht.

»So ist es«, bestätige ich. Ich ziehe den Umschlag mit dem Geld aus der Jackentasche und schiebe ihn über den Tisch. In dem Moment kommt die Kellnerin, und ich bestelle einen Kaffee, schwarz.

Das Retrogirl steckt den Umschlag in ihre Tasche und reicht mir dann ihre behandschuhte Hand. »Verzeihen Sie, aber ich habe mich noch gar nicht vorgestellt. Mein Name ist Iva. Iva Archer.«

»Johnny Marr.«

Als sie den Verband an meinem Arm sieht, fragt sie: »Haben Sie sich verletzt?«

»Bin die Treppe runtergefallen.«

»Na dann.« Sie glaubt mir nicht, aber das ist mir egal. »Mister Marr«, fährt sie fort. »Der Grund, warum ich Ihre Dienste in Anspruch nehmen möchte, ist der, dass meine Schwester verschwunden ist. Als vor zwei Jahren unser Vater erkrankt ist, sind wir nach

Chicago gezogen, um bei ihm zu sein. Meine Schwester hat sich mit den falschen Leuten eingelassen, und vor etwa einem Monat sagt sie, sie wolle nach New York gehen, zusammen mit dem zwielichtigen Mann, den sie kurz zuvor geheiratet hat. Sie wollten im Hotel Chelsea absteigen, aber als ich heute dort nach ihr gefragt habe, hieß es, sie sei nicht dort. Es sei auch nicht vermerkt, dass sie jemals angekommen sei.«

Sie spielt ihre Rolle professionell. Wirklich sehr gut. Ich kann kaum heraushören, dass der Text einstudiert ist. Und was sie sagt, kommt mir angenehm bekannt vor. In gewissem Sinne jedenfalls. Also behandle ich sie, als wäre sie eine echte Klientin, in deren Auftrag ich jemand ausfindig machen soll.

Ich reiße ein Stück von dem Platzdeckchen ab, hole meinen Kugelschreiber aus der Jackentasche und frage: »Wie lautet der Name Ihrer Schwester?«

Überrascht hält sie einen Moment lang inne, bevor sie antwortet. »Lindsay. Und sie hat den Nachnamen ihres Mannes angenommen. Er heißt Terry Lennox.«

»Haben Sie ein Foto von ihr?«

Sie reicht mir ein Schwarz-Weiß-Foto. Es ist nicht Chell, sondern eine hübsche Blondine mit Schlafzimmerblick und vollen Wangen. Sie sieht dem Retrogirl so ähnlich, dass die beiden auch im echten Leben Schwestern sein könnten.

»Mister Marr, es heißt, dass Sie der beste Privatdetektiv hier in der Stadt sind. Und wenn jemand meine Schwester finden kann, dann Sie, wo auch immer sie sein mag.« Sie legt eine ihrer behandschuhten Hände auf meine, und obwohl ich weiß, dass es sich um ein Spiel handelt, steigt mir der Puls ein bisschen.

»Erstens: Nennen Sie mich einfach Johnny«, sage ich. »Und zweitens: Wenn jemand nicht gefunden werden will, ist hier der ideale Ort zum Untertauchen, selbst wenn Ihre Schwester noch in der Stadt sein sollte. Also gehen wir zunächst mal von der Annahme aus, dass sie bei Lennox ist. Können Sie mir etwas über ihre Gewohnheiten erzählen? Wo sie normalerweise hingeht, und was sie so macht?«

Iva wirkt hochzufrieden mit meiner Vorgehensweise. »Ich weiß, wo Sie anfangen können. Es gibt eine Bar auf Staten Island, genau gegenüber der Anlegestelle für die Fähren. Wie die Bar heißt, kann ich mich nicht erinnern. Da geht sie samstagabends immer hin und nimmt an dem Quiz teil. Vielleicht finden Sie dort jemand, der mehr weiß.«

Die Kellnerin stellt meinen Kaffeebecher auf den Tisch, dazu wie generell üblich ein Glas Eiswasser. Und wie immer werfe ich ein paar Eiswürfel in den Kaffee, damit er abkühlt.

Iva lächelt. »Kaffee habe ich mir gerade erst abgewöhnt.« Dabei spricht sie eine Oktave tiefer. Das war also nicht einstudiert.

»Wie sind Sie denn auf eine so unsinnige Idee gekommen?«, frage ich sie.

»Ich fand, dass ich etwas mehr auf meine Gesundheit achten müsste.«

»Das Gefühl kenne ich. Ich versuche gerade, eine ganze Menge schlechter Angewohnheiten loszuwerden. Aber auf Kaffee werde ich niemals verzichten. Das kommt nicht infrage. Also wird er wohl mein letztes Laster bleiben.«

»Welche Laster haben Sie denn noch?«

»So ziemlich alle.«

Sie nickt. Dann sagt sie: »Ach, und Johnny? Terry Lennox ist sehr gefährlich.«

»Das bin ich auch.«

»Im Ernst. In Chicago arbeitete er irgendwo im Finanzdistrikt. Da hat Lindsay ihn auch kennengelernt. Was genau er dort gemacht hat, weiß ich bis heute nicht, aber ich bin mir ziemlich sicher, dass es nicht legal war. Er kommt und geht zu den merkwürdigsten Zeiten, und manchmal verschwindet er einfach für ein paar Tage. Einmal ist er mit einem blauen Auge nach Hause gekommen und hat behauptet, es sich bei einem Streit in einer Bar zugezogen zu haben. Aber ich dachte sofort, dass das gelogen ist. Ich habe keine Ahnung, warum genau Lindsay und er hierhergezogen sind. Ich weiß nur, dass er nichts Gutes im Schilde führt.« Mit gesenktem Blick fügt Iva hinzu: »Ich habe Angst.«

Diesmal lege ich meine Hand auf ihre. So weit bin ich schon drin in der Geschichte, und durch den Handschuh spüre ich ihre warme Haut. »Ich werde Ihre Schwester finden. Wann wäre der beste Zeitpunkt, in die genannte Bar zu gehen?«

»So bald wie möglich. O Johnny, bitte seien Sie vorsichtig!«

Ich trinke einen Schluck Kaffee. Dann stütze ich die Ellbogen auf den Tisch, beuge mich vor und lege das Kinn auf meine gefalteten Hände. Dabei rutscht einer meiner Ärmel ein Stück hoch, und sofort richtet Iva den Blick auf die Linien aus schwarzer Tinte, die darunter hervorschauen.

Sie streckt die Hand aus, aber kurz bevor sie mit ihren zarten Fingern meine Haut berührt, hält sie inne und sieht mir in die Augen. »Darf ich?«

Ich nicke, und sie legt das Tattoo frei, das ich mir habe machen lassen, als ich neunzehn und noch um einiges cooler war. Einen Totenkopf mit gekreuzten Knochen und den Worten *trust me* darunter.

Kichernd fragt sie mich: »Kann ich das?«

»Ob Sie was können?«

»Ihnen vertrauen?«

»Sie sollten nicht alles glauben, was Sie lesen.«

Ich würde sie gern nach Chell fragen. Ich spiele schon eine ganze Zeit lang mit dem Gedanken, ihren Namen einfach mal fallen zu lassen, aber ich hatte mich ja für einen ausgefeilten Ermittlungsstil entschieden. Also darf ich Paulsen nicht aufschrecken. Nicht jetzt, wo ich schon so nah dran bin.

Sie trinkt ihren Tee und ich meinen Kaffee aus, und dann bezahlt sie die Rechnung.

Als wir vor dem Diner stehen, sagt sie: »Selbstverständlich komme ich für Ihre Ausgaben auf.« Sie reicht mir einen Umschlag mit Monopoly-Geld und fügt hinzu: »Das müsste reichen. Rufen Sie mich an, wenn Sie etwas brauchen, dann melde ich mich bei Ihnen.«

Sie dreht sich um und setzt sich in Bewegung.

Mit einem Blick über die Schulter sagt sie: »Übrigens, schicker Hut. Sehr passend.«

Ich tippe an die Hutkrempe. »Schön, dass er mal jemand gefällt.«

Dann geht sie davon, mit schwingenden Hüften, die dem Rhythmus eines Songs folgen, den ich mir gern mal anhören würde.

*

Es ist kurz nach der Rushhour, und die Fähre nach Staten Island ist bereits voll mit Touristen. Sie drängen sich um Fremdenführer, die rote Schirme und Lichtschwerter aus Plastik hochhalten, damit niemand in der Menschenmenge verloren geht. Als sich die Schiebetüren öffnen und alle an Bord strömen, versuche ich mich daran zu erinnern, wann ich das letzte Mal mit einem der orangeblauen Boote gefahren bin.

Hinter der Absperrung steht ein Beamter der Küstenwache mit einer Maschinenpistole vor der Brust und scannt mit den Augen die Menschenmassen. Am Kolben der Waffe klebt ein kleines, weißes Schild, auf dem vermutlich sein Nachname steht. Sieht nach polnisch aus, jedenfalls ist es ein langes Wort, das eindeutig an Vokalmangel leidet. Vielleicht sollte ich ihn fragen, ob er seine Waffe deshalb so fest an die Brust presst, weil er Angst hat, dass jemand kommt und sie ihm wegnimmt. Aber Leute mit Schusswaffen haben in der Regel keinen Humor.

Kaum jemand geht auf das untere Deck, weil man von da aus die Skyline nicht sieht. Und genau das steuere ich an, um den fotografierenden Touristen und plärrenden Kindern zu entkommen. Dann ertönt die Schiffshupe, und das Boot dreht bei in Richtung Hafen. Die Maschinen sind so laut, dass sie die Gespräche der Leute um mich herum übertönen. Ich setze mich, lege die Füße auf den gelben Schalensitz gegenüber und schiebe mir den Hut über die Augen, um ein Nickerchen zu machen.

*

Das erste Mal bin ich mit dieser Fähre mit meinem Dad gefahren. Das ist auch meine früheste Erinnerung an ihn. Wir waren auf dem Weg zu meinem ersten Yankee-Spiel. Ich kann mich weder erinnern, gegen wen die Yankees gespielt noch ob sie gewonnen haben. Aber ich erinnere mich gut, dass wir uns auf dem Vorderdeck aufhielten, an den Wind und an das spritzende Wasser. Mein Dad hat mich hochgehoben und auf die hölzerne Reling gesetzt. Die Hände um meine Taille gelegt, hat er mich ganz fest gehalten, damit ich nicht ins Wasser falle.

Die Sonne schien, und auf der anderen Seite des Wassers glitzerte die Stadt, als gäbe es darunter eine Lichtquelle, die auch am Tag angeschaltet ist. Erst kurz zuvor hatte ich *Der Zauberer von Oz* gesehen, und ich war felsenfest davon überzeugt, dass wir auf dem Weg in die Smaragdstadt sind. Genauso sah sie nämlich aus. Als ich das meinem Vater sagte, musste er lachen.

Ich weiß noch ziemlich genau, wie er aussah. Kurzes dunkles Haar mit ein paar grauen Strähnen. Breite Schultern. Und woran ich mich am besten erinnere: Er war groß. Ganz gleich, wo wir waren, er schien immer der größte von allen zu sein.

Nach der Sache mit den beiden Türmen, als ich alt genug war, dann und wann allein in die Stadt zu fahren, habe ich nie die Fähre genommen. Ich wollte dieses Vorderdeck nie wieder betreten, geschweige denn, mir die Skyline mit der klaffenden Lücke ansehen. Stattdessen bin ich mit dem Bus über die Verrazano Bridge nach Brooklyn gefahren und dort in die U-Bahn-Linie R umgestiegen. Was fast zwei Stunden dauert.

Erst mit dir, Chell, bin ich wieder mit der Fähre gefahren. Weißt du noch?

An einem Wochenende fuhr die Linie R mal nicht, aber meine Mutter wollte, dass ich nach Hause komme, weil der Keller überflutet war. Und ich hatte weder die Zeit noch das Geld, mir eine akzeptable Alternative zu überlegen. Mit dem Taxi zu fahren hätte mich vier Tage Verpflegung gekostet.

Du lagst auf dem Sofa. Ich hatte schon die Hand am Türknauf, zögerte aber noch. Ich weiß gar nicht mehr, wie lange ich da gestanden habe. Jedenfalls hast du mich irgendwann gefragt: »Wo willst du eigentlich hin?«

»Muss nach Hause zu Ma.«

»Wieder diese Odyssee.«

»Nein, ich nehme die Fähre.«

»Du nimmst die Fähre?«

»Geht nicht anders.«

Du hast nichts gesagt. Du hast dir die Schuhe angezogen, mich an die Hand genommen und die Tür geöffnet. Auf der Fahrt nach Whitehall hast du die ganze Zeit meine Hand gehalten. Und als am Terminal die Türen aufgingen, wartete da natürlich genau die Fähre, auf der ich mit meinem Vater gewesen war. Die *John F. Kennedy*. Nach all den Jahren immer noch in Betrieb. Ich erstarrte, und du hast deine langen, schlanken Finger mit meinen verschränkt und mich hinter dir hergezogen, vorbei an der Reling, auf die mein Vater mich gesetzt hatte. Du bist mit mir auf das Unterdeck gegangen, obwohl du bestimmt viel lieber draußen gesessen hättest.

Da haben wir uns dann in der hintersten Ecke verkrochen. Du hast zwei Dosen Tallboy-Bier von der Snackbar geholt, durch das Fenster auf alles Mögliche gezeigt und mich danach ausgefragt. Du wolltest sogar wissen, in welchen Apartments ich gewohnt habe, bevor ich in das von Miss Hudson zog. Du hast getan, was du konntest, um mich von der Fahrt abzulenken.

Als wir in St. George ankamen, wolltest du nicht mit zu meiner Mutter, weil du es mit Eltern nicht so hattest. Aber du hast gesagt, du würdest warten, bis ich wiederkomme, und mit mir zusammen zurückfahren. Ich habe geantwortet, dass du das nicht brauchst, und bevor du wieder an Bord gegangen bist, habe ich den Kopf abgewandt und, überwältigt von meinen Gefühlen, versucht herauszubringen, was ich dir sagen wollte.

»Ich bin auch froh, dass es dich gibt, Ash«, hast du gesagt.

»Du hättest das nicht tun müssen.«

»Ich muss überhaupt nichts.«

Dann hast du dich auf die Zehenspitzen gestellt und mich auf die Wange geküsst.

Ich habe dir das nie erzählt, aber an dem Tag habe ich mir von meiner Mutter Geld geliehen und bin mit dem Taxi zurückgefahren. Einmal die Fähre zu nehmen war damals mehr als genug. Doch anschließend habe ich mich wieder daran gewöhnt. Und das ist gut. Mit der Fähre dauert die Fahrt nämlich nur zwanzig Minuten.

*

Ich bin fast eingeschlafen, als die Stimme eines Mitarbeiters der Fährgesellschaft über die Lautsprecher verkündet, dass Passagiere, die sofort nach Manhattan zurückfahren wollen, die Fähre dennoch zunächst verlassen und im Terminal erneut einchecken müssen.

Während sich das Boot der Anlegestelle nähert, schrammt es mit einem Geräusch an den Holzpfählen entlang, das in Konzertlautstärke wie Fingernägel auf einer Schultafel klingt. Und als es die Dockmauer streift, verlieren die paar Touristen, die schon vorn stehen, das Gleichgewicht und fallen fast ins Wasser.

Ein Mädchen, dessen Vater Steuermann auf den Fähren war, hat mir mal erzählt, dass sie mit Absicht die Dockmauer rammen. Daraus machen sich die Lotsen einen Spaß. Die Touristen stolpern, Einheimische nicht. Ich weiß nicht, ob die Geschichte der Wahrheit entspricht, aber der Gedanke gefällt mir.

Die Bar, von der Iva gesprochen hat, kann nur das Cargo sein. Andernfalls hätte sich hier eine Menge verändert, denn es ist die einzige Bar, in der Quizrunden veranstaltet werden.

Das Apartment, wo ich auf Staten Island gewohnt habe, bevor ich ins East Village umgesiedelt bin, lag nur wenige Häuser entfernt. Deshalb war ich oft auf ein paar Drinks da. Es ist ein niedriges Gebäude gegenüber einem erstklassigen Motel. An der Hausmauer befindet sich ein Wandgemälde, immer nur für etwa ein halbes Jahr. Dann wird es mit einem neuen übermalt. Beim letzten Mal waren es gigantische Papageien, von denen einer einen Menschen verspeiste. Jetzt ist es eine riesige USA-Flagge.

Drinnen ist niemand, den ich kenne. Es sitzen nur ein paar Leute an der Theke, die sich offenbar in einer bernsteinfarbenen Flüssigkeit ertränken wollen. Ich ziehe das Foto aus der Tasche, das Iva mir gegeben hat, lege es vor dem nächstbesten Trinker auf den Tresen und frage: »Kennst du die?«

Er wirft einen Blick darauf und antwortet lallend: »Schön wär's. Sieht gar nicht schlecht aus. Hast du noch mehr von solchen Fotos?«

»Immer schön sauber bleiben. Hast du die hier schon mal gesehen?«

Er nimmt das Foto in die Hand und schüttelt den Kopf. Dann winkt er den Barkeeper zu sich und fragt ihn: »Hab ich die schon mal hier gesehen, Clyde?«

Clyde wirft sich lässig das Handtuch, mit dem er Gläser poliert hat, über die Schulter seines brandneuen, auf Vintage getrimmten T-Shirts. Er rückt sich die Brille zurecht und schüttelt den Kopf. »Nein, Ronnie, hast du nicht.« Dann sagt er mit einem Blick zu mir: »Aber ich.«

»Da werden wir beide uns wohl mal unterhalten müssen.«

Er mustert mich von oben bis unten. »Was wollen Sie?«

Es ist noch nicht mal Mittag. Umso mehr Grund, einen zu trinken. »Einen Jay und ein paar Antworten.«

»Jay?«

»Jameson.« Idiot.

Er schenkt mir einen Fingerbreit ohne Eis ein, und ich werfe ein paar Dollar Spielgeld auf den Tresen. Er verdreht die Augen, stopft es in die hintere Hosentasche und sagt: »Eigentlich ist es üblich, Trinkgeld zu geben.«

»Trinkgeld gibt es nur für guten Service. Erzählen Sie mir etwas über Lindsay Lennox.«

»Was soll es über die denn groß zu erzählen geben?«

»Zum Beispiel, wann Sie sie das letzte Mal gesehen haben. War sie am Sonntagabend hier?«

»Sie war schon eine ganze Weile nicht mehr hier. Wer sind Sie überhaupt?«

»Ihre Schwester ist auf der Suche nach ihr. Sie hat mich engagiert, sie zu finden. Und wenn Sie so weitermachen, können Sie das mit dem Trinkgeld vergessen.«

»Nichts im Leben ist umsonst, mein Freund.«

Ich kippe den Whiskey runter und werfe noch eine Handvoll Spielgeld auf den Tresen. Kopfschüttelnd steckt er es ein. Ein alter Mann am anderen Ende der Theke taucht lange genug aus seinem Bierglas auf, um die Transaktion mitzubekommen, und ist eindeutig geschockt.

»Sie war vor zwei Wochen hier«, sagt Clyde. »Sie hat jemand gesucht.«

»Wen?«

»Sie hatte Ärger. Mit ihrem Freund oder ihrem Mann oder so. Sie hat jemand gesucht, der mal mit ihm reden sollte.«

»Und wie sollte das Gespräch vonstatten gehen?«

»Ich schätze so, dass es in einem Krankenhausbett endet.«

»Warum kam sie damit hierher?«

»Weil ich jemand kenne.«

»Geht das auch genauer?«

»Na klar.«

Er macht sich wieder daran, Gläser zu polieren. Aber für mich war es das mit dem dämlichen Spiel. Ich stehe von meinem Barhocker auf, packe ihn mit einer Hand im Nacken und ziehe ihn über den Tresen, bis sein Gesicht ganz dicht vor meinem ist. Er reißt die Augen auf, und ich sage: »Ich suche lediglich das Mädchen. Und wenn ich es richtig sehe, ist ihr Mann keiner, den man gern um sich hat. Sie tun ihr also alles andere als einen Gefallen, wenn Sie hier weiter auf harte Bandagen machen.«

Er reißt sich los und sieht sich hektisch um, während er wahrscheinlich überlegt, ob er um Hilfe rufen oder mir einfach sagen soll, was ich wissen will, damit er mich loswird. Er entscheidet sich für Letzteres. »Der Kommunist.«

»Wer?«

»Der Kommunist. Ein Russe, hängt immer auf Coney Island rum. Wenn Sie sich jetzt auf den Weg machen, finden Sie ihn vermutlich auf der Strandpromenade. Aber sagen Sie ihm nicht, dass Sie das von mir haben.« Clyde schiebt die Speisekarte über den Tresen und sagt pflichtschuldig mit knirschenden Zähnen und offenkundigem Widerwillen: »Bevor Sie gehen, sollten Sie unseren Brunch probieren. Heute empfehlen wir großes englisches Frühstück.«

»Nein danke«, sage ich und schiebe die Speisekarte wieder zurück.

*

Die Bay Street ist von Autos und Bussen verstopft. Leute werden zur Fähre gebracht. Und andere Leute werden von der Fähre abgeholt.

Eine Weile bleibe ich unschlüssig an der Ecke stehen und überlege, ob ich in die S48 springen soll. Bis zu meiner Mutter wären es nur zehn Minuten. Wenn sie erfährt, dass ich auf der Insel war, ohne bei ihr vorbeizuschauen, ist sie bestimmt sauer. Vielleicht ist ja schon jemand, der mich noch kennt, an mir vorbeigefahren und hat sie sofort angerufen, um ihr zu berichten, wie groß ich doch geworden sei. So ist das auf Staten Island im kleinstädtischen Amerika von New York City.

Zeit für einen kurzen Besuch hätte ich. Der Bus, der die Strecke fährt, steuert sogar gerade die Haltestelle an. Als ich in die Richtung sehe, wo ihr Haus steht, hält mich jedoch irgendetwas zurück.

Sie soll mich nicht so sehen. Mit einer Fahne, bevor ich überhaupt gefrühstückt habe, und fertig bis zum Gehtnichtmehr. Es würde ihr einmal mehr das Herz brechen, und das will ich nicht.

*

Die Zeit heilt alle Wunden. Das sagen immer alle. Alle, die noch nie richtig tief getroffen wurden. Selbst wenn solche Wunden irgendwann verheilen, erholt man sich doch nie ganz davon. Bei jeder Bewegung spürt man das Ziehen der Narbe.

Ich muss wieder an das Gefühl denken, das mich bei Lunette vor dem Einschlafen überkam. Das Gefühl, einen Ort plötzlich hinter sich lassen zu wollen. Zum Teil hatte das sicher mit der Erschöpfung zu tun, und jetzt, wo ich auf den Beinen bin und etwas Alkohol im Blut habe, bin ich schon wieder ein bisschen gnädiger gestimmt. Aber auch das hält sich in Grenzen.

Auf Staten Island aufzuwachsen ist, als stünde man hinter dem Samtvorhang zur besten Theatervorstellung der Welt. Man erhascht einen Blick darauf, aber man muss draußen bleiben.

Genauso ist es, wenn man auf dem Victory Boulevard steht, nördlich der Abzweigung zur Forest Avenue, und auf die Wolkenkratzer schaut, die hinter den Bäumen aufragen. Es gibt Leute, die verbringen ihr ganzes Leben auf Staten Island und sind damit zufrieden, bis sie irgendwann dort sterben. Aber ich war nie einer von denen und wollte es auch nie sein.

Ich wollte schon immer in Manhattan wohnen. Aus einer Million Gründen, aus zehn Millionen Gründen. Obwohl mir jetzt keiner mehr davon einfällt. Jetzt hat die Skyline etwas Bedrohliches. Als würde ich sie zu gut kennen und hätte etwas an ihr entdeckt, was mich stört.

Ich überlege, ob ich für den Rest der Fahrt unter Deck gehen soll, aber der kalte Wind hält mich bei klarem Verstand. Das Bier, das ich mir an der Snackbar geholt habe, schmeckt wie verschimmeltes Brot, aber ich trinke es trotzdem.

Ein älteres Ehepaar neben mir raunt sich auf französisch etwas zu. Die beiden starren mich an und flüstern miteinander, als wären sie sich nicht sicher, ob ich vielleicht gefährlich bin. Dann kommt der Mann mit einer teuren Kamera in der Hand zu mir und sagt in gebrochenem Englisch: »Sir, können Sie mir sagen, wo das World Trade Center war?«

Ich weiß genau, wo es stand, aber ich antworte: »Das spielt keine Rolle mehr.«

Der Mann nickt, obwohl er mich nicht verstanden hat. Er geht zurück zu seiner Frau und macht ein paar Fotos. Erst von der Stadt, dann von dem Boot der Küstenwache mit dem riesigen Maschinengewehr, das die Fähre zurück nach Manhattan eskortiert.

Der Wind weht so stark, dass mir Tränen in die Augen schießen. Ich umklammere mit einer Hand die Reling der

John F. Kennedy. Vielleicht genau an der Stelle, wo ich saß, als mein Vater mich festhielt.

*

Ich nehme die Linie R nach Brooklyn, und am Knotenpunkt Atlantic/Pacific steige ich um in die Linie N. Als sich die Tür schließt, steht ein Mann weiter hinten auf und verkündet lautstark, er sei nicht auf Drogen, er suche Arbeit und er habe es nicht leicht, deshalb sei er dankbar für eine kleine Spende, um über die Runden zu kommen, und wenn jemand etwas zu essen für ihn habe, sei er auch damit zufrieden. Das bringt er so überzeugend vor, dass es glaubhaft klingt. Die zerrissene Kleidung und die alte Strickmütze lassen ihn noch glaubwürdiger erscheinen.

Mit einer leeren Kaffeebüchse in der Hand geht er durch den U-Bahn-Wagen, und die Leute kramen entweder in ihren Taschen nach Kleingeld, oder sie tun so, als ob sie schliefen. Ich glaube, ich habe ihn schon mal gesehen, was heißen würde, dass er das nicht zum ersten Mal macht. Aber als er vor mir steht, ziehe ich einen Zwanziger aus der Hosentasche und werfe ihn in die Dose. Woraufhin er mir seine Faust hinhält, damit ich meine dagegenstoße. Das mache ich auch, aber ich habe das Gefühl, die kameradschaftliche Geste gar nicht zu verdienen. So wohltätig ist es ja wohl nicht, wenn man Geld spendet, das einem eigentlich nicht gehört.

An der nächsten Station steigt er aus und in den Wagen dahinter wieder ein, um auch da seinen Text aufzusagen.

Nach so vielen Halts, dass ich es irgendwann aufgebe mitzuzählen, rumpelt die U-Bahn auf den oberirdischen Streckenabschnitt im südlichen Teil von Brooklyn, und das grelle Sonnenlicht verwandelt sämtliche Aluminiumoberflächen in spiegelnde

Lichtquellen. Es fühlt sich nicht richtig an, bei Sonnenschein U-Bahn zu fahren. Das macht den ganzen Schmutz nicht romantisch. Es bleibt Schmutz.

Die Bahn nähert sich Coney Island, und die Gärten akkurater Zweifamilienhäuser ziehen an den Fenstern vorbei. Sobald sich beim letzten Halt die Türen öffnen, kann ich schon die salzhaltige Luft riechen. Die Sommersaison ist längst vorüber, und alles ist so leer gefegt, als hätte hier die Pest gewütet. Die Mauern sind mit Graffiti beschmiert, und in den Rinnsteinen sammelt sich der Müll. Die Läden wechseln so oft, dass die neuen Namensschilder einfach nur auf die alten genagelt werden. Einzelne Zeitungsseiten wirbeln über die gesamte Fläche der Surf Avenue. Das einzige Anzeichen dafür, dass hier überhaupt noch jemand lebt, sind die paar Leute, die bei Nathan's für einen Hotdog anstehen.

Auf Coney Island werde ich immer wehmütig. Nicht nur, weil ich hier Chell kennengelernt habe. Es ist schäbig und schillernd zugleich. Kettenrestaurants und Wohnungen für Millionen von Dollar gibt es hier noch nicht. Es ist das letzte echte Refugium für die Freaks, für Leute, die noch verstehen, was es bedeutet, wenn man sagt, man sei in der Stadt hier aufgewachsen.

Ich hätte nichts dagegen, mich hier nach einer neuen Wohnung umzusehen. Der Anteil an Minderheiten ist hoch genug, Yuppies fernzuhalten. Das heißt, die Mieten sind noch erschwinglich. Und vielleicht wäre es ja ganz nett, am Meer zu wohnen.

Bestimmt wird das auch hier nicht ewig so bleiben. Über kurz oder lang wird man historische Attraktionen wie die Cyclone-Achterbahn abreißen, durch einen Bio-Coffeeshop und einen Parkplatz ersetzen und das Ganze Park Slope South nennen. Es ist eigenartig: Egal wie viele Leute sich Gedanken darüber machen, wie man die Stadt umgestalten könnte, haben letzten Endes doch immer Immobilienmakler das Sagen.

*

Auf der Strandpromenade ist nichts los. Nur ein paar Jogger und Leute, die mit ihren Hunden spazieren gehen oder Sightseeing machen. Während ich mich noch frage, wie ich den Kommunisten ausfindig machen soll, erkenne ich ihn schon von weitem. Groß und kahlköpfig, in wattierter Jacke mit offenem Reißverschluss, sodass man den gelben Hammer-und-Sichel-Aufdruck des roten T-Shirts sieht, das er darunter trägt.

Dabei war ich kurz davor, dem ganzen Spiel sogar etwas abzugewinnen.

Breitbeinig sitzt er auf einer Bank, mit dunkler Sonnenbrille, den Kopf ein wenig schief gelegt. Als ich mich nähere, sehe ich, dass er ein Bluetooth-Headset auf dem Kopf hat. Er sagt laut etwas auf russisch, während er die Strandpromenade rauf- und runtersieht, bis sein Blick an mir hängen bleibt, weil ich der sein könnte, auf den er wartet.

»*Sdrástwujtje*«, sage ich zu ihm.

Er nimmt das Headset von den Ohren und lässt einen Schwall hart klingender russischer Silben los.

Ich hebe abwehrend die Hände. »Mein Russisch beschränkt sich auf Guten Tag und *na sdarówje*. Sonst verstehe ich kein Wort.«

»Wer sind Sie?«, fragt er mit einem so fetten Akzent, dass man ihn in Scheiben schneiden könnte.

»Jemand namens Clyde hat mich hergeschickt, aber das soll ich Ihnen nicht verraten. Ich suche eine junge Frau.« Ich greife in meine hintere Hosentasche und ziehe aus Versehen das Foto von Chell aus der *Post* heraus. Erst als ich es auseinanderfalte, fällt mir auf, was ich da mache. Ich stecke es wieder ein und nehme das Bild von Lindsay aus der anderen Tasche. »Schon mal gesehen?«

Augenblicklich springt er auf und läuft in Richtung Fallschirm-Tower davon.

Ohne zu zögern, nehme ich die Verfolgung auf. Und bereue es sofort, weil mir ein Stechen durchs Bein schießt. Aber ich bleibe dran und bemühe mich, schneller als der Schmerz zu sein.

Die Strandpromenade aus den verwitterten, verblichenen Holzplanken ist so uneben, dass sie zur reinsten Stolperfalle wird. Hoch stehende Holzkanten und vereinzelte Spaziergänger bremsen uns aus.

Nach ein paar Hundert Metern biegt der Kommunist in Richtung Strand ab und wirft einen Blick über die Schulter, als wäre das hier eine echte Verfolgungsjagd. Ich bezweifle, dass er mir wirklich entkommen will, aber ich bin so genervt, dass ich einen Gang zulege. Und ehe er sich ein zweites Mal nach mir umdrehen kann, werfe ich mich auf ihn, und wir landen beide im Sand.

Ich rauche echt zu viel. Meine Lunge fühlt sich an, als würde ich durch eine nasse Socke atmen. Ich presse den Russen nach unten und versuche den Schmerz im Bein mit schierer Willenskraft abzuschalten. Alle viere von sich gestreckt, liegt der Kerl auf dem Rücken im Sand.

»Warum bist du abgehauen?«, frage ich ihn.

»Bist du Cop?«

»Nein, ich bin nicht Cop. Warum bist du abgehauen?«

»Ich dachte, du bist Cop.«

»Du hättest mich ja fragen können.«

Er setzt sich auf, und ich zeige ihm noch mal das Foto. »Das Mädchen?«

Er nickt, immer noch schwer atmend. »Ist sie letzte Woche zu mir gekommen. Sagt sie, Freund braucht Lektion.«

»Vermutlich nicht in englischer Literatur.«

»Wie?«

»Egal. Was für eine Lektion?«

»Was du willst wissen?«

»Alles.«

Er nickt wieder. »Will sie ihn tot. Bezahlt sie mich dafür. Aber dann sie ruft an, und sagt sie, soll ich doch nicht ihn töten. Ich behalte Anzahlung.«

»Weißt du, wo ich sie finde?«

»Ich habe Telefonnummer.«

»Du bist ja plötzlich ziemlich hilfsbereit.«

»Und du bist schwer wie Truck.«

»Schon gut.« Ich stehe auf und helfe ihm hoch.

Er holt sein Smartphone aus der Tasche, gibt mir die Nummer, und ich speichere sie in meinem Handy.

Er will gehen, aber dann dreht er sich noch mal um. »Siehst du hungrig aus. Gehst du zu Nathan's. Holst du dir Hotdog. Haben auch Froschschenkel, wenn du willst probieren. Sind nicht schlecht.«

»Warum wollen mir eigentlich alle einreden, dass ich was essen muss? Ich bin nicht hungrig.«

Was für ein dämliches Spiel. Vielleicht sollte ich dem Typen hinterhergehen, ihn unter der Promenade noch mal in den Sand werfen und aus ihm rausprügeln, was genau es damit auf sich hat. Doch dann bläst mir der Wind durchs Haar, und ich merke,

251

dass mein Hut weg ist. Ich suche den Strand ab und entdecke ihn rechtzeitig, bevor er in die Brandung geweht wird.

Zurück auf der Promenade rufe ich die Nummer an, die der Kommunist mir gegeben hat. Sofort meldet sich ein Anrufbeantworter.

»Hi, hier ist Lindsay. Hinterlassen Sie mir eine Nachricht.«

Chell.

Das ist Chells Stimme.

Ich würde sie selbst unter Wasser erkennen.

Dann war das also ihre Rolle. Chell hat das Mädchen gespielt. Das verschwundene Mädchen. Das ich finden muss, um herauszubekommen, wer sie umgebracht hat. Ist das Poesie oder Ironie des Schicksals? Ich weiß es nicht. Also sage ich mir nur, dass es auf jeden Fall ziemlich schräg ist.

Ich rufe die Nummer noch zweimal an, nur um ihre Stimme zu hören. Um sie etwas sagen zu hören, was ich nie von ihr gehört habe, etwas, was neu für mich ist. Chell ist erst seit ein paar Tagen tot. Die haben noch nicht daran gedacht, die Ansage zu ändern.

So weit bin ich also. Ich habe eine Nummer, bei der niemand abnimmt. Aber das ist genug. Ich habe etwas in der Hand, womit ich arbeiten kann. Es beweist zwar noch nichts, und es hilft mir so auch nicht weiter, aber es ist ihre Stimme. Vor Erschöpfung lasse ich die Schultern hängen.

Bislang habe ich darauf gesetzt, immer zuzuschlagen, sobald ich es für nötig erachte, aber das bringt mich jetzt nicht weiter. Also versuche ich mir vorzustellen, was Bombay tun würde. Er würde sich einen Computer suchen.

Auf der Neptune Avenue befindet sich eine Bibliothek. Sie hat geöffnet, und es sind nicht allzu viele Leute da. Ich melde mich an und suche nach einem freien Platz. Dann gebe ich die Telefonnummer bei Google ein, und siehe da, es erscheint eine Adresse in Chinatown.

Bombay wäre stolz auf mich.

*

Das Gebäude liegt auf einem Abschnitt der Mott Street, wo man lebende Frösche kaufen kann, die in mit Wasser gefüllten Mülltonnen herumschwimmen, oder Früchte, die als mittelalterliche Folterinstrumente durchgehen würden. Es ist ein vierstöckiges Haus ohne Fahrstuhl, das aussieht, als wäre es aus der Zeit gefallen. Sowohl die Haustür als auch die Wohnungstür sind nicht verschlossen.

Das Apartment ist ebenso spärlich möbliert wie das von Chell. Wobei ich mir natürlich klarmachen muss, dass es nur Requisite ist und sie in Wirklichkeit ja nicht hier gewohnt hat. Es ist eine Einzimmerwohnung mit winziger Kochnische und einem Badezimmer, das für Pygmäen konstruiert zu sein scheint. Das Bett ist ordentlich gemacht. Ich streiche mit der Hand über die Decke, aber sie ist kalt. Und es riecht nicht nach Lavendel.

Da ich ohnehin vorerst nichts Besseres zu tun habe, durchsuche ich das Apartment und stelle alles auf den Kopf. Das Einzige, was mir ein bisschen fehl am Platz erscheint, ist eine zerknüllte Serviette im Papierkorb. Darauf steht gekritzelt: *BB-M*. Ich setze mich auf einen Stuhl, lege die Füße auf den Küchentisch und starre mit hinter dem Kopf verschränkten Armen an die Wand.

So muss es sich anfühlen, wenn man mit voller Wucht gegen eine Mauer rennt. Ich spiele alle möglichen Wortkombinationen durch, aber ich komme nicht darauf, wofür BB-M stehen könnte. Mir fällt absolut nichts dazu ein. Eine Abkürzung – aber wofür?

Plötzlich klingelt das Telefon, und vor Schreck kippe ich fast rücklings von dem Stuhl.

Ich nehme den Hörer ab und halte ihn mir ans Ohr. Am anderen Ende der Leitung ist eine männliche Stimme zu hören. »Gehen Sie zur U-Bahn-Station der Linie R in der Canal Street. Am Ende des Bahnsteigs Richtung Brooklyn ist ein Telefon. Sie haben zehn Minuten.«

Klick.

*

In der U-Bahn-Station werde ich von einer Gruppe Touristen ausgebremst. Mit Miniatur-Freiheitsstatuen aus Schaumstoff auf den Köpfen, Straßenkarten und I-Love-NY-Taschen stehen sie schnatternd wie die Gänse vor den Drehkreuzen.

Mindestens zehn vor jedem, und keiner kriegt es hin, die Metrocard richtig in den Slot des Lesegeräts zu schieben. Entweder sie machen es zu schnell oder zu langsam, oder es funktioniert nicht, weil sie die Karte nur zur Hälfte in den Schlitz schieben. Und jeden Moment klingelt am Ende des Bahnsteigs dieses verdammte Telefon.

Die Bahnsteige an der Canal Street sind durch ein Labyrinth von Tunneln miteinander verbunden. Ich könnte also wieder hoch zur Straße laufen und eine andere Treppe wieder runter, um von dort auf den Bahnsteig zu gelangen. Allerdings wüsste ich überhaupt nicht, welchen ich nehmen müsste. Also stehe ich da, während die Touristen lachend an den Automaten herumexperimentieren, als wäre das Ganze ein Spiel, bei dem es darum geht zu verlieren.

Allmählich koche ich vor Wut. Und ich bin nicht der Einzige, der darauf wartet, dass es endlich vorangeht. Als ich den Luftzug spüre, mit dem der Zug einrollt, und das schrille Kreischen der Bremsen höre, schiebe ich ein paar der Touristen einfach zur Seite und bahne mir einen Weg durch die Menge.

Ein etwas älterer Typ mit Baseballcap und Bauchtasche macht auf Aufpasser und sagt: »Sie können sich doch nicht einfach so vordrängeln!«

»Halt bloß das Maul«, gebe ich zurück, woraufhin der Rest der Truppe mich mit einer Mischung aus Entrüstung und Angst anstarrt.

»Das glaube ich jetzt nicht!«, empört sich der selbst ernannte Aufpasser, während ich weitere Leute zur Seite schiebe.

»Willkommen in New York. Es ist genau so, wie ihr gehört habt.«

Als ich endlich am Bahnsteigende angekommen bin, höre ich das Telefon schon klingeln und sehe einen neugierigen Skateboarder darauf zurollen. Hastig laufe ich um ihn herum und reiße den Hörer von der Gabel. Nicht zu fassen, dass es die Dinger in der Stadt überhaupt noch gibt.

Die Stimme am anderen Ende der Leitung ist dieselbe wie bei dem Anruf in dem Apartment. »Kommen Sie zum üblichen Treffpunkt. Allein. Keine Tricks. Und machen Sie schnell. Es wird dort voll sein.« Klick.

Zum üblichen Treffpunkt. Ich habe keinen Schimmer, wo der sein soll.

Ich knalle den Hörer so fest auf die Gabel, dass die Ohrmuschel abspringt und klappernd über den Bahnsteig auf die Gleise zurollt. Ich bebe so sehr vor Wut, dass ich mich an der Telefonsäule festhalten muss und den Atem anhalte, um mich zu beruhigen.

Es muss einen Hinweis geben. Etwas, was ich direkt vor Augen habe. Irgendein Zeichen.

An dem Telefon befindet sich ein Aufkleber der Brooklyn Bridge. Der Apparat selbst sieht aus, als wäre er über ein Felsmassiv gerollt worden. Aber der Sticker ist sauber und wirkt noch ganz neu. Ich streiche mit dem Finger darüber. Nicht mal ein Kratzer.

Die Serviette aus dem Apartment. BB-M. Vielleicht die Brooklyn Bridge, Manhattan-Seite. Das würde Sinn ergeben. Einfach mit öffentlichen Verkehrsmittel zu erreichen und massenhaft Leute da. Viel zu viele, als dass man irgendeinen Stunt abziehen könnte.

Das könnte hinhauen.

*

Es ist sonnig und nicht zu kalt, und der Bürgersteig ist mit Joggern, Fußgängern und Fahrradfahrern überfüllt. Schwer, hier auf geradem Weg vorwärtszukommen. Ich suche nach Lücken, und wenn ich eine finde, schiebe ich mich an den Leuten vorbei und lege einen Schritt zu, aber ich bleibe immer wieder stecken. Ich hole eine Zigarette aus der Packung in meiner Jackentasche, aber weil es so windig ist, bekomme ich sie nicht angezündet.

Immerhin hat man von hier aus einen schönen Blick auf die Stadt, die sich hell und strahlend unter der klaren Nachmittagssonne erstreckt, während sich das Licht in den Fenstern spiegelt. Ohne den Schleier der Dunkelheit kriege ich sie sonst ja eher selten zu sehen. Ich komme an der Bank vorbei, auf der ich mit Chell gesessen und wo ich den größten Fehler gemacht habe, den ich bei ihr machen konnte. Jetzt sitzen vier Kinder darauf und essen Sandwiches, die sie von einer entnervten Mutter in die Hände gedrückt bekommen haben. Für sie ist es eine Bank wie jede andere.

Unter dem Bogen des ersten Brückenpfeilers steht ein Typ in einem Trenchcoat. In der einen Hand hat er eine Aktentasche, in der anderen eine Brezel. Unter all den Sightseeing-Verrückten wirkt er deplatziert, also ist er wahrscheinlich der, den ich suche. Als ich näher komme, weicht er ein Stück zurück und fragt mit vollem Mund: »Wer sind Sie?«

»Terry Lennox schickt mich.«

»Halten Sie mich etwa für blöd?«

»So unflätig würde ich das nicht ausdrücken, aber wenn Sie es wären, würde es mir das Leben um einiges leichter machen.«

Er geht noch einen Schritt zurück und nimmt die Aktentasche in beide Hände. Was heißt: Genau die brauche ich.

»Wie viel wollen Sie dafür haben?«

»Wofür?«

»Für die Transaktion. Wie beim Geldautomaten. Die Aktentasche. Wie viel wollen Sie dafür?«

Er denkt kurz nach. »Zweihundert.«

Mehr nicht? Ich habe noch ein paar Hundert in Spielgeld in dem Umschlag bei mir, aber nach dem Kopfzerbrechen bei der vorherigen Etappe haben sie die hier wohl ein bisschen leichter gestaltet. Ich zähle das Geld ab und gebe es ihm.

»Und kein Wort zu Frankie«, sagt er. »Eigentlich war das für Terry gedacht.«

»Ich kenne Frankie doch gar nicht.«

»Auf dem Rückweg sollten Sie unbedingt bei dem Brezelstand unten an der Brücke vorbeischauen.«

»Wollt ihr mich eigentlich alle verarschen?«

Er legt den Kopf schief und beißt herzhaft in seine Brezel.

Ich knie mich mit dem gesunden Bein auf den Boden und klappe die Aktentasche auf. Darin sind zwei Telefonbücher, vermutlich damit sie so schwer ist, dass man denkt, es wäre etwas anderes drin. Zwischen den Telefonbüchern steckt eine Nachricht:

Lieber Frankie,
 damit sind wir quitt.
 Owen Taylor

Erinnert mich an die Aktentasche mit der Nachricht, die ich T. Rex überbracht habe. In meinem Leben verlaufen in letzter Zeit sogar die Parallelen gleich dämlich. Als ich den Kopf hebe, ist der Typ weg.

Ich werfe die Aktentasche auf den Boden und stütze mich mit den Armen auf das Brückengeländer. Und ich schaffe es sogar, mir bei dem Wind eine Zigarette anzuzünden. Ich richte den Blick nach Norden auf den Hudson. Allmählich wird das Spiel anstrengend. Ich wünschte, ich könnte mit einer Skip-Taste bis zum Ende springen. Aber Selbstmitleid hilft mir jetzt auch nicht weiter.

Schritt für Schritt für Schritt ...

Wenn man etwas wiederfinden will, was man verloren hat, ist der beste Weg dahin, jeden einzelnen Schritt zurückzuverfolgen.

Als ich mich wieder umdrehe, stoße ich direkt gegen zwei bärtige Hipster-Arschlöcher. Vielleicht sind die hier zufällig unterwegs, also will ich sie umrunden. Aber die beiden schubsen mich gegen das Geländer. Ich brauche einen Moment, bis ich sie erkenne. Einer kräftig, mit rötlichen Haaren und Bart, der andere schlank, das frisch frisierte, blonde Haar vom Wind zerzaust und eine Hand in Gips. Meine beiden neuen Freunde.

»Hallo, Ashley«, sagt der kräftige Rothaarige gedehnt, um mich daran zu erinnern, dass ich einen Mädchennamen habe.

»Ein Freund von uns sucht dich«, sagt der schlanke Blonde.

»Seid ihr nicht die beiden Typen, die mich abstechen wollten?«, sage ich.

Der Schlanke streicht mit der Hand über den Gips, der ihm von den Fingerspitzen bis zur Hälfte des Unterarms reicht. »Danke übrigens hierfür.«

»Du bist mit einem beschissenen Messer auf mich losgegangen. Was hast du denn erwartet?«

»Die meisten Leute schalten einen Gang zurück, wenn sie ein Messer sehen.«

»Tut mir leid, dass ich dich enttäuschen musste. Dass ich dir die Finger gebrochen habe, tut mir allerdings nicht leid. Das hattest du verdient.« Ich lehne mich mit dem Rücken an das Geländer und betrachte nachdenklich meine Zigarette. Die beiden stehen mir im Weg, und das mag ich nicht. »Ein Freund von euch will mich also sprechen? Welcher denn, der King? Ihr könnt ihm von mir ausrichten, dass ich beschäftigt bin und für den ganzen Schwachsinn keine Zeit habe.«

»Du verstehst wohl nicht richtig.« Der Rothaarige tätschelt sich den Hosenbund, und was sich darunter abzeichnet, ist kein Ständer. »Du kommst jetzt mit.«

Und wieder einmal bin ich geneigt, eine fatale Entscheidung zu treffen, die mir auf die Füße fallen könnte. Im Moment habe ich nämlich folgendes Problem: Wenn die beiden Arschgeigen mich hier vorher mit dem andern Typen gesehen haben, kann ich meine weitere Mitwirkung bei dem Spiel vergessen, weil Joel Cairo oder Rick Paulsen, oder wie auch immer er heißt, Wind davon bekommen würde und sich denken könnte, was ich vorhabe.

259

Aber vielleicht sind die beiden mir ja einfach nur gefolgt und wissen gar nichts von dem dämlichen Spiel. Das läge zumindest im Bereich des Möglichen. Fragen will ich sie nicht. Um keine schlafenden Hunde zu wecken. Also stelle ich den beiden eine ganz andere Frage: »Was ist eigentlich auf dem Stick, hinter dem ihr so her seid?«

Der Rothaarige schüttelt den Kopf. »Keine Ahnung. Interessiert mich auch nicht.«

»Schön. Ich habe ihn nämlich gar nicht bei mir. Aber wie habt ihr zwei mich aufgespürt?«

Diesmal antwortet der Blonde. »Wir haben eben überall unsere Leute.«

»Und mal angenommen, ich gehe mit euch mit, was dann?«

»Der King will dir ein paar Fragen stellen.«

»Mag sein. Aber ihr könnt mich ja schlecht hier mitten auf der Brücke erschießen. Das heißt, ich bin euch gegenüber eindeutig im Vorteil.«

»Ganz egal, wie schnell du rennst, irgendwann musst du langsamer werden«, sagt der Rothaarige.

»*Touché*«, gebe ich mit einem Lächeln zurück.

Da wir uns auf einer Sehenswürdigkeit befinden, wo massenhaft Leute rumlaufen, muss es hier so etwas wie ein dauerhaftes Sondereinsatzkommando gegen Terroranschläge geben, auch wenn man es nicht sieht. Also schreie ich so laut ich kann: »Die beiden Typen haben eine Bombe und wollen die Brücke in die Luft sprengen!«

So plötzlich wie ein Gewitter bricht Panik aus.

Die Leute rennen schreiend in alle Richtungen, wissen überhaupt nicht, wohin sie laufen sollen. Wir sind eingekesselt. Jetzt kann der Rothaarige unmöglich die Waffe ziehen. Und da bahnt sich auch schon ein Cop seinen Weg durch die Menge auf uns zu. Er kommt nur langsam vorwärts, weil er immer wieder von panischen Touristen zur Seite gedrängt wird.

Die beiden Hipster starren mich mit aufgerissenen Augen an.

»Viel Spaß noch, ihr Arschgeigen«, sage ich.

Und dann springe ich über das Geländer.

VIERZEHN

Während ich gedankenverloren von der Fußgängerebene aus über das Geländer starrte und mich selbst bemitleidete, fiel mir auf, dass der Verkehr auf der etwas tiefer liegenden Ebene daneben ins Stocken geraten war. Keine fünfzig Meter weiter gab es einen Engpass durch Straßenarbeiten, und danach floss der Verkehr wieder, als hätte man eine Schleuse geöffnet.

Also kam mir auf der Flucht vor den beiden Typen die dämlichste Idee meines ganzen bisherigen Lebens. Und das will etwas heißen.

Zunächst spüre ich nur Luft, und als ich auf die Fahrbahn krache, ziehe ich sofort den Kopf und die Beine ein, um nicht von einem der Autos überrollt zu werden. Natürlich bin ich wieder auf dem verstauchten Knöchel gelandet, was auch den Schmerz wieder aufleben lässt. Und ich bekomme noch so gerade meinen Hut zu fassen, bevor er von einem Laster platt gefahren werden kann.

Die Autofahrer hupen, während sie mir ausweichen. Links neben mir kommt ein Taxi angerollt, und ich reiße die Tür auf und klettere in den Wagen. Woraufhin mich der Fahrer in einer Sprache anschreit, die ich nicht verstehe.

»Mein Wagen ist liegen geblieben«, erkläre ich ihm. »Ich zahle Ihnen, was Sie wollen, aber bringen Sie mich von der Brücke runter. Am besten zur Chambers.«

Während er weiterfährt, fängt er an, mit mir zu diskutieren.

»Auf der Brücke darf ich keine Fahrgäste annehmen, Sir. Steigen Sie bitte aus.«

»Ich wette, Sie dürfen hier auch keine Fahrgäste rauslassen. Da stecken wir wohl in der Zwickmühle. Also helfen Sie mir einfach. Mein Wagen ist liegen geblieben, und dann bin ich auch noch von einem anderen Auto angefahren worden.«

»Wo steht Ihr Wagen, Sir?«

»Irgendwo hinter uns. Spielt keine Rolle. Sehen Sie zu, dass wir hier wegkommen.«

»Chambers. Macht zwanzig Dollar.«

Obwohl bis dahin allenfalls drei Dollar auf der Uhr sein werden. Aber ich sage nichts. Zwanzig sind deutlich weniger, als ich ihm freiwillig angeboten hätte.

Als er mich auf der Straße rauslässt, gebe ich ihm einen Hunderter. Er sieht erstaunt auf den Schein und dann wieder auf mich. Woraufhin ich sage: »Vergessen Sie mein Gesicht.«

»Sir?«

»Vergessen Sie mich.«

Dann tauche ich humpelnd in der Menschenmenge unter und nehme mir ein anderes Taxi. Damit fahre ich nach Norden, und am Union Square steige ich in ein weiteres um. Erst mit dem dritten fahre ich nach Chinatown.

*

Als ich die Treppen zu dem Apartment raufgehe, summt mein Handy. Unterdrückte Nummer.

»Johnny?«, sagt die Frau am anderen Ende der Leitung.

Für eine Sekunde bin ich verwirrt, aber dann fällt mir wieder ein, dass das ja mein Deckname ist, und ich erkenne Ivas Stimme. »Ja.«

»Wollte nur mal hören, wie es läuft. Ist alles okay?« Sie klingt etwas verunsichert, abwartend. Als wüsste sie gern, wo ich jetzt bin. Ich frage mich, ob sie mich aushorchen will. Um mir die Hipster-Schlägertruppe auf den Hals zu hetzen. Aber vielleicht werde ich allmählich paranoid.

»Bin gerade mit etwas beschäftigt«, antworte ich schließlich.

»Wie läuft die Suche?«

»Gut. Läuft gut.«

»Okay. Also, ich wollte Ihnen noch etwas sagen. Manchmal ist der einfachste Weg, jemand zu finden, die eigenen Schritte zurückzuverfolgen.«

»Dann werde ich das in Betracht ziehen.« Und damit lege ich auf.

Irgendwie hinke ich offenbar hinterher. Das heißt, ich muss schneller machen. Mittlerweile laufen die Parallelen an zu vielen Stellen zu dicht nebeneinander.

Das Apartment sieht genauso aus, wie ich es verlassen hatte. Scheint außer mir niemand hier gewesen zu sein. Ich lasse mich aufs Bett fallen, und die billige Federung quietscht unter meinem Gewicht. Ich will nur durchatmen, aber dann sehe ich aus den Augenwinkeln das blinkende Licht des Anrufbeantworters neben dem Bett. Ich drücke auf Play.

»Terry, du Schwachkopf, hier ist Frankie. Schwing deinen Hintern zu den Plätzen im Astoria Park.«

Klick.

Queens. Scheiße noch mal, ausgerechnet Queens.

Zum ersten Mal seit langem muss ich einen Blick auf einen U-Bahn-Plan werfen.

*

Vor den Basketballplätzen im Astoria Park halte ich das Foto von Lindsay einem Dutzend Leuten vor die Nase, und alle sehen mich schräg an. Aber die Kids sind ja tatsächlich nur zum Spielen hier und rechnen nicht mit einem mysteriösen Fremden wie mir.

Also hole ich mir erst mal einen Kaffee und eine Packung Zigaretten aus der Bodega an der Ecke. Damit setze ich mich auf eine Bank und genehmige mir beides, um mich wach zu halten. Ich kann mich gar nicht mehr daran erinnern, wann ich das letzte Mal in Queens war und nicht sofort wieder wegwollte.

Jetzt sitze ich hier und warte darauf, dass etwas passiert. Aber es passiert nichts. Hier ist nichts. Kein Hinweis, ganz einfach nichts. Klar, durch mein U-Bahn-Roulette, bei dem ich zwischen verschiedenen Linien hin und her gesprungen bin, habe ich mindestens zwanzig Minuten gutgemacht. Aber hier ist trotzdem nichts.

Es sei denn, ich bin hier falsch.

Die Stimme auf dem Anrufbeantworter sprach von den Plätzen im Astoria Park, aber sie sagte nicht, welche. Und sie klang wie von einem der Gangster in *Goodfellas*.

Ich Idiot! Ein alter italienischer Ganove würde doch nicht Basketball spielen.

Es dauert nicht lange, und dann habe ich die Boccia-Bahnen und ein paar Mafiosi in Polohemden und Stoffhosen gefunden. Einer mit Pomade im Haar und dicker Goldkette hebt den Kopf und starrt mich an. Dann bückt er sich nach einer limettengrünen Kugel und wirft sie auf ein paar zitronengelbe Kugeln. Offenbar hat er damit ein paar Punkte gemacht, jedenfalls sehen seine Gegner nicht gerade froh darüber aus.

»Frankie?«, rufe ich laut.

Er gibt seinen Kumpels ein Zeichen und kommt zu mir. Wobei er mich anstarrt, wie wenn er mir klarmachen will, dass er hier das

Sagen hat. »Hab Sie noch nie gesehen«, sagt er in gelangweiltem Ton. »Wie lautet Ihr Name?«

»Johnny.«

Er breitet die Arme so weit aus, dass er mir fast ins Gesicht schlägt, als er aller Welt außer mir verkündet: »Der Hut steht Ihnen einfach göttlich. Schon 'nen Teller Suppe umsonst dafür bekommen?«

»Ja, ja, ich hab *Wahnsinn ohne Handicap* auch gesehen. Aber kommen wir doch lieber zum echten Leben. Zu Ihren Geschäften mit Terry Lennox.«

Er schnippt mit den Fingern, und plötzlich flankieren mich zwei korpulente Typen im Trainingsanzug. Frankie kommt einen Schritt auf mich zu und sagt: »Wo ist Terry?«

Ich gebe einen Schuss ins Blaue ab. »Keine Ahnung. Aber ich weiß, wo Ihre Aktentasche ist.«

Zunächst sagt er nichts. Dann kneift er die Augen zusammen und fragt: »Haben Sie die?«

»Ja. Aber nicht hier.«

»Bringen Sie sie mir.«

»Aber nicht umsonst. Nur im Tausch gegen etwas.«

»Gegen was?«

»Informationen.«

Er verschränkt die Arme. »Was wollen Sie wissen?«

»Wo ich Terry finde.«

»So ein Pech. Dass wüsste ich nämlich selbst gern.«

»Eigentlich geht es mir auch nur um das Mädchen, mit dem er zusammen ist. Deshalb schlage ich Ihnen folgenden Deal vor: Ich werde Terry nicht anrühren. Ich werde ihm nicht mal sagen, dass Sie hinter ihm her sind. Ich brauche nur einen Tipp, wie ich an ihn rankomme.«

Frankie wirft seinen Männern einen Blick zu. Dann richtet er ihn wieder auf mich und gestikuliert wild mit der Hand. Die beiden verschwinden, aber dabei mustern sie mich, als wollten sie mich am liebsten umlegen.

»Ich weiß nicht, wo Terry ist«, sagt Frankie. »Aber ich weiß, wo Sie sein Mädchen finden. In einer kleinen Bar unten in Tribeca. The Patriot. Da steht sie hinter der Theke.«

»Also wieder zurück in das verdammte Manhattan.«

Ich drehe mich um und will gehen, da ruft Frankie mir hinterher: »Was ist mit der Aktentasche?«

»Die wird Ihnen nicht viel nutzen.«

»Warum nicht?«

»Da waren nur Telefonbücher drin und eine Nachricht von jemand namens Owen Taylor. Ich kann sie holen, aber dann haben Sie nichts weiter als eine Aktentasche. Und nicht mal eine besonders schöne.«

»Owen.« Frankie schüttelt den Kopf. »Scheiße! Scheiß auf Owen. Scheiß auf Terry.« Er zieht sein Handy hervor, und ohne den Blick noch mal auf mich zu richten, sagt er: »Am besten gehen Sie jetzt. Aber auf dem Weg sollten Sie bei Ray's einkehren.« Er küsst sich genüsslich die Fingerspitzen. »Da kriegen Sie eine hervorragende Pizza.«

*

Jetzt ist es mir klar. Besser gesagt, *etwas* ist mir klar. Und das ist mehr, als ich sonst rausgefunden habe.

Das Spiel ist für Touristen gedacht. Interaktives Sightseeing. Deshalb wollen mir auch alle etwas zu essen andrehen. Vermutlich wird das Ganze von den Restaurants und von der Bar gesponsert, damit sie mehr Laufkundschaft bekommen. Weil ich aber zwischendurch nichts gegessen habe und weil ich weiß, wie ich möglichst schnell von A nach B komme, konnte ich Schritt halten.

Für abenteuerlustige Touristen, die ein bisschen Zeit totschlagen und Gegenden sehen wollen, die es nicht in Filme oder Serien schaffen, ist das genau das Richtige.

Allmählich nähere ich mich dann wohl dem Ziel. Die Sonne geht schon unter, und ich werde in das Herz der Stadt zurückgeschickt.

Am Straßenrand steht ein schwarzes Taxi. Der Fahrer steht daneben und isst ein Sandwich. Eigentlich nehmen diese inoffiziellen Taxis keine Fahrgäste von der Straße mit, aber als ich dem Fahrer ein paar Scheine hinhalte, zeigt er, ohne weiter Fragen zu stellen, auf die Rückbank und stopft sich den restlichen Sandwich in den Mund.

Er fragt mich, wohin ich will, und als ich ihm sage, dass er mich nach Tribeca bringen soll, fädelt er sich in den Verkehr in die entsprechende Richtung ein. Aber dann fällt mir ein, dass ich ja in Queens bin, und da ich in einem Taxi sitze, habe ich genug Zeit für einen Umweg. Also sage ich ihm, er soll über den Merrick Boulevard fahren.

*

Ein schmuddelig gelbes Schild mit roter Schrift, genau wie in dem Fernsehbeitrag an dem Morgen, wo Chell tot aufgefunden wurde. Ich sage dem Fahrer, er solle anhalten und warten.

Ein zerrissenes Absperrband um einen Stapel alter Holzbretter flattert im Wind. Sonst keine Anzeichen für das, was hier passiert ist. Die Cops haben wahrscheinlich alles eingesammelt, was sie finden konnten.

Ich schaue mich zwischen zerbrochenen Wagenfenstern, alten Autoreifen und Altmetall auf dem matschigen Gelände um, das man von der Straße und den Bürgersteigen aus nicht sieht. Und von dem die Leute, die in der Gegend wohnen, wahrscheinlich nicht einmal wissen, dass es existiert. Das nächste Gebäude steht so weit entfernt, dass ich mir vermutlich die Seele aus dem Leib schreien könnte, ohne dass es jemand hört.

Ich gehe in die Hocke und streiche mit den Fingern über den Boden. Er ist kalt und hart, und nichts riecht nach Lavendel.

Hat er es hier getan? Oder in seinem Van?

Hat er ihr vorher die Kleider vom Leib gerissen? Oder erst danach? Stand sie unter Drogen? Oder war sie bei vollem Bewusstsein, als er sich auf sie gestürzt hat?

Warum stelle ich mir all diese Fragen?

Ich schließe die Augen und sehe vor mir Chells schmerzverzerrtes Gesicht. So deutlich, als wäre sie hier.

Du hast es versprochen.

Wer hat was versprochen?

Hinter mir höre ich Schritte und dann eine Stimme. »Mister McKenna.«

Detective Medina kommt mit einem so breiten Grinsen auf mich zu, dass ihm die Wangen schmerzen müssen. »Wissen Sie, wir hatten in den letzten Tagen jemand da draußen postiert. Wegen dem irrwitzigen Gedanken, dass der Täter manchmal an den Ort des Verbrechens zurückkehrt.« Er zeigt mit dem Kopf über die Schulter auf Grabowski, der wie ein Berg im Nebel vor einem Wagen lauert. »Und wie der Zufall es wollte, dachten mein Partner und ich, wir sollten den Fall noch einmal durchsprechen, am besten hier vor Ort. Gerade erst hat er zu mir gesagt, und damit meine ich wirklich *gerade erst,* es sei Zeitverschwendung. Weil niemand so dumm sei, dorthin zurückzukommen, wo er eine Leiche entsorgt hat. Also, Mister McKenna, wollen Sie mir vielleicht erklären, was Sie hier verflucht noch mal machen?«

Ich wiege den Kopf. »Verzeihung, aber wollen Sie noch weiterreden?«

Er nimmt ein Paar Handschellen von seinem Gürtel und lässt sie in der Hand baumeln.

»Mister McKenna, wir würden Ihnen gern ein paar Fragen stellen, und zwar auf dem Revier. Würden Sie mit uns kommen?«

»Nein. Lieber nicht.«

»Das war keine höfliche Bitte.«

»Warum formulierst du sie dann als Frage, Arschloch?«

Medina hebt den Zeigefinger und lässt ihn in der Luft kreisen. Woraufhin ich mich umdrehe und er mir die Handschellen anlegt, während der Taxifahrer achselzuckend salutiert und wegfährt.

*

Und dann muss ich mich doch wundern. Anstatt zu einer Polizeiwache in Queens fahren sie mit mir zum 9. Revier, nur ein paar Straßen entfernt von Bombays Haus. Immerhin kriege ich so eine Gratisrückfahrt, auch wenn die in unbehaglichem Schweigen verläuft, weil sich die Kommunikation darauf beschränkt, dass Grabowski Medina ein paar lange, vielsagende Blicke zuwirft.

Die Wände des Verhörraums sind in Irrenanstaltgrün gehalten, gepunktet mit kalkhaltigen Wasserflecken. Hinter der riesigen, zerkratzten Scheibe glaube ich, Bewegungen zu erkennen.

Sonst gibt es nur einen zerkratzten Metalltisch und mir gegenüber einen Stuhl, der ebenso zerkratzt ist wie der, auf dem ich sitze. Alles hier ist zerkratzt. Und es riecht nach Schimmel und Schweiß.

Es sieht dermaßen nach *Law & Order: Special Victims Unit* aus, dass ich fast glauben könnte, jemand will sich einen Scherz mit mir erlauben. Fehlt noch, dass Benson und Stabler reinkommen und mich verhören.

Die Handschellen schneiden mir ins Fleisch, und ich sitze jetzt schon seit einer Viertelstunde hier. Das verheißt nichts Gutes. Eigentlich müsste ich längst im Patriot sein. Und dafür müsste ich längst hier weg sein. Überhaupt müsste mal was passieren, was mich weiterbringt. Aber mittlerweile habe ich aufgehört, ständig die Luft anzuhalten, um mich nicht aufzuregen.

Die Tür fliegt auf. Medina marschiert herein und rückt sich als Erstes den freien Stuhl zurecht. Während das Echo des schrillen Scharrens auf dem Boden verhallt, nimmt er mir die Handschellen ab und setzt sich mir gegenüber. Ich schüttle die Arme aus, damit meine Hände wieder richtig durchblutet werden.

Er legt eine braune Mappe vor mir auf den Tisch und meinen Schirm daneben. Er tippt mit dem Finger darauf und sagt: »Interessantes Teil, das Sie da bei sich tragen.«

»Diese Fünfdollarschirmchen, die man in irgendeiner Bodega kaufen kann, halten nicht mal dem ersten Windstoß stand. Deshalb wollte ich etwas Stabileres.«

»Das Ding ist eine Waffe. Allein dafür könnte ich Sie einlochen.«

Aha. Wenn das die Art ist, wie das hier laufen soll, kann ich ja gleich mein Talent einsetzen, alles noch schlimmer zu machen. »Schusswaffen sind doch nur was für Mädchen. Welches Modell tragen Sie?«

»Sehr witzig. Mal sehen, ob Ihnen das Lachen nicht noch vergeht.«

»Also, ich weiß ja nicht, auf welchem Powertrip Sie da gerade sind, Detective, aber ich bin müde, und meine Toleranzschwelle ist auf dem Nullpunkt. Bin ich verhaftet?«

»Die ganze Klugscheißerei macht es für Sie nicht besser.«

»Stehe ich etwa schon vor Gericht? Wie war noch gleich Ihr Name?«

»Medina.«

»Ach ja, danke. War mir entfallen. Hab nämlich Wichtigeres zu tun, als mir so was zu merken. Was wollten Sie gerade sagen, von wegen Klugscheißerei?«

Medina nickt nur und schlägt grinsend die Mappe vor mir auf. Es ist eine alte Akte, die Seiten sind schon ganz vergilbt. Ich brauche gar keinen Blick hineinzuwerfen, ich weiß auch so, worum es geht. Ich weise mit dem Kopf darauf und sage: »Interessant, dass es die Akte überhaupt gibt. Es wurde nämlich keine Anklage erhoben.«

»Akten über Leute wie Sie hebt man bei der Polizei gern mal auf.«

»Leute wie mich?«

Ich wusste, dass die Sache mich auf ewig verfolgen würde. Das ist auch der Grund, warum ich den Cops so kritisch gegenüberstehe. Um es kurz zu machen: Auf der Highschool gab es ein Mädchen, das auf einer Party vergewaltigt wurde, und ich habe mir den Typen vorgeknöpft, der das getan hatte. Soweit ich weiß, geht er heute noch mit Krücken.

Damals habe ich zum ersten Mal erlebt, wie es sich anfühlt, wenn unter meinen Fäusten Haut aufplatzt.

Das Problem an der Sache war nur, dass der Vater von dem Typen ein Cop war.

An das, was danach kam, denke ich nur ungern zurück – Cops, die mich auf dem Schulweg drangsalierten und meine Bücher als Beweismittel in einem Fall konfiszierten, den es gar nicht gab. Nächtliche Anrufe bei meiner Mutter, in denen sie ihr sagten, ich sei gestorben. Die eingeschlagene Windschutzscheibe ihres Wagens. Mein Vater lebte damals schon nicht mehr, aber meine Mutter kontaktierte seine Freunde von der Feuerwehr. Und die bereiteten der ganzen Schikane dann ein Ende.

Da denkt man, etwas ist endgültig vorbei, aber dann stellt sich heraus, dass man sich gewaltig geirrt hat.

»Sie haben den Sohn eines Cops zusammengeschlagen«, sagt Medina. »Ihm schwere Verletzungen zugefügt. Jemand, der dermaßen gewaltbereit ist wie Sie, fängt damit in der Regel schon in jungen Jahren an. Bei Ihnen war es in der Highschool. Ich schätze, da zeichnete sich der weitere Weg schon ab.«

»Und ich schätze, in dem Papierkram steht nichts davon, dass der Sohn von dem Cop ein Vergewaltiger war. Sehen Sie sich doch mal *seinen* weiteren Weg an. Der sitzt nämlich seine Zeit da ab, wo sein Daddy ihm nicht raushelfen kann.«

»Davon steht hier nichts. Hier steht auch nichts von einer Vergewaltigung. Ihnen dürfte wohl klar sein, welcher Gedanke sich mir da aufdrängt?«

»Dass über die Vergewaltigung, die ihn in den Knast gebracht hat, einfach hinweggesehen wird, um stattdessen mir die Hölle heiß zu machen, vielleicht? Ist ja auch ein Leichtes, mich festzunehmen, um die Quote zu erfüllen und am Monatsende bei den Vorgesetzten gut dazustehen. Genau das ist der Grund, warum den Cops keiner mehr über den Weg traut. Weil selbst diejenigen von euch, die so tun, als wären sie die Guten, keine Skrupel haben, schützend ihre Hand über die Bösen zu halten.«

Medina hört sich das lächelnd an, als käme ihm das Ganze tatsächlich recht gelegen. »Was ich hier vor mir sehe, ist jemand, der in seiner Vorgeschichte schon eine erhöhte Gewaltbereitschaft zeigte und der jetzt kein Alibi hat. Da können Sie sich doch wohl denken, welche Schlüsse ich daraus ziehe.«

»Und was ich hier vor mir sehe, ist ein Detective, der unbedingt einen Fall abschließen will und kein Problem damit hat, jemand Unschuldiges dranzukriegen, um die Quote zu erfüllen.«

Medina schlägt die Akte zu. »Dann erzählen Sie mir doch mal, was Sie in ihrem Apartment wollten, als sie schon tot war.«

Scheiße. Das Pärchen, das reinkam, nachdem ich mir die Schusswunde verbunden hatte. Die beiden müssen die Polizei gerufen und eine Personenbeschreibung abgegeben haben. Und Medina ist aufgefallen, dass ich das bin. Ich nehme alles zurück. Er ist doch ein recht passabler Cop. »Sie hatte sich meinen Mixer geliehen, und den wollte ich unbedingt zurückhaben«, antworte ich.

»Soll ich Ihnen mal sagen, was ich glaube? Sie waren in ihrem Apartment, weil Sie etwas gesucht haben.«

»Wow. Mit Ihrer Kombinationsgabe bringen Sie es sicher noch bis zum Captain.«

Allmählich wird er sauer, aber er will es sich nicht anmerken lassen. Und ich bin mir nicht sicher, ob das ein Vorteil oder ein Nachteil für mich ist.

»Warum erzählen Sie mir nicht einfach, was Sie wirklich in dem Apartment wollten?«

»Warum glauben Sie mir das mit dem Mixer denn nicht?«

Medina legt die Akte beiseite, faltet die Hände auf dem Tisch und sagt: »Haben Sie sie getötet?«

»Wissen Sie was? Ich bin noch nicht mal verhaftet. Aber jetzt ist mir klar, was für ein Arschloch Sie sind. Ich will einen Anwalt.«

»Ich weiß, wer Sie sind. Ich weiß auch, wer Ihr Vater war. Aber bilden Sie sich nicht ein, dass Sie sich deshalb alles erlauben können. Eigentlich hätte ich Ihnen ein bisschen mehr Respekt und Professionalität zugetraut.«

Das ist jetzt nicht mehr witzig.

»Mein Vater hat es an einem einzigen Tag geschafft, mehr Menschenleben zu retten, als Sie sich überhaupt vorstellen können. Er hat sein Leben dafür gegeben. Sie dagegen nutzen Ihren Dienstausweis, um andere zu schikanieren. Und nie, niemals werden Sie sich den Respekt verdienen, mit dem man von meinem Vater spricht. Er war ein Held. Sie sind nur ein Witz.«

Beim Aussprechen dieser Worte sprüht mir der Speichel aus dem Mund, und ich verschlucke mich fast vor Wut. Medina sagt erst mal nichts. Er starrt mich nur an. Dann steht er auf, stellt sich neben mich und sieht auf mich herunter.

»Damit machen Sie sich richtig beliebt. Deshalb nehmen wir jetzt eine DNA-Probe von Ihnen, vergleichen sie mit den Spuren, die wir gefunden haben, und stecken Sie in eine Zelle.«

»Sie wollen meine DNA?« Ich lache spöttisch auf. »Da haben Sie sie.«

Ich spucke auf den Tisch.

Medina nickt erst mal nur. Dann packt er mich im Nacken und knallt mich mit der Stirn in die Spucke auf der Tischplatte. Schmerz peitscht durch meinen Kopf. Im Laufe meines Lebens habe ich schon so manchen Schlag auf den Schädel eingesteckt, aber das ist das erste Mal, dass ich Sterne sehe. Ich wusste gar nicht, dass das tatsächlich möglich ist.

Als meine Sicht klarer wird, ist die Spucke auf dem Tisch mit dem Blut aus der Wunde an meiner Stirn vermischt.

»Alles okay mit Ihnen?«, fragt Medina. »Offenbar sind Sie mit den Ellbogen von der Tischplatte abgerutscht und dabei mit dem Kopf aufgeschlagen.«

Ich erhebe mich und sinke beim ersten Schritt auf den Boden. Er packt mich unter den Armen und stellt mich auf die Beine, zumindest versucht er es, denn ich helfe kein Stück mit.

In dem Moment kommt ein anderer Cop rein, und der wirkt ziemlich verärgert. »Auf ein Wort, Detective. Sofort.«

Medina lässt mich im wahrsten Sinne des Wortes fallen und verlässt den Raum. Ich rapple mich auf und stolpere wie benommen herum. Wenn ich denen weismachen kann, eine Gehirnerschütterung davongetragen zu haben, sind sie verpflichtet, mich ins Krankenhaus zu bringen, anstatt mich in eine Zelle zu sperren.

Und wer weiß? Vielleicht habe ich ja wirklich eine Gehirnerschütterung?

Ein anderer Officer betritt den Raum, eindeutig einer, der sonst nur am Schreibtisch sitzt. Dafür, Verbrecher um den Block zu jagen, ist er nämlich zu dick. Und viel zu ernst. »Geht es Ihnen gut?«

Ich stütze mich auf den Tisch, starre ins Leere und schüttle den Kopf, als hätte er mir eine Frage über Atomphysik gestellt. Er nimmt mich am Arm, und während er mich durch die Dienststelle führt, sehe ich durch eine der Glasscheiben, wie Medina von jemand in hochdekorierter Uniform zusammengefaltet wird. Grabowski ist auch dabei, aber der steht mit verschränkten Armen ein Stück abseits. Gut so. Ich zeige Medina den Mittelfinger, aber der bekommt das nicht mit.

Der Officer bringt mich nach draußen und geht mit mir zu einem Streifenwagen. »Der ganze Fall ist ziemlich hart, Junge. Da stehen alle total unter Druck. Medina ist manchmal ein bisschen übereifrig … Aber er versucht nur, das Richtige zu tun. Vielleicht sollten wir keine große Sache daraus machen, ja?«

»Ist das ein Scherz? Das Arschloch hat mich aufs Revier geschleppt, meinen Kopf auf die Tischplatte geknallt, und jetzt soll ich das Ganze vergessen und so tun, als wäre es nur ein kleines Missgeschick gewesen?«

Der Officer zuckt die Achseln. Er lächelt. Und das sogar freundlich. Wahrscheinlich ist er so etwas schon gewohnt. »Wir fahren Sie erst mal ins Krankenhaus, damit sich das jemand ansieht. Wir bringen das schon in Ordnung. Darum braucht man keinen Wirbel zu veranstalten, verstehen Sie?«

»Ich muss nicht ins Krankenhaus. Ich muss hier weg.«

»Vorschriften, Junge. Tut mir leid.«

Bis auf uns beide ist weit und breit niemand zu sehen, und er ist nicht fit genug, mir hinterherzulaufen. Also gehe ich ein bisschen in die Knie und sage: »Ich brauche Orangensaft.«

»Was?«

»Ich bin Diabetiker. Deshalb brauche ich sofort einen Orangensaft oder einen Schokoriegel oder so was.«

»Wir bringen Sie doch jetzt sowieso ins Krankenhaus.«

»Nein. Erst brauche ich einen Schluck Saft. Ich bin unterzuckert, und wenn ich nicht sofort etwas Süßes bekomme, kriege ich einen Anfall und schlage mir womöglich noch den Kopf am Bordstein auf.« Mit flehendem Gesichtsausdruck sehe ich zu ihm hinauf. »Bitte! Ich warte hier so lange.«

Der Officer tätschelt mir die Schulter und nickt. Er wirkt aufrichtig besorgt. Was mir ein schlechtes Gewissen bereitet, denn bis er zurückkommt, bin ich längst weg.

Jetzt abzuhauen wirft natürlich kein gutes Licht auf mich, aber allmählich steigt der Druck, den Fall selbst aufzuklären. Schon allein deshalb, weil Medina sich offenbar auf mich eingeschossen hat.

Als ich um die Ecke schleiche, dreht sich vor meinen Augen alles, sodass ich mich an der Hauswand abstützen muss. Vermutlich müsste ich tatsächlich ins Krankenhaus, aber mein Geduldsfaden ist gerissen.

Was ich jetzt brauche, ist etwas, was mir wieder einen klaren Kopf verschafft.

*

Snow White sitzt so wie immer, wenn ich bei ihr vorspreche, draußen auf den Eingangsstufen. Ich setze mich zu ihr und sage nur: »Sechzig.«

»Kein Small Talk heute, hä?« Sie nimmt sich das Geld aus meiner Münztasche und richtet dann den Blick auf die Wunde an meiner Stirn. »Du blutest ja, Schätzchen.«

»Ist bestimmt nicht so schlimm.«

Sie schüttelt den Kopf. »Wenn du meinst.«

Als sie die Hand zurückzieht, befindet sich anstelle der Scheine ein Fläschchen Koks in der Münztasche. Ich verschwinde kurz in die Bar nebenan.

Die erste Nase macht mich wieder munter.

Die zweite bringt die Welt zumindest optisch wieder ins Lot.

Den Rest hebe ich mir für später auf. Ein Blick in den Spiegel zeigt mir, was ich gar nicht sehen will. Also versuche ich, mein Spiegelbild zu ignorieren. Wenn ich mich aufrecht halten kann, reicht mir das schon. Ich wische mir mit einem nassen Papierhandtuch über das Gesicht. Es färbt sich von der Wunde an meiner Stirn rosa.

In der Bar bestelle ich drei Gläser Whiskey. Während der Barkeeper sie eingießt, sieht er sich suchend um und fragt sich vermutlich, für wen die anderen beiden sind. Ich kippe die drei nacheinander runter. Draußen zünde ich mir eine Zigarette an und lasse mir die Geschmacksmischung auf der Zunge zergehen.

Scheiß auf die Abstinenz.

Mein Schirm liegt noch im Polizeirevier. Wäre wahrscheinlich nicht so klug, da aufzumarschieren, um ihn mir zurückzuholen Aber das macht nichts. Ich werde ihn sowieso nicht brauchen.

FÜNFZEHN

Als ich das Patriot betrete, verliebe ich mich sofort in den Laden. Fleckiger, zerschrammter Holzboden. Stühle, die aussehen, als würden sie gleich zusammenbrechen. Von den Wänden blättert die Farbe ab. Die niedrigen Getränkepreise sind mit bunter Kreide auf Tafeln geschrieben, und aus der Jukebox kommt Countrymusic. Der ganze Laden verströmt den süßlichen Geruch nach eingetrocknetem Bier. Eine echte Kaschemme, nicht auf schick getrimmt.

Mein erster Gedanke: Ich kann nicht fassen, dass ich hier nicht längst schon mal gewesen bin.

Der zweite Gedanke: Ich frage mich, ob die Bars in Austin auch so aussehen.

Und dann der dritte: Ich muss mir noch eine Nase Koks reinziehen.

Nachdem ich auf der Toilette nachgelegt habe, gehe ich die ausgetretenen Stufen wieder nach oben. Da gibt es sicher eine ganze Menge zu sehen, aber mir fällt nur eins auf: das Mädchen, das mit nichts als Jeans bekleidet an der Stange auf der Theke zu Willie Nelsons Stimme die Hüften schwingt. Ihr Körper ist perfekt, und vor ihr steht eine ganze Meute von Typen, die zu ihr raufstarren, während ihnen der Sabber in Sturzbächen das Kinn runterläuft.

Ich setze mich an die Theke. Sie schwebt zu mir, beugt sich über mich, aber kaum macht sie den Mund auf, ist der Zauber vorbei. »Was kann ich dir bringen, Honey?«, fragt sie mit einem so derben Jersey-Akzent, als würde sie sich die Vokale aus den Rippen quetschen.

Ihre fantastischen Brüste baumeln mir buchstäblich ins Gesicht. Eigentlich haben sie genau die Größe, auf die ich stehe.

»Drei Gläser Jay«, sage ich.

Sie springt von der Theke und schlüpft in ein graues T-Shirt. Woraufhin alle anderen Typen in dem Laden mir Blicke zuwerfen, als wollten sie mich aufschlitzen.

Sie stellt die drei Gläser auf den Tresen, schwenkt die Jameson-Flasche darüber und schafft es sogar, kaum etwas zu verschütten.

»Für wen sind die anderen beiden?«, fragt sie.

Ich antworte ihr, indem ich sie nacheinander runterkippe. Dann lege ich das Foto von Lindsay auf den Tresen und frage meinerseits: »Wo ist sie?«

»Lola?«

»Lindsay.«

»Sie selbst nennt sich Lola. Ist besser, wenn die Stammgäste den richtigen Namen nicht kennen.«

»Verstehe. Hast du sie in letzter Zeit gesehen?«

»Kann sein.«

»Wann?«

Zögernd sieht sie sich um.

»Ist sie hier?«, frage ich.

»Sie ist gerade gegangen. Vor einer halben Stunde.«

»Weißt du, wohin?«

»Sie wollte sich ihre Bezahlung abholen, aber wir hatten noch keinen Umschlag für sie. Deshalb habe ich …«

»Deshalb hast du was?«

»Also … tut mir leid. Wahrscheinlich habe ich dir schon zu

viel erzählt. Ich sollte eigentlich nicht so viel sagen. Was willst du denn von ihr?«

Das ganze Hin und Her, um an Informationen zu kommen, nervt allmählich. Außerdem bin ich mir ziemlich sicher, dass ich das Spielgeld längst irgendwo verloren habe. Also beuge ich mich über den Tresen und sage mit bedrohlich leiser Stimme: »Das dämliche Spiel geht mir auf den Senkel. Und es war ein langer Abend.«

»Ich weiß aber nicht ...«

»Gib mir einfach die Adresse.«

Hinter mir knarren die Bodendielen. Dann höre ich jemand sagen: »Wirst du belästigt, Mädchen?«

Der Typ ist Mitte dreißig. Gegeltes Haar und Ed-Hardy-T-Shirt. Aber dazu eine Anzughose und Halbschuhe mit Naht und Lochmuster. Das heißt, dass er das Shirt unter seinem Anzug getragen hat, weil er vorhatte, nach der Arbeit auszugehen. Ehering. Also hat er seiner Frau vermutlich irgendwas von Überstunden erzählt, weil er scharf auf die Barfrau ist. Und jetzt will er hier den Helden spielen, damit sie ihm später im Hinterzimmer einen bläst.

»Arbeitest du auch hier?«, frage ich ihn.

»Nein.«

»Bist du ein Cop?«

»Nein.«

»Gut.« Ich packe den Ausschnitt seines T-Shirts, drehe ihn halb rum und ziehe den Typen dicht an mich ran. »Dann kümmere dich um deinen eigenen Scheiß«, flüstere ich ihm ins Ohr.

Ich schubse ihn gegen einen Barhocker, und er landet auf dem Boden. Alle sehen sich das an, aber keiner hilft ihm auf. Die Barfrau ist zurückgewichen und steht mit dem Rücken zu den Flaschen, die im Regal hinter dem Tresen aufgereiht sind.

»Gib mir dir Adresse, dann bin ich weg«, sage ich zu ihr.

Sie zieht ein Stück Papier aus der Tasche und wirft es auf den Tresen. Darauf steht eine Adresse in Alphabet City. Ich stecke den Zettel in die Hosentasche und verabschiede mich mit einem Kopfnicken. Keiner macht Anstalten, sich mir in den Weg zu stellen. Der Möchtegernheld liegt immer noch am Boden.

Das war nicht gerade die feine Art. Wahrscheinlich ruft sie jetzt Paulsen an, um ihm zu sagen, dass ich komme.

Aber damit habe ich kein Problem. Ich schätze, der rechnet ohnehin schon mit mir.

*

Craig sitzt mit einem Pappbecher an der Treppe zur U-Bahn, vor sich ein Schild, auf dem steht, er sei Vietnamveteran und nehme gern eine kleine Spende entgegen. Als er mich die Treppe raufkommen sieht, winkt er mich zu sich, aber ich gehe weiter. »Jetzt nicht.«

»Ich habe was für dich!«, ruft er.

Also kehre ich um, und wir stellen uns an den Rand der Treppe. Er schüttelt dezent seinen Becher, und ich ziehe drei Zwanziger aus der Hosentasche und werfe sie hinein.

»Hab jemand gefunden, der das Mädchen gesehen hat«, sagt er.

»Wo?«

»U-Bahn-Station Astor Place.«

»Was hat sie da gemacht?«

»Ist zu dem U-Bahn-Wagen gerannt. Sah aus, als wollte sie vor jemand weglaufen.«

»Hat dein Informant gesehen, vor wem?«

Craig nickt zögernd. »Vor dir.«

Eine Faust schließt sich um mein Herz.

Craig hält mir wieder den Pappbecher hin, als müsste ich ihm dafür noch einen Schein geben, aber ich schlage ihn ihm aus der Hand. Das Kleingeld und die Scheine verteilen sich auf den Stufen. »Du kannst mich mal. Und dein Kumpel auch. Er hat sich geirrt.«

Craig bückt sich, um das Geld aufzuheben, und sagt: »Ist immer wieder eine Freude, zu deinem Bekanntenkreis zu gehören.« Als er alle Münzen und Scheine eingesammelt hat, lässt er mich stehen und geht wortlos weiter.

Das kann nicht sein. Ich weiß, dass das nicht sein kann. Jemand hat mich irgendwo rumtorkeln sehen, und Chell wurde gesehen, wie sie die U-Bahn erwischen wollte. So klein ist eben die Welt, auch hier in der Stadt. Ich habe Chell nichts getan. Wenn ich die Augen schließe, sehe ich ihr Gesicht vor mir. Schmerzverzerrt. Aber das ist nur ein Weckruf. Mehr nicht. Mehr kann das nicht sein.

Paulsen war es. Deshalb sollte ich ihn mir jetzt endlich vorknöpfen.

*

Die Stadt liegt im Halbdunkel, aber ich bin hellwach und fühle mich lebendiger denn je, weil ich in dem Gebäude, vor dem ich stehe, Rick Paulsen finden werde. Den Mann, der Chell umgebracht hat.

Ich weiß das einfach.

Und jetzt werde ich ihn umbringen. Auch das weiß ich. Ich weiß nur noch nicht, wie. Am besten mit bloßen Händen. Ich will spüren, wie das Leben ihn verlässt. Er muss sterben. Mit dem, was er getan hat, darf er nicht davonkommen.

Die Eingangstür ist geschlossen. Ich drücke auf ein paar Klingeln und warte darauf, dass mich irgendjemand reinlässt. Die Gegensprechanlage und der Türsummer bleiben stumm. Also gehe ich zu dem Gebäude nebenan und nehme den Weg über das Dach.

Die Tür zum Treppenhaus ist mit einem Schloss gesichert. Ich suche mir einen Betonbrocken und schlage es kaputt. Das entspricht eindeutig nicht der subtilen Vorgehensweise, die ich geplant hatte, aber das ist mir jetzt so was von egal.

Das Apartment befindet sich hinter einer der drei Wohnungstüren im zweiten Stock. Ich lege ein Ohr an die Tür, halte den Atem an und lausche. Das Einzige, was ich hören kann, ist das Rauschen meines Bluts, das wie ein reißender Strom durch die Adern pulsiert.

In Ermangelung einer besseren Idee klopfe ich an die Tür, und als sie aufgeht, gebe ich mich für den Bruchteil einer Sekunde der irrsinnigen Hoffnung hin, dass Chell diejenige ist, die sie öffnet. Dass all das nichts weiter ist als ein furchtbar geschmackloser Scherz.

Stattdessen sehe ich mich dem Lauf einer Pistole gegenüber.

Die wiederum hält ein Typ mit grau meliertem Haar in der Hand, der mich – abgesehen davon, dass er eine Waffe auf mich gerichtet hat – höflich fragt:

»Ashley McKenna?«

»Höchstpersönlich.«

»Ich erwarte Sie bereits.«

»Dann hat es sich wohl erledigt, dass ich mich weiter als Johnny ausgebe.«

Ich taxiere den Typen genauer. Gut geschnittenes Gesicht, wie ein alternder Schauspieler. Graue Schläfen. Schlank, aber sicher nicht stärker oder schneller als ich. In einem fairen Kampf könnte ich ihn zur Strecke bringen.

»Wir wussten von Anfang an, wer Sie sind.«

Wenn ich versuche, ihm die Waffe aus der Hand zu schlagen, laufe ich Gefahr, selbst erschossen zu werden. Und so gern ich ihm den Lauf auch in den Hals schieben würde, ist jetzt nicht der richtige Zeitpunkt dafür.

»Wollen Sie mir damit ins Gesicht schießen?«, frage ich. »Wenn ja, könnten Sie mich zumindest vorwarnen, damit ich die Chance habe, den Spieß umzudrehen.«

Ohne mich dabei aus den Augen zu lassen, richtet er den Blick auch auf die Waffe, deren Lauf ich genau vor der Nase habe.

»Nein, ich will Sie nicht erschießen. Jedenfalls nicht hier. Aber wissen Sie, was komisch ist? Genau diese Waffe benutze ich auch in dem Spiel, in Noir York. Da natürlich mit Platzpatronen. Können Sie sich vorstellen, wie schwer es ist, hier in der Stadt scharfe Munition zu kriegen?«

»Da bin ich aber froh, dass Sie es mir zuliebe möglich gemacht haben.«

Mit der freien Hand drückt er mir ein schwarzes Stück Stoff an die Brust. »Ziehen Sie sich die übers Gesicht. Und keine Tricks. Sonst schieße ich Ihnen in den Rücken.«

»Eine Pistole abzufeuern ist nicht so einfach, wie es immer aussieht. Sind Sie so zielsicher, dass Sie mich treffen, wenn ich abhaue?«

Mit einem Lächeln, und zwar dem widerwärtigsten Lächeln, das man sich bei jemand, der eine Waffe auf einen gerichtet hat, vorstellen kann, antwortet er: »Das lassen Sie mal meine Sorge sein.«

Ich ziehe mir die Kapuze über den Kopf, und er führt mich

die Treppen hinunter, Stufe für Stufe immer mit demselben Fuß zuerst.

Unten angekommen gehen wir aus dem Haus, er vorneweg und ich hinter ihm her. Wobei ich mich frage, ob uns irgendwelche Fußgänger entgegenkommen, und wenn ja, ob die sich nicht darüber wundern, dass jemand mit einer Kapuze über dem Kopf durch die Straßen von Alphabet City geführt wird. Oder ob sie das vielleicht in Angst und Schrecken versetzt.

Doch was Angst und Schrecken angeht, bin ich hier wohl vorerst der Einzige, der etwas in der Art erlebt. Ich habe zwar schon mal Pistolen gesehen, aber die waren bei jemand in den Hosenbund geschoben oder lagen irgendwo auf dem Tisch. Bedroht hat mich bislang noch keiner damit. Wenn man von T. Rex einmal absieht.

Wenn Rick Paulsen mich umbringen wollte, hätte er das auch in dem Gebäude tun können. Das versuche ich mir jedenfalls einzureden.

Immerhin ist schon mal ein Rätsel gelöst. Der Mann mit dem Sack über dem Kopf. Und das bringt mich zum Nachdenken. Bislang habe ich mir nämlich kaum Gedanken darüber gemacht, worum es in dem Spiel überhaupt geht. Also, um welches Verbrechen. Nicht dass das von größerer Bedeutung wäre, aber da ich im Moment sowieso nicht anderes zu tun habe, kann ich auch versuchen dahinterzukommen.

Lindsay ist ein Phantom. Überall, wo ich nach ihr gefragt habe, ist jemand, der weiß, wer sie ist, aber keiner scheint sie genauer zu kennen. Terry ist ein Bösewicht, so viel ist klar. Und er hat Probleme mit Geld. Aber was hat Lindsay damit zu tun?

Vielleicht kommt sie aus einer reichen Familie, und Terry will an ihr Geld rankommen. Das wäre nur logisch. Vielleicht hat er sie umgebracht, aber das wäre wohl doch zu hart. Selbst in New York erwarten die Leute ein Happy End.

Bleibt nach wie vor die Frage, wie Chell in das Bild passt. Meine Arbeitshypothese lautet, dass Chell Lindsays Rolle gespielt hat, aber nur weil mir bisher keine andere Variante eingefallen ist. Es gibt da ein Detail, das mich an der Sache stört: das Foto von Lindsay. Die Ähnlichkeit zwischen Iva und Lindsay ist frappierend. Aber Iva und Chell sehen sich kein bisschen ähnlich. Chells Gesichtszüge sind markanter, und sie hat größere Augen. Sie würde nicht als Ivas Schwester durchgehen, jedenfalls nicht so einfach wie Lindsay.

Meine Nasennebenhöhlen brauchen Nachschub. Außerdem wird die Kapuze mit jedem Atemzug feuchter und klebt mir jetzt schon an der Haut. Hoffentlich waschen die das Ding immer, wenn es benutzt wurde.

Das Klappern hoher Absätze kommt uns entgegen, jemand bläst den Rauch einer Zigarette aus. Ich höre, wie sich zwei Leute einen hastigen Kuss auf den Mund geben, dann packt mich der Mann an der Schulter.

»Ich habe immer noch die Pistole auf Sie gerichtet«, sagt er. »Also keine Dummheiten. Sonst lege ich Sie um.«

Ich höre das Ächzen einer alten Metalltür. Der Mann drückt meinen Kopf ein Stück runter, vermutlich, damit ich ihn mir nicht an einem niedrigen Eingang stoße. Er führt mich eine Steintreppe hinunter. Wir gehen durch einen Gang. Schwankend bewege ich mich vorwärts und stoße dabei mit den Schultern immer wieder gegen die Wände. Er geht hinter mir. Nach zwanzig oder dreißig Metern bleiben wir stehen, und ich höre, wie er einen Riegel zur Seite schiebt. Es riecht modrig, nach kalkhaltigem Wasser und Zigarettenrauch.

Wir treten offenbar in einen Raum. Er setzt mich auf einen Stuhl und fesselt meine Hände an die Rückenlehne. Ich halte sie in einem unnatürlichen Winkel, damit ich sie später vielleicht aus den Fesseln herauswinden kann. Kurz darauf nimmt er mir die Kapuze ab.

Wir sind in einem Keller, vermutlich unter einer Bar. Sieht ein bisschen so aus wie unter dem Apocalypse: ein viereckiger Raum mit zerschrammtem Betonboden und nackten Backsteinwänden.

Links neben dem Stuhl, an den ich gefesselt bin, steht ein weiterer, auf dem eine Seilrolle liegt. Auf dem kleinen Tisch neben der Tür steht eine Bierflasche. Ohne Etikett. Sonst ist der Raum leer. Paulsen lehnt an der Wand mir gegenüber, die Pistole noch in der Hand, aber er lässt den Arm baumeln, sodass sie gegen sein Bein stößt.

Neben ihm steht Iva Archer. Sie lächelt, aber nicht mehr so freundlich und verzagt wie heute Morgen, sondern mit aufeinandergepressten Lippen, so schmal wie Rasierklingen.

»Also?«, sage ich zu dem Mann mit der Pistole. »Wie soll ich Sie denn jetzt nennen? Terry? Joel? Oder vielleicht lieber Rick?«

Er spannt die Muskeln an und legt den Kopf schräg. »Woher kennen Sie meinen richtigen Namen?«

»Es mag Sie überraschen, aber ich bin ziemlich clever.«

Iva lacht auf. »So clever, sich mit einer Pistole vor der Nase an einen Stuhl fesseln zu lassen.«

»Stimmt«, sage ich. »Man beachte die Ironie.«

»Rick«, sagt der Mann mit der Pistole. »Nennen Sie mich Rick.«

»Und Sie?«, frage ich, an Iva gerichtet.

»Mich können Sie bei meinem Künstlernamen nennen. Fanny Fatale.«

»Umso besser. Nach dir habe ich nämlich auch schon gesucht.«

Wenn die männlichen DNA-Spuren an Chells Körper von Rick stammen, müssen die weiblichen von ihr sein. Fanny wollte Chells Rolle, aber Chell wollte sie ihr nicht überlassen. Daraufhin haben Rick und Fanny beschlossen, sie zu beseitigen. Vielleicht haben sie das zusammen erledigt. Oder er hat es allein getan, nachdem er mit Fanny gevögelt hat, weshalb auch ihre DNA an Chell gefunden wurde. Aber das spielt keine Rolle. Jetzt nicht mehr. Jetzt bin ich nämlich hier, um dem Bullshit ein Ende zu bereiten.

Fanny beugt sich zu mir herunter und sieht mir ins Gesicht. Ihr Atem riecht nach Schokolade. Am liebsten würde ich den beiden alle Knochen brechen.

»Weißt du, warum du hier bist?«, fragt sie mich.

»Im Spiel oder im echten Leben?«, frage ich zurück.

»Du hast rausgekriegt, wie es in dem Spiel weitergeht?«

»Natürlich.«

Rick schüttelt den Kopf. »Das glaube ich nicht.«

»Ihr habt einen Sündenbock gebraucht. Iva oder Lindsay – hängt ganz davon ab, wer von beiden sie nun ist – hat sich als ihre Schwester ausgegeben und mich durch die ganze Stadt geschickt. Damit jeder, der nach der Schwester sucht, auf Leute trifft, die sich daran erinnern, dass ich nach ihr gefragt habe, wodurch ich dann zum Verdächtigen werde. Aber du hattest vor, auch mit ihr ein doppeltes Spiel zu spielen. Du hattest es so geplant: Du hättest mir hier die Kapuze abgenommen, und sie hätte auf dem Stuhl hier neben mir gesessen, gefesselt, so wie ich. Dann hättest du uns – super ausgedacht – allein gelassen. Ich hätte mich befreit, und wenn du wieder reingekommen wärst, hätte ich dir mit der Requisitenbierflasche, die da auf dem Tisch steht, eins übergebraten und dir die Pistole abgenommen.«

»Wie hast du das rausgefunden?«, fragt Rick grinsend.

»Ich bin clever, das sagte ich doch. Gegenwärtige Umstände mal außen vor gelassen.«

»Nur damit du dich ein bisschen besser fühlst: Ich bin beeindruckt. So schnell ist noch keiner dahintergekommen. Und jetzt sag mir, wo der Stick ist.«

»Hier jedenfalls nicht.«

»Dann also in dem Apartment.«

»Da bin ich rausgeflogen.«

»Ich weiß.« Rick holt sein Handy aus der Hosentasche und tippt etwas ein. »Du wohnst zurzeit bei einem Freund. Bei diesem Inder.«

»Da ist der Stick nicht.«

»Ich glaube doch.«

»Wenn du jemand da hinschickst und meinem Freund irgendwas passiert, bringe ich dich um einiges langsamer um, als ich eigentlich vorhatte.«

»Darüber brauche ich mir wohl nicht allzu viele Sorgen zu machen.« Rick schickt die Textnachricht ab und steckt das Handy wieder ein. »So, damit ist hier wohl alles gesagt.«

»Du hast mir noch nicht erklärt, warum ihr es getan habt. Immerhin das müsst ihr mir zugestehen.«

»Warum wir *was* getan haben?«

»Chell umgebracht. Warum?«

Fanny und Rick werfen sich Blicke zu, als wären sie gerade erst in die Unterhaltung reingeplatzt und hätten nur die Hälfte mitbekommen. Dann sagt Rick: »Wir haben Chell nicht umgebracht. Vor ihrem Tod wussten wir gar nicht, dass sie uns ausspioniert hat.«

»Das ist doch gelogen. Ihr habt das mit dem Stick rausbekommen oder das mit Ginny, oder was auch immer. Dann habt ihr euch Chell geschnappt und sie umgebracht, damit nicht entdeckt wird, was ihr zu verbergen habt. Was immer das ist, vielleicht hat es ja mit den dämlichen Revierkämpfen zu tun. Und eins könnt ihr mir glauben: Wenn mir was passiert, wird Ginny zur Panzerfaust und zerlegt euch in eure Einzelteile.«

Rick lacht. Ein hohes, beunruhigendes Lachen, das mich auf den Gedanken bringt, dass er etwas weiß, was ich nicht weiß. Er kratzt sich mit der Hand, in der er die Pistole hält, am Kopf. Dann lässt er den Arm wieder sinken.

»Ginny hat dich doch längst abgeschrieben. Also habe ich freie Bahn.«

»Was soll das heißen?«

»Anscheinend hast du eine ungefähre Ahnung, was los ist, von daher weißt du wahrscheinlich, wovon ich rede, wenn ich dir sage, dass wir uns auf einen Waffenstillstand geeinigt haben. Wir lassen das mit den Raubzügen und Überfällen und halten uns mit Übergriffen auf Ginnys Territorium zurück, bis wir eine dauerhafte Einigung ausgehandelt haben.«

»Was für Raubzüge und Überfälle?«

Fanny schüttelt den Kopf. »Der weiß gar nicht so viel, wie er glaubt.«

Rick beugt sich zu mir herunter und redet mit mir, als wollte er einem Kleinkind die Welt erklären. »Die Raubzüge und Überfälle, für die der Hipster-King zuständig war. Das hat sich einerseits negativ auf Ginnys Beziehungen zu den Cops ausgewirkt, weil der Eindruck entstand, dass sie ihr Revier nicht im Griff hat. Und andererseits wollten wir die Gegend wieder ein bisschen unsicherer machen. Da ist doch sonst kaum noch was los. Wir wollen, dass New York wieder authentischer wird.«

»Willst du mich verarschen? Ihr wart das? Steckt ihr etwa auch hinter dem Grapscher am Tompkins Square Park?«

»Ohne Eier zu zerschlagen, kann man kein Omelett machen. Den Spruch kennst du doch bestimmt.«

Die Rädchen in meinem Kopf rattern und sind kurz davor einzurasten. »Heißt das, ihr habt Chell wegen einem ideologischen Scheißomelett umgebracht?«

»Wir haben Chell nicht umgebracht. Das sagte ich doch schon.«

»Und ich habe gesagt, dass ich dir die beschissene Lüge nicht glaube.«

Rick schlägt mir mit der Pistole so fest ins Gesicht, dass ich fast seitlich vom Stuhl kippe. Ich fahre mir mit der Zunge über die Zähne und stelle fest, dass einer locker ist. Eigentlich müsste das wehtun, aber über die Schmerzgrenze bin ich längst hinaus. Mein Körper ist gar nicht in der Lage, noch mehr Schmerzen zu registrieren.

Vor Wut steigt mir bittere Galle aus dem Magen auf. Ich stelle die Füße fest auf den Boden und verlagere mein Gewicht auf die Zehen. Rick bekommt nichts davon mit. Jetzt muss ich ihn nur dazu bringen, dass er sich noch einmal zu mir runterbeugt, nur ein kleines Stück.

»Dich haben sie in Boston schon mal wegen sexueller Nötigung drangekriegt. Du bist doch total gestört, und daran ändert sich auch nichts. Außerdem weiß ich, dass Fanny eine Rolle in dem dämlichen Spiel haben wollte, dass aber Chell sie bekommen hat. Ihr habt sie umgebracht, ihr beide zusammen.«

»Allmählich wird es ermüdend«, sagt Rick mit gequältem Gesichtsausdruck.

Er hebt den Arm, um die Pistole auf mich zu richten, und das verschafft mir genug Spielraum. Ich beuge mich vor, stoße mich mit den Füßen ab und ramme ihm meinen Kopf in die Magengrube. Wir krachen gegen die Wand, und es löst sich ein Schuss, genau neben meinem Kopf. Meine Ohren sind taub, und so sehe ich nur, wie sich die Waffe aus seiner Hand löst, aber ich höre nicht, wie sie auf dem Boden landet.

Während Rick sich vor Schmerzen krümmt, werfe ich einen Blick über die Schulter. Fanny will die Waffe aufheben. Ich trete sie fort. Dann drehe ich mich in gebückter Haltung mit dem Rücken zur Wand und lasse den Stuhl dagegenkrachen, bis er zersplittert.

Fanny langt noch einmal nach der Waffe, aber sie bekommt sie nicht richtig zu fassen. Ich greife danach, trete schnell zu Rick, der sich gerade aufgerappelt hat, und dresche sie ihm ins Gesicht.

*

Als Rick wieder zu sich kommt, sitzt er mit an ein Wasserrohr gefesselten Händen in einer Ecke auf dem Boden. In der Zwischenzeit habe ich Fanny gentlemanlike den einzigen funktionsfähigen Stuhl überlassen. Und sie daran festgebunden.

Noch ein paar Nasen Koks, und ich bin wieder fit. Mir klingeln von dem Schuss noch die Ohren, aber allmählich kehrt mein Gehör zurück.

Es ist das erste Mal, dass ich eine Pistole in der Hand halte. Angesichts meines Jobs ist das kaum zu glauben, aber es stimmt. Ich mag nämlich keine Schusswaffen. Weil die nur was für Feiglinge sind. Trotzdem kenne ich mich rudimentär damit aus. Erst mal das Magazin überprüfen. Und ich weiß, dass die Waffe entsichert werden muss, was bei der hier schon geschehen ist. Ich weiß auch, welches Ende das gefährliche ist. So eine Pistole ist schwerer, als ich gedacht hätte. Und sie fühlt sich kalt an. Ich behalte sie in der Hand und lasse die Arme hängen.

»Wozu das dämliche Spiel?«, frage ich Rick.

»Zugang zu Leuten und Informationen. Und es bringt Geld.« Krächzend fügt er hinzu: »Außerdem ... macht es Spaß.«

»Und Chell hat all das ins Wanken gebracht?«

Ich richte die Pistole auf ihn, worauf er mich flehentlich ansieht. »Wir haben Chell nicht umgebracht.«

»Bullshit. Dafür passt alles viel zu gut zusammen. Schließlich hat sie euch ausspioniert.«

»Trotzdem ...« Noch benommen von dem Schlag mit der Pistole versagt ihm die Stimme. Das selbstgefällige Grinsen ist ihm auch vergangen. »Trotzdem waren wir es nicht. Wir waren sauer, als wir es rausgefunden haben, aber das war erst, nachdem sie ermordet wurde.«

»Was ist mit dem Stick? Woher wusstest du, dass ich ihn habe?«

»Von meinen Jungs. Von den beiden Jungs vor deinem Apartment und auf der Brücke. An dem Abend, als du den Stick mitgenommen hast, wollten sie gerade selbst danach suchen. Sie haben gesehen, wie du aus dem Haus gekommen und in einen Wagen gestiegen bist. Da haben sie sich gedacht, dass du den Stick hast. Nachdem wir wussten, was Chell bei uns wollte, sind wir davon ausgegangen, dass sie den Stick eingesteckt hatte. Das hat sie ja auch. Aber das ist alles. Wir haben sie nicht umgebracht.«

»Lügner.« Ich ramme ihm meinen Fuß in die Eier. Schade für ihn, dass ich zufällig Stiefel mit Stahlkappen trage. Er krümmt sich vor Schmerzen und verdreht röchelnd die Augen.

»Schluss damit!«, schreit Fanny. »Ja, ich wollte den Job. Aber wir waren es nicht!«

»Halt die Klappe«, sage ich mit einem Blick über die Schulter. Ich packe Rick am Kinn und sehe ihm in die Augen. »Du bist ein Perverser. Leute wie du ändern sich nicht. Das tun sie nie.«

»Aber so war das doch gar nicht!«

»Sondern?«

Jetzt ist er kurz davor, in Tränen auszubrechen. »Das hat meine Ex mir angehängt. Sie wollte es mir wegen was anderem heimzahlen, und da hat sie mich angezeigt. Aber weil das Ganze erfunden war, bin ich nicht im Gefängnis gelandet. Ich würde einer Frau niemals so was antun.«

»Irgendwie glaube ich dir immer noch nicht. Ob ich dir wohl noch mal in die Eier treten sollte?«

Die Angst breitet sich auf seinem Gesicht wie Tinte in einem Wassertank aus. Ich nehme das Fläschchen aus der Hosentasche und halte es mir an die Nase. Nicht das mit dem Koks, sondern das mit dem Lavendelöl. Der Duft steigt mir sofort in den Kopf. Ich stecke das Fläschchen wieder ein, aber der Duft bleibt, und es ist, als würde ich Chells Stimme hören.

Die mich fragt, was ich hier eigentlich veranstalte.

Die Stimme ändert alles.

Plötzlich passt hier überhaupt nichts mehr zusammen.

»Wenn nicht ihr Chell umgebracht habt, wer dann?«, frage ich Paulsen.

»Keine Ahnung. Ich weiß es einfach nicht. Sie hat was von irgendeinem Typen erzählt, den sie kennt. Dass er sie am Handgelenk gepackt hat. Es war ganz rot. Das war kurz bevor sie an dem Abend zur Arbeit erschienen ist.«

»Was für ein Typ?«

»Danach habe ich nicht gefragt, weil es mich nichts anging.«

»Weil es dich nichts anging?«

»So meine ich das nicht. Aber du hast Chell doch gekannt. Sie mochte es nicht, wenn man sich in irgendwas eingemischt hat. Sie hat mir nicht gesagt, wer das gewesen ist, aber es war auf jeden Fall jemand, den sie gekannt hat. Das konnte man an der Art hören, wie sie von ihm gesprochen hat. So als hätte sie was mit ihm gehabt.«

Ich lege die Hand mit der Waffe auf meine Schulter, und er zuckt zurück, als befürchtete er, dass ich ihn noch mal schlagen will.

»Das ist alles, was ich weiß«, sagt er und fügt zitternd hinzu: »Ich schwöre es dir.«

Es riecht immer noch nach Lavendel.

Nach Chell.

Nach Chell, die mich dazu zwingt, Zweifel aufkommen zu lassen.

Ich sehe es in seinen Augen. Und ich höre es an seiner Stimme. Sosehr ich mir auch wünsche, er wäre es gewesen, damit ich das Ganze hier und jetzt zu Ende bringen kann, weiß ich dennoch: Er sagt die Wahrheit.

Und ich weiß ebenso, wer stattdessen infrage kommt.

Quinn. Weil sie seinen Heiratsantrag abgelehnt hat.

Also habe ich mich wohl in ihm getäuscht. Vielleicht ist er doch ein Monster und fähig, eine Frau umzubringen. Vielleicht war er es, der ihr die Verletzung am Handgelenk zugefügt hat. Später ist er ihr dann gefolgt, um ihr den Garaus zu machen.

Und Chell hat bei ihrem Anruf nicht gesagt, dass er derjenige war, der sie verfolgt hat, weil sie wusste, wie sehr ich mich darüber aufregen würde.

So muss das alles gewesen sein.

Rick wagt nicht, mir in die Augen zu sehen, als ich ihm das Handy aus der Hosentasche nehme und es an die Wand werfe.

Schließlich fragt er: »Willst du uns jetzt einfach hierlassen?«

»Irgendwie werdet ihr euch schon befreien. Dass mir deine Jungs jetzt in Quere kommen, wäre das Letzte, was ich brauche. Wenn du hier raus bist, sag dem King, dass ich nichts von eurem lächerlichen Plan halte. Mit ein paar Überfällen macht man die Stadt ganz bestimmt nicht besser. Und richte ihm aus, dass er in seinem Terminkalender alles streichen soll. Weil ich nämlich vorbeikomme, um seinen dämlichen Arsch in den Boden zu rammen.«

Ich höre die beiden noch protestieren, als ich die Tür hinter mir zugezogen habe und mich in dem dunklen Kellergewölbe an der Wand entlangtaste. Irgendwann stolpere ich über eine Treppe, an deren Ende ich auf ein Gitterrost stoße. Als ich es aufklappe, versetze ich eine Gruppe Raucher vor einer Shisha-Bar in Angst und Schrecken.

Rick hat während seines Monologs eine Textnachricht geschrieben. Wahrscheinlich an seine Jungs, damit sie Bombays Wohnung nach dem Stick durchsuchen. Ich renne los – und bete zu Gott, dass ich vor ihnen da bin.

*

Bombays Apartment ist noch schlimmer verwüstet als meins.

Sie haben seine Laptops kaputt geschlagen und die Bücherregale im Wohnzimmer umgeworfen. Der Couchtisch steht auf dem Kopf, und die Lampe, die neben dem Sofa stand, liegt in Scherben überall auf dem Boden verteilt.

Ich kann mich bei dem Anblick nicht mal darüber aufregen. Wie auch? Es ist ein Sinnbild für den Trümmerhaufen, zu dem mein Leben geworden ist.

Als ich mich umdrehe und gehen will, fällt mein Blick auf den Empfänger meines Vaters. Jemand hat darauf herumgetrampelt. Das Metallgehäuse hat ein paar Dellen, und der schwarze Kunststoff darunter ist zerbrochen.

Ich stecke das Kabel in die Steckdose, um zu prüfen, ob er noch funktioniert. Tut er nicht.

Das ganze Innenleben ist auch kaputt.

Es tut mir so leid, Dad. So furchtbar leid.

Hinter mir spüre ich eine Bewegung und rechne schon damit, dass Bombay mir den Kopf abreißen wird. Aber es sind die beiden Hipster. Wahrscheinlich waren sie in der Küche oder im Badezimmer.

Der kräftige Rothaarige hat ein langes Silbermesser in der Hand. Er stellt sich links neben mich, und der schlanke Blonde baut sich rechts von mir auf. »Den Stick, sofort!«, sagt der Rothaarige.

Der Blonde steht dicht neben mir, also ramme ich ihm meine Faust in den Magen. Als er zusammenklappt, packe ich ihn an seiner Jacke und schleudere ihn gegen die Wand. Er bleibt liegen.

Der Rothaarige hält das Messer vor sich und sagt in einem Ton, der zwischen Angst und Ärger schwankt: »Glaub bloß nicht, dass ich zögern würde zuzustechen. Und hier gibt es keine verfluchte Brücke, von der du runterspringen kannst, du Arsch. Jetzt ist Schluss mit den Spielchen. Deshalb beantwortest du lieber meine Frage.«

Er lebt noch, nachdem ich ihn aus dem Fenster geworfen habe. War ja auch nur aus dem zweiten Stock. Aber er hält endlich den Mund.

Ich texte an Bombay: Es tut mir so leid.

Dann schalte ich das Handy erst mal aus, ohne seine Antwort abzuwarten.

*

Auf dem Weg durchs West Village schreibe ich an alle, die ich bislang wieder in meinem Handy speichern konnte: Wo ist Quinn?
 Von Mikey bekomme ich schließlich eine Antwort: *Speakeasy.*
 Der Club hat eigentlich keinen Namen. Deshalb nennen ihn alle Speakeasy, so wie die Flüsterkneipen in der Prohibitionszeit. Dabei trifft es das nicht richtig, denn die Leute stehen bis um die nächste Straßenecke Schlange, um reinzukommen. Mit illegalen Kneipen würde ich auch eher Hochprozentiges verbinden, aber hier gibt es in erster Linie miserables Bier und irgendwelche Mixgetränke.
 Heute stehen mindestens vierzig Leute davor. Jimmy hat Dienst an der Tür und winkt mich zu sich, was die Warteschlange mit kollektivem Murren quittiert. Als ich reingehen will, hält Jimmy mich zurück, indem er mir eine Hand auf die Brust legt.
 »Du blutest«, sagt er.
 »Wo?«
 »Am Ohr und an ein paar anderen Stellen am Kopf.«
 »Danke für den Tipp.«
 »Wasch dir am besten erst mal das Blut ab, wenn du unten bist.« Dann stempelt er mir einen schwarzen Stern auf die Hand, hakt die Absperrkordel aus und lässt mich passieren.
 Als ich die Treppe runtergehe, schlägt mir der Geruch nach abgestandenem Bier und Körperflüssigkeiten entgegen. Die Leute glänzen vor Schweiß. So blutverschmiert wie ich bin, sehe ich im Schwarzlicht wahrscheinlich aus, als käme ich frisch von einem

Tatort. Der Club besteht aus einem viereckigen Raum mit Gängen, Nischen und ein paar kleineren Räumen, alles um eine in den Boden eingelassene Tanzfläche herum.

»Prophetnoise!«, ertönt es durch das Mikro der DJ-Kabine in der Ecke. An den Reglern steht ein Typ in orange-silbernem Netzhemd. Mit dem verfilzten Haarbüschel auf dem Kopf sieht er aus wie ein Clown. Er beugt sich über einen Laptop und haut so viel Bässe rein, dass einem schlecht wird.

Ich schiebe mich durch die Menschenmenge und mache mich auf die Suche nach Quinn. Aber mehr als die Leute direkt vor mir kann ich nicht erkennen.

Nach einer Viertelstunde reicht es mir. Ich gehe zu den Toiletten, um mir eine Line reinzuziehen. Und da finde ich ihn. Er steht mit dem Rücken zu mir an einem der Urinale, in einem weißen Polohemd, vor sich auf der Ablage eine Flasche Heineken.

Am Waschbecken sind zwei Typen. Ich tippe ihnen auf die Schultern und zeige zur Tür. Eindeutig genervt von meinem Auftritt verdünnisieren sich die beiden. Als Quinn die Tür zuschlagen hört, wirft er einen Blick über die Schulter und zuckt zusammen.

»Ash!«

»Quinn.«

Nachdem er mit Pinkeln fertig ist, geht er zum Waschbecken und sagt: »Du bist ja voller Blut.«

»Ist mir bekannt.«

Er starrt mich an, als würde er darauf warten, dass ich ausraste. »Ja, Mann, ich hatte schon gehofft, dass ich dich irgendwo treffe. Nach allem, was passiert ist, weißt du … Ich will nicht, dass das auf Dauer zwischen uns steht. Ist eine Riesenscheiße, dass Chell tot ist, aber was uns beide angeht – das können wir doch trotzdem klären.«

Nachdem er sich die Hände gewaschen und abgetrocknet hat, streckt er mir eine Hand entgegen, damit ich einschlage.

Aber ich schlage ihm meine Faust ins Gesicht, und er landet so hart auf dem Boden wie ein Auto, das vom Kran in die Schrottpresse fällt. Als er sich aufrichten will, trete ich ihm in die Rippen. Dann drehe ich ihn um und stelle einen Fuß auf seinen Rücken.

»Was soll das?«, fragt er hustend und röchelnd.

»Das ist dafür, dass du Chell wehgetan hast.«

Er versucht, sich von meinem Fuß zu befreien. »Ich habe ihr nichts angetan, Ash.«

»Gib es einfach zu, und erzähl mir keine Märchen.«

Ich zerre ihn auf die Beine und ramme ihm mein Knie in die Magengrube. Er sackt vor mir zusammen.

Wenn er es mir nicht sagen will, auch gut. In dem Toilettenraum gibt es eine Menge harter Oberflächen, die ihn vielleicht bald eines Besseren belehren.

Plötzlich fängt er an zu weinen.

»Ash, bitte. Ich habe Chell nichts getan. Ich hätte ihr niemals etwas antun können. Hör auf, mich zu schlagen. Bitte.«

»Bullshit.«

»So einer bin ich nicht, Ash.«

Ich zerre ihn wieder hoch. Das Blut tropft ihm aus dem Mund. Mein Herz rast so schnell, dass ich Angst kriege, es könnte jeden Moment zerspringen.

»Ich kenne dich fast mein ganzes Leben lang«, sage ich. »Also wag es nicht, mich anzulügen.«

Schluchzend reißt er sich von mir los. »Das würde ich nicht tun, Ash. Niemals.«

Ich ramme ihm die Faust in den Magen, und er klappt wieder zusammen.

Ich sehe nur noch rot.

»Man schlägt keine Frauen!«, schreie ich ihn an und hole wieder aus.

Dann kracht etwas Schweres auf meinen Hinterkopf.

SECHZEHN

Ich komme zu mir, dämmere aber sofort wieder weg.

Um mich herum passiert etwas, aber ich bekomme nicht mit, was es ist. Als ob man sich einen Film ansieht, sich aber nicht richtig darauf konzentriert, weil man nebenbei noch etwas anderes macht. Es dauert einen Moment, bis mir klar wird, dass ich wieder mal eine Kapuze über dem Kopf habe. Ich will sie abnehmen, aber meine Hände sind mit Kabelbinder hinter dem Rücken gefesselt. Das Plastik schneidet mir in die Haut. Es tut weh.

Ich richte mich auf und bringe mich in eine sitzende Position. Die Kapuze wird mir vom Kopf gezogen, und das Licht ist so grell, dass es mir in den Augen brennt. Jemand packt mich am Arm, zieht mich hoch und schneidet den Kabelbinder durch. Hinter mir knallt eine Tür.

Ich stehe auf einem Teppich. Flauschig – und pink. Die Wände sind mit Holzfurnier verkleidet. Links von mir befindet sich ein Tisch, und darauf liegt eine Krone von Burger King. Zertrampelt und blutverschmiert.

In der Mitte des Raums steht ein grüner Sessel. Darin sitzt – die Beine übereinandergeschlagen und mit einem Buch auf dem Schoß – Ginny. Sie trägt ein getupftes Kleid und eine Schürze, dazu eine rote Perücke und ein Kopftuch. Sie hat eine dicke Schicht Lippenstift aufgetragen und Rouge auf den Wangen.

Ohne von dem Buch aufzusehen, blättert sie eine Seite um und sagt: »Guten Morgen, Schätzchen.« Sie wirft einen Blick auf ihre Armbanduhr. »Oder eher guten Abend. Es ist kurz vor Mitternacht.«

»Was soll ich hier, verdammt noch mal?«

»Dich von mir vor dir selbst retten lassen.«

»Wo ist Quinn?«

»Auf dem Weg ins Krankenhaus. Meine Leute konnten ihn davon überzeugen, dass er von irgendeinem Straßenräuber überfallen wurde, den er nicht näher beschreiben kann. Das kostet natürlich was. Aber gern geschehen.«

Ich taste nach meinem Fedora, aber der ist weg. Habe ich den irgendwo verloren? Oder hat Ginny ihn mir abgenommen? Spielt auch keine Rolle. Ich hole das Fläschchen Koks aus der Hosentasche. Ich brauche Nachschub. Ich nehme eine Nase, und Ginny bedenkt mich mit einem herablassenden Blick. Ich stecke das blutverschmierte Fläschchen wieder ein.

Für eine Weile sitzen wir schweigend da. Ich auf dem Boden, Ginny mit ihrem Buch in dem Sessel.

»Du hast mich verladen«, sage ich schließlich.

»Hast du eigentlich eine Ahnung, in welche Scheiße du mich geritten hast?«

»Das interessiert mich so was von gar nicht. Aber ich liege mit meiner Vermutung offenbar richtig.«

Ginny klappt das Buch zu und stößt einen theatralischen Seufzer aus. »Ja, ich habe dich verladen. Ließ sich nicht vermeiden. Und ist schwer zu erklären. Aber anders ging es nicht.«

»Du hättest in Kauf genommen, dass T. Rex mich umbringt.«

Ginny wirkt verletzt. »Ich hätte nie gedacht, dass sie einen Kurier umlegen würden. Ich habe nur gehofft, dass es dich von der Sache ablenkt, an der du da dran bist. Und der Typ, den ich zu deinem Apartment …«

»Moment mal! Der Typ, dem ich hinterhergerannt bin? Den hattest *du* geschickt?«

»Herzchen, ich weiß zwar, dass der USB-Stick so gut wie nicht zu knacken ist, aber das heißt ja nicht, dass es nicht doch einen Versuch wert wäre. Und dein Apartment war ohnehin schon verwüstet.«

»Was ist mit den Hipstern?«

»Die haben weniger zu melden, als du denkst.«

»Aber trotzdem hast du denen verraten, wo sie mich finden?«

»Allerdings.«

»Warum?«

Ginny zündet sich eine Zigarette an. Immer noch hat sie mir kein einziges Mal in die Augen gesehen. »Dabei ging es ums Geschäft.«

»Ums Geschäft?«

»Ich handle mit Informationen, Ash. Informationen sind das Kostbarste, was es auf der Welt gibt. Weil niemand sie einem wegnehmen kann und sie niemals an Wert verlieren. Vielleicht begreifst du nun endlich, wie sehr du mir geschadet hast.«

»Das ist also deine Auffassung von Freundschaft?«

»Sei nicht albern.«

»Und Chell?«

»Ich weiß nach wie vor nicht, wer das getan hat. Obwohl ich sämtliche Hebel in Bewegung gesetzt habe, die mir zur Verfügung stehen. Dir zuliebe. Ich hätte die Information an dich weitergegeben, schon allein deshalb, damit du mir nicht mehr in die Quere kommst. Du hast mir wirklich eine Menge Ärger beschert.« Nach kurzem Schweigen fügt Ginny hinzu: »Tut mir leid, aber ich glaube, ich muss dir das mal deutlich sagen. Chell hat dich nicht so geliebt wie du sie, Ash.«

Brennende Säure steigt in mir auf. Ich schlucke sie hinunter und meine Tränen gleich mit. »Darum ging es nicht. Sie war meine Freundin. Und was bist du?«

»Ich bin auch deine Freundin, Ash. Und es tut mir leid für dich. Aber Menschen sterben nun einmal. Aber warum, sag mir, warum tust du dir das an? Sie wollte nicht mal mit dir ins Bett.«

Ich rapple mich auf. »Ich war ihr eine Schulter, an der sie sich ausweinen konnte. Ich war für sie da, jedes Mal wenn sie mit einem anderen im Bett war und das den Bach runterging. Ich habe alles für sie getan und nie etwas dafür verlangt. Was war denn daran so falsch?«

Ginny sagt nichts darauf. Meine Worte hängen zwischen uns in der Luft, und es kommt mir vor, als stünde ich völlig nackt vor ihr.

Nach einer Weile sagt sie: »Du hörst dich an wie ein Kind, dem man ein Spielzeug weggenommen hat, Ash. Ist es das, was Chell für dich war? Etwas, was dir gehören sollte?«

»Das habe ich nicht ... Ich meine nur ... es kann doch nicht alles so sinnlos sein. Es muss doch einen Grund dafür geben, dass sie tot ist. Jemand muss doch dafür bezahlen.«

»Ah.« Ginny lehnt sich zurück. Dann lacht sie auf einmal. Es ist vielmehr ein leises Kichern, so als hätte sie gerade eine eher mäßige Pointe gehört. »Das ist es also. Ich kann es nicht glauben. Ich kann nicht glauben, dass ich mir das nicht selbst zusammengereimt habe. Dabei war es so offensichtlich, dass es bei alldem in Wahrheit um deinen Vater geht.«

»Mit meinem Vater hat das nichts zu tun.«

»Ach nein?«

Ich durchquere den Raum und bleibe vor dem Sessel stehen.

Weil Ginny aus biologischer Sicht ein Mann ist, brauche ich keine Rücksicht zu nehmen.

»Steh auf, Ginny.«

Sie stößt einen weiteren Seufzer aus und stellt sich hin. »Was soll das werden?«

Ich überhöre die Frage und hole aus. Meine Faust trifft nur Luft. Im nächsten Augenblick finde ich mich mit dem Gesicht nach unten auf dem Teppich wieder. Ginny hat mir einen Arm auf den Rücken gedreht und ist kurz davor, mir die Schulter auszukugeln. Sie schafft es dabei noch, neben mir in die Hocke zu gehen.

»Ash, du bedeutest mir wirklich viel. Trotz allem. Deshalb fällt mir das hier so schwer.«

Ich versuche, mich aus ihrem Griff herauszuwinden, aber sie verdreht meinen Arm ein Stück weiter, bis hinter meinen Augen grelle Funken explodieren. Das Ganze scheint sie kein bisschen anzustrengen.

»Dämliche Schlampe«, presse ich keuchend hervor.

Woraufhin Ginny den Druck auf meinen Arm abermals verstärkt. »Wenn du mich mit bloßen Händen nicht verletzen kannst, tust du es also mit Worten? Ist das so? Dabei kennst du mich doch, Ash.« Sie beugt sich über mich und schreit mir ins Ohr: »Ich habe keine Gefühle!«

Knochen schabt gegen Knochen.

»Rumzulaufen und Leute zu verprügeln bringt Chell nicht zurück, Herzchen. Und deinen Vater auch nicht. Ich verstehe ja, dass du eine Geschichte brauchst, in der du deinen Schmerz verarbeiten kannst. Aber du jagst Geistern hinterher. Und die gibt es nicht.«

Ich höre auf, mich zu wehren, aber der Druck auf meinen Arm lässt nicht nach.

»Was geschehen ist, ist schrecklich. Es ist unfassbar. Solche

Dinge sind größer als wir selbst. Und sie ergeben überhaupt keinen Sinn. Trotzdem kannst du dich nicht wie ein Racheengel aufführen. Du wirst nämlich keine Antworten finden. Das sage ich dir als deine künftig ehemalige Freundin.«

Ginny lässt meinen Arm los. Ich bleibe auf dem Boden liegen und greife nach ihren Beinen.

Sie schwingt herum und presst mir ihr Knie in den Rücken, genau zwischen zwei Wirbel. Dann sagt sie: »Willst du die Wahrheit hören? Du bist jung und naiv. Du weißt nicht mal annähernd so viel über die Welt, wie du denkst. Bevor du das nicht einsiehst, wirst du dich als Mensch niemals weiterentwickeln.« Ginny beugt sich noch einmal tiefer über mich und flüstert mir jetzt ins Ohr: »Niemand weiß irgendwas. Der erste Schritt zur Heilung besteht darin, sich das einzugestehen.«

Sie lässt mich los, und ich stehe auf.

»Hau ab, solange ich noch gute Laune habe, Herzchen«, sagt sie. »Sonst siehst du als Nächstes eine Decke. Die von einem Krankenzimmer oder einer Holzkiste. Für mich spielt das im Moment keine Rolle. Ich erwarte dieses Jahr auch keine Weihnachtskarte.«

*

Ich gehe durch die Straßen, und die Leute machen einen Bogen um mich. An einer ruhigen Ecke bleibe ich stehen und starre zum Himmel hinauf, als könnte ich dort eine Antwort finden. Mein Körper fühlt sich an wie ein Meer aus Schmerz, dessen Wellen sich an meinem Kopf, meinen Rippen und meinem Bein brechen. In meinem Inneren scheinen sich Dinge zu bewegen, die sich eigentlich nicht bewegen sollten.

Ich brauche einen Drink.

Etwas, was mich betäubt.

Meine einzige Rettung ist jetzt das Apocalypse.

Der Laden ist so voll, dass ich kaum durch die Tür komme. Dave steht nicht hinter der Bar. Das ist gut. Er wäre bestimmt nicht begeistert, mich zu sehen. Tony reicht mir meine Flasche Jay über die Theke, ohne dass ich etwas sagen muss und ohne Fragen zu stellen. Ich überlege, ob ich mich nach bekannten Gesichtern umsehen soll, aber es ist so ohrenbetäubend laut, dass ich es vorziehe, direkt nach unten zu gehen. Da habe ich wenigstens meine Ruhe.

Das Außer-Betrieb-Schild hängt schon an der rechten Toilettentür. Ich passe einen Moment ab, in dem mich hoffentlich niemand sieht, und schlüpfe hinein. Das Regal ist nach hinten geschoben. Eigentlich dürfte das nicht sein. Das ist gegen die Abmachung. Sonst könnte ja jeder den Raum im Keller finden.

Ich gehe durch den dunklen Gang, und als ich mein Büro betrete, sitzt Margo auf einer der Sofalehnen, um sich herum ihre neuen Freunde. Von der alten Garde ist keiner da. Weder Lunette noch Bombay, auch nicht Dave. Keiner von denen, die hier sein dürfen.

Die Gespräche verstummen, und alle starren mich an.

»Was soll denn das, verflucht noch mal?«, frage ich Margo.

Sie wirkt erschrocken. »Was denn?«

»Was machen die ganzen Vollidioten hier?«

»Lunette hat mir den Raum gezeigt. Ich dachte, das geht in Ordnung.«

»Das tut es nicht, verdammte Scheiße.« Ich trete gegen den Couchtisch, worauf Gläser und Bierflaschen zu Bruch gehen. »Verpisst euch, ihr Schwachmaten!«

Das Oberarschloch, Eye-Anne, hebt den Kopf und sagt achselzuckend: »Gehört dir das Haus, oder was? Wenn nicht, hast du wohl kaum das Recht, uns vorzuschreiben, wo wir uns aufhalten dürfen und wo nicht.«

Ich packe ihn am Kragen und zerre ihn vom Sofa. Von hinten versucht jemand, mich festzuhalten. Aber zu wem auch immer die Arme gehören, ich schüttle sie einfach ab.

Ich schubse Eye-Anne auf das Sofa zurück und sage zu Margo: »Weißt du was? Du kannst mich mal!« Sie erstarrt. »Das hier ist alles deine Schuld! Du hast die verblödeten Gents hierhergebracht, und jetzt fliegen wir raus, weil die Nachbarn sich ständig beschweren. Das ist richtig scheiße!«

»Ash ...«

»Lass mich in Ruhe! Hau ab und nimm die Schwachköpfe mit! Der Laden gehört nicht denen, sondern uns. Und das mussten wir uns verflucht noch mal verdienen. Dann tauchen die Wichtigtuer hier auf und machen sich überall breit. Verpisst euch, und zwar alle! Sonst kriegt ihr ein Riesenproblem!«

Jetzt fühlt sich Eye-Anne wieder dazu berufen, sich einzumischen. Er steht auf und hat doch tatsächlich die Stirn, mir zu sagen: »So redet man nicht mit einer Dame.«

Ich hebe ihn fast mit den Füßen vom Boden, bevor ich ihn gegen die Wand schleudere. Als er auf dem Beton landet, halten alle im Raum kollektiv den Atem an. »Wisst ihr was?«, sage ich. »Das ist doch sowieso alles nur noch Scheiße hier.« Damit drehe ich mich um und gehe.

»Dämliches Hipster-Arschloch!«, ruft mir jemand hinterher.

Ich drehe mich noch mal um und gebe ein Geräusch von mir, das irgendwo zwischen genervt und barbarisch liegt. Dann gehe ich durch die Tür. Jemand schlägt sie hinter mir zu und verriegelt sie. Ich hämmere mir die Fäuste daran wund.

Gut. Kann mir auch egal sein. Was spielt das alles noch für eine Rolle? Bald gibt es all das sowieso nicht mehr. Soll die ganze Scheiße doch ruhig mit untergehen. Ich stapfe durch den Keller und verschwinde durch ein Gitterrost, um nicht noch mal oben durch den Laden gehen zu müssen. Draußen stecke ich mir erst mal eine Zigarette an.

Und überlege, ob ich das Kellerfenster eintreten soll.

Oder lieber gleich das ganze Haus anzünden.

So ist das nämlich, wenn man in New York lebt. Es ist einfach nur noch scheiße!

Jemand ruft nach mir. Ich drehe mich um und sehe Bombay mit einem Blick auf mich zukommen, als würde er mich zum ersten Mal sehen.

Eigentlich müsste ich mich bei ihm entschuldigen.

Das habe ich auch vor, aber dann höre ich mich die falschen Worte sagen.

»Das ist alles nur, weil sie tot ist. Ich kann doch nichts dafür.«

Er zieht die Schulter ein Stück zurück und ballt die Hand zur Faust. Ich sehe den Schlag so klar wie in Ultra-HD auf mich zukommen.

Aber ich blocke ihn nicht ab, sondern warte, bis seine Faust gegen meine Kinnlade kracht.

*

Ich kann mich plötzlich wieder an die Nacht erinnern, in der du gestorben bist.

Ich wünschte, ich könnte es nicht.

Vielleicht ist mein Gehirn nach jahrelangem Alkohol- und Drogenmissbrauch schon halbwegs über den Jordan. Vielleicht hat Bombays Schlag die Blockade gelöst. Vielleicht habe ich unbewusst versucht, dieses Stück Erinnerung zu verdrängen.

Ist auch egal. Jetzt ist es nämlich wieder da.

Als ich an jenem Abend aus meinem Büro kam und den Lockvogel samt Bodyguard losgeschickt habe, hätte ich lieber schnurstracks nach Hause gehen sollen. Aber ich war noch nicht müde und wollte nicht in meinem Apartment abhängen. Deshalb bin ich noch eine Weile rumgelaufen, habe Zigaretten geraucht und bin immer mal wieder in eine dunkle Ecke verschwunden, um zu koksen. Irgendwann habe ich dich dann mit Quinn gesehen.

Ihr kamt aus dem KGB und habt euch gestritten. Der Streit war offenbar so heftig, dass du seinem Blick ausgewichen bist. Das war bei dir immer ein Zeichen dafür, dass du im Unrecht bist, aber zu stolz, das zuzugeben. Ich stand hinter einem parkenden Lieferwagen und wusste nicht, was ich machen sollte. Dann hat Quinn den Kopf geschüttelt, und ihr habt euch geküsst. Während ich das Gefühl hatte, dass mir jemand ein Messer in die Eingeweide stößt und es munter umdreht, ist Quinn in ein Taxi gestiegen und weggefahren.

Wenn ein Streit mit einem Kuss endet, heißt das, dass es da etwas gibt, was es wert macht, sich wieder zu versöhnen.

Weißt du, Chell, es war so: Ich hatte mir eingeredet, du hättest mir versprochen, dass du dich nicht mit ihm einlassen würdest. Mir ist klar, dass dem nicht so war. Ich wollte es einfach nur gern glauben. Heute weiß ich, dass ich so etwas niemals von dir hätte verlangen dürfen, aber damals wusste ich das noch nicht.

Du bist zur U-Bahn gegangen. Ich habe dich am Eingang abgepasst und zur Rede gestellt, weil ich wissen wollte, warum du dich nun doch mit ihm eingelassen hast. Darüber haben wir uns gestritten. Ich weiß nicht mehr, wer genau was gesagt hat, jedenfalls haben wir uns so laut angeschrien, dass die Leute sich nach uns umgedreht haben. Ich war total sauer auf dich.

Als du mich einfach stehen lassen wolltest, habe ich dich am Handgelenk gepackt.

So fest, dass dein Gesicht vor Schmerz verzerrt war.

Ein Schmerz, von dem du niemals gedacht hättest, dass ausgerechnet ich ihn dir einmal zufügen würde. Ich habe dich festgehalten und am Eingang zur U-Bahn vor all den Leuten angeschrien. Jemand ist stehen geblieben und hat dich gefragt, ob du klarkommst. Ich habe ihn zur Seite geschubst, und als ich mich wieder umdrehte, warst du weg.

Als ich hinter dir her die Treppe runtergelaufen bin, fuhr der Zug schon auf dem Bahnsteig ein, und du hast es gerade noch geschafft reinzuspringen, bevor sich die Türen schlossen. Ich kam ein paar Sekunden zu spät. Ich wollte die Tür auseinanderschieben, was mir aber nicht gelang. Durch die Fensterscheibe habe ich gesehen, wie du dir das Handgelenk gerieben hast. Es war ganz rot, weil ich so fest zugepackt hatte.

Ich habe losgeheult, und zwar vor all den Leuten, die gaffend ihre Nase an die Fensterscheibe gepresst hatten.

Dann ist die U-Bahn langsam abgefahren. Ich habe hastig einen Kugelschreiber aus der Jackentasche genommen.

Allerdings habe ich damit genau das Falsche auf meine Handfläche geschrieben.

Was ich hätte schreiben sollen, wäre gewesen: *Es tut mir leid.* Aber ich war so dumm und so wütend und so betrunken, dass mir das gar nicht in den Sinn gekommen ist.

Deshalb habe ich geschrieben: *Du hast es versprochen.*

Im nächsten Augenblick ist mir klar geworden, dass das die

falschen Worte waren, aber da war es schon zu spät, weil ich meine Hand bereits an das Fenster gehalten hatte. Mit der Hand an der Fensterscheibe bin ich neben dem U-Bahn-Wagen hergelaufen. Ich habe noch gesehen, wie du einen Stift aus der Tasche gezogen hast, um auch etwas auf deine Handfläche zu schreiben.

Dann wurde die U-Bahn schneller. Ich bin weiter mitgelaufen. In dem Moment, wo du deine Hand an die Fensterscheibe gelegt hast, verschwand der Wagen im Tunnel, und ich bin mit voller Wucht gegen die Mauer gekracht – bevor ich lesen konnte, was du geschrieben hast.

Es war das letzte Mal, dass ich dich gesehen habe.

Das ist der Grund, warum ich den halbherzigen Versuch unternommen habe, mit dem Alkohol und den Drogen aufzuhören. Ich mochte den Menschen nicht, zu dem ich wurde, wenn ich mich mit Gift vollgepumpt habe. Dein schmerzverzerrtes Gesicht. Es hat mich nicht mehr losgelassen, auch wenn ich nicht wusste, was es zu bedeuten hatte. Jetzt habe ich nur doch das eine Bild von dir vor Augen.

Du bist in die U-Bahn gesprungen, weil du vor mir weglaufen wolltest. Dann bist du zur Arbeit gefahren, und ich bin durch die Bars und Clubs gezogen und habe mich so volllaufen lassen, dass ich zu Hause auf dem Fußboden bewusstlos geworden bin. Wäre mir das nicht passiert, hätte ich es nach deinem Anruf vielleicht trotzdem nicht geschafft, rechtzeitig bei dir zu sein. Aber alles wäre besser als das hier.

Ich könnte noch den ganzen Tag damit verbringen, eine Million Gründe herzubeten, warum ich alles daransetze, deinen Mörder zu finden.

Allerdings würde keiner der Gründe der Wahrheit entsprechen. Die besteht für mich nämlich nur darin: Ich will dir zeigen, wie leid es mir tut. Nur finde ich keine andere Möglichkeit, das zum Ausdruck zu bringen, als den Menschen, der dich auf dem Gewissen hat, denselben Schmerz spüren zu lassen, den er dir zugefügt hat.

Was du wohl sagen würdest, wenn du mich jetzt so sehen könntest?

SIEBZEHN

Beim Aufwachen scheint mir die Sonne ins Gesicht. Das macht den Kater, der mir im Kopf rumtrampelt, nur noch schlimmer. Mein Körper ist bleischwer, so als würde er von Gewichten nach unten gezogen. Schon der Gedanke, mich zu bewegen, ist der reinste Horror. Ich weiß nicht, wie ich das aushalten soll.

Gebäude. Gebäude rauschen an mir vorbei, als würde ich weggeschoben. Vielleicht bin ich ja schon tot, und das sind die Dinge, die man dann sieht. Vielleicht ist die Stadt zu dem Schluss gekommen, dass sie mit mir fertig ist. Dass ich es nicht verdiene, noch länger hier zu sein. Und dann hat sie jemand geschickt, der mich wegbringt, weit weg, irgendwohin, wo ich noch mal von vorn anfangen muss.

Wer weiß? Vielleicht wäre das gar nicht so schlecht.

Plötzlich stehen die Gebäude still. Ich höre Hupen und rieche Auspuffgase.

Mühsam richte ich mich auf und stelle fest, dass ich auf einem Boot bin.

Mein Hut ist wieder da. Er liegt neben mir auf einer Kühlbox. Ich öffne sie und nehme mir eine Flasche Bier und eine Flasche Wasser. Das Bier lege ich wieder zurück, das Wasser stürze ich runter und kotze dann sofort über die Reling – auf eine Straße.

Wo zum Henker bin ich hier eigentlich? Ich bin zu erschöpft, mir darüber Gedanken zu machen. Ich lege mich auf die Seite, rolle mich zusammen und schlafe wieder ein.

*

Hellblauer Himmel, und das Boot schaukelt auf dem Wasser. Tibo ist halb nackt und schlüpft gerade in einen Ganzkörpertaucheranzug.

Als er sieht, dass ich mich bewege, sagt er: »Guten Morgen.«
»Wo sind wir?«
»Auf einem Boot.«
»Warum denn das?«
»Du erinnerst dich nicht mehr an letzte Nacht, oder?« Er zieht den Reißverschluss hoch und stopft seine Dreadlocks unter die Taucherhaube. »Ich hatte den Anhänger mit dem Boot auf der Straße geparkt, und als du gesagt hast, du kannst nicht nach Hause, habe ich dich da schlafen lassen. Ich habe dir erzählt, dass ich früh rausmuss, und du meintest, ich soll dich einfach mitnehmen.«

Ich hieve mich auf die Sitzbank und schaue auf das Wasser. Gigantische Frachtschiffe fahren an uns vorbei. Ich kann nur beten, dass die uns sehen.

»Dürfen wir hier überhaupt rumschippern?«
»Solange es uns niemand verbietet.«
»Das ist der Hudson. Willst du wirklich in die Brühe hier springen und mit Syphilis wieder rauskommen?«

Tibo wirft mir eine Flasche Chlorbleiche zu. »Für später.«
»Kannst du mir eine Erklärung unterschreiben, in der steht, dass ich nicht verantwortlich dafür bin, wenn du draufgehst?«

Tibo hört mir gar nicht zu. Er setzt sich eine riesige Tauchermaske auf und drückt auf einen Schalter an der Seite, woraufhin eine Lampe angeht.

Dann lässt er sich ins Wasser hinunter. Er hält sich an einer Seite des Bootes fest, nimmt das Mundstück für die Sauerstoffzufuhr noch mal raus und sagt: »Wenn ich in einer halben Stunde nicht wieder oben bin, kannst du dann die Küstenwache rufen? Da vorn ist ein Funkgerät. Hab keine Ahnung, wie es funktioniert, aber ist bestimmt nicht allzu kompliziert.«

»Geht klar. Solange du nicht von mir erwartest, dass ich dich selbst raufhole … Ist das Wasser überhaupt warm genug?«

Er tippt sich an die Haube. »Trockenanzug. Extra für kaltes Wasser.«

»Und du kennst dich mit so einer Sauerstoffflasche aus?«

»Learning by doing.«

Er taucht ab. Ich werfe einen Blick auf mein Handy, nehme mir eine Flasche Bier aus der Kühlbox und mache es mir bequem. Das Bier ist warm. Aber das sonnige Wetter und die salzige, kalte Luft sind erfrischend, sodass es mir schon etwas besser geht.

Es ist ruhig hier. Total ruhig. Das Einzige, was ich höre, ist das Plätschern des Wassers gegen den Bootsrumpf und von weitem ab und zu eine Schiffshupe. Ganz schwach vernehme ich auch eine Art saugendes Geräusch, und ich brauche eine Weile, bis mir klar wird, dass das nur die Stille ist.

Von hier aus wirkt die Stadt wie eine gemalte Kulisse. Die Gebäude haben scharfe Konturen und sind deutlich zu erkennen. Bei kaltem Wetter mochte ich New York schon immer ganz besonders – wenn die Luft so trocken ist, dass es kaum Feuchtigkeit, Schmutzpartikel oder sonst irgendwas gibt, was einem die Sicht wie an dunstigen, heißen Tagen vernebelt. Ab Oktober kann man meilenweit sehen, in den kalten, klaren Nächten jedes einzelne der erleuchteten Fenster in jedem einzelnen Gebäude.

Unter normalen Umständen würde ich den Blick auf die Stadt noch mehr zu schätzen wissen, aber jetzt erscheint er mir wie die Illustration zu einer Geschichte von jemand, den ich überhaupt nicht kenne.

Ich ziehe mein Handy aus der Tasche. Immer noch Empfang. Also schicke ich eine Nachricht an Good Kelly: Wie ist Austin?

Einen Moment später kommt schon ihre Antwort: Prima. Fühle mich schon richtig zu Hause.

Vermisse dich hier.

Komm mich besuchen.

Könnte gut sein.

Nichts von Bombay oder Margo oder Lunette. Ist vielleicht auch besser so.

Als ich kurz davor bin, noch mal einzuschlafen, taucht Tibos Kopf an der Seite des Bootes auf. Er zieht sich an der Bootskante hoch, und ich rücke ein Stück beiseite, damit er mich nicht nass spritzt. Ich weiß zwar, dass das Wasser mittlerweile sauberer als früher ist, aber bei Regen läuft die Kanalisation immer noch über in das Hafenbecken.

Tibo nimmt die Tauchermaske ab. Sein enttäuschter Gesichtsausdruck sagt alles. Er stemmt die Hände in die Hüften und schüttelt den Kopf. »Ich habe ein Auto und einen Einkaufswagen gefunden. Nicht gerade nützlich.«

»Wie ist es, da unten zu tauchen?«

»So als würde man durch Öl schwimmen. Man kann nicht sehr weit sehen, und ab und zu huscht wie aus dem Nichts ein Fisch an einem vorbei. Ist ein bisschen wie in einem Horrorfilm, den man nicht abschalten kann. Ich glaube, ich habe mir sogar ein paar Tropfen in die Hose gepinkelt.«

»Dann schwimmst du also in deinem eigenen Saft.«

Ich entkorke die Flasche Chlorbleiche, und wir reiben Tibos Haut damit ab, wobei wir aufpassen, dass er nichts davon ins Gesicht bekommt. Bis auf T-Shirt und Boxershorts hat er alles ausgezogen, und obwohl es auf dem Wasser ziemlich kalt ist, macht er sich nicht die Mühe, sich anzuziehen. Er wirft die Taucherausrüstung in eine Ecke, legt die Füße hoch und öffnet sich ein Bier.

Nach einer Weile fragt er: »Meinst du, wir können es morgen noch mal versuchen?«

»Erzähl mir erst noch mal, was du damit machen willst.«

»Die Baukosten finanzieren und was man sonst noch für den Anfang braucht. Ich hatte an geodätische Kuppeln gedacht, also die Teile, wo das Gerüst aus lauter Dreiecken zusammengesetzt ist, und an Baumhäuser. Dann Gemüseanbau, Hühner und Ziegen. Das Ganze soll ja eine nachhaltige Kommune werden, die notfalls ein paar Hundert Leute versorgen kann.«

»Und wann willst du mit dem Bau anfangen?«

»Eigentlich bereits vor sechs Monaten.«

»Hast du schon eine Ahnung, wo?«

»Irgendwo im Süden. Mit Wärme kommt man besser klar als mit Kälte, besonders wenn es um den Anbau von Nutzpflanzen geht.«

»Und du willst all das hier wirklich hinter dir lassen?«

»Ich lebe gern in der Stadt hier, aber früher oder später wächst man aus ihr raus oder sie wächst einem über den Kopf. Und wenn man den Moment verpasst, macht einen das nur noch fertig.«

»Aber wir sind hier zu Hause.«

»Zu Hause fühlen kann man sich überall, wo man gern ist.«

»Aber wie kannst du dir überhaupt sicher sein, dass das Silber tatsächlich irgendwo da unten liegt?«

Tibo zuckt lässig die Achseln. »Weil ich schon acht Barren gefunden habe.«

»Scheiße noch mal, das gibt's doch nicht!«

Er grinst. »Hat schon ordentlich was auf mein Bankkonto gespült.«

»Dann kann aus deinen Plänen also wirklich was werden.«

»Du solltest mitmachen.«

»Ich überleg's mir.«

Jetzt muss Tibo richtig lachen.

»Was ist?«, frage ich ihn.

»Jedes Mal wenn ich dich gefragt habe, ob du dabei bist, und du ja gesagt hast, war mir klar, dass du mich nur nicht entmutigen wolltest. Aber diesmal habe ich das Gefühl, dass du wirklich darüber nachdenkst.«

Tibo trinkt den letzten Schluck aus der Flasche und nimmt sich eine neue aus der Kühlbox. Dann fügt er hinzu: »Aber noch bist du nicht bereit.«

»Eigentlich bin ich schon mit einem Fuß aus der Tür.«

Damit ist das Thema erst mal erledigt. Wir lassen uns auf dem Boot noch ein Stück treiben, und irgendwann sage ich Tibo, er soll mich an einem der Anleger auf Staten Island absetzen.

*

Im Haus herrscht Totenstille. Ich gehe direkt durch zum Kaminsims im Wohnzimmer, dem Gedenkschrein für meinen Vater.

Familienfotos. Mein Dad, meine Mutter und ich am Lido

Beach beim alljährlichen Picknick der Feuerwache. Dad in voller Montur, umringt von seinen Kollegen. Zwischen den Fotos liegt sein Helm, staubfrei und warm, wann immer ich ihn berühre. Das Einzige, was man von ihm gefunden hat.

Nach seinem Tod – und als ich dann auszog – richtete meine Mutter ihr Leben dahingehend ein, so viel zu arbeiten, wie sie nur konnte. Sich mit einem anderen Mann zu treffen kam ihr nie in den Sinn. Und darüber bin ich froh. Das hätte ich niemals verkraftet. Dafür bin ich zu selbstsüchtig.

Ich höre Schritte auf der Kellertreppe. Dann steht meine Mutter mit einem vollen Wäschekorb in der Tür, noch in Schlafanzug und Bademantel, das graublonde Haar mit einem Halstuch zurückgebunden. Sie wirkt ein bisschen zerbrechlicher als bei meinem letzten Besuch. Von Mal zu Mal wirkt sie zerbrechlicher, als würde sie ohne meinen Vater immer weniger werden.

Sie starrt mich an, und ich versuche mir vorzustellen, welchen Anblick ich mit all den Schrammen und Prellungen biete. Aber keine davon tut so weh wie die Scham. Meine Mutter lässt den Wäschekorb fallen und bricht in Tränen aus.

Dann legt sie die Arme um mich. Ihr Griff ist fester, als man das einer so zierlichen Person zutrauen würde.

»Ashley, was ist passiert?«, fragt sie.

Ich gebe ihr keine Antwort

Sie führt mich in die Küche und sagt: »Ashley, was ist passiert?«

»Ich habe alles verbockt, Ma.«

»Was hast du verbockt?«

»Ich bin in etwas Schlimmes reingeraten.«

»Ashley!«

»Das Mädchen, das ermordet wurde ..., Das in der Zeitung stand. Ich habe sie geliebt. Ich wollte denjenigen, der das getan hat, dafür büßen lassen. Und dann ...« Ich kann ihr nicht in die Augen sehen.

»Ashley. Ganz ruhig und der Reihe nach, bitte.« Sie legt mir eine Hand auf die Wange. »O Gott, wir sollten erst mal ins Krankenhaus fahren.«

»Ich lebe ja noch. Schätze mal, dass keine akute Gefahr besteht.«

Sie öffnet den Mund, aber sie findet keine Worte. Kopfschüttelnd und nickend zugleich versucht sie, einen klaren Gedanken zu fassen. »Bitte, Ashley, nicht auch noch du. Bitte nicht!«

Auf dem Herd pfeift ein Wasserkessel, aber keiner von uns reagiert darauf.

»Ich glaube, ich muss hier weg, Ma«, sage ich schließlich.

Angesichts des plötzlichen Themenwechsels gewinnt sie ihre Fassung zurück. »Wie meinst du das?«

»Fort aus der Stadt. Sie tut mir nicht gut.«

Meine Mutter nickt und schiebt mich auf den Tisch zu, damit ich mich setze. Dann macht sie Tee, mit Zucker für sich und ohne für mich. Dabei vermeidet sie es, mich anzusehen.

Sie stellt die beiden Becher auf den Tisch und fragt: »Willst du weg von hier, weil du das Gefühl hast, dass es an der Zeit ist, oder weil es etwas gibt, dem du entfliehen möchtest?«

»Das weiß ich selbst nicht so recht. Es ist nur ... Ich habe schon länger das Gefühl, es wäre einfach besser für mich. Manchmal hat man doch so eine Vorstellung, die sich irgendwie richtig anfühlt. Nur dass ich nicht weiß, was Dad davon halten würde. Vielleicht würde er nicht wollen, dass ich weggehe, wenn er etwas dazu sagen könnte.«

Sie lächelt, und der Gedanke an ihn lässt ihre Augen leuchten. »Er würde wollen, dass es dir gut geht. Und ich bin ein großes

Mädchen. Ich komme schon zurecht. Außerdem bin ich nicht allein. Deine Freunde sind auch nicht allein. Niemand ist allein, es sei denn, man hat es sich selbst so ausgesucht.« Sie schweigt für einen Moment, dann fügt sie hinzu: »Auch du bist nicht allein, selbst wenn es dir so vorkommt.«

»Ich weiß, Ma. Es ist nur ... Ich will nicht die falsche Entscheidung treffen.«

»Das findest du nur heraus, indem du es ausprobierst.«

»Ich weiß nicht.«

»Hör auf. Wenn du das Gefühl hast, dass es das Richtige für dich ist, solltest du es versuchen. Ashley, du hast ein großes Herz. Du kümmerst dich um andere Menschen, und das ist wunderbar. Aber vor allem musst du dich um dich selbst kümmern. Du kannst nicht für alle da sein. Niemand kann das.« Sie unterbricht sich und wendet den Blick ab. »Dein Vater musste immer alle anderen beschützen. Und sieh dir an, was es ihm gebracht hat.«

»Das war etwas anderes.«

Für den Bruchteil eines Augenblicks flammt Ärger in ihr auf. »Tatsächlich?«

»Ja, anders.«

Sie setzt sich neben mich und legt mir den Arm um die Schultern. »Wenn du wegwillst, unterstütze ich dich darin. Auch wenn ich dich wahnsinnig vermissen werde. Aber so ein Szenenwechsel hat oft etwas Gutes. Du kannst ja auch jederzeit zurückkommen, und dann kannst du so lange hier wohnen, wie du willst. Versprich mir nur, dass du an dein Telefon gehst, wenn ich dich anrufe. Bitte, ja? Versprichst du mir das?«

»Ja, Ma. Das verspreche ich dir.«

Sie lächelt, und dann zeigt sie auf meinen Hut, den ich auf den Küchentisch gelegt habe.

»Der ist sehr schön.«

»So einen Fedora wollte ich immer schon mal haben.«

»Das ist doch überhaupt kein Fedora. Ein Fedora hat eine breitere Krempe. Das ist ein Trilby.«

»Echt?«

»Ja, mein Schatz.« Sie streicht mir durchs Haar. »Du siehst ihm so ähnlich, weißt du das eigentlich? Je älter du wirst, desto mehr.«

»Sollte ich mir vielleicht die Haare anders schneiden? Oder einen Bart wachsen lassen? Würde das helfen?«

»Nein. Ich finde es schön, dass du wie er aussiehst. Er wäre so stolz auf dich.«

Ich wünschte, es wäre so.

*

Die Worte meiner Mutter hallen noch in mir nach, während ich in die Stadt zurückfahre.

Alles, was ich wollte, war, so zu sein wie mein Dad. Und alles, was ich geschafft habe, ist, es zu vergeigen. Das einzig Gute daran, dass er tot ist, besteht darin, dass er mich nicht so sehen kann. Dass er nicht mit ansehen muss, was aus mir geworden ist.

Bevor mir überhaupt bewusst wird, wohin ich mich bewege, bin ich auch schon da: an der Straßenecke in Alphabet City, von der Chells letztes Lebenszeichen kam. Das ist der letzte Ort, den ich ihr zuordnen kann. Wieder gehe ich in die Hocke und streiche mit den Fingerspitzen über den Boden. Keinerlei Wärme. Kein Duft nach Lavendel.

Ein weiteres anonymes Grab in dieser großen Stadt. Eines von so vielen.

Ich ziehe das Fläschchen aus der Jackentasche und lasse das

Lavendelöl auf den Boden tropfen. Ich schließe die Augen. Und stelle mir vor, sie wäre hier, nur für eine Sekunde.

Von hier aus hat sie mich angerufen. Trotz allem hat sie mich angerufen. Sie hatte mich nicht abgeschrieben. Vielleicht hätte sie sich sogar meine Bitte um Verzeihung angehört.

Daran kann ich mich festhalten.

Und damit war es das für mich. Alles Weitere sollte ich den Cops überlassen.

Auf der anderen Straßenseite geht die Tür der Bar auf und wieder zu. Der Türsteher, ein fast zwei Meter großer Schwarzer, nimmt seine Position ein.

Eigentlich sollte ich jetzt aufstehen und gehen. Mir etwas suchen, wo ich heute Nacht unterkommen kann, und mir Gedanken darüber machen, wie es nun für mich weitergeht. Wahrscheinlich suchen die Cops noch nach mir. Von T. Rex und dem Hipster-King kommt sicher auch noch was hinterher, vorausgesetzt, die leben überhaupt noch. Wenn ja, sind das jedenfalls zwei Leute mit dämlichen Namen zu viel, die mich lieber tot sehen wollen.

Anstatt mich davonzumachen, überquere ich die Straße. Der Türsteher, der heute Dienst hat, muss der sein, den ich schon längst befragen wollte, und irgendwie stört es mich, dass da noch ein loser Faden vor meinen Augen hängt.

Als ich mich nähere, nimmt er die Sonnenbrille ab. Er sieht mir prüfend ins Gesicht und zieht eine Augenbraue hoch. »Harte Nacht gehabt?«

»Hartes Leben. Bist du Steve?«

»Bin ich.«

»Gut. Ich muss dich mal was fragen. Vor ein paar Nächten wurde eine junge Frau umgebracht, davon hast du bestimmt gehört, oder?« Ich zeige auf die andere Straßenseite. »Sie verschwand von der Ecke da hinten. Der Muskelprotz, der an dem Abend danach hier an der Tür stand, hat mir gesagt, du hattest in der Nacht Dienst.«

»Die Frau, die in der Zeitung stand? Davon habe ich gehört. Aber in der Nacht hatte ich keinen Dienst. Mit wem hast du denn am Abend danach gesprochen?«

»Nach seinem Namen habe ich den Typen nicht gefragt. Bodybuilder. Versprüht den Charme einer Kettensäge.«

Steve runzelt die Stirn und nickt. »Du meinst Bret. Eigentlich war ich tatsächlich für den Abend eingeteilt, aber ich war krank. Er hat meine Schicht übernommen.«

»Moment mal. Der Typ hat an dem Abend hier gearbeitet? Ist er heute auch da, oder kommt er vielleicht noch?«

»Der ist weg. Der Boss hat ihn gefeuert. Gab Probleme mit den Mädels hier. Die wollten nicht mehr mit ihm arbeiten. Ich glaube, er hat mal eine angegrapscht.«

Steve erzählt weiter, aber ich höre nicht mehr zu.

Es ist, als täte sich der Asphalt unter mir auf.

Wie konnte ich das übersehen?

Ich habe selbst mit dem Typen gesprochen. Ich habe mit dem Typen gesprochen, nur ein paar Stunden nachdem er Chells Leiche in einem Hinterhof in Queens abgelegt hatte. Wahrscheinlich hatte er noch ihr Blut unter den Fingernägeln.

Ich ziehe die Brieftasche von T. Rex aus der Jacke, fische einen Hunderter raus und halte ihn Steve hin. »Kannst du mir seine Adresse geben?«

Er holt sein Handy aus der Hosentasche und scrollt sich durch Namen und Nummern. »Kann ich. Der Typ war ein Arschloch.«

ACHTZEHN

Unter dem Radar nach Long Island zu kommen ist gar nicht so leicht.

Ein Leihwagen scheidet aus, weil ich dafür meinen Führerschein vorlegen müsste. Abgesehen davon sind an den Mautstellen Kameras. In den Zügen auch.

Ohne dass Ginny ein paar Strippen zieht, ist es so etwas schwierig zu organisieren. Aber unmöglich ist es nicht. Es erfordert nur ein bisschen mehr Aufwand. Doch da Tibo jemand kennt, der ein Auto hat, und dieser Jemand sich bereit erklärt hat, keine Fragen zu stellen, konnte ich ihn mit einem Stapel Scheine zur Mitwirkung bewegen.

Ich habe also ein paar Decken in seinen Kofferraum gestopft und ihm dann eingeschärft, sich an die Geschwindigkeitsbegrenzung zu halten und bloß keine Verkehrsregeln zu verletzen. Nur für alle Fälle. Wie lange die Fahrt gedauert hat, weiß ich gar nicht, weil ich im Kofferraum eingeschlafen bin.

Nachdem er mich rausgelassen hat, habe ich ihn in eine Billardhalle geschickt, wo er sich mit einem Freund treffen sollte, um ein Alibi parat zu haben. Besser man hat eins und braucht es nicht als umgekehrt. Währenddessen habe ich mich ins Gebüsch geschlagen und bin durch Seitenstraßen geschlichen.

Auf Bombays Hilfe zu verzichten ist wirklich nicht leicht. Aber er hat mir genug beigebracht, dass ich in ein Internetcafé springen und recherchieren konnte, ohne Spuren zu hinterlassen. Wie ich herausgefunden habe, wohnt Bret Carte bei seinen Eltern und wurde zweimal wegen sexueller Belästigung festgenommen. Dass er dennoch einen Job bekommen hat, der darin besteht, auf angetrunkene Frauen aufzupassen, wird die Politiker in den Wahnsinn treiben.

Mittlerweile ist es dunkel, und so weit, wie die Häuser voneinander entfernt stehen, würde keiner bei einem Blick aus dem Fenster bemerken, dass ich zwischen den Büschen hocke und Carte durch das Küchenfenster beobachte.

Schwarze Kleidung und Sturmhaube sind dabei recht hilfreich.

Die Pistole, die ich mir gewissermaßen von Rick Paulsen geliehen habe, hoffentlich auch.

Zum zwanzigsten Mal überprüfe ich das Magazin, nur um sicherzugehen, und jedes Mal zittern mir dabei die Hände leicht. Eine Weile beobachte ich, was Carte in der Küche macht. So naiv es auch erscheinen mag, irgendwie hatte ich erwartet, dass man es ihm ansieht, wenn man genauer hinschaut. Dass er durch ein äußeres Zeichen gebrandmarkt ist.

Aber er sieht nur aus wie jemand, der eine schlechte Angewohnheit hat.

Trotzdem frage ich mich immer noch, warum ich es nicht bemerkt habe. Ich hatte ihn direkt vor mir. So dicht, dass ich nur die Hand nach ihm hätte auszustrecken brauchen.

Nun bin ich bereit, es zu beenden.

*

Es war nie leicht mit uns beiden, Chell, aber möchtest du wissen, welche Erinnerung an dich mir die liebste ist? Woran ich auch jetzt wieder denken muss?

An die Nacht, wo der Strom ausgefallen ist. Weißt du noch? Als das Herz der Stadt vollkommen im Dunkeln lag.

Es war ein furchtbar heißer Tag gewesen. In meinem Apartment war die Hitze noch schlimmer als sonst, weshalb ich nach draußen gegangen bin und eine Runde gedreht habe. Dabei bin ich Good Kelly begegnet, und die hat mir erzählt, dass an dem Abend bei Tibo auf dem Dach eine Party stattfinden sollte.

Der letzte Stromausfall in der Stadt war in den Siebzigern. Da war ich noch gar nicht geboren. Aber mittlerweile hatte ich natürlich davon gehört. Mein Dad hat mir erzählt, dass er in jener Nacht im Einsatz war und überall nichts als Chaos herrschte. Sämtliche Klischees und Horrorvorstellungen waren erfüllt worden. Ausschreitungen auf den Straßen, Plünderungen, Schlägereien. Dad war erst seit einer Woche beim FDNY und kurz davor, sofort wieder hinzuschmeißen. Was er dann natürlich doch nicht tat.

Als ich den Stromausfall erlebte, musste ich sofort an ihn denken. Was für mich nicht leicht war. Eigentlich wollte ich gar nicht zu der Party gehen, sondern mich in meinem Apartment verbarrikadieren, nicht ans Telefon gehen und mich kettenrauchend mit dem billigsten Bier, das ich in der Bodega finden konnte, auf die Feuerleiter zurückziehen.

Aber dann dachte ich: Bei einem Stromausfall gibt es keine Lichtverschmutzung, also kann man vielleicht die Sterne sehen, jedenfalls mehr als die zwölf, die so hell leuchten, dass man sie auch sonst durch den Dunstschleier erkennt. Das war uns New Yorkern doch jahrelang versagt geblieben.

Etwas so Besonderes sollte man vielleicht doch nicht ganz allein auf einer Feuerleiter erleben.

Also habe ich mich auf den Weg gemacht. Die Bürgersteige

waren voll mit Leuten, die ihre Grills vom Dach geholt hatten und das Essen zubereiteten, das sonst in den Kühlschränken schlecht geworden wäre. Und auf den Treppen saßen sie mit Akustikinstrumenten und etwas zu trinken. Viele waren barfuß, als hätte der Stromausfall New York City in eine Kleinstadt auf dem Land verwandelt. Passanten gesellten sich zu den Polizisten, die den Verkehr auf den verstopften Kreuzungen regelten. Und ich habe einen Cheeseburger gegessen, den mir jemand gemacht hat, den ich gar nicht kannte, und als ich mich bedankte, gab er mir noch eine Dose Bier dazu.

Bei Tibo im Treppenhaus kamen mir kurz Zweifel, weil ich dachte, es sei vielleicht doch nicht so gut, unter Leute zu gehen. Weil wohl niemand etwas davon hätte, mich trübselig in einer Ecke sitzen zu sehen. Dann kämen alle zu mir und würden fragen, wie ich klarkomme, und das würde es nur noch schlimmer machen.

Aber weiter oben habe ich durch die offene Tür zum Dach deine Stimme gehört, und das hat mich dann überzeugt.

Je nachdem, in welche Richtung man sah, war der Himmel orange oder dunkelblau.

Ein paar Dutzend Leute waren schon auf dem Dach und sicherten die Kanten mit gelbem Absperrband und Baustellenpylonen. Eine Band baute ihre Instrumente auf. Und einige der anderen Leute schleppten Kühlboxen hin und her und verteilten Getränke.

Lunette saß auf einer der Dachkanten und ließ ein Bein über dem Abgrund baumeln. Ihre Bluse war so weit aufgeknöpft, dass es mir schon fast peinlich war, als ich mich zu ihr runterbeugen musste, um ihr Feuer zu geben, weil ihr Zippo leer war.

Nachdem sie zweimal an ihrer Zigarette gezogen hatte, sagte sie: »Dachte schon, du bist gar nicht mehr unter den Lebenden.«

»Wie du siehst, sind Gerüchte dieser Art übertrieben.«

Ein Stück entfernt entdeckte ich dann deinen roten Haarschopf. Und selbst im nachlassenden Tageslicht sahen die dazugehörigen Beine genauso aus wie die beiden Giftpfeile auf der Bühne in dem Varieté auf Coney Island. Dein Gesicht konnte ich nicht sehen, weil du es im Bart von einem dieser Gents vergraben hattest. Was auch Lunette nicht entgangen war.

»Wenn Chell sieht, dass du hier bist, ist das womöglich ganz schön blöd«, sagte sie.

»Schon okay.«

»Na gut. Aber sag mal, warum tust du dir das immer wieder an? Mit das meine ich Chell. Und wenn ich Chell sage, meine ich damit, dass sie dir wöchentlich das Herz bricht. Warum suchst du dir nicht einfach ein nettes Mädchen und kommst zur Ruhe?«

»Es ist kompliziert. Und was meinst du mit *zur Ruhe kommen?*«

»Du weißt, was ich meine. Was du brauchst, ist was richtig Beständiges.«

»Beständig inwiefern? So beständig wie Heroin?«

Schon als mir die Worte in den Sinn kamen, taten sie mir leid, aber das hielt mich nicht davon ab, sie auszusprechen.

Lunette nahm einen langen Zug von ihrer Zigarette, und nachdem sie den Rauch ausgeblasen hatte, sagte sie: »Da kann ich dir nicht widersprechen. Auch wenn es mir sehr schwerfällt.«

»Tut mir ...«

»Halt jetzt lieber den Mund. Nur so viel: Immerhin habe ich mich damit abgefunden, dass es mir nicht guttut.«

»Chell gibt mir etwas, was mir sonst niemand geben kann.«

»Na dann.«

Lunette ist danach aufgestanden und weggegangen. Und ich habe mir eine ruhige Ecke gesucht, ganz am anderen Ende vom

Dach, wo sich noch niemand niedergelassen hatte. Da habe ich mich hingesetzt und mich an eine Heizungsdampfleitung gelehnt, die außer Betrieb war.

Als Kind habe ich mich oft auf den Rücken gelegt und zum Himmel hinaufgesehen. Ich habe mir vorgestellt, mein Dad sei irgendwo da oben und würde zu mir runterschauen. Ich habe mir den Stern ausgesucht, der am hellsten leuchtete, und mir gesagt, dass das er sei. Und jedes Mal wenn ich den Stern sah, gab er mir Trost.

An dem Abend war die Sonne mittlerweile untergangen, doch als ich mich auf den Rücken legte und hochschaute, waren Wolken am Himmel.

Ich habe mir eine Zigarette angezündet, bin bis zum Rand des Daches gerutscht und habe in den Abgrund gestarrt. Mein Dad ist tot, habe ich mir gedacht, und mich gefragt, ob die Wut darüber mich nach unten ziehen würde. Ob sie mit dem Sturz dann vorbei wäre.

»Ashley?«

Du hattest mich schon oft weinen sehen, und ich wollte nicht, dass du mich noch mal weinen siehst, aber offenbar konnte ich in deiner Gegenwart nichts dagegen machen.

Du hast dich neben mich gesetzt und gefragt: »Warum hast du mir nicht gesagt, dass du auch hier bist?«

Ich gab keine Antwort. Du hast dir eine Zigarette angezündet, und ich habe gehört, wie du den Rauch inhaliert und wieder ausgeblasen hast. Er hat sich mit dem Duft nach Lavendel vermischt.

»Du denkst an ihn, oder?«, hast du mich gefragt.

Das konnte ich nicht leugnen. Und in meinem Bauch bildete sich ein schmerzhafter Klumpen. Du hast meinen Kopf an dich gezogen und mir über das Haar gestrichen.

»Du fragst dich, ob das Dach hoch genug ist, oder?«

»Ja.«

»Es wird nie wieder richtig gut, aber glaub mir, Lieber, es wird besser. Das verspreche ich dir.«

»Das kann ich mir nicht vorstellen.«

»Ich habe dir ja erzählt, wie das mit mir und meinem Vater ist. Wir kommen miteinander aus, aber besonders nah standen wir uns nie. Als meine Mutter starb, war das furchtbar. Und du hast eine tolle Mutter. Ich wünschte, ich hätte eine so enge Beziehung zu meinem Vater, wie du zu deinem hattest.«

Du hast mich auf die Wange geküsst, und ich habe dich gefragt: »Wer ist der Typ mit dem Bart?«

»Irgendjemand«, hast du gesagt und lachend hinzugefügt: »Der ist schon weg.«

»Woher kommt er?«

»Aus Connecticut.«

»Na klar. Niemand, der hier wohnt, stammt noch aus der Stadt.«

»Er ist keiner von den Gents.«

»Ist er doch. Tut mir leid, es ist Mitte Juni, und er hat einen Pulli getragen. Aber egal, vergiss es einfach. Vielleicht hat er da, wo er hingegangen ist, mehr Glück als wir hier.«

»Womit?«

Als Antwort habe ich zum Himmel hinaufgezeigt. »Keine Sterne.«

»Ashley ...«

»Ich hatte gehofft, wir könnten sie sehen. Deshalb bin ich hier. Einzig und allein deswegen bin ich hergekommen.«

»Ashley.«

»Ich dachte, es würde mir vielleicht guttun, unter Leute zu

gehen und mir die Sterne anzusehen. Vielleicht würde es mir bewusst machen, wie klein ich bin. Und wie klein meine Sorgen gemessen am großen Ganzen sind. Ist das irgendwie zu verstehen?«

»Ashley Florian verflucht noch mal McKenna! Kannst du für einen Moment aufhören zu reden?«

Du hast mein Gesicht in beide Hände genommen und meinen Kopf zur Seite gedreht. Und all das Licht, das ich am Himmel erwartet hatte, war über die ganze Stadt verteilt.

Die Dächer schienen wie durch ein riesiges Netz aus weißen Lichterketten miteinander verwoben zu sein. Meilenweit, um Ecken herum, ein jedes Dach in einem ganz eigenen Muster. Laternen, Kerzen, durch Gläser geschützt vor dem Wind. Die ganze Stadt war ein Lichtermeer aus leuchtenden Punkten, goldschimmernden Kerzen in Fenstern und dem bläulichen Licht von Taschenlampen, das sich durch die Straßen bewegte.

Licht, das sich grenzenlos in der Dunkelheit erstreckte.

Ganz anders als bei dem Stromausfall, von dem mein Vater mir erzählt hat.

Was du mir dann ins Ohr geflüstert hast, habe ich nicht richtig gehört, aber du sagtest etwas wie: »Wir haben die Engel unseres besseren Selbst gefunden, Ashley.«

Dann fing die Musik an. Akustische Gitarren, eine Geige und ein Akkordeon. Bongos und ein Xylophon. Ein Banjo. Sie kam wie in Wellen, diese Musik, erst langsam und leise, dann schloss jemand einen Verstärker an einen Generator an, und die Musik brach über uns herein.

Du hast meine Hände genommen, mich hochgezogen und in die Menschenmenge geführt. Es waren vermutlich mehr Leute da, als die Sicherheitsbestimmungen auf so einem Dach überhaupt zulassen, aber darüber hat sich keiner Gedanken gemacht.

Keiner hat sich Gedanken über irgendetwas gemacht. Wir haben die Arme in die Luft gerissen, auf dem Dach getanzt und Texte mitgesungen, die wir gar nicht kannten.

In den Wochen, Monaten und Jahren nach dem Tod meines Vaters haben alle Leute um mich herum mich oft gefragt, wie ich zurechtkomme. Und ich habe diese Frage gehasst. Es waren die Fehler unserer Vergangenheit, die meinen Dad umgebracht haben. Fehler, für die keiner von uns etwas konnte.

Du hast mich nie gefragt, wie ich zurechtkomme. Du hast einfach nur meine Hand gehalten und mich weinen lassen.

Ganz gleich, wie viel zwischen uns kaputtgegangen ist, das ist etwas, was mir ewig bleibt.

Wir beide da oben auf dem Dach, wie wir unter den Lichtern schweben.

*

Carte steht mit dem Rücken zu der unverschlossenen Schiebetür vor dem offenen Kühlschrank. Ich schiebe die Tür zur Seite und richte die Pistole auf ihn. Als er sich umdreht, ist sie das Erste, was er sieht. Er wirkt erstaunt, als wüsste er zunächst gar nicht, was das ist. Dann wird es ihm bewusst, und er erstarrt.

Ich betrete die Küche und lege den Zeigefinger an die Lippen, um klarzumachen, dass er keinen Laut von sich geben soll. Dass er bei seinen Eltern wohnt, passt mir gar nicht. Eigentlich würde ich die lieber raushalten.

Ich bedeute ihm mit der Pistole, sich an den Tisch zu setzen. Dann gebe ich ihm eine Minute, damit er den Ernst der Situation versteht. Dabei halte ich die Pistole so, dass er sie genau sieht, mit dem Griff auf den Tisch gestützt, den Lauf auf ihn gerichtet.

Schließlich sage ich: »Warum?«

»Warum was?«

»Warum hast du sie umgebracht?«

Es dauert eine Weile, bis er antwortet: »Wen?«

»Stell dich nicht dumm.«

Er reibt sich mit den Fingern die Schläfen, wodurch sein Gesicht verzerrt wirkt. »Weiß ich nicht.«

»Doch, das weißt du. Sonst hättest du es nicht getan.«

Er wendet den Blick ab. »Ich bin krank.«

»An wem hast du dich noch vergangen? Da war noch eine, stimmt's? Noch eine zweite Frau.«

Er schlägt die Hände vors Gesicht und späht wie ein Kleinkind durch die Finger. »Woher weißt du das?«

»Weil du unachtsam warst. Es gab zwei DNA-Spuren.«

Er spricht so leise, dass ich ihn kaum höre. »Sie wird mich nicht anzeigen. Sie liebt mich.«

Meine Hand schließt sich fester um die Pistole. An diesem Menschen ist echt viel Schlechtes. Es ist so leicht zu glauben, dass die Welt ohne ihn besser wäre.

Ich muss mich zusammenreißen, um mit fester Stimme zu sprechen. »Das Mädchen, dessen Leiche du in Queens entsorgt hast ... Erzähl mir, was passiert ist.«

»Warum?«

»Betrachte es als deine letzte Beichte.«

»Du kannst mich nicht umbringen.«

»Warum denn nicht? Du hast sie doch auch umgebracht.«

Seine Stimme versagt. »Es tut mir leid. Es tut mir so leid.«

Er fängt an zu weinen. Erst nur ein paar Tränen, doch kurz darauf sind seine Wangen ganz nass. Er schlingt die Arme um den Oberkörper und beugt sich vor.

Er ist am Ende. Ein massiger Trümmerhaufen.

Aber nicht dieser Anblick ist der Grund, warum ich noch in der Küche sitze. Das ist es nicht. Es ist vielmehr die Küche selbst. Die Schranktüren aus Holzfurnier und die Geräte aus Edelstahl. Die Arbeitsplatte mit Bumerangmuster. Die Kuckucksuhr über der Abzugshaube. Alles sieht aus wie in einer Küche, in der jeder aufgewachsen sein könnte.

Die Arbeitsplatte im Haus meiner Eltern hat das gleiche Bumerangmuster.

»Pass mal auf«, sage ich. »Ich bin nicht deine Mutter. Und ich bin nicht dein Beichtvater. Ich bin auch nicht dein Anwalt. Und erst recht nicht dein Gewissen. Also hör gefälligst auf, darüber zu philosophieren, wie leid es dir tut, sondern erzähl mir lieber, warum du das getan hast. Warum hast du so was mit einem Menschen gemacht? Mit einem Menschen, der dir nichts getan hat.«

»Ich war nicht ich selbst.«

»Bullshit! Ich will eine richtige Antwort.«

Er senkt den Kopf und sieht auf den Boden. »Sie hatte nicht das Recht, so mit mir zu reden.«

»Wie denn?«

»Sie war hübsch, und ich wollte mich mit ihr unterhalten. Aber sie hat mich behandelt, als wär ich eine Lachnummer. Aber das bin ich nicht. Ich bin keine Lachnummer.«

»Nein. Du bist sicher keine Lachnummer. Du bist ein Mann, richtig?«

»Darum ging es nicht. Aber ich war sauer.«

»Warum warst du sauer?«

»Weil ich manchmal eben sauer werde. Dann habe ich mich nicht im Griff.«

»Und wann passiert das in der Regel?«

»Wenn die Leute mich nicht respektieren.«

»Warum tun sie das denn nicht?«

Er sieht mich kurz an. Seine Augen sind gerötet. »Weil ich nicht schlau bin. Oder gut aussehe. Ich bin nur groß und schwer. Deswegen. So war das immer. Die Leute haben sich immer über mich lustig gemacht und gesagt, ich bin dumm. Aber ich bin nicht dumm. Das stimmt nicht. Das ist nicht fair.«

»Und das hast du ihr dann wahrscheinlich gezeigt.«

Ich betrachte die Pistole in meiner Hand. Seine Schultern sinken nach unten, als hätte man ihm die Luft rausgelassen. Sein Gesicht ist ausdruckslos.

Die letzten Momente von Chells Leben müssen voller Angst gewesen sein. Voller Schmerz.

Doch das Schlimmste, das Allerschlimmste ist, dass ich ihn als den sehe, der er ist.

Jemand, der verletzt wurde und für den die einzige Möglichkeit, damit umzugehen, darin besteht, anderen Menschen wehzutun. Was Tibo gesagt hat, darüber, dass wir Menschen Tiere sind – es stimmt. Aber es gibt einen grundlegenden Unterschied. Wir sind die einzigen Tiere, die jemand brauchen, der unseren Schmerz mit uns teilt.

Er fleht mich mit aufgerissenen Augen an. Ob um Gnade oder den Tod, könnte ich nicht sagen. Ich bin mir nicht mal sicher, ob er das selbst überhaupt weiß.

In der Küche ist es bis auf unser Atmen und das Summen der Spülmaschine ganz still. Die Pistole ist schwer und kalt und hart.

Gewalt ist ein erlerntes Verhaltensmuster. Wenn man es lernen kann, kann man sich auch dafür entscheiden, es zu verlernen. Ich stehe auf. Ich bin ein bisschen benommen. Irgendwie wird mir hier der Sauerstoff knapp. Die Pistole habe ich immer noch auf einen Punkt zwischen Cartes Augen gerichtet.

Er lehnt sich zurück, wartet auf den Schuss.

Meine Wut ist längst zu Weißglut geworden, zu einem brennenden Punkt in meinem Bauch, der nichts anderes will als explodieren, um sich auszulöschen, und mich auch.

Tief ein- und ausatmen. Es verlernen.

»Wirst du mich jetzt umbringen?«, fragt Carte.

Ich brauche einen Moment, um meine Worte zu sortieren, sie in die richtige Reihenfolge zu bringen. »Ich wollte, dass es eine Erklärung gibt. Einen Grund, warum sie sterben musste. Eine Verschwörung. Rache. Irgendwas. Etwas, was in irgendeinem Zusammenhang steht. Ich habe alles darangesetzt herauszufinden, welche Geschichte dahintersteckt, weil ich mich nicht damit abfinden wollte, dass manchmal etwas Schlimmes passiert, worauf man keinen Einfluss hat. Dass man nichts anderes tun kann, als daraus zu lernen und es besser zu machen. Und jetzt weiß ich nicht, ob das Ganze einen Sinn ergibt.« Ich halte die Pistole so fest, dass mir die Hand wehtut. Tief einatmen. »Nein, ich werde dich nicht umbringen.«

»Warum nicht?«

»Weil ich den Kreislauf durchbreche und ihn damit beende.«

Dann gehe ich.

Durch den Garten und die dunklen Seitenstraßen. Bret Carte und alles, was er getan hat, lasse ich in der Küche zurück. Mit einem Teil von mir, den ich hoffentlich nie wiedersehen werde.

Ein paar Straßen weiter schleiche ich aus dem Gebüsch und nehme die Sturmmaske ab. Ich ziehe das Prepaidhandy, das ich mir am Abend gekauft habe, aus der Hosentasche, rufe das 9. Revier an und verlange Detective Grabowski.

Während ich darauf warte, dass ich durchgestellt werde, klemme ich das Handy zwischen Kinn und Schulter und nehme mit zitternden Händen das Magazin aus der Pistole, um mich zu vergewissern, dass es wirklich leer war. Ich weiß nicht warum, aber ich muss es noch einmal sehen.

NEUNZEHN

Der letzte Abend im Apocalypse, und ich kann mich nicht dazu durchringen reinzugehen. Es ist auch mein letzter Abend, aber das habe ich so gut wie keinem erzählt. Abschiede fallen leichter, wenn man sie einfach umgeht.

Tibo weiß, dass ich die Stadt verlasse. Diejenigen, die ich bei meiner Entschuldigungstour abgeklappert habe, natürlich auch. Vielleicht wird Bombay mir irgendwann verzeihen. Lunette ist wieder einigermaßen in der Spur, aber sie macht sich immer noch Sorgen um mich. Bad Kelly hat mir die Tür vor der Nase zugeschlagen, aber trotzdem bin ich froh, dass ich ihr wenigstens sagen konnte, dass es mir leidtut.

Bei Ginny weiß ich nicht so recht. Irgendwie habe ich das Gefühl, ihr etwas zu schulden. Ob einen Handschlag oder einen Tritt vors Schienbein, darüber bin ich mir nicht im Klaren. Ich habe ihr eine Textnachricht geschickt: *Danke. Es tut mir leid. Such dir aus, was passt.*

Ich habe noch nichts von ihr gehört und hoffe nur, dass sie die Nachricht überhaupt bekommen hat.

Und Margo? Vor ihr bin ich praktisch zu Kreuze gekrochen. Es war nicht richtig, wie ich sie behandelt habe. Sie ist ein besserer Mensch als ich. Sie wusste, dass ich mit Alkohol und Drogen voll war und bis zum Hals in der Scheiße gesteckt habe. Deshalb war sie nicht so streng mit mir.

Ich überlasse ihr die Stadt gern. Sie verdient sie mehr als ich.

Sie ist auch im Apocalypse. Wie so viele andere Leute, mit denen ich bruchstückhafte Erinnerungen an wilde Nächte teile. Die zu Geschichten geworden sind, mehr nicht. Geschichten, die ich nicht mehr brauche.

Ich betrachte das Apocalypse für eine Weile von außen und frage mich, wie es aussehen wird, wenn hier ein Starbucks ist. Wie ein beschissener Albtraum vermutlich. Ich werde vieles vermissen, aber der Laden steht ganz oben auf der Liste. Ich drehe mich um und will wieder verschwinden, aber in dem Moment geht die Tür auf.

Tibo kommt raus und zündet sich eine Zigarette an. »Hab dich hier draußen rumstehen sehen. Wollte dir noch was geben.«

Er reicht mir einen Umschlag. Einen dicken Umschlag. Ich öffne ihn und sehe, dass er voller Scheine ist.

»Was ist denn das?«

»Dein Anteil.«

»Wie, mein Anteil?«

»Von dem Silber. Du hast mir doch den Tipp gegeben, dass Kuffners Vater ein Boot hat. Und du hast gesagt, ich soll dich beteiligen.«

»Alter, das war doch bloß ein Scherz.« Ich will ihm den Umschlag zurückgeben. »Das kann ich nicht annehmen.«

»Zu spät. Jetzt gehört es dir.«

Er umarmt mich und geht wieder rein.

Eine Schneeflocke fällt auf meine Jacke und schmilzt. Ich hebe den Kopf und sehe im Licht der Straßenlaternen, dass noch mehr vereinzelte Flocken zwischen den Gebäuden herumwirbeln.

Hinter mir höre ich Schritte, und als ich mich umdrehe, kommt Bombay auf mich zu. Ein paar Sekunden lang stehen wir uns wortlos gegenüber.

»Willst du mir wieder eine reinhauen?«, frage ich dann. »Wenn ja, wäre es nett, wenn du mich vorwarnen könntest, damit ich nicht ganz so dumm dastehe.«

Er schüttelt den Kopf. »Heute nicht.«

»Gut.«

Er sieht in beide Richtungen die Straße entlang und fragt: »Auf einen letzten Drink?«

»Bin abstinent. Die nächste Zeit zumindest.«

»Hätte ich nicht gedacht.«

*

Das Esperanto ist fast leer. Normalerweise ist es mit den Kids aus den Studentenwohnheimen der NYU voll, aber in der Winterpause fahren die meisten nach Hause.

Als Bombay und ich noch zu jung waren, in Bars zu gehen, war das Esperanto unser Stammlokal. Das war noch vor dem Rauchverbot. Im hinteren Teil des Ladens gab es einen kleinen Alkoven mit Bücherregalen, und da saßen wir immer rauchend in den beiden Sesseln, mit einem Kaffee für Bombay und einem grünen Tee für mich auf dem kleinen Tischchen zwischen uns, bis die Sonne aufging.

Die Sessel sind weg. Stattdessen stehen da ein paar kleine Holztische mit Stühlen, damit mehr Leute hineingepfercht werden können.

»Nichts mehr auf dieser Welt ist heilig«, sagt Bombay mit einem Kopfschütteln.

Wir quetschen uns an einen der Tische, und als die gelangweilte Kellnerin zu uns kommt, bestellt Bombay einen Kaffee und ich einen grünen Tee.

»Das war's dann also?«, sagt Bombay.

»Mein Flug geht morgen früh. Wenn bis dahin nicht alles zugeschneit ist.«

»Nach Texas?«

»Ja.«

»Klingt blöd«, sagt er.

»Ich muss ja nicht dableiben, aber als Ausgangspunkt kommt mir das ganz gut vor. Ich kann erst mal bei Kelly auf dem Sofa schlafen und mir überlegen, wie es weitergeht. Und dann – mal sehen. Das Land ist groß genug.«

Die Kellnerin bringt uns die Getränke, und ich wärme mir die Hände an dem Teeglas.

Dann schaue ich Bombay an. »Es gibt eine Million Dinge, die ich dir noch sagen möchte. Danke. Entschuldigung. Alles Mögliche. Ich war dir ein so beschissener Freund, und du warst mir ein guter Freund. Ich wünschte, ich hätte das eher kapiert.«

»Ich kenne dich ja nicht erst seit gestern. Du warst schon immer eine Nervensäge.«

»Nein, echt jetzt. Ich musste mal zu hören bekommen, was du mir gesagt hast, und dafür bin ich dir dankbar, auch wenn du vielleicht denkst, ich hätte gar nicht hingehört.«

»Darüber bin ich froh. Und am Ende ist doch noch alles aufgegangen.« Bombay schweigt für einen Moment, dann fährt er fort. »Und jetzt ist es vorbei. Sie haben ihn. Er geht in den Knast und kann nie wieder jemand Schaden zufügen. Irgendeiner von den anderen Bösen wird ihn zu seinem Lover machen, und wenn es so etwas wie eine ausgleichende Gerechtigkeit gibt, ist es das.«

»Vielleicht. Ich weiß nicht.«

»Wie kommt deine Mutter mit alldem zurecht?«

»Sie unterstützt mich mehr, als ich gedacht hätte. Hat mir das Geld für das Ticket gegeben und so weiter. Ich glaube, sie versteht, dass ich einen Szenenwechsel brauche.«

»Kommst du zurück?«

»Kann ich mir schon vorstellen, irgendwann jedenfalls.«

»Ich frage dich das jetzt als dein Freund, und ich will dich damit nicht aufregen, aber könnte es sein, dass du vor alldem flüchten willst? Vor allem, was hier passiert ist? Was ich damit sagen will: Wir würden dir doch beistehen.«

»Anfangs war es vielleicht so. An dem Tag, wo du mir eine reingehauen hast, dachte ich nur noch: Scheiß auf die Stadt. Ich gehe irgendwohin, wo mich keiner schlagen will. Aber ich habe eine ganze Weile darüber nachgedacht, und weißt du was? Ich habe noch nie irgendwo anders gelebt. Das klingt jetzt sicher wie ein Klischee, aber ich muss erwachsen werden. Und dafür muss ich erst mal hier weg und etwas dafür tun, anstatt rumzusitzen und zu denken, dass das von selbst passiert.«

»Kann ich verstehen, aber mir wär's trotzdem lieber, du würdest nicht gehen.«

»Ich hab dich auch lieb. Und wenn ich zurückkomme, bist du hoffentlich noch da.«

»Na ja, ich werde nach Brooklyn ziehen. Lunette überlegt sich das auch. Ist etwas billiger dort.«

»Tja, dann geht jetzt wohl die große Völkerwanderung los.«

Anschließend vergessen wir die Zeit. Wir sitzen da und erzählen uns Geschichten von früher, wie es in dieser Stadt war und was daraus geworden ist. Wir erinnern uns beide noch daran, wie wir das erste Mal im Esperanto waren und dann im Apocalypse und in all den anderen Bars und Clubs, die wir für eine Zeit lang eroberten. Draußen vor dem Fenster wirbelt der Schnee im Licht der Straßenlaternen herum und bleibt auf den Bürgersteigen, auf den Markisen der Läden und auf den Autos liegen.

Bevor wir gehen, sage ich zu Bombay: »Könntest du mir einen Gefallen tun?«

»Klar.«

»Hab ein Auge auf Margo. Und auch auf Lunette und meine Mutter.«

»Darum musst du mich nicht bitten. Das hätte ich auch so getan.«

Nachdem ich meinen Stuhl unter den Tisch geschoben habe, nehme ich den Umschlag von Tibo aus der Jackentasche und gebe ihn Bombay. »Die Verwüstung in deinem Apartment kann ich nie wiedergutmachen, aber ich hoffe, das hier hilft dir ein bisschen.«

Als Bombay die Scheine in dem Umschlag sieht, runzelt er die Stirn. »Das kann ich nicht annehmen.«

»Wirst du wohl müssen. Sonst kriegt die Kellnerin ein großzügiges Trinkgeld.«

»Was willst du denn künftig machen, um Geld zu verdienen?«

»Wenn ich mich in der Stadt hier immer über Wasser halten konnte, fällt mir bestimmt auch woanders was ein.«

*

Es ist nach vier, vielleicht schon fast fünf. Still und leise liegt die MacDougal Street unter einer Schneedecke, die im Licht der Straßenlaternen wie Bernstein schimmert.

Keine Menschenseele ist unterwegs. Hinter den Fenstern ist alles dunkel, und der Wind fegt um die Hausecken und über die geparkten Autos, die unter einer dicken, weißen Schicht verschwunden sind. Ich gehe zur Mitte der Straße, und das Einzige, was ich höre, ist das Knirschen meiner Schritte. Ich suche nach frischen Fußspuren außer meinen, finde aber keine.

Es gab Nächte, da bin ich durch diese Straße gelaufen, und es kamen so viele Leute aus den Bars, dass die Autos stehen bleiben mussten. Jetzt ist sie wie ausgestorben. Unberührt von den mehr als acht Millionen Menschen in der Stadt. Eine gnädige Schneedecke hat sich über alles gelegt, über all den Müll und den Dreck.

Die Stille durchdringt mich so, wie die Feuchtigkeit meine Kleidung. Aber mir ist nicht kalt. Manchmal ist es so, dass man nicht friert, wenn es schneit. Als würden die Schneeflocken die Kälte aufsaugen, sodass man das Gefühl hat, man könnte im T-Shirt draußen rumlaufen.

Mitten auf der Straße stelle ich meine Reisetasche ab, setze mich darauf und sehe mich um. Ich ziehe mir den Hut tiefer ins Gesicht und warte. Eigentlich müsste doch jeden Moment eine Menschenmenge um die Ecke kommen, so als wären alle irgendwohin gelaufen, weil es da etwas zu sehen gibt, und kämen kurz darauf wieder zurück.

Es ist, als hätte die Stadt tief ein- und ausgeatmet und beschlossen, für eine Weile zu schlafen.

Aber es wird nicht lange dauern, bis sie wieder aufwacht und der Schnee zertreten wird und schwarz von Abgasen und Dreck ist. An den Rändern der Bürgersteige wird er zu Matschbergen schmelzen, um die die Leute herumgehen müssen, damit sie nicht darin versinken. Die Taxis werden wieder fahren, und die Leute werden wieder aus den Höhlen kommen.

Jetzt aber ist die Straße das Schönste, was ich in dieser Stadt, wo es so viel Schönes gibt, je gesehen habe.

So ist das nämlich, wenn man in New York lebt: An jeder Ecke trifft man auf jemand, der einem erzählen will, wie es ist, wenn man in New York lebt. Aber all diese Leute leben hier nicht richtig. Sie leben in der Vorstellung, die sie davon haben, wie die Stadt sein sollte. Das Ganze formt sie, bevor sie dazu kommen, ihre eigene Erfahrung zu machen.

Ich schaue dem Glitzern der Schneeflocken zu, die auf den Boden fallen. Lausche dem Wind, der durch die Straßen weht, als wäre das der Atem einer Geliebten auf dem Kopfkissen neben mir.

Bevor ich mich auf den Weg zur U-Bahn mache, stecke ich mir die Stöpsel in die Ohren und stelle den iPod auf Shuffle. Als Erstes kommt Iggy Pops »The Passenger«.

Na also.

Geht doch.

Ich streiche mit der Hand über den Schnee und speichere diesen Moment, den ich nie wieder erleben werde, außer in meiner Erinnerung.

Kurz darauf kommt ein Taxi um die Ecke Dritte West.

Danksagungen

Josh Bazell und Craig Clevenger, ich danke euch beiden, dass ihr so viel Blut und Schweiß zur DNA dieses Buches beigetragen habt.

Mein Dank geht auch an Tony Tallon, Todd Robinson, Matt McBride, Chuck Palahniuk, Steve Weddle, Joshua Mohr, Jenny Milchman, Suzy Vitello, Ed Kurtz, Nik Korpon, Jon Gingerich, David Corbett, Chris Holm, Patrick Wensink, Johnny Shaw, Bryon Quertermous, Tom Pitts, Joe Clifford und Otto Penzler – allesamt Autoren oder Lektoren, von denen ich aufmunternde Worte und Rat bekam (von Tom und Joe auch noch einen mordsmäßigen Burrito), als ich dabei war, das Ding zum Leben zu erwecken.

An die Teams von Shotgun Honey, All Due Respect, Crime Factory, Thuglit, Needle und Helix – danke dafür, dass ihr meine Geschichten veröffentlicht und mir damit eine Motivations- und Finanzspritze verpasst habt.

An all die Leute, die mich auf Ungereimtheiten in Bezug auf Örtlichkeiten und geschichtliche Zusammenhänge aufmerksam machen wollen: Danke fürs genaue Lesen, und sonst haltet den Mund. Ich habe mir einfach ein paar Freiheiten herausgenommen, alles klar?

Danke an Tom Spanbauer und Michael Sage Ricci und Kevin Meyer und alle anderen aus meinem Workshop »Dangerous Writing«. Dieses Buch ist auch von eurer Handschrift geprägt, ebenso wie ich.

Renee Pickup und Jessica Leonard von Books & Booze, ich danke euch dafür, dass ich bei euch mein erstes Interview zu diesem Buch geben durfte.

Ein dickes Dankeschön an Dennis Widmyer, Kirk Clawes, Josh Chaplinsky, Cath Murphy und alle anderen von The Cult and LitReactor. Ohne solche Zufluchtsorte und eure Unterstützung wäre ich nicht da, wo ich bin.

Ein noch dickeres Dankeschön an meine Eltern, weil sie mir immer gute Eltern waren und ihnen klar ist, dass es sich bei diesem Buch um Fiktion handelt (also bitte keine weiteren Vorschläge mehr, Ma).

Ein gigantisches Dankeschön an meine Agentin Bree Ogden, eine echte Rockstar-Superheldin. Und an meinen Lektor und Verleger Jason Pinter für seinen unerschütterlichen Enthusiasmus in Bezug auf dieses Buch.

An alle, denen ich noch hätte danken sollen und die ich hier zu nennen vergessen habe: Scheiße. Tut mir leid!

Am allermeisten danke ich meiner Frau Amanda. Für *alles*. Ich weiß gar nicht, wo ich da anfangen soll.